文学场：反诘与叩问

——新笔记体批评

傅逸尘 著

作家出版社

目　录

中编

上编

《装台》：幽暗处的一抹人性之光

一

在《长篇小说选刊》2016年第1期上，我读到了陈彦的长篇小说《装台》。因为很少关注当代戏剧，此前对陈彦并不熟悉，对他在戏剧上的非凡成就自然也就一无所知。我读作品的时候，并不习惯先读作者及作品介绍，包括现在许多杂志前面的"编者的话"，也都会被搁置。我格外珍惜自己最初的阅读感觉与判断。

《装台》颠覆了我的阅读习惯，在读了三十几章，也就是接近一半时，我突然就翻回到封二的作者简介，然后又将附在小说前面、此前略过的作者创作谈读了一遍，因为我被震撼了。在十余年的文学阅读和研究经历里，我不记得哪一位作家的作品让我觉得他的生活积淀达到《装台》这样的深厚程度。作品的叙述语言、人物对话、细节描写、人物的生存状态等小说诸要素，都呈现出一种近于原生态般的毛茸茸的感觉，有点类乎于 1990 年代初的"新写实小说"。

"新写实小说"对生活原生态的追求是一种方法，或叙事策略；《装台》里的生活原生态却是陈彦生活积淀的自在流淌、一种无法扼制的大江东去般的倾泻。初读时的琐碎与粗拙之感，遂为肃然起敬所取代。

二

"生活"对中国作家而言，是最不陌生的一个词，这显然跟毛泽东 1942 年发表的《在延安文艺座谈会上的讲话》的倡导有关。也正因为此，中国作家在上世纪八九十年代经历了西方文学思潮的"洗礼"之后，对这一概念表现出了极大的逆反。进入 21 世纪后，文学的通俗化、娱乐化及市场化的推波助澜，导致这一概念被推向了反面——中国文学"生活"质地的稀薄达至前所未有的程度。

自我重复与模式化倾向严重，缺乏亲身的经历和痛切的体验，熟练的写作流程与没有"生活"依托的想象，使得 21 世纪初年的中国文学呈现出无源之水与无本之木之颓态，谓之"空转"亦不为过。"伪现实主义"与"伪新历史主义"等乱象大行其道，不能不说与此有关。而陈彦的《装台》一扫前述之颓态与乱象，以清新厚重的、也是从未从舞台之后走向前台的装台人的生活，给当下文学带来一股充满活力的气息。这显然更符合古今中外小说之义理，任何讨巧与玩弄文学者的命运都将无疑是速朽的。观念也好，哲理也罢，失去了"生活"的支撑，无论如何都无法在小说中生存，也就不须奢谈发散与张扬了。

三

　　说《装台》写的是以刁顺子为首的一群装台人，以及刁顺子一家艰难龃龉的社会底层生活当是不错的。小说没有中心故事，甚至大的情节也不具备，有的是层出不穷、不厌其烦的细节。刁顺子与女儿菊花的矛盾与冲突虽然占据小说三分之二以上的篇幅，但我认为仍然算不上是中心故事。没有中心故事，或大的情节的长篇小说是不多见的（贾平凹的《秦腔》类似），这使得小说叙事的推进具有相当大的难度。

　　陈彦是搞戏剧的，编故事，或制造戏剧冲突是他的拿手戏；但他何以弃自己的长项于不顾，只靠细节经营一个40余万字的长篇小说呢？小说中的冲突是有的，但冲突是无法取代故事和情节的。窃以为，就是因为他的生活积淀过于深厚，小说细节俯拾皆是，不用编，根本写不过来。当然，肯定还有一个小说观念的问题，陈彦有可能认为小说与戏剧在叙事上有着本质的不同，他更认可小说就是生活本身，还原生活的"原生态"才是小说之要义；故事啊，情节啊，甚至人物塑造啊，都是小说的身外之物，在没有细节可写的时候才让那些"劳什子"过来搬弄是非。陈彦不用这些，既不结构，也不编织（当然，这只是貌似，实则并不尽然，甚至可能相反；因为当我读第二遍的时候，我感觉到了陈彦其实是像结构戏剧一般地在精心结构这部小说），只将那堆满了脑海的东西信手拈来，任性地铺开即可。

陈彦显得底气十足，自信满满，文学技巧不差，生活积累就更不在话下。陕西作家骨子里都近乎于这种气质，陈忠实尤甚，而这种绵密厚重的气质对文学或艺术之裨益是不容小觑的。

四

《装台》是写一群装台人，但主要是写刁顺子和他一家人的生活，陈彦就是以此来结构或经营这部小说的。刁顺子的生存状态、内心世界以及后来的微弱转变，都充分饱满地呈现出来了。换言之，陈彦是以刁顺子为代表，或为典型；那群装台人虽然均有名号，也只是类似戏剧的背景，是跑龙套的角色。这种方法更像是西方绘画的焦点透视，即将视角固定在一个位置上，得到稳定的形象，不同距离的物体得以在同一画面上精准体现近大远小的关系。中国绘画却是散点透视，画家观察点不是固定在一个地方，也不受固定视域的限制，而是根据需要，移动着进行观察，各个不同点上所看到的东西，都可以组织进画面中来。我觉得以中国画的散点透视的方法来结构这部小说可能会更好，或者说会使小说达到更高的文学的意境，也就是说在真正意义上摹写这群装台人，是一组群像。比如说大吊、猴子、三皮、墩子，还有后来加入进来的素芬和周桂荣，小说里他们已经有了一个基本的经历或轮廓，只需将笔墨转至他们身上，勾勒更多细节即可，我相信陈彦既有这个能力，也有这个生活积淀。

在中国当代长篇小说里，我们最匮乏的是这类作品，《水浒传》《红楼梦》的文学传统被我们丢失了。《装台》将刁顺子与女儿菊花的矛盾冲突当作小说主体，甚至还细致地描写了菊花与刁顺子第三个老婆素芬、刁顺子第二个老婆的女儿韩梅，以及大伯刁大军、准丈夫谭道贵的矛盾冲突。菊花完全与刁顺子平起平坐了，用戏剧人的词儿，她已经抢了刁顺子的戏份与镜头，甚至在某种程度上超过了刁顺子。

可是菊花毕竟不是装台人，她也没有实质性参与任何一次装台，她与装台人之间是一种游离的状态。换言之，把她放到任何一部小说中都可以，甚至她自己独立成为一部小说也完全成立。素芬就不同，她虽然是跟随着刁顺子才进入到装台人的生活，却已经成为了其中的一员，而且又生发出了与三皮的情感纠葛。还有刁顺子的哥哥刁大军，也跟装台，或者说装台人没什么关联，但小说也给了他很多的空间。小说不惜如此之大的笔墨着力于菊花显然与《装台》严重错位，甚至亦可谓这部小说最大的败笔。小说名之曰《装台》，装台过程写得也很多很细，但装台人之间的矛盾与冲突却没有写出来，有的也只是斗斗嘴一类的皮毛。显而易见，这样的结构已经偏离了小说叙事的主体。

五

刁顺子这个人物有原型当是可以确定的；但这并不重要，重要的是陈彦对刁顺子这样的人物过于熟悉，熟悉到了无以复加的程度。也正是因为熟悉到了无以复加的程度，导致陈彦对刁顺子缺少了一种陌生感与距离感，人物塑造的空间被严重挤压。按照俄国形式主义批评的理论，艺术的技巧就是使对象变得陌生，使形式变得困难，增加感觉的难度和时间长度，因为感觉过程本身就是审美目的。布莱希特则将这一"陌生化"的理论转译为戏剧的"间离"，将戏剧与观众之间的关系进行了另一种阐释，戏剧因此发生了本质性的现代主义变革。

作为剧作家，陈彦对上述理论自然谙熟。那么他何以没有将戏剧写作的诸多方法挪用到小说之中？我以为，根本原因盖为对刁顺子等装台人生活的谙熟所累，换言之陷得太深，以至于难以跳脱。

由于与刁顺子们拉不开距离，陈彦甚至于无法使用文学与戏剧的诸多方法来"塑造"人物形象。以至于让我误以为，刁顺子们就是原生态的生活本身，甚至可以说是一种未经艺术加工的生活素材。这无疑阻碍了《装台》的文学性空间的进一步拓展。而刁顺子，原本有可能成为21世纪初年中国文学新的典型人物形象，终究因过于"扁平"而没能达至可能的艺术高度。

六

从方法或主义的角度论之，我以为，《装台》与现实主义，或早先的批判现实主义都有相当的距离，倒是与自然主义更加接近。作家对刁顺子们怀有巨大的同情与悲悯，但同情与悲悯尚停留在一种情怀或普遍的人性层次；真正优秀的文学是不能踟蹰于此的，它一定是一种对象化的呈现，是作家对社会的批判、对人生的思考，甚至是哲学的思辨；让生活有了一种升华，当然，这升华与悲喜剧无关。

那么《装台》蕴含了哪些思想、哲学与思考，或者对社会作了什么样的批判呢？我没有明显感受到。

与装台人关系最密切的是剧团，或说搞戏剧的那群人，他们之间是对立的吗？显然不能这么说。相反，应该说他们之间是皮与毛的关系，相互依存更切近于本质。在他们之间的比较中，搞戏剧的那群人显然占据上风，居高临下。他们中的一些人对装台人不但随意地工具化地使用，还进行不自觉地盘剥与羞辱；但这些现象能构成"批判的武器"吗？或者说具有批判的意味吗？陈彦确实是毫无顾虑地将戏剧界的乱象淋漓尽致地呈现出来，他的不满也是显而易见的；但我感觉陈彦在此处似乎是醉翁之意不在酒，也就是说，批判并非本意，相反，字里行间蕴含着的却是同情与理解。

瞿团长自不必说，他甚至没缺点可言。靳导呢？简直有些可爱，她可以说是一个真正为艺术而献身的艺术家，且对身处底层的装台人充满爱心，让刁顺子都不能不由恨而爱，且敬仰有加。那个让刁顺子恨之入骨的剧务寇铁虽然由始至终都是一个反派的角色；但他也是在夹缝中求生存，也被别人骗，只不过缺少一些包容与悲悯，缺少对装台人的理解与关怀而已。小说最后，剧团进京献演简直可以说是一曲充满激情的颂歌，其感染力并不亚于装台人的苦难。如果我们作一个总体性的判断，陈彦在《装台》里难道不是为戏剧人不无悲情地浅吟低唱了一曲末世的挽歌吗？

作为底层人物，刁顺子的苦难即便是在十多年前的"底层叙事"作品中也不输谁，带领一群装台人在炫目舞台背后的幽暗处消耗着他们的汗水与体力，压抑着他们的情感与自由，承受着他人的侮辱与损害。忍辱负重不是一句我们耳熟能详的成语或概念，而是转化为让我们完全陌生与惊叹的"炼狱"般的生命情态。点头哈腰，忍气吞声，溜须拍马是刁顺子的生活常态与基本形象，最后的"撒手锏"则是下跪。墩子因自慰冒犯了佛门，刁顺子为了化解冲突替墩子在佛堂前跪了一宿。这一举动因有多种解释尚可谅解，但当剧务主任寇铁狠狠抽了他两个耳光后，他扑通跪下，给前来问责的大和尚磕头作揖则是其人格的缺失。更有甚者，在女儿菊花与韩梅斯打在一处时，他再次以跪下的方式求得问题的解决，这就涉及传统伦理道德的底线了。

刁顺子在向剧团讨要工钱时的艰难就不必说了，痔疮给他带来的痛苦似乎也不足道；那么三个老婆，一个被人拐走，一个死于癌症，第三个因女儿菊花的不容被迫离去，就不是一般男人可以承受的了。我想诘问的是，苦难呈现背后的意味是什么呢？21世纪初年的"底层叙事"之所以被诟病，很重要的方面就是思想与批判精神的匮乏，作品无法在更为宏阔与深刻的文学空间拓展与提升其品格。刁顺子也有转变，也就是他自己的反面——反抗，比如，打了剧务主任寇铁和女儿菊花一个嘴巴。小说结尾处，当菊花以挑衅的姿态问大吊的媳妇周桂荣是谁，是不是又找了女人，顺子点了点头。那是一种很肯定的点头，肯定得没有留出丝毫商量的缝隙。但这一点反抗与阿Q比较似乎又有些微不足道。也就是说，刁顺子的成长还不很鲜明，他也无法承担起社会批判的重任。

是的，此时此刻我想起了鲁迅，想起了鲁迅的《阿Q正传》。阿Q当然已经成为百年中国文学难以超越的一个经典性人物，作为一个贫苦的流氓无产者，他没有起码的自我意识和个性意识，以"精神胜利法"来化解自身的苦难、卑下与内心的痛苦挣扎，进而回避现实冲突。但鲁迅没有停留在现象的呈现，他是要暴露中国的民族劣根性，揭示病态社会人们的病苦，"以引起疗救者的注意"。对整个社会和国民性的批判，才是小说深刻的意味所在。事实上，我并没有将陈彦及其《装台》放到鲁迅及《阿Q正传》上面来煎烤的意思。这种难以言明、如鲠在喉的复杂情感与痛苦思考也许陈彦会懂。

七

前面的批评话语是在我第一次阅读，并且没有想进一步研究时的粗浅感觉，一种缺乏总体性回味时的旁逸斜出，或者节外生枝，词不达意；尤其是在第二次研究性的阅读后，我确认了这种判断的可能性。以刁顺子以及那些装台人的社会地位及能力，他们能反抗得了残酷、恶劣、不公的社会环境吗？他们不低下头颅跪下身去又怎么能讨到生计，以维持最低的温饱生活呢？刁顺子们虽然卑微，但他们善良淳朴、勤劳诚信，他们以自己的身体与气力蚂蚁般地在社会最幽暗处存在着，自生自灭着，居然也发散出一抹人性之光。诚然，这一抹人性之光过于微弱，无法烛照社会，只能在他们那一群体里闪烁不定。刁顺子作为装台人的"老板"，只拿一个双份钱，而且什么活重干什么。为了讨工钱，他还要经常自掏腰包去送礼。对继女韩梅，他非但没有歧视，反而善待有加。替墩子受罚，在佛堂前跪了一宿，当墩子悄然归队时，他也只是狠狠地骂了几句。对老师几十年的敬爱，对大哥的宽容，最后对死去的大吊媳妇与伤残女儿的怜悯，不经意间已经让我心中刁顺子的形象渐趋高大起来。正如鲁迅先生所形容的，须仰视才见。

刁顺子这样一个人，我们还要求他怎样呢？刁顺子本来决意放弃，不再装台了，但这群装台人却需要他，尤其是大吊女儿的不幸遭遇，逼使他重回带领大家讨生活的装台旧途。刁顺子已经将生命所有的那一抹人性之光全部燃烧殆尽。从开头到结尾，小说数次细致描写了蚂蚁搬家的过程，其象征与隐喻意味似乎不言自明。

八

21 世纪以来的中国文学成就与乱象并陈，"底层叙事"之后最重要的文学思潮可能要数"现实主义"重回文学主流；但我以为，许多作家对现实主义的理解多少有些偏离，将关注点集中在了方法的写实性和叙事的故事性，而忽略了思想与精神，更遑论哲学与批判的高度。

周宪在《思想的碎片》一书中说："当我们说文学有一种

文化批判功能时，这并不是说文学是一种参与社会变革的物质性力量。准确地说，它是一种精神性的力量。由此看来，文学对社会的积极作用，必然体现为它对人们意识或精神的影响和塑造上。在这个意义上说，文学的文化批判功能也就是它的意识形态批判功能。因此，文学生产对社会文化的外在功能，就呈现为它能积极地影响人们的精神。"陈彦及其《装台》将在哪些层面上积极地影响人们的精神呢？作为作家的陈彦和作为批评家的我都无力回答，暧昧的时间与变异的空间或许会作出最后的抉择。

"底层叙事"的新向度：精神困境的觉醒与挣扎

——读李凤群长篇小说《大野》笔记

一、李凤群"底层叙事"的新质与叙事向度

或许是因为作批评的缘故，读完李凤群长篇小说《大野》（载《人民文学》2018年第10期），我想到的第一个概念便是"底层叙事"。人道主义、知识分子的人文关怀，以及方法上的现实主义底色是这一文学思潮的基本元素；但经过二十余年的延续与积淀，似乎不再单一与纯粹，变得有些含混与暧昧。我无法想象"底层叙事"还会延续多久，会不会有新的思潮取而代之。因为这几乎是21世纪以来中国当代文学除现实主义外唯一持续发展的文学思潮，我便希冀着它能有所变化，或者提升，以至于将来累积至一个我们所期待的高度。怀有这样的心绪，试图发现某种新质，确是我阅读《大野》时的一种渴望。

以往的"底层叙事"作品，作家的笔力或者叙事向度，主要还是集中于生存境遇中的苦难与艰辛、命运的多舛，以及精

神情感的焦虑与漂泊，普遍呈现为一种形而下的情势，甚至表现为一种苦难的泛滥；为苦难而苦难，缺乏对苦难本身的超越，更谈不上思想、哲学与精神的高度，这也导致"底层叙事"一直崇高不起来，也伟大不起来。

在既有的"底层叙事"作品中，贾平凹的超越性更多地体现为传统文化与道德伦理的浸润，格非则是依凭着语言的诗性和意境的营构。格调，没错，是格调决定了其作品文学品质的优雅和高贵。李凤群的《大野》从整体情态而言，并未跳脱此前"底层叙事"的叙事逻辑。不过她没有沉溺其中，而是让两位女主人公在摆脱了"底层"的苦难与艰辛，甚至过上小康般的生活后，发现了自己的精神困境。作家将大量的笔墨挥洒到她们的觉醒与挣扎，以及为了内心的自由而选择反复逃离的过程中；尤其是她们对内心的叩问与精神的反思，超越了自身的"底层"身份，呈现出一重阔大的人生意蕴与图景。我以为，《大野》无疑为"底层叙事"注入了一种新质，凸显了一个新的叙事向度，甚至可以说对"底层叙事"的文学品质与精神高度有所提升。

当然，也可以将《大野》理解为成长小说，两位女主人公都是从儿时开始写起，一直到她们走入社会；或嫁人生子，或与情人同居，然后即将嫁人；由不谙世事到看破现实人生，甚至寻求精神的超拔与心灵的自由，直至成为一个独立整全的人。但是阅读的过程中，我依然感到遗憾，李凤群没有"将革命进行到底"，而是让挪威剧作家易卜生讲述的"娜拉"的故事在近150年后重新出现在我们面前。

鲁迅先生 1923 年在北京女子高等师范学校作题为《娜拉走后怎样》的演讲，答案是"不是堕落，就是回来"。近百年以后，两位女主人公今宝与在桃不幸被鲁迅先生言中，她们纠结、挣扎了好久，绕了许多圈，终于又回到了人生的原点。或许是囿于思想的匮乏与视野的逼仄，或许是受制于现实主义叙事方法的某种规约与局限，李凤群在接受访谈时认为："相信冥冥之中有神秘的东西在主宰人生，而人只需要去面对自己的生活就可以。"[1] 也就是说，她的小说叙事仍然处于一种自然的状态，或者说略有宗教感，但还没有真正上升到形而上与诗性的境界，尽管她本人喜欢史诗题材与《静静的顿河》。

"面对"，严格地讲并不怎样积极，因为真正意义的逃避其实是不存在的。

二、精神困境的觉醒、挣扎与思想、视野的局限

《大野》讲述的是女孩今宝与在桃的苦难艰辛的经历，包括她们的成长，整体而言并没有什么特别之处。毕竟，在中国的乡村人家，这样的生活状态并不罕见。所以，如果仅仅从苦难艰辛的角度理解这部小说，意义就大打折扣了。尤其是今宝，困扰她的是世俗之外的精神困境，她始终没有获得一种存在感、一种生活与精神的自由。丈夫老三与婆婆带给她的压抑，是她两次试图逃离的根本原因。在桃的命运就更不是苦难可以诠释的了，她更有机会获得一种悠闲与安逸的生活，但那不是她要的。她要的是一种精神的自由，甚至是不乏诗性的浪漫人生；

然而，即使付出人格与血泪的代价，终究不能获得。回到人生的原点是出于无奈，饱蘸着宿命的怅惘。这也是这部小说，或者说李凤群"底层叙事"的别样视角。

1. 交叉叙述的结构

《大野》采用的是交叉叙述的结构，单数章节用第三人称讲述女主人公今宝的故事，双数章节用第一人称，由另一女主人公在桃以信件的方式向今宝讲述自己的故事。从小说家李凤群的角度论，这个结构显然是精心设计的；但从读者的角度看，这种方式有碍阅读的连续性。人物故事的不断转换，容易导致读者思维的断裂，或者将情节混淆。我以为，李凤群采用这种结构更多是出于技术层面的考量，毕竟两位女主人公的生活经历没有交集，无法放在一起讲述。

虽说经历没有交集，但两个女主人公却可以看作一个人的双生，或者一枚硬币的两面；当然还可以理解为作家概括出的两种殊途同归的农村女孩子的人生与命运。尤其是结尾设置的两人在火车站的相识，将两个本不相干的人联结到了一起，有可能成为两个独立文本的小说终于有理由融为一体。尤其是小说的最后两句："这是在桃和今宝告别的最后情景。这也是她们此生仅有的一次会面。"读完小说，我仍然沉浸在她们的生存境遇与命运庸常之中，这两个句子让我陡然间生出无限的感慨与怅惘。这两个朴实无华的句子，像玉石一样，闪耀出温润洁净的光芒。

2. 今宝：无声的磨损与生活富足后的精神困境

今宝十来岁的时候，父亲便亡故了。她没能如父亲愿考上大学，两个弟弟都不爱读书。家中生活窘迫，让两个弟弟无法抬头做人。被大舅舅寄予厚望的小儿子吴波被群殴致死，且没能得到公正的判决。回家一年了，今宝也没找到工作，而两个好友杏红、梅园都外出打工去了，孤独的今宝不免有些焦虑与茫然。这些当然是苦难，但对今宝而言，却不算是大不幸的灾难；今宝的痛苦在于，面对这一切的时候感到无力也无助，这种近乎无声的磨损却酝酿出不可比拟、不可言说甚至说不上是痛苦的东西，带着温柔的暗黑的嘲弄意味，让她想哭。这是今宝不同于，或者超越乡村其他女孩的地方。

五年后，今宝嫁到县城。丈夫老三，也是农村人，较早地进入到了 1990 年代的商品经济大潮中，靠推销电线厂的产品发了财。后来，老三还将今宝的两个弟弟带上一起干。从世俗的角度论，此时今宝已经过上了比较富足的生活。但婆婆是那种老派的勤俭为本的生活观，与今宝格格不入；老三整天在外面跑，回来就是脱衣服上床扑到她身上，情感上却是冷漠与隔膜。此时的今宝，感受到的是极端的压抑。今宝开始怀疑自己的生活与人生，她感知到了精神的困境，并有了第一次逃离。这次逃离的意义对今宝而言是非凡的，既是思想的觉醒，也是对命运的抗争，从而使得她的人生有了一个新的境界——心灵的自由。也正是这次逃离，两个命运近似的女孩才有了一次刻骨铭心的火车站的相遇。

两天后，今宝回家了。也许是心理准备不足，或者现实生活的实际境况让她无法超越，她开始反抗现存秩序，算是对没能逃离的一种补偿。婆婆搬走了，老三的态度也因今宝怀孕而改变，对她极尽呵护之能事。今宝因为每天跑步而流产，老三又回归原来的样子。后来，婆婆死了，两个弟弟把老三的五百万元骗走了，他成了穷光蛋，也让今宝认识到他只是一个走过运的普通人。第二次没离开是因为今宝自己的想法变了，她对杏红说："我觉得，到哪里，在哪里生活，大体都是差不多的，没有哪一个地方更重要。表面上看，世上没有两个长得一模一样的人……大家脑子里想的都差不了多少……如果有什么我想要的东西不在身边，它也不在远方。"又说："我是甘心的。我很享受现在的生活。"是什么让今宝开始向回走呢？包括在桃也是，转了一圈又回到生命的原点？小说没有给出具有足够说服力的转变原因和过程；而这样的结局也使得小说在已经初露"底层叙事"的新质气象后，断崖般跌回原点。

3. 在桃：情感的迷失与"被侮辱与被损害的"命运绝望

在桃与今宝的根本不同在于叛逆，敢于反抗，不受拘束。老师都被她气得摔了跟头，染破伤风死了。在桃父母离异，她七岁时被母亲带回家住了一宿，后来十几年对母亲的恶劣印象就停留在了那一时刻。直至母亲去世，她都不曾原谅，甚至连见一面都不肯。没过几年，父亲给她找了一个后妈。十岁的时候，她被父母两个都给抛弃了。此后，在桃性格中刚硬、火暴的一面暴露出来，但她一直在执着地寻找爱。在桃写给今宝的故事的第一句颇为深刻，那是她青春的泪水、心血与苦难经历的结晶："我不认识爱，但我认识不爱。"她渴望有人把自己解救到真正的生活里，这个念头一直贯穿在她的思想和后来的生活中。所以，后来在情感上的逆来顺受显然与她的性格不符，似乎只能理解为情感的迷失，或者儿时缺少母爱，渴望一种情感的抚慰。

十一岁的时候，在桃有了第一个朋友小诸葛，骑一辆老式挎斗摩托车。在那个时段里，他带给在桃的速度与激情，让她有了向往，是跟母亲相反的方向；但是不久后他就消失了。初中毕业后，在桃就在普济圩劳改农场和县城之间晃荡，长得更像父亲，身材很壮实，眉毛很粗，方脸。农场的十字街上来了个乐队，在桃结识了乐队歌手南之翔，他让在桃想起了远方，想起了爱，想起了忧伤，同时又想起了家。在桃被他迷住了，开始跟着乐队跑。在桃明白越跟下去，无边的黑暗就越接近，可是不跟着他们，感觉自己的存在更没有意义；但乐队及歌手南之翔还是抛开她远走他乡。无所事事的时候，赶上征女兵，因为硬件条件不够，她被武装部的胡干事诱惑后破了身，兵却没当上。之后在桃进了一个草台戏班子，她在里面唱通俗歌曲；可是不多久，老板跟人发生争执，心脏病发作死了，戏班子散了，她又回家了。若论苦难，今宝恐怕不及在桃，尤其是此后在情感方面，在桃的遭遇可以说是令人扼腕。

二十岁时，在桃在酒吧里，被一个名叫陈志高的县质量监督局的公务员追求。他条件不错，有一个漂亮的两居室房子。他要帮助在桃去进修，学小提琴，俩人开始同居。在桃认识到，像她这样经历过贫穷和孤独的女孩子，一幢房子和一个男人应该是她的归宿，这是最好的结局；可是，陈志高的家门外安了防盗门，门锁只有他能打开，这让在桃有了种被幽禁的感觉，因此她开始抵抗和拒绝。这是一种精神、自由与肉身、现实之间的冲突，对一个只有二十岁的生活在农场的女孩而言，无疑堪称伟大的自省与发现，这种精神困境的觉醒与今宝似无二致。对在桃而言，逃跑已经是她的命运。有个细节值得一提，后来，在桃强行要出去，陈志高却说，很长时间防盗门都没锁。这有了点儿寓言或哲学的味道，在桃已经被规训得不再想什么自由了。

离开陈志高后，在桃去了苏州，在一家元件厂打工。有一天父亲来电话，说母亲要来看她。但她不想见母亲，也因此，她又离开了苏州。在杭州，在桃与南之翔重逢，这已是他们分别十年之后了。南之翔在歌厅唱歌，激发了在桃内心沉睡的区域，使她困惑和沉迷。在桃坚持每天去给他送花，还在他驻唱的歌厅附近租了间一居室的房，花掉工资的一多半，并开始陪他上床。作为"被侮辱与被损害的"形象翻版，在桃的噩梦拉开了序幕。因为南之翔已经结婚，在桃不能跟他约会；而他什么时候想睡在桃，就什么时候来，睡完后，幸福地抽一支烟，心满意足地离去。可是他却要求在桃不能跟他挨得太近，说艺术家的名誉比生命还重要，还说有牺牲的爱情才是完整的。可是，在桃说："我认。"这就没办法了，只能用命来解释了。在杭州一年多的时间里，在桃几乎没交任何朋友，多数时间打工，另外的时间用来等南之翔。有一天晚上十点多钟，南之翔阴沉着脸来了，狂躁地把在桃蹂躏完了，命令她给他弄点饭吃，然后在桃又烧水给他泡脚。他却说，他在一家高级酒店请当红女明星吃饭，连看都没敢正眼看人家一眼。子夜一点的时候，南之翔穿好西装，还照了照镜子，离去。（在桃在反思的时候认识到，如果有妈妈教我，她一定会告诉我这就是真正的下流。）看透了南之翔的在桃退掉了房子，离开了杭州。在桃感受到了一种进退不能的"无力"感。在杭州周边游荡了几个星期，在桃又回到了杭州，她还想看看南之翔在她离开后会怎样。结果，她又遇到了南之翔，又被他蹂躏一次。这之后，在桃的心真的死了，一滴眼泪也没有。在南京，她发现自己怀孕了，做流产还遭了二茬罪。

母亲死了，不久，父亲也去世了。她回农场办理父亲的丧事，把父亲留给她的房子给了后妈的小弟弟。令人想象不到的是，带着一副看透了的决心走向自己的黑夜的在桃，最终选择留在了农场，即将嫁给一个一天能挣五百元钱，会打家具、砌砖墙、盖屋顶，还会修各种家电的男人。她这样说："我曾经以为自己不喜欢平淡的人和生活，现在它实实在在被我接受了……我以前有改变生活的渴望，我把它误认为幸福本身。它俩是两回事，渴望只是渴望，而幸福只是幸福。"此时的在桃和今宝一样，转了一圈又回到生命的原点，令我唏嘘不已。

三、生活经验的贫乏与故事格局的逼仄

经验在作家写作中的地位或作用是不言而喻的，尤其是小说作家，缺乏经验几乎是不可想象的。也因此，诗人的早熟就比较普遍，而小说家，即便在世界范围内，过早成名并写出代表作的也是鲜见的。那么，经验是什么呢？我们现在有经验吗？（我指的是文学史意义上的经验）经验是作家的生活与经历吗？

当然是，但又不完全是。或者说生活与经历是经验的一部分，是经验的基础或素材。按此逻辑推论，经验当是生活的提炼与概括，是一种主观性的观念。本雅明就认为，经验是年长者传给年轻人的，权威者通过谚语，絮叨者讲故事。可是在经历了一战后，经验贬值了，再没有了正经能讲故事的人和临终者可信的话。谁能在关键时刻想起一句谚语？又有谁愿意试图以他的经验来和年轻人沟通？[2]

本雅明说上述这番话是 1933 年，八十多年后的今天，我并没感觉到时间或空间的距离。在经历了那么多的痛苦与磨难后，我们获得了什么样的可以向后代讲述的故事与可信的话呢？（我指的仍然是文学史意义上的）

那么，绵延近二十年的"底层叙事"，给我们提供了什么样的具有上述"经验"的经验呢？说其只有叙事而无"经验"似乎过于武断或冷酷；但我又读不出，或者概括不出如本雅明所指认的那种意义上的"经验"。原本，在《大野》中我发现了"底层叙事"的新质，即对精神与自由困境的觉醒与挣扎，沿着这一向度，李凤群有可能将"底层叙事"的"苦难叙事"提升为"精神叙事"，甚至是"形而上叙事"；遗憾的是，作家似乎还不具备那样的思想高度与艺术视野，她居然让已经走出世俗价值与伦理的两个女青年重归生命的原点，从而终结了她们为之付出了青春与血泪的对精神与自由的叩问和追求。或许，作家经验的现实可能就是这样的残酷与无奈；但文学或艺术何以成为人类赖以存在的理想与情感的栖息地呢？此时，我又想到了易卜生的《玩偶之家》，又想到，李凤群是否会想到鲁迅先生那篇《娜拉走后怎样》的著名演讲。或者，李凤群只是想真实地呈现当下生活的现实，还原那些底层女性难以摆脱的人生命运。果如此，李凤群的"底层叙事"便仍然滞留在自然主义的层面上，还无法达到望大师们项背的高度。

此刻，作为读者我已经入戏太深，竟然忍不住想替作家重新设计一下《大野》的结局。在桃因为父亲去世而回到农场，处理完后事，她打电话给今宝，约她见面。今宝接到在桃的电话后就准备去农场与在桃见面，并告知丈夫老三，就如现在小说写的那样，老三说从来没听她说过有这样一个朋友，也从来不知道她曾有两天离家——一种对今宝与在桃即将会面的现实存在的根本否定。然而，今宝还是毅然决然地离开，一种逃离的感觉。而在桃那边，父亲的老同事，或亲戚纷纷前来给她介绍男朋友，都被她婉拒。在桃已经订好的旅店，不大，跟她们第一次相聚的那家有点相似。此时，她正匆匆地赶往长途汽车站，去接今宝。她没有沉浸在父亲去世的悲伤的气氛里，仿佛一切都会因今宝的出现而重新开始。如此，留给读者一个悬念，她们会有一个怎样的未来呢？也就是说，将结尾虚化，像中国画的留白。留白也是画，只不过没有画。

或许，将《大野》放在那些经典名著里比较有失公允，我只是想在一个有力量且有意味的格局中来品位小说中的故事。这种格局或许包含如下几个关键词：人生体验、独一无二的表现方法、一个不寻常的事情正在发生的幻觉、特别的尖锐性或目的论。理解这些关键词并不难，难的是作家需要对还处于自然主义状态中的生活碎片进行提炼与概括，在虚构叙事与现实真实的混沌关联中，用更加深刻、精准且有力的形而上思考来讲述故事。

《大野》在小说叙述方法与结构上进行了带有个人风格性的探索，这一点在以往的"底层叙事"文本中并不多见，也值得"底层叙事"的作家们反思。罗伯·格里耶在《为了一种新小说》中说："从福楼拜到卡夫卡，一种演变关系被强加给了人的精神，它呼唤着一种变化。曾经激励着这两位作家的这一描写的激情，正是人们在今天的新小说中发现的东西。在这一位的自然主义和另一位超感觉的梦幻谵妄之外，勾勒出了一种陌生体裁的现实主义写作的那些首要因素，现在，这样的一种写作正在诞生。"[3] 我期待着这样的"底层叙事"小说。从这样的作品中，我们不仅会相逢抗争的命运与整全的人生，还有一个时代的精神剪影。

注释：

[1]《故乡，我从未离开过》，《新安晚报》2014 年 5 月 22 日。

[2]〔德〕瓦尔特·本雅明著，王炳钧、杨劲译：《经验与贫乏》百花文艺出版社，1999 年。

[3]《为了一种新小说》湖南美术出版社 2001 年 10 月第 1 版，第 78 页。

写出幽微无言的生活之深

——黄咏梅短篇小说集《走甜》读记

一、从日常经验的线团里找寻意义的线头

黄咏梅是个爱猫的女人。这一点，从她的微信朋友圈里可见一斑。经常可见的画面，大致有两种。一种是与猫咪对视，猫咪的眸子纯粹且幽深，充满了对世界的好奇和警觉，如同镜像，映照出五光十色的小世界；另一种是从猫咪的身后拍过去，似在借用猫咪的视角，悠闲散淡地打量窗外的风景。小区里随风摇曳的花木、广场上跳舞阿姨们夸张的颦笑，底商美发店里操着港台腔的年轻师傅，这些寻常日脚、俗世风物都被猫咪收藏进邮票般精致密实的视域里，当然这视域也是黄咏梅的。

维特根斯坦说："要看到眼前的事物是多么地难。"习焉不察的事物最不容易写。远方、宏阔、伟岸的事物，可以有充分的想象空间，而身边那些具体、细小、卑微的事物呢，要进入作家视域很难，写得出彩就更难；而黄咏梅恰恰是个擅长写日

常生活的女作家。就像猫咪执着地要在乱麻一样的线团里找出线头一样，黄咏梅也总是持续不断地从我们身边的俗世烟火中，牵出一个个出人意表却又意味深长的故事。她的笔下没有多少传奇，更多的是日常经验。在她看来："日常生活和写作之间的重要关联在于，怎样从日常生活的蛛丝马迹中看见、认识并且呈现出难以言说的时代和历史意义，而不是为我们已经审美化的商业景观锦上添花。"

谈论当下的中国小说，一个核心词语一定会高频出现，那就是"日常经验"。毋庸置疑，日常经验是作家们最为倚重的写作资源。日常经验，好似一个巨大的无物之阵，统摄覆盖了现实生活的方方面面，成为沟通个体与时代的最为重要的通道。更进一步说，日常经验正在成为吞噬一切的黑洞，对日常经验的高度依赖已经成为当下文学创作的一种症候。与之相对应的，极端经验正在衰弱甚或消亡。说真的，我倒是渴望从黄咏梅的小说里读出些大漠孤烟、金戈铁马、波澜壮阔的雄浑味道来；但是对不起，那实在是与猫咪的气质不符。不是猫咪可以自由出入的领地，或许也不在黄咏梅的视域里。

这么说，殊非贬义。事实上，日常经验并不好写。现在有一种流行的说法，认为中国的社会转型如此剧烈，时代变革如此深刻，现实生活的丰富性远远超过了作家的想象力。实则不然，所谓的文学想象力，不在于作家能想象出多么荒诞不经、稀奇古怪的事体，而在于作家的目光能穿透事物的表象，在有限的"世相"空间里，表呈迥异常态的微妙感受和发现。从这个意义上说，聚焦日常经验，写出幽微无言的生活之深，无疑是这个时代最有难度的写作一种。

短篇小说集《走甜》（花城出版社 2019 年 4 月），收纳的依然是俗世生活和日常经验。职场、情感、家庭，写字楼、咖啡馆、老街巷，构成了一个个缠绕纠结的线团。读小说时，我仿佛看到，黄咏梅炫技般从容不迫地从中梳理出线头，铺展开一个个耐人寻味的故事。从这些精短的故事里，除了能读出黄咏梅式的安静与温暖，还能感受到一种理性和思辨的锋芒。

二、守护"古老情感"的恒常价值

《给猫留门》有着精密纤巧的小说结构。现实时空里，老沈与儿子沈小安关系紧张，妻子去世后更是无法有效沟通。儿媳妇李倩与公公之间的矛盾引而未发，母女关系也缺乏温情。李倩对猫毛过敏，不让女儿养猫，孙女雅雅无法与爷爷走得更近。这些看似无法克服的矛盾因为一只小白猫"豆包"的出现，而暂时得以缓解。爷爷收养这只流浪猫"豆包"，便成了维系爷孙和父子关系的纽带。多年未见的老同学刘进乐突然来访，戏剧性的偶然因素改变了生活原有的逻辑，打破了老沈家微妙脆弱的平衡。刘进乐作为外部世界的闯入者，一方面，勾连起老沈不无悲情的个人命运和家族前史，揭露出老沈父子矛盾的根源；另一方面，客观上造成了猫咪"豆包"的走失，引爆了老沈家庭内部的现实危机。怎样向孙女雅雅和儿子沈小安作出交代，成为老沈如鲠在喉的心结。

猫咪，虽然不是小说的主角，却担负着重要的叙事功能。

过去时态里，老沈赶走了儿子沈小安心爱的大黄猫；现在进行时态下，老沈又丢失了孙女雅雅心爱的小白猫。猫咪既是情感的容器，承载着脆弱的亲情，亦是命运的隐喻，指称着老沈的父亲以降三代人无处安放的人生。老沈的父亲曾偷渡南洋，名义上的华侨身份在特殊的年代里成为一种原罪，却在变革来临时成为一种资源。然而深重的历史背负使得老沈无法及时顺应时代的巨变，而儿子的命运亦因此而沉沦。从这个意义上说，小说中的人物虽然不是马尔库塞所批判的那种极度商业化社会中的"单向度的人"，却是另一种历史情境下的"单向度的人"——历史在其中处于匿名状态的不自由的人。

小说结尾处，老沈转脸去看自己曾经工作过的防空洞，眼中没有商业街的喧嚣和繁华，心里满是对儿子的歉疚。草木翕郁，山体浑圆，依然难掩山体内部的恒久伤痕。老沈到底没有说出想向儿子解释的话，围绕着猫咪的走留所做的所有想象和希冀，都被儿子漫不经心和不痛不痒的回答所击碎。面对正在钓鱼的儿子，父亲那种谨小慎微、那种逡巡踯躅，令人心疼。在那一刻，老沈就好像那条上钩的白鱼，默默承受着命运给他的致命一击。那些历史的隐痛、人生的悲剧终究无法在现实中得到抚慰，命运的乖谬也无法与现实的遭际轻言和解。那种迁延了半个世纪、关涉三代人命运的心灵重负，最终被轻描淡写地悬置了起来。父与子真的和解了吗？痛苦还在轮回吗？无奈还在传递吗？在历史的无物之阵里，个体生命尖锐的痛感，宛若一声沉重喑哑的叹息，在空旷的江面上散佚，听不到回声。

黄咏梅试图复现一种古老而隐秘的情感，坚守一种恒常不变的价值。几代人默默承受、彼此小心翼翼守护的恰恰是小城街巷里散淡的寻常日脚，是最可宝贵的亲情、最可珍重的人世。诚然，时代在剧烈的变革，但对普通的个体生命而言，对于绝大多数无言的个人来说，世界也可以是不变的。历史蜿蜒向前的河道里，有泥沙俱下的翻腾，亦有静水流深的守成。老沈还会给猫留门，但猫咪不再回来，一起走失的或许还有那些刻骨铭心的疼痛。

小说的故事层面并不复杂，却留存了丰饶的时代信息。老沈与父亲、与沈小安之间的情感鸿沟连同那巨大而空旷的历史纵深，居然被前后两只猫咪填补、缝合了起来。小说的结局没有向外飞升、向上拔擢，反而是向内收敛、向下坍缩。那些无言的痛苦、无处安放的命运，那些沉重异常、力有千钧的人生况味，一同隐遁到了历史的深处，让人感喟时光的力量、生命的流转。黄咏梅总是怀有猫咪般敏感而细腻的情怀和心事，因而她看待世界的角度是不一样的。每一重与历史联结的通道，都凝结着作者对时光、记忆和生命本身的真切体验。

同样是描摹隐秘而幽微的情感，《病鱼》的表达显得更为集中也更具戏剧性。因为承受不了"我"的轻蔑、训斥和怀疑，满崽突然行凶劫持了"我"，这一突发事件，打破了原本平淡甚至于无聊的生活节奏。满崽就像父亲鱼缸中那条生病的发财鱼一样，孤独而悲伤，疯狂而绝望。多舛的命运和糟糕的境遇将满崽塑造成了一个怪胎式的可怜人物。小说从始至终都在铺垫一种怀旧的情绪，"我"父母对满崽的关切与包容，当然指向了一种悲悯的情怀，更可珍视的还有"父一辈子一辈"的特殊情义，那是一体化时代的遗产。

同是小人物，同样经历了特殊的年代，"我"父母之所以给予满崽这条"病鱼"以最大的温情和包容，其背后的逻辑，依然是一种古老而隐秘的情感，依然是那种恒常不变的价值，那是父辈们亲手建构并勉力坚守的情义的世界。父母去监狱探视满崽，满怀父母般的爱与温情。作为同事，两家人共同经历过那个困难的年代。浓重的人情味，恰恰是医治现代人心灵隔膜的良药。父母生活的小城，保持着稳定不变的样貌，仿佛依旧处于"前现代"的状态。作为女儿的"我"，经过大城市现代文明的洗礼之后，再回家反倒成为了一个闯入者、一个持异见者。一进小城，感觉什么东西都小，就连母亲，都觉得缩小了一倍。这种别有深意的反差有趣且有力，映衬出小说结尾处，父亲抱起满崽这一举动的辉煌和壮丽。鱼缸里和人世间宛若"平行世界"，互为镜像，互为隐喻。鱼生病了，可以用消炎药治疗。满崽心灵的病症与伤痛，却需要包容、尊重和爱来医治。小说看似是写日常，其实是写存在；看似是写生活，其实是写命运；看似是写现实，其实是写历史。满崽说："孙叔叔，我曾经试图改变过，那个命运。"这句简洁的话，裹挟着巨大的悲伤与无奈，令人心碎的同时，也透露出黄咏梅对时代变革大潮下弱者命运的关切和省察。

小说结尾处，满崽与"我"父亲告别时的神情，就像在跟一个兄弟告别。在这里，满崽与父辈达成了和解。"我"父亲对满崽父亲在"文革"批斗时踹向自己那一脚，也给予了毫不迟疑的谅解。《病鱼》就是在写这样一种值得珍视的中国式的情感和人际关系，尽管苦涩、悲凉却也坚韧、温情。其实，这种情感距离当下并不久远，从父辈流传下来也不过几十年的时间。然而这几十年间中国社会发生了太过剧烈的变化，社会阶层、伦常道德、家庭结构、人际关系都发生了根本性、颠覆性的变化。看似繁华光鲜的现代性生活表象之下到处潜藏着裂隙，需要填补。无论时代如何变化、苦难如何重压，日常生活都坚定地在着，不容修改，人的内心深处也总有一些恒常价值是不变的。从这个意义上说，日常生活是时间长河中最为稳固的部分，是人类精神永不破败的肉身。

或许，当下的文学过度依赖日常经验，使得作品的主题、故事的走向、人物的形象多有相似之处，但这并不是问题的核心。核心在于价值危机，价值危机才是文学真正的危机。价值危机导致精神的溃败，直接代价是把人格的光辉抹平，只相信人性的黑暗。写不出值得珍重的人世，无法给出对世界具有建设性的判断，这也透露出作家的灵魂视野存在着重大的缺陷。而黄咏梅的文字里，充满了基于理解的同情和释然，她小说中总有"我"的存在。那种感同身受的关切和悲悯，使得她笔下的人物最终都能得到尊重和理解。正因如此，她笔下的生活是值得珍视的，她笔下的人物是值得同情的，她笔下的苦难是可以超越的。

三、极端经验与日常经验的"互见"

黄咏梅的小说大都有着温情脉脉的故事外壳，内里则蕴含着一种深刻的悲伤和冷静的省察，那是作家对日常生活的洞见。

她不满足那种只是向内关怀自己的生活，而试图从高度和广度上拓展生活的边界。她敏锐地发现了生活中的问题，而且尖锐地表达了自己对生活的质疑。

《献给克里斯蒂的一支歌》写的是职场生活、女同事之间的关系。"我"虽是有着英文名字的职场女性，价值判断却极其传统和保守。对比之下，克里斯蒂就是一个奇怪的、谜一般的人物。她的存在，如同给理所当然的日常生活方程式里代入了一个变量。事实上，她的突然离去并没有改变小说的故事走向，一切都依然按部就班地进行，但是人生的况味已经发生了潜在的、不易察觉的改变，作家追求的就是这种复杂微妙的变化和可能性。

小说刚开始，克里斯蒂就来"我"家拜访，还推荐了她最喜欢的《圣诞忆旧》，"这个苏克，很 sweet 的"。甜腻的感觉可以遮蔽生活的庸常，是麻醉剂，也是障眼法。按照世俗的标准衡量，克里斯蒂是一个失败者的形象，四十多岁了，名字还排在部门的倒数几位，升职无望。可是，从没见她有任何不满情绪。当我和其他人都对职场潜规则既愤懑不平又跃跃欲试时，克里斯蒂却超脱地看穿了职场的本质，始终保持冷静的头脑和清醒的判断。下班途中，"我"见到她，短发里垂下两根白线，戴着耳机，她沉浸在自己的世界里。世界在她的眼中被听觉重新塑形了。这是一个有意味的细节，她选择听她自己想听到的声音，自觉地和喧嚣的世界隔离开来。仍然是一桩突如其来的意外事件，打乱了日常的节奏。克里斯蒂毫无来由地参加了一场游行活动，并从此从公司消失了。而"我"和男朋友实现五年规划，按揭买房，要结婚了。两种生活选择和价值判断互为镜像，彼此映照。"我"代表的是一种普遍意义上的世俗生活，当属日常经验；而克里斯蒂表征的则是一种极端经验，是传奇，是谜语，她尽可能保持着自身的独立性。这种遗世独立、不同流俗，恰恰是对现代性语义下人们单向度生活的反拨。

关于现代性与日常经验的关系，黄咏梅说："小说于我而言，就是写生活中的人和人、人和世界的关系，书写内心的想法和感受。主体性，相较于传统，主体性的彰显大概是审美现代性的特质之一吧。"她所写的这一组"人到中年系列"小说，抽丝剥茧般剔除了现代性覆盖在日常生活之上的精神罩衣，将诸如孤独、暧昧、出轨、嗑药、冒险等等这些现代性的症候置于前景，暴露在阳光和灰尘之下。在黄咏梅的小说里，咖啡不仅是现代生活的道具，也透露出作家的观念和立场。现实生活往往对应着咖啡的苦涩，需要加糖来调味。走甜的本意，就是黑咖啡，不加糖。对应到黄咏梅的写作伦理，就是祛除现代性之魅，祛除甜腻的遮蔽，抵达本质的澄明，揭橥生活的真相。走甜是一种品位，也是一种眼光。黄咏梅用她机警的目光，审视着日常生活。眼光的背后，作家的价值判断亦袒露无遗。

在《走甜》里，黄咏梅采用双重视角，分饰男女，写中年人的情感生活，精准而细腻。苏珊是记者，人到中年，内心渴望激情，憧憬平淡的生活中偶有浪漫的邂逅。苏珊依然怀有一颗少女心，渴望浪漫、刺激，试图于庸常的家庭生活之外，寻觅新鲜的情感慰藉。在苏珊这里，纯粹的情爱当然是一种极端经验，能够抵消日常经验对生命、青春的损耗。小说的另一重视角是他的，一个有魅力但是事业上遭遇瓶颈的中年男人，闷骚、精致、自恋。小说中，咖啡是一种重要的隐喻。苏珊喝惯了走甜的咖啡，倒觉得醇香，越浓越黑，仿佛独自一人走在伸手不见五指的夜里，体会到某种神秘和美妙。而他选择的却是甜咖啡。他很自恋，要去求官。说到底，作为苏珊的镜像，他是一个世俗的人。苏珊的各种想象，其实都是为了对抗日常经验，对抗庸常，与他相比，她的想法更加纯粹。她只是想要重新确证自己的身体，渴望一场不一样的情爱，有肉身感却无肉欲。小说花了大量的篇幅铺垫她与他邂逅的美好，爱情到来的欣喜，却在结尾处发生了戏剧性的反转。一瓶斧彪祛风油，搅黄了激情的约会。影响故事走向的是一个小小的道具——苏珊的老公宋谦从香港带回来的正版斧彪祛风油。关键时刻，正是苏珊身上祛风油的刺激气味如当头棒喝把男人拉回到了日常，从暧昧的情愫中清醒过来。最具讽刺意味的是，他虽然放弃了美好的性爱，却同时收获了仕途上升的机会，获得了妻子的褒奖。苏珊这一晚却睡得很好，老公在床边放了一个紫檀木的小斗柜，疑似治好了她的失眠症。这些小道具的存在，无非是在提醒主人公，那些所谓的美好与刺激，不过是虚妄的浮云，现实生活的冷酷逻辑究其实质就是不断祛魅的过程。她与他，在互见中，映照出彼此的中年镜像，生活和爱情的真相亦随之水落石出。

《证据》中，人和鱼的对话是在梦境里，忧郁且荒诞。沈笛是个家庭主妇，就像那条消失的蓝鲨一样，折射出的是现代性的夫妻关系。婚姻关系中的女人，却处在前现代的思维逻辑中，在家庭的封闭空间里左支右绌，男人却在网络等公共空间里游刃有余。沈笛发了一条微博，这一戏剧性的因素，改变了故事走向。又是一桩极端经验，打破了日常的平衡。大维的处理方式，并没有考虑到沈笛的感受。在大维不在的日子里，沈笛用摄像头正对着床上的自己，想要留下所谓的证据。当日常生活中充斥着虚妄、谎言、策略时，当网络的虚拟世界与家庭封闭空间的隔断被推倒时，她想要用物理的方式简单粗暴但却直接有效地表呈现实生活的真相。

更多的时候，作家都在写一种理想、一种向上升腾的东西、一种抽象的事物，或者是一种语言的自我缠绕，而很少看见人在生存的地面上前进时所留下的痕迹。写作的难度在于回到普通的人群中，回到此在，回到事物和存在的现场。然而，日常经验写作最容易陷入的泥淖，就是被纳入公共价值的领域，以致无法再获得"个人的深度"。经验之所以会被缩减、被单一化、被公共化，一个重要的原因，就是经验丧失了独特性，而经验的独特性又总是和细节的雕刻联系在一起的。

一个作家如果无法找到一些真实、动人的细节来承载他所要表达的东西，那么他所提供的经验就很可能是虚假和公共的。读黄咏梅笔下的日常生活，时有细节绵密、活色生香之感。就如同《献给克里斯蒂的一支歌》里的那条白色的耳机线、《给猫留门》里的那条白鱼、《病鱼》里的那条发财鱼、《证据》里的那条蓝鲨，她对细节的观察、复现、夸张、变形，赋予日常生活另外的可能性。细究起来，会觉得她笔下的日常生活虽然描写细腻甚至穷形尽相，但已然具有了不同寻常的新鲜面目，甚至会感到真实得有点可疑。在日常经验与极端经验的互见中，黄咏梅描摹出现实生活的镜像，进而发现整个世界的不同，依凭的是个人化的深切体验，是跳脱公共话语的独异判断。

四、超越性的写作伦理与形而上思辨

黄咏梅当然不满足仅仅精准复现庸常生活的本来面貌，她还要赋予自己的小说以思想的向度，也即形而上的超越和思辨。进入 21 世纪的第二个十年，超越意向在当代文学中渐渐敛去了应有的锋芒。很少看到有作家作出关于终极价值、神性、本源、生存意义这一类的迫切追问，或者可以说，这种追问的冲动几乎丧失了。黄咏梅对现实的超越，并不拘泥于夸张和变形，更重要的在于对现实问题的介入，并给出作家的判断。

《暖死亡》写的便是一种超现实的情境。小说从男主人公林求安清晨的梦境开始，办公室职员的感官被各种放大，却不失真。尤其是身体被四面八方的力量撕扯的段落，写得精彩极了。梦境终了，林求安所处的是失业之后的居家状态。小说并没有写生活的不如意对人物造成的伤害，反而以食物为中心来重新塑造人物关系和生活方式。从身体、性情到情感、精神，食物对人的改造是全方位的，不无颠覆性地重新确证了生命的存在和意义。妻子张小露痴迷于做饭，丈夫林求安痴迷于进食，都是一种瘾，是一种病。黄咏梅把抑郁症患者因病态而异常的肉身感官写得精准细腻，将夫妻间的爱意和依恋写得酸楚、深沉，进而在相互的吞噬中释放出彻骨的疼痛和寒意。小说结尾有着强烈的荒诞意味，林求安开始面对死亡，思考死亡，并执拗地去殡仪馆求证死亡。他关心火化炉能否装得下自己的身体，门卫老头儿的谎言，让他安心、兴奋。走路回家的过程中又产生了幻觉，开始飞翔。他回到了精子的状态，飞向太阳，涅槃重生。事实上，荒诞也好，超现实也罢，黄咏梅探讨的是一种撕裂庸常生活的可能性。

超现实可以是一种艺术处理、一种技巧，或者是一种想象方式，甚至是一种看待世界的角度。超现实是一种美学意义上的异己入侵，是对极端经验的重新发现和倚重。《带你飞》写的就是一种极端经验。主人公嗑药后产生的幻觉和现实中的奇怪举动，令人难以区分现实还是超现实。小说中的超现实对应的是一种精神分裂的症候，无论是抑郁症还是精神分裂，都是现代社会人们必须直面的病症和问题。小说中的夫妻想方设法要摆脱庸常生活的束缚。结尾处，夫妻俩步行回家，严行进爬到叉车上，说要带米嘉欣飞。中年男女渴望找回失去的青春激情，不惜用一种分裂的方式，将肉身拉向天空。这种荒诞不经的变形，指向的依然是对庸常现实的不甘和反抗。

《三皮》使用了一个套嵌式的小说结构，开启了多重时空。三皮在与树的对话中，自己也变成了树；在与网友的聊天中，他是一个身形丑陋、自卑但渴望尊严和爱情的青年；在一桩激情杀人案里，他是不堪屈辱、残忍冷酷的杀人犯。网络游戏将他与正常的世界区隔开来。可笑也可悲的一幕出现在小说结尾，派出所长韩及时给三皮安排了一场面试，结果三皮崩溃了，交代了杀人的事实。审讯室外，年轻的民警，对着电脑看视频，看到三皮承认杀人后，激动地叫了起来，犹如在观战一场电子竞技比赛。从现实到游戏，在一个无限衍生的世界里，悲剧、喜剧循环上演，而人的尊严却失落无地。

《杀死王老虎》则直接将网络生活与职场生活平行对位，写出了网络对现实生活无孔不入的渗透、侵蚀、影响和重新塑造。两重空间里的故事，互为镜像，而人物则处在精神分裂的状态中。日常生活中得不到的、排解不了的情绪转移到网络世界中，在游戏中解决。王朝阳就是王老虎，形同"双生"。虐人、被人虐，左右手互搏折射的是现代人的无聊与无奈。黑色幽默的故事表层之下，潜藏着现代职场的存在本相。

我们的日常生活究竟还有多少可能，是否只有经由病态和意外才能开启？黄咏梅的这一组小说中，大都有来自外部的戏剧性因素的介入。意外的事件，导致情节反转，打破日常平衡，预示着生活的复杂性和可能性。这让我想起了平行宇宙理论，这是量子物理学里面颇具争议的理论假想。世界是由量子构成，只要一个细节发生改变，也即一个量子不同，整个宇宙就不同了。平行宇宙是指从某个宇宙中分离出来，与原宇宙平行存在着的既相似又不同的其他宇宙。有学者描述平行宇宙时用了这样的比喻，它们可能处于同一空间体系，但时间体系不同，就好像同在一条铁路线上疾驰的先后两列火车；它们有可能处于同一时间体系，但空间体系不同，就好像同时行驶在立交桥上下两层通道中的小汽车。从这个意义上讲，我们习焉不察的日常经验，应该也有多重面相，差异性与更多的可能性取决于作家的独特发现和具有哲学意味的阐释。

当下的中国作家写小说时，多从社会、政治、历史和生存等集体性、物质性的层面展开叙事，黄咏梅则反其道行之。她的小说始于个人，也终于个人，皆从微观边缘处落笔，呈现人类微妙难言的心灵角落，体积纤小，声音轻细。以微观指喻整体，于殊相隐含共相，其妙不在证明公理，而在揭示幽微。黄咏梅的小说从日常经验里来，但却最终超越日常经验，总能写出别样的况味。日常经验宛若一个坚固的容器，里面装着她警惕的目光。

黄咏梅的微信头像就是一只慵懒的猫，卧在窗台上，双眼轻合。猫咪的心思小巧纤细，却也敏感多情，像极了黄咏梅的写作，灵动而警觉，屡有独特的发现。她总是心怀诗意和温情，却也有足够的爆发力和思辨力撕开庸常生活的口子，写出幽微无言的生活之深。

吊诡：历史与现实在虚空中和解

——王甜短篇小说《雾天的行军》的哲学意味

一

《上海文学》2016 年第四期载王甜的短篇小说《雾天的行军》。王甜是我称之为"新生代"军旅作家中颇具潜力的一位。2012 年初读她的长篇小说《同袍》，我感觉这是一部近年来难得一见的、洋溢着浓郁青春气息与时尚元素的军旅长篇小说，在军旅文学中相当炫目，当即写了评论。之后她又接连写出了以《毕业式》为代表的几个中短篇小说，我读后也写了综论。直感是，短篇小说《毕业式》在气质上最接近《同袍》，具有多个向度的象征意义，是被压抑的青春激情与活力的一次总爆发，也是个体思想与精神的一次狂欢。王甜小说给我的总体印象是一种青春的气息充盈在英雄叙事中，作品结构与人物塑造很有冲击力，女性作家常有的温婉与细腻却似乎不甚明了。

二

我认为，短篇小说是一种智者的佳构、孤独者的舞蹈。独特的视角、精巧的构思、隽永的思想与哲学的深度，以及文体探索的多向度的可能性，给作家提供了巨大的文学性表现空间。在这里，长篇小说所必备的生活的厚度不大用得上。陈彦的长篇小说《装台》近来颇受文学界瞩目，我武断地以为，21世纪以来，就小说所呈现的生活积累的深度与厚度而言，中国作家里出陈彦之右者怕是寥寥无几。但如《装台》那般细腻繁复地描述生活状态的写法显然是不适合短篇小说的。博尔赫斯为何偏爱于短篇小说（当然，还有诗和散文）？我不敢说他的生活积累不够深厚，但他深邃的哲学思想、对小说文体的奇异探索很难在长篇小说中凸现出来也是显而易见的。

1980年代中后期，以马原、余华、格非、苏童等为代表的先锋文学作家也是在短篇小说中进行他们的实验与探索的。在后来的长篇小说中，他们的先锋性已经不再，甚至丧失殆尽，用现实主义回归阐扬其对当下社会生活的关注显然是一种误读。当然，这里面有文学思潮及社会思想文化转型的作用，但长篇小说的转向也是不可忽略的因素。王甜当然不在上述作家之列，不仅仅是作品的成就，更重要的是作品的文学性向度。此前的长篇小说《同袍》及中短篇小说的光芒主要还是在语言、细节描写、人物心理刻画等层面上；但短篇小说《雾天的行军》却突然转向了对历史与现实的千回百转的纠缠，以及象征与隐喻和哲学性思辨。我突然想起王甜在谈到《同袍》时，有一个当时让我不太理解的、偏重于哲学思辨的说法：这部小说应该是阐释两个世界的碰撞与融合——一个是代表自然的、自由的、追求个性的属于精神的世界；一个是代表后天的、严谨的、具有规范意义的属于物质的世界。而集训，是象征着精神世界与现实世界交锋的一场演练。想到这里，王甜的小说在我眼前一下子有了智者的面貌和孤独者的身影，于幽暗处闪耀出别样的光芒。

三

与当下诸多短篇小说刻意于故事不同，《雾天的行军》没有故事，只能说是有一个情节。一个雾天的早晨，张德明在母亲的诱导下，离开怀孕不久的妻子和家乡，在土著人的土地庙外的小空坝上与另外二三十个人会合后向北边去了，"之后，就再没有之后了"。张德明是没有"之后"了，但张德明的此前"身份"却因暧昧与迷茫无法证实而让他的妻子和遗腹子——县志办的"专家"陷入没有休止的龃龉中。"文革"中他的妻子的遭遇可想而知，更不幸的是他的儿子，几乎穷尽自己的后半生，企图考证和确认父亲的真实身份，却终不可得。他甚至还连带了中学的历史学"教授"，随他一起最终蹈入虚空之境。

四

前不久细读了申丹、王丽亚的《西方叙事学：经典与后经典》一书，书中对西方叙事学中的"故事"和"情节"作了清晰的辨析，刚好还没有完全忘记，很适合用来分析《雾天的行军》。"故事"是指作品叙述的按实际时间、因果关系排列的事件，主要包括事件、人物、背景等；"情节"则指对这些素材的艺术处理或形式上的加工。与传统上指代作品表达方式的术语相比，"情节"所指范围较广，特别指大的篇章结构上的叙述技巧，尤指叙述者在时间上对故事事件的重新安排（比如倒叙、从中间开始的叙述等）。概而言之，"情节"是对事件的安排。我补充，应该还有人物。

之所以要在此处作这样一种梳理，是因为，我觉得短篇小说的篇幅是不宜讲述故事的，完整的故事讲述势必要妨碍小说其他层面的展开。"情节"恰恰是对"故事"的颠覆或破坏，不仅可以有效地压缩"故事"的时间长度，还能够在更宽泛的空间进行文学性的延展。《雾天的行军》显然体现了王甜对"情节"的深刻认知，她正是通过对上述小说"情节"的精心结构，充分表达了她对历史与现实的龃龉，甚至吊诡的极富哲学意味的思索，这些东西依靠故事是不可能实现的。但王甜不是哲学家，而是作家；因此，她的极富哲学意味的思考不可能采用逻辑推理的方法，而是要通过一系列文学细节的叠床架屋，最终在小说中绽放她的思想闪光与哲学思辨。

五

张德明的儿子——县志办的"专家"被中学"教授"请到学校给学生作报告，可是他的学问被学生判为无用和无趣，

"专家"痛苦地反问："你们想当孤儿吗？"随后他采取了一个反击措施，给学生三天时间写出自己的家谱。结果可想而知，多数学生只能写到祖父、父亲，算他自己才只有三代；两成学生虽然写到了曾祖父，却不知道曾祖母，连姓也写不出。"专家"退缩了，他对"教授"说："连我自己也完不成这个作业。"历史，或者说传统社会的文化结构在现实的社会生活中已经失去存在的基础或意义。这看似闲笔的枝蔓，隐喻了"专家"和"教授"在后文探究张德明"行军"去向时的虚妄。

六

张德明的参军缘于婆媳关系的"死敌"传统，这多少有点儿牵强，这种夸张的写法在某种层度上破坏了小说情节链的浑然一体；换言之，不具有必然的逻辑。小说当然重视偶然因素，但王甜却细腻地描写了母亲诱导儿子参军的过程，包括内心的种种幽暗，生怕小说的逻辑性不足，进而失信于读者。

七

不同的人，或群体，对张德明"行军"去向的看法或态度颇有意味。县志办主任对"专家"撰写的条目的臧否采用了一个疑问句："说他们参加了共产党的队伍，证据呢？"这句话尚且可以用学术的严谨来理解，而他们憋住没放出来的"屁"则将"专家"企图考证和确认父亲真实身份的努力置于空中楼阁："还找那没影的人做啥？"作者又接着概括人们普遍的想法："即使证明他们投了共产党，或者国民党，又能怎么样？二三十号人，烧成炮灰也不过一筼筐，倒出来给老县城垒城墙，城墙砖都不会抬高一寸——又如何值得写进皇皇一部《离水县志》？"这对"专家"无疑是致命的一击，他的"空中楼阁"般的理想彻底塌陷了。

王甜像鲁迅调侃阿Q般地顺便调侃了一下"专家"："写不了自家的族谱，更感受不到祖辈、父辈的温度。张德明只是三个可转换为书宋、幼圆或其他字体的汉字，张德明只出现在'zhang、de、ming'几个音节发出的瞬间，开口即到，闭口即走。"在深化思想的同时，也多了几分鲁迅式的老辣。

八

"专家"当然不会死心，甚至连"教授"也仍然在进行着不懈的努力。"是国军"，"教授"作出自己的判断，他不顾"专家"的感受，为张德明绘制了一张红、蓝两色的路线图：张德明是跟着一小股打了"回马枪"的胡宗南的部队走了，去攻打延安，失利后退至秦岭、巴山地区，然后到了西昌、海南和台湾。"专家"不可能接受这样一个结局，他从柜子里拿出了自己绘制的另一张图：张德明参加的是陈赓的部队，协同王震进行了吕梁战役和汾孝战役，狠歼了胡宗南阎锡山两部，之后参加了晋南攻势，强渡黄河，参加鲁西南战役。"教授"终于弄懂了"专家"要的不是一个结论，而是"某一个"结论，便迎合说，他很有可能投诚了解放军。"专家"并不罢休，"那样和原本参的解放军还是不一样!"这样的争执连他们自己都觉得幼稚，于是，王甜适时地端出她的不无哲学意味的思考："一个名叫张德明的人，站在两份路线图的起点上，他何去何从？每一个细小得不能再细小的分岔点都诞生一个新的可能，谁能穷尽每一种可能？一个单薄、渺小的个体，出发、投入滚滚的历史洪流，你能从哪滴水中把它捞出来？"这里面既有对人在"滚滚的历史洪流"中的"单薄、渺小"的无奈的感叹，又分明暗含着对"专家"的执拗的揶揄。

问题似乎不止于此，历史中的张德明无论在与不在，他已经不会在意自己的身份，倒是现实中他的儿子，也包括"文革"中的儿媳，对他的身份颇为焦虑。这焦虑似与信仰无关，而是影响现实的处境使然。换言之，"专家"关注的是张德明的意识形态属性，而不是作为个体的活生生的人的历史际遇。人性的异化吗？这样的辨析让我不能不倒吸几口凉气。历史似乎有了一点虚妄感。张德明的母亲倒不太在乎张德明的历史身份，她回到历史的原点，将注意力聚集在儿子参军一去不返的根本逻辑——媳妇就不该嫁到张家来，她不嫁到张家德明就不会宠她，她就是怀上了孩子也不敢骚情，自己就不会那么看不惯，当然就不会狠心让儿子去当兵。如前所述，这个还是用力过猛。婆媳间的龃龉自然是常有，但达到此种程度当是奇葩吧？甚至说是这个短篇的"硬伤"也无不可。

九

人们从各自不同的体验与角度考问历史，尽管他们未必懂得考问的现实意义，考问本身就是意义，那是一种民族的狂欢。也就是说，现实在那个时代不允许历史虚无。张德明"那消失的面孔不得不面对人民群众"："参的是解放军，怎么还乡团不来灭你们呢？""怕是刀切豆腐两面光吧？共产党得了天下你说参的是共产党，要是国民党得了天下呢？你还不说你参的是蒋介石的部队？"德明的儿子考上县中被政审下来，插队时，女朋友也因父亲的问题而分手，对方甚至以参加土匪说对其进行致命一击；德明的媳妇被揪斗了十几回，并尿了裤子。"专家"追问父亲的历史身份的执拗因其在"文革"中的遭遇应该得到理解了。

十

"专家"和"教授"漫长的关于张德明真实身份的考证和确认几乎无望，却因一老太太近乎荒诞不经的妄语而"峰回路转"："其实，每年的那一天，那个时辰，都要起雾，那队人都要穿过镇子……"在经过半年的研究后，"专家"和"教授"先后走进了老太太所说的那片雾中，追随着数十年前的参军者们一路向北。这个结尾不免有些吊诡与荒诞，两个追问历史真相的人最终遁入了虚空。是不是可以说，虚空才是历史的真实？如果当历史存在的意义失去了现实的依据的话，这一说法似乎可以成立。历史的复活，或者说它的价值意义，一定是在当下"语境"之中，失去了这个"语境"，历史就成为了一种概念或符号。张德明真实身份的考证和确认有现实的"语境"吗？我不敢确定。这里显然存在着一种"遮蔽"，耐人寻味的是，是历史遮蔽了现实，还是现实掩饰了历史？或者说是相互缠绕的第三种灰色的区域？荒诞其实也并非虚妄，它往往更具有现实的合理性，隐喻着超越历史与现实的精神之境。

十一

历史与现实终于在虚空中和解——王甜在这个短篇中创造了一个颇有意味的小说意象。

在荒诞、反讽中理想主义

——朱山坡"长篇小说"《蛋镇电影院》读记

一、长、短篇之辨

我不认为《蛋镇电影院》是长篇小说，但小说的版权页上却写得明确无误，"长篇小说–中国–当代"。在我看来，长篇小说起码应有核心情节与人物贯串，以及相对长且繁复的头绪，史诗性是其最重要的文体特征。现代主义与后现代主义虽然反叛了现实主义，用寓言、象征、荒诞、解构、碎片化、取消深度等手法淡化，甚至消解情节的连贯性、人物的典型性与宏大叙事的美学意义，但其仍然保持一定的长度和整体性结构。先锋性的探索当然值得肯定，不过，也在一定程度上造成了长篇小说的现代性危机。

《蛋镇电影院》具有现代主义小说的质素，比如它的叙述语言、反讽与荒诞的手法等；但还不能说就是现代主义小说，现实主义仍然是它的基本底色。我不认为它是长篇小说的主要原因，是没有核心情节、人物贯串以及繁复的头绪。小说故事的发生与人物活动的背景虽然都在蛋镇和电影院，但每个故事的人物却是不同的，有本镇的，亦有外来的。有几个人物在不同的故事里多次出现，个别的细节也在不同的篇什里提及，但只是一种叙述的点缀。小说的构思与结构是短篇小说式的，通常围绕着一个人物来进行，十七篇，又都是独立的存在，所以不可能有绵长而繁复的头绪，更谈不上史诗性的美学风格。

短篇小说无论采取什么样的方法，它的构思与结构都与长篇小说迥异。罗杰·福勒［英］认为，短篇小说旨在创造一种独特的效果，在构思中精选事件和具有严格的把握必要性的分寸感；短篇小说应该是具有教诲意义和具有代表性的，是一个褊狭疆域中的世界；它通过把注意力集中在某个具体人物、某个事件或某种情感上，通过紧缩，避免离题或重复，从而建立了统一的印象，并给人以完整的感觉；它满足了我们对悖论以及具体形式的渴求，满足了我们发现经验之中的戏剧形式和重要性的渴望，即使这意味着为了效果而牺牲表面的真实。[1]《蛋镇电影院》完全符合上述观点或要求，尤其是这句"把注意力集中在某个具体人物、某个事件或某种情感上，通过紧缩，避免离题或重复，从而建立了统一的印象，并给人以完整的感觉"，用来指认《蛋镇电影院》的文体特征可谓恰如其分。

谈论文体之辨有意义吗？毕竟现在进行跨文体写作正在时尚之中，但不同文体在叙述语言及结构方式等方面的差异与界限仍然是存在的；更为重要的是，作家选择什么样的文体，客观上也表明了他对人物或故事，以及更为宽泛的社会生活的态度与认知，不可不辨。

二、生命的温热与情感的挚诚

蛋镇，以及蛋镇的电影院在文本里是一个虚构的场景，有点近似于戏剧中的舞台，一些个本镇的，也有外来的，多少有点脸谱化的人物轮番粉墨登场。故事与细节都不复杂，是中国画的写意方法，或者是线条勾勒的手段，尤其是叙述语言的反讽修辞风格，读起来有如散文般轻松与舒坦。

我相信，蛋镇，以及蛋镇的电影院，曾经都是一个真实的存在，这样的判断并不是因为作者在后记里有这样一句话："前些年，我回到'蛋镇'，发现古老的电影院已经荡然无存，原址和周边盖起了超市、家具店和旅馆，大街上来来往往的人好像再也不需要电影院。"这句话当然是可以作为佐证的，不过我想强调的是《蛋镇电影院》带着作家朱山坡生命的温热与情感的挚诚，在怀旧中有些伤感，对消逝的生命、场景与那个年代的气息不乏"乡愁"，在叙述中，这种状态与情绪是作家几乎无法自控的。作家当然可以用自己的才能将虚构演绎为逼真，甚至让读者为之流泪；但作家与所叙述的故事，或描写的人物之间的关系仍然能够被读者所感知和洞悉。

当然，这一点不是评价文学优劣的标准。但是，对作家或对作品而言，这一点又不能说是无关紧要的。换言之，带着作家生命与心血的作品和完全靠二手资料编织出来的故事是不可同日而语的。比如说，我们会鲜明地感受到《红楼梦》和《三国演义》的不同，这跟作家与其所描述的人物及故事之间的关系是分不开的。前者是曹雪芹的"自叙传"，乃泣血之作；后者是历史演义，作家研究并收集了大量稗官野史与民间传奇，讲述的是智谋诡诈及善恶忠奸一类的带有普遍性的价值与主题，其中的概念化倾向也是显而易见的。还有，不论我们现在如何评价20世纪五六十年代的"红色经典"，那批作家在讲述战争与斗争故事时，那种自己亲身经历过的情感乃至经验，都是后来的年轻一代作家无法单纯依靠想象而达成的。西方的经典作家其实也是这样的，福楼拜、托尔斯泰、卡夫卡、詹姆斯·乔伊斯，等等，他们的小说都倾注了自身的生命与灵魂。我之所以要强调这一点，是因为我们当下的小说写作，太多生硬的故事与情节的编织，很少能感受到作家生命的温度，更不要奢求其自身的独特生命与经验表达。我很难概述《蛋镇电影院》究竟表达了什么样的思想与主题，或许写作时的朱山坡也不想很明白，他不想让文本留下过浓的编织痕迹，他就想本原地呈现出来，因为生活与生命就是那个样子，索性就那个样子好了，这是一种混沌的、不明不白的存在。小说写的就是蛋镇、蛋镇的电影院，以及蛋镇的那些"愚钝"的青年们在那个新旧交替的时代中，原生态般的存在与生活。

三、愚钝、荒诞底色中的理想主义

加缪在《西西弗斯神话》中如此定义"荒诞"一词：从人们在日益混乱的世界里寻求目的和秩序的决心中产生的惶恐不

安。后来，加缪发现这种带有喜剧化色彩、具有抚慰取乐的超脱性风格容易让人们误解成为德国纳粹的残暴张目，于是转向了自由人文主义："荒诞运动、反叛运动等等的最终目的是同情……也就是说，归根到底是爱。"[2] 加缪的转变遭到荒诞派戏剧最重要的作家贝克特和尤奈斯库的反对，他们更坚信人生活在一个一片混乱的世界里，在这个世界里人与人之间沟通是不可能的，幻想比现实更可取。个人没有真正的用武之地，他是其形而上处境的受害者。因此，他们抛弃了线性情节及合乎逻辑的性格发展和理性的语言。存在主义哲学中的"荒诞"概念具有不可名状、难以用逻辑推理的特点；而对"绝对自由"的追求，就势必带来焦虑、孤独、隔膜的心理体验。

作为文本的蛋镇，当处于 20 世纪七八十年代，也就是中国改革开放之初。这是一个南方小镇，朱山坡形容它"封闭、脆弱、孤独、压抑、焦虑乃至绝望、死亡，同时也意味着纯净、肥沃、丰盈、饱满，孕育着希望，蕴藏着生机，一切都有可能破壳而出"。其实这不仅仅是对蛋镇的概括，也是那时中国社会与中国人的现实境况。说蛋镇是中国社会的一个缩影或许言过其实，但说中国社会的政治经济、思想文化在某种程度上对蛋镇施加了重要影响则是必然的。是时，刚刚从"文革"中恢复的中国，自身的政治经济、思想文化及社会民生中充斥着龃龉、悖谬和滞重。与西方文明的碰撞和冲突，使得 20 世纪七八十年代的中国处于压抑与焦虑、希望与生机混杂交错的无序状态。这种状态给作为思潮与哲学的荒诞主义提供了阐释的空间与可能。

其时，政治与思想上的波诡云谲、风云激荡，显露出一种大时代的气象；然而，对于封闭的蛋镇，或者愚钝的蛋镇人们而言，那些东西似乎距离他们还很遥远，他们刻骨铭心感受着的却是一个个鲜活、坎坷甚至惨淡的生命。理想在那些异样的人的心里是有的，而多数人所感受到的却是社会的杂乱与无序、道德伦理的颠倒与失据，更接近于鲁迅小说中看客般的"苟活着"。因此，那些异样的理想者也如同鲁迅小说中的仁人志士一般，无法与蛋镇的人们交流与沟通，他们只能在幻想与焦虑、孤独与隔膜中坚守自己的"理想主义"。最终，或者离开，或者以生命的代价祭奠"绝对自由"。

这当然是中国社会发展的一个必然过程，但这一过程里人们命运的多舛与艰难却往往被历史的大叙述所遮蔽进而遗失，文学的捡拾则让人们重返生命记忆。那不经意间的一瞬或一抹，甚至都够不上鸿爪雪泥，但它们却堆积出了曾经的生活，点划出一个时代的精神与命运的轨迹。朱山坡以反讽的修辞方法讲述蛋镇人们在那个时代的生存与命运，但他不是在嘲笑和挖苦他们，而是如加缪的转变那般寄寓了同情与爱。蛋镇的人们对自身生命与理想几乎是忽略不计的，他们更在乎那些异己的人的生活与命运，似乎只有他人的生活才是生活。在这个意义上，朱山坡对故乡的回忆，其内在精神似乎更接近于鲁迅小说这一脉。

当然，朱山坡没有停留在这一层面，或者说他更想在哀婉与忧伤中给蛋镇涂上一抹鲁迅笔下极其吝啬的亮色。鲁迅的吝啬是因为他看不到，甚至连想象都懒得；而朱山坡不肯让他的蛋镇迟滞于"封闭、脆弱、孤独、压抑、焦虑乃至绝望、死亡"之中，所以才强行地赋予那些与愚钝的看客们迥然相异的年轻人以生命的希望。然而，被朱山坡寄予厚望的年轻人在付出了生命的代价后，却几乎没有一个现实的结局，他们都成为了一个虚无的精神性存在，他们像影子般缥缈于蛋镇人们的脑海里。或许，这就是那个时代留给朱山坡的印迹，一切都存在于不确定中。只有不确定，才可能生发出希望，让理想主义有一个安妥之处。

蛋镇的电影院犹如戏剧中人物活动的主要场景，亦像老舍笔下的茶馆一般。看电影是它的工具性功能，更为重要的意义则是在那里寄托着小镇人们的精神与理想，甚至是美好的未来与希望；尤其是年轻人，他们赋予了电影院更为丰富的意蕴与趣味。人物在这里登场，故事在这里展开，蛋镇几乎就是一个背景，这里才是生活本身。于是乎，隐喻或象征就成为无法绕开的存在。

四、文本阅读手记

《凤凰》：凰几乎不食蛋镇烟火，她的美丽损害了蛋镇许多年轻人，谁也弄不清她在等待一个什么样的人。愚钝、荒诞的是，蛋镇的青年不光是死心塌地等待，在等待中变成大龄青年，他们甚至中伤竞争者，或被人中伤，无缘无故地被扣上盗窃犯、强奸犯、窥阴癖、同性恋、手淫专家、阴茎短小者、性病患者等帽子，流言蜚语充斥着蛋镇的每一个角落。有人的房子半夜

着了火，有人崭新的单车被削去了骑鞍，长此以往，蛋镇有可能因此毁于一旦。

对凰而言，似乎嫁给谁并不重要；那么，或许她根本就不是在等待，也不是在等待一个什么样的人，而是离开，离开蛋镇才是她从不敞开的理想追求。离开简单，或者说容易吗？不然，这几乎可以上升到人生的高度，甚至带有哲学与信仰的向度。

《胖子，去吧，把美国吃穷》：胖子章跟凰一样，就是想离开蛋镇，他的目标比凰明确——去美国。他瞧不起蛋镇那些愚钝的人们，不管他们怎么讽刺挖苦嘲笑，也不顾父母的反对，他十几年如一日，按自己的方式坚持做着各种准备。蛋镇的人们都为胖子章焦虑不安，就像自己的事儿一样地关心着他哪一天才去美国。终于有一天，他像堂吉诃德般只身乘坐自制的小船从蛋河驶向美国。与凰一样，谁也不知道胖子章身落何处。这样的理想与追求确乎有些荒诞，但荒诞也是理想，就像堂吉诃德与风车大战。这就是蛋镇人，不凡的蛋镇人。

小说的妙处在于，朱山坡并不关心胖子章究竟去没去美国，而是将笔触轻曼地荡开，用反讽的方式写蛋镇的那些看客：有人说，胖子章第二天夜里便回来了，怕别人笑话，一直藏在家里不敢出来见人；但蛋镇的人们跑到他家里翻箱倒柜，连地窖里的老鼠洞也不放过，还是不见胖子章的身影。大家议论，无论是作为活着的人，还是作为死魂灵，胖子章到底会不会把美国吃穷？唱衰派段诗人声称胖子章根本就没有抵达美国，无论是肉体还是灵魂都没有。太平洋如此辽阔，风浪如此巨大，鲨鱼如此众多，十万个胖子章也无法通过。就算幸运漂到美国，没有签证也落不了地。大家发誓找到胖子章在美国的证据，在一次观看美国电影《落奇》时，在拳击赛场的观众中发现了他们熟悉的身影，电影院里异口同声地发出一声惊呼：胖子章！

《骑风火轮的跑片员》：孙吴是蛋镇电影院的义工，跑片，不拿一分钱；奇怪的是，他却不爱看电影，对任何电影都没兴趣。他骑着一辆坚固的凤凰牌自行车，多数时候是到邻镇，偶尔也会去六十公里之遥的县城。孙吴跑片的途中摔过无数次，掉进过池塘、河道，撞飞过石头，还摔断过腿，磕掉过牙齿，却从没损坏过胶片拷贝。有一次摔昏在水沟里，被人发现时还死死地护着胶片。孙吴最后一次跑片却因为摔破了后脑勺，但仍然坚持狂奔赶路而死。此时，"我们突然想起来，他骑车从我们中间经过的时候，我们就没有听到他的喘息，手脚僵硬，面无表情，目光呆滞。关键是后脑勺渗着血，滴洒在大街上，像是来不及擦拭的汗水。由此可以推断，孙吴在回来的路上就已经死了"。

作家对人物的描写入木三分，情节虽然看似荒诞与虚无，却是对孙吴的理想与信念的礼赞。也可以说，孙吴用生命完成了自我救赎。

《英雄事迹报告会》：在蛋镇，英雄只是一个时代的象征性符号，并不直接作用于有些愚钝的人们的思想与生活，于是才会有报告会时屠夫老詹突然不止的发笑，破坏了严肃和崇高的报告会现场。英雄在离开报告会场电影院的时候将自己的假肢从车里扔了出来，这条假肢引发了随后的荒诞闹剧。一是放映室因存放假肢让放映员蒋卷毛磕磕绊绊，进而影响了他的工作。看门的卢大耳向电影院院长老吴提出了一个有建设性的建议，把英雄的腿送给同样因战争缺了一条腿的荣春天。没想到，卢大耳却被荣春天连打带骂地赶了出来，还挨了一记大耳光，因为荣春天缺的是右腿。卢大耳又想出一个办法，将假肢拆成零部件堆到放映室的一个角落里，这样就影响不着放映员蒋卷毛。但零部件容易生锈，卢大耳不得不经常光顾屠夫老詹的肉铺，要些肥肉擦拭那些零部件。受此事件影响最严重的还是始作俑者屠夫老詹，他和大家都认为政府一定会处罚他，可是又迟迟等不来处罚，这让他更加不安，魂不守舍。屠夫老詹经受不住这样的折磨和煎熬，投案自首，从此老詹像鬼一样消失了。

究其实，屠夫老詹的发笑当属人之常情，因为他在那一瞬间想起了一个黄色的段子。问题是时代不正常，时代有些荒诞。小说在荒诞中蕴含着隐喻，在反讽中充满了怜悯，这有点儿近似于卡夫卡。

《全世界都给我闭嘴》：写了曾经的两个大打出手的情敌，在参加过战争后，身体上留下了无法挽回的伤残。一个耳朵聋了，一个失去了一条腿，而心灵上的创伤更是让他们在现实生活中无法像正常人那样坦然自如地生活。狂躁、乖戾使得他们与蛋镇的人们无法平和相处，这种冲突终于蔓延到了俩人之间。但最后，对战争与人生的独特体验与深刻理解，既疗治了战争带来的身体与心灵的创伤，也超越了与社会现实的冲突。

这种超越显然不是蛋镇所能够理解的，也不是单纯的理想主义所可以容纳的，因为它在某种意义上隐含着哲学的意味。

《1985年的莎士比亚》：一个为了戏剧而不惜一切的青年，抓住父亲与一个女护士有染的把柄，从父亲那里弄来大笔金钱，几乎是挥霍般地排演他心中的《哈姆雷特》。正式演出前，他父亲与女护士结婚了，父亲不在乎他的要挟了，而电影院院长老吴却逼他交钱，否则就不让进电影院演出。于是，他撬开了蛋镇卫生院财务室的保险柜，在首演结束后，他被警察带走了。后来，父亲垫上了卫生院财务室的钱，他被放了出来。这样的一个青年，在蛋镇人眼中，简直就是一个不务正业的败家子。不仅是败家子，问题是他的行为极其荒诞，以那样一种不无卑鄙的手段从父亲那弄来钱，去排一个什么没人看得懂的《哈姆雷特》，没有人见容这个固执的青年"莎士比亚"。

有意味的是，临离开蛋镇的时候，青年"莎士比亚"找到了"我"，把他的相机送给了一直期望能有一台相机的"我"，然后说："我们不能只看眼前。我们二十年后见。""我没有进国营酿酒厂工作，成为我的父亲，而是顺理成章地成了国营照相馆的职工。"作者没有交代青年"莎士比亚"的后来，但由"我"及彼，我们也应该想象出青年"莎士比亚"一定会有一个辉煌的前程。

《下流美工》：原来蛋镇电影院的电影海报都是院长老吴用隶书写就，马虎潦草不说，用纸也极其普通。但突然一天，电影海报变了，上面画了演员美丽的肖像，大家都认为，能画出这样美丽肖像的画工一定是个女人。但画工从来不出来，谁也不知道长什么样。此后展开的是"我"与大鼻子吉安之间激烈残酷的抢夺电影海报之战，"我"甚至将大鼻子吉安的大鼻子打塌，险些进了派出所。对于蛋镇的少年而言，表面看是对海报上美丽的演员的喜爱，其实是一种内在的对美的精神需求。换言之，电影海报成为了对两个少年的审美启蒙。大鼻子吉安不将"我"送进派出所的唯一条件居然是要一张跟被撕碎了的刘晓庆肖像一模一样的电影海报；而"我"为了跟画工学画电影海报，选择不去当兵，不惜要求将大鼻子吉安第二次被人打塌的责任揽到自己身上。画了那么多美丽电影海报的画工不是美女，而是一个让丑陋的大鼻子吉安都无法接受的粗俗男人。

作为艺术象征的画工最终还是不能为蛋镇人所接受，他的离开本来就是蛋镇文化的倒退，而继承了画工技艺的"我"，用每张电影海报换三个鸡蛋的条件也被电影院院长老吴拒绝，则意味着蛋镇的文化重回旧日时光。围绕着电影海报而展开的冲突，似乎有些荒诞不经，其实这是发生在蛋镇的最具人文主义色彩与理想主义的一次多角度博弈。

《深山来客》《在电影院睡觉的人》《大产房》：在一个缺少文化的年代，电影几乎就是人们的渴望与理想，它所达到的高度居然与生命一致，我们是应该嘲笑人们的愚钝，还是应该礼赞他们的情怀？或许都不需要，就有如北岛的名句："卑鄙是卑鄙者的通行证，高尚是高尚者的墓志铭"，蛋镇的那些异样的理想者根本就不可能获得蛋镇人的理解，他们也不需要蛋镇人的理解，以生命的代价祭奠"绝对自由"才是他们矢志不渝要践行的理想主义，这简直就可以说是19世纪中期的"生命哲学"的高度了。

《深山来客》中，嫁给了农民的女知青因严重贫血而无法医治，在生命的弥留之际，唯一的要求就是隔一段时间让丈夫背着她来蛋镇电影院看一次电影，直至生命的消亡。与女知青有着同样情结的是《在电影院睡觉的人》中的贾长腿，他是粮库的保管员，原来是上半夜睡觉，下半夜巡视粮库。后来因为当群众演员在电影院里拍电影时，被女演员的美丽长腿所诱惑，将自己的长腿缠到了女演员的美丽长腿上，而被女演员扇了耳光，之后每天上半夜都不再睡觉，而是坐到电影院挨耳光的 7 排 16 号的位置上，不是看电影，而是睡觉。蛋镇的人们当然无法理解，连电影院院长老吴都有些不忍，说老贾对电影上座率贡献很大，却不看电影。段诗人还忘不了挖苦贾长腿，说他是在等待布谷鸟（布谷鸟就是那个扇他耳光的女演员），就像等待戈多。谁也没想到，有一天，老吴再也没能将睡觉的贾长腿叫醒。《大产房》的荒诞在于，旺兰不在电影院里看电影就生不了孩子，把电影的重要性上升到了一个前所未有的高度。前三个孩子都还顺利地生在了电影院，第四个孩子却是难产。结局如何不知道，但她的丈夫老骆的哭声清脆稚嫩，像极了新生婴儿，似乎象征了这一理想的延续。这就是蛋镇的一些异样的人，在那样的一个思想文化荒芜的年代，却有着超越时代与世俗大众的独特精神。曾经美好的那一刻，如同生命一样刻印在了虚无之中。

《先前的诺言》：长毛小子简直就是一位哲学家，父亲四年前曾经许诺让他和弟弟进电影院看一场电影，而他对这一诺言的追究不仅超越了自身年龄，也超越了社会大众所能理解的哲学与逻辑的双重高度。父亲死了，母亲让十五六岁的长毛小子拿着父亲生前攒下的十八块钱，去买一口厚的棺材。死去的父亲和母亲，谁都不会想到长毛小子牢记着四年前父亲的诺言，他既要看一场电影，也要买一口棺材。这个过程里，他与死去的父亲、电影院院长老吴，还有棺材铺的李独眼展开了一场极其精彩的对话。长毛小子要求看在他死去父亲的面子上给他免票，老吴却不答应。因为蛋镇经常死人，让死者家属免费看电影，也能让电影院破产倒闭。老吴随后把球踢给了棺材铺的李独眼，但李独眼也不同意优惠，说就是我死了，我一样要付十八块才能躺到厚棺材里。长毛小子说，你优惠我一块钱，将来等我妈妈死了，我会花十九块钱买你的一副棺材。李独眼说，如果你妈妈知道你这样做，她永远都不会死。长毛小子的绝望和悲伤最终让李独眼答应给他优惠一块钱，但长毛小子却拒绝了，说，我不需要你的优惠，我必须用我爸的钱看电影，因为那样破坏了你的规矩，父亲也没有兑现自己的承诺。我既要买副好棺材，也要看场好电影。长毛小子决定花十六块钱买一副薄棺材。这时弟弟插进来一杠子，反对他买薄棺材，说爸爸会从棺材里掉出来的，而且妈妈也不会同意。长毛小子诡辩道，谁能说得清楚爸爸攒下来的十八块钱不是给我们兄弟看电影的呢？现在，我们把十六块钱花在他的身上，妈妈和爸爸都会说我们懂事、孝顺。少年对诺言的理解与信仰似乎超越了成人，成人可以用许多理由为自己开脱，但在少年那里，诺言就是生命中唯一的真理。而电影在那个年代里代表着文化的高度，足可以成为少年的理想。

在我看来，这是小说集中最好的一篇，最有思想深度与人生逻辑的一篇。

《电影院史略》《站住，麻风病先生》《三级片演员》：前者写两个对待历史的立场完全不同的人，围绕着蛋镇电影院的历史展开的冲突，把现实的荒谬写到了一种极致。老吴最后主动与李前进和解，其实是对当下社会现实的一种绝望。换言之，荒诞的不是历史，而是现实。第二篇是关于谎言的寓言，谎言最终成了蛋镇人们的笑谈，娱乐着封闭、无聊、懒散的人们；而蛋镇人对"语境"天赋般的使用，所产生的荒诞与戏谑的语言效果，颇具现代主义的味道。

后者格调虽说不高，但却是那个历史阶段里一种社会现象的真实表现，也是蛋镇底色的一部分。

五、反讽：修辞与叙述策略，或文学风格

《蛋镇电影院》的第一页、开篇的第一段落就是反讽："蛋镇人喜欢钻牛角尖，好吹毛求疵，有时候连简单的显而易见的问题都争吵得不可开交，难以达成共识。然而有两件事情毫无争议：一是电影院是看电影的地方，二是蛋镇最漂亮的姑娘是凰。"这一段落可以说既彰显了这部小说的语言修辞特色，也为小说叙述的整体风格定下了基调。刚读的时候你可能会把这当成作者的幽默，但事实上隐含着幽默的反讽。余岱宗认为："反讽叙述希望达到的效果，与叙述者字面上的陈述往往是错位的：'言在此而意在彼'是反讽的基本修辞面貌。"[3]余岱宗综合多方观点，进一步阐述道：叙述者在叙述过程中，为读者提

供了至少两套代码，一套代码是"表面的""显在的"，在字面上提供了貌似正确的道理，而另一套代码是"内在的""隐藏的"，通过叙述者在语言上的婉转周旋，利用历史语境的差异或逻辑上的谬误，让读者心领神会后者的正确与前者的错误，或虽然明白"错误"却依然坚持错误而产生的荒谬感。

在开篇第一段落里，作为同是蛋镇人的叙述者语带自嘲般的反讽，先抑后扬，表面上是先批评，然后又表扬。可是如果仔细地玩味，你就会觉得哪里是在表扬啊，说电影院是看电影的地方，蛋镇最漂亮的姑娘是凰，这么浅显的东西还需要达成共识吗？这无疑是对蛋镇人们的愚钝、狭隘、无所事事的挖苦与嘲讽！《胖子，去吧，把美国吃穷》这标题本身就是反讽，小说中有这样一句："胖子章说，现在我爸也养活不了我——我只能到了美国才能永久地活下去。""他说得有道理，实际上也是我们分忧，因为我们蛋镇太穷了，养不起这个食量惊人的大胖子。"表面上是顺着胖子章的话，恭维他，真正的内涵却是讽刺他的不自量力，人家美国要你吗？还比如说，同是这篇小说，关于胖子章到底没去美国一事大家意见不统一："'太平洋上空那么多的死魂灵，风一吹就散了！就算幸运飘到美国，没有签证也落不了地！'写过无数诗篇赞美暴风和死亡的段诗人对胖子章向来有成见，但说话不应该那么直截了当，不近人情，'更不说他的皮肤又黄又黑的，还不会写诗'。为此，我们跟他争吵过，差点拳头相向。"这一小段里，反讽的对象就不是胖子章了，而是段诗人了。他一本正经讲述的几个理由，因逻辑上的谬误而让读者产生一种啼笑皆非的荒谬感。

再比如，《1985 年的莎士比亚》里，"这一次，他断不会骂我'废柴'，他的心里应该这样对我说：'你配得上为哈姆雷特提靴，甚至，有资格为伟大的莎士比亚提靴。'如果我妈妈能从病榻上爬起来坐在电影院的观众席上就好了，哪怕她不明白自己的儿子提着一对靴子在台上走来走去是干什么。这是伟大的一天"。这是长期自卑、压抑后的狂想，把一个极其微小的角色无限夸大，本来是喜剧的效果，仔细咀嚼，似乎已经悲剧化了。

米克在《反讽和反讽性》中说："喜剧因素似乎是反讽的形式特点所固有的因素，因为在根本上互相冲突、互不协调的事物与或真或假的深信至无知无觉地步的态度结合了起来。谁也不会明明白白地使自己陷入矛盾境地……因此，故意设置的矛盾的表象，便制造了一种只能在笑声中求得消解的心理张力。"这也正如汤普森所说："在反讽中，情感互相冲突……它既带有感情又带有理性——无论如何，在它的文学表现中是如此。要想理解它，人们必须保持超然而冷静的态度；要想觉察它，人们必须为出了偏差的人物或理想而感到痛苦。笑声发了出来，但又凝固在唇吻上。我们所关心的某人某事被残忍地戏弄着，我们观看可笑的事，却被它刺伤了感情。"[4]

吴义勤在其专著《长篇小说与艺术问题》中特别强调了叙述语言的重要，他认为："决定一个作家与另一个作家及一个时代小说与另一个时代的差别、判定小说艺术是否在向前发展进步的唯一依据就只能是'叙述与语言'。所谓深度、力度，甚至主题、题材等毫无疑问是相对的，只有'技术'才是绝对的。"[5] 在《蛋镇电影院》里，朱山坡的着力点显然不在"所谓深度、力度，甚至主题、题材等"方面，这多少有悖于短篇小说艺术之圭臬，对这一点朱山坡当不会是疏忽大意，他是沉醉在于荒诞情境中进行反讽的叙述之中无法自拔。在整个作品集中，他的反讽无处不在，无时不在，简直就可以说是巴赫金"狂欢"概念的具体演示。"由于狂欢化包含着对权威的'反叛'、原则的颠覆、中心的消解、杂多的拼凑等等，因而哈桑以这个术语来概括后现代主义的特征。他说，'这个词自然是巴赫金的创造，它丰富地涵盖了不确定性、支离破碎性、非原则化、无我性、反讽、种类混杂等等……但这个词还传达了后现代主义喜剧式的甚至荒诞的精神气质。'"[6] 在《蛋镇电影院》里，我们似乎很难辨析朱山坡的反讽究竟属于语言修辞，还是小说叙述，或者文学风格，它们完全地混融在一起，很难分开辩解；但是，它的"权威的'反叛'、原则的颠覆、中心的消解"的特征是显而易见的。其实，在整个小说集中，还隐含着对时代的反讽；只不过，在这一层面，因小说语言修辞与叙述整体风格的过于彰显而容易被读者所忽略。

六、在历史的回望中彰显"当代性"

汪民安认为：一个当代人不仅要在空间上拉开他和自己时代的距离，他还要在时间上不断地援引过去。他引录阿甘本的话："当代人不仅仅是指那些感知当下黑暗、领会那注定无法抵达之光的人，同时也是划分和植入时间、有能力改变时间并把它与其他时间联系起来的人。他能够以出乎意料的方式阅读历史，并且根据某种必要性来'引证它'，这种必要性无论如何都不是来自他的意志，而是来自他不得不做出回应的某种紧迫性。"[7] 也就是说，做一个当代人，总是要在某一个迫切的关头，自觉不自觉地向过去回眺。电影院对蛋镇而言，就是天堂，是理想、灵魂、精神的归依处。在这里，外来的、新异的人与事物与保守的、愚钝的观念进行博弈，一些青年的理想与热血在这里被挥霍殆尽。

《蛋镇电影院》以少年的视角，围绕着电影院展开各种异样人物故事的叙述。朱山坡并不倾心于人物性格的塑造，也不着力故事的完整性，只呈现人物特定时段的不无片面与琐碎的生活，由于传奇与荒诞，淡化甚至消解了主流意识形态的笼罩，呈现出一种更具"民间文化"意义与世俗趣味的景观。

朱山坡对故乡的回望，不是近年来流行的乡愁，而是人对当下存在的确认。21 世纪初年，中国人当下的存在已经高度世俗化，一切都围绕着金钱与物质运转，理想与精神早已边缘化，在某些局部甚至已经完全消失。那些曾经被蛋镇人嘲笑与抵制的青年已经是明日黄花，非但不再，甚至于被人们误作现代神话也未可知。如此，朱山坡对蛋镇电影院的"引证"，既完成了对单一的历史化的抗拒，也强烈彰显了自身思想精神的"当代性"。

注释：

[1] 参见〔英〕罗杰·福勒：《现代西方文学批评术语辞典》，第 57—58 页，春风文艺出版社，1988 年版。

[2] 参见〔英〕罗杰·福勒：《现代西方文学批评术语辞典》，第 100—101 页，春风文艺出版社，1988 年版。

[3] 南帆主编：《二十世纪中国文学批评 99 个词》，第 63 页，浙江文艺出版社，2003 年版。

[4] 参见王先霈、王又平主编：《文学批评术语词典》，第 207—208 页，上海文艺出版社，1999 年版。

[5] 吴义勤著：《长篇小说与艺术问题》，第 4 页，人民文学出版社，2005 年版。

[6] 参见王先霈、王又平主编：《文学批评术语词典》，第 669 页，上海文艺出版社，1999 年版。

[7] 汪民安著：《什么是当代》，第 118 页，新星出版社，2014 年版。

记忆之河的沉潜与超越

——张庆国长篇小说《老鹰之歌》读记

一

似乎很难用简短的语言概括，张庆国在《老鹰之歌》（2019《十月》长篇小说4）里究竟讲述了什么故事。最为炫目扎眼的或许是小林、阮秀贞、陈小姐、胡笛、豪斯等主要人物之间剪不断、理还乱的情感纠葛，但这远远不是小说的全部，甚至不是关键所在。一重重来自不同国籍、阶层、身份、背景的叙事视角，一桩桩痛彻心扉的生离死别，一段段出发又归来的跳荡旅程，将一个个被宏阔历史裹挟的小人物的内心撕扯得七零八落，他们漂泊不羁的命运和奇异妖娆的爱情折射出的是大时代晦暗驳杂的面影。

二

战争阴霾笼罩下的乱世四分五裂，从容的日脚和寻常的爱情都无处安放，而那些参与并见证战争进程的小人物，在历史的缝隙中左支右绌，拼尽全力、默默承受、遍体鳞伤。他们的肉身早已寂灭，那些个体记忆连同鲜为人知的秘密一道散落在历史的深处和细部，湮灭无闻。张庆国试图打捞起那些关乎个体命运也牵系国族历史的记忆碎片，用凌厉高蹈且饱蘸诗意的华丽语言，拼接编织出一个充斥着歧义与哲思，新鲜饱满、元气淋漓的生命世界。

不同于惯常读到的抗战小说，在《老鹰之歌》里，张庆国不是要写出世界之大，而是要写出世界之小。每个人、每个生命都是一个独立完整的世界，都有自己的价值和意义。这些曾经热烈绽放的生命，在泥沙俱下的历史长河里翻涌沉浮，最终隐匿无形。但是他们真真切切地存在过，热烈地爱过，认真地生活过，为了心中的情感、价值、信仰搏杀过、奋斗过，他们的生命理应得到尊重和发现，他们的记忆碎片应该被重新打捞并缝合。

小说中反复出现的老鹰作为核心意象，表征着对失落记忆的找寻。记忆之鹰的每一次起飞与坠落，无不因应着这种悲悯体恤的、具有超越性的历史观。张庆国所属意的，并非要复现宏阔繁复的历史，而是要建构一个由个体生命和彼此的情感勾连而成的小世界。基于这种微观而体恤的历史伦理，战争进程不再是冷冰冰的数字、枪炮、伤亡、牺牲的堆叠，而是一条条生命轨迹的缠绕纠结。重新梳理错综复杂的历史脉络，会发现这些个体生命的轨迹是断裂的，是缺失的，是大量留白的，张庆国想要将这些碎片重新组合起来。正像小说中所写到的，

"单个的人也这么乱，世界的复杂就不用再说"。每个人的生命如此复杂，小说中人物不经意的一个举动、一个眼神或许就会触发历史的机关。正像阮秀贞凭借爱的本能射出的那颗子弹，事后被证明就是"震荡历史的啪的那一枪"。

三

在相当长的时间里，我们已经习惯了宏观的战争历史叙事。那种史诗性的宏阔辽远令人着迷，从那种完整的线性历史和时间框架中更是可以得出一种清晰明确的价值判断，可以轻易地厘清庸常凡俗与伟岸壮丽的界限，从而得到对英雄精神的尊崇。然而，张庆国在《老鹰之歌》中，让人物始终生活在错位的时间和空间中。主人公小林在一条相对固定的线路上频繁地出发和归来，时间却无法掌控，总会有各种各样意外事件，打乱既定的安排。在相逢和离别之间，留下了大段的时间空白，日常生活因而变得支离破碎，人物关系变得缠绕纠结，不同人物的记忆甚至变得无法统一。

钟摆式的叙事结构，使得小说中的人物始终处在离别、误解、背叛、失踪、隐匿、错失的怪圈中。这种循环往复的别离和重逢共同营构出一个残酷的修罗场，错综复杂的情感在其中试炼，经历永远无法解脱的劫难。借用这种不同寻常的视角，作家细腻刻录每个人物的心路历程，探寻个体生命在这种巨大的时代变故中，究竟承受了什么？他们的生活、生命、生存究竟具有何种意义？这种检视和省察并非对正史讲述的颠覆，而是有效地保存了历史的信息、最大限度维护了人生和情感的丰富性。以往，那些渺小的个人经验、那些微不足道的个人记忆，只有被贴上巨大的历史标签或成为特殊的新闻事件之后，才能被关注而获得意义。因此，有很多抗战叙事，从故事的表象上看张扬的是个人的经验，其实是在抹杀个人经验，因为其思想立场打上了公共价值判断的烙印。尽管很多作家强调个人性，但是他们所分享的恰恰是一种经验不断被公共化的写作潮流。基于这种公共价值判断的抗战历史书写，是对时代生活和个体生命的简化。在中国当下的抗战叙事中（当然也包括影视剧），我们读到（看到）的是越来越普遍的对世界的简化。

米兰·昆德拉在《小说的艺术》中说："简化的蛀虫一直以来就在啃噬着人类的生活：即使最伟大的爱情最后也会被简化为一个由淡淡的回忆组成的骨架。但现代社会的特点可怕地强化了这一不幸的过程：人的生活被简化为他的社会职责；一个民族的历史被简化为几个事件，而这几个事件又被简化为具有倾向性的阐释；社会生活被简化为政治斗争，而政治斗争被简化为地球上仅有的两个超级大国的对立。人类处于一个真正简化的漩涡之中，其中，胡塞尔所说的生活世界彻底地黯淡了，存在最终落入遗忘之中。"从这个意义上讲，小说应该是反抗简化和遗忘的，它的使命是照亮"生活世界"，守护这个世界的复杂性和丰富性。

进而，处在战争历史进程中的人们，除了那奋不顾身的生死一击，是否还有其他存在的方式和命运的安排？那些因为坚定地朝向生而必须承受的隐忍、担负、背叛，以及短暂的甜蜜幸福和长久的悲伤痛苦又该如何处置？还有那些刻骨铭心却又无法整全的乱世爱情又该如何收场？凡此种种，那些或鲜为人知或习焉不察的隐秘情感，都被僵化的历史观念和简化的叙事伦理所忽略和遮蔽掉了。抗战历史不仅是一条汪洋大河，更是一个复杂的水系、一个辽阔的流域。我们总是那么执着于河流的最终走向，却对那些或汇入或溢出主河道的细小支流视而不见。在张庆国的抗战叙事中，经由那只或凌空踏虚或俯冲入梦的记忆之鹰的视角，我们看到的是一条 1939 年从云南大山深处汩汩涌出、闯入生命荒原、最终汇入无数支流溪水的历史之河、生命之河、记忆之河。

四

《老鹰之歌》的开篇就透露出一种奇异感和紧张感。滇缅公路在原始森林中穿过，横跨澜沧江和怒江，仿佛挂在天上。数不清的卡车满载物资在这条中国抗战的生命线上挣扎前行，小说的主人公小林就是抗战运输队的驾驶员。这个特殊的职业身份，牵出了一条重要却又隐秘的历史线索。在中国抗战历史乃至整个第二次世界大战的历史中，南洋华侨机工归国参加抗战无疑是一个重要的历史存在，然而我们此前的历史讲述和文学书写对于这一特殊群体的观照还远远谈不上充分。然而随着小说的推进，我们发现张庆国并非是要为这一特殊群体树碑立传，也并非是要单纯地复现这段壮丽动人的历史图景。下关镇上三个女人的出现，很快便使得故事溢出了真实的历史脉络。

尼采说，历史感和摆脱历史束缚的能力同样重要。张庆国所建构的历史，并非局限于所谓的历史真实和单一的历史视角，他试图描摹一种新的历史面相———一种可以为人类情感所通约、可以为中西方文化传统和思维方式所共享的历史观念。中国人、美国人、日本人、南洋华人被置于同一个生命世界的维度里，在这个生命世界里，历史可以互见甚至互鉴。张庆国不想被历史的定见所劫持，他更看重理解力、同情心和想象力，同时秉持着一种富于穿透性的爱意，倾全部灵魂以赴之，理解人物的经验、情感、生活和命运。即便是对于白诗之、江仓坡这两个日本间谍的书写，也怀揣着对生命的体贴，试图走入人物的内心世界，超越单一好坏的价值判断。白诗之对写诗这种生活方式的坚守，对日本和歌和中国五言诗间差别的敏感，对中国妻子纠结的情感，对自己间谍身份的执念，都写得真实、细腻、可感。山田和西乡这两个游荡大半个中国的日本人，长久生活在中国人的躯壳之内，承受着对故乡的思念和文化、身份的压抑。他们犹如大河中漂荡的两片浮木，反复沉浮间失落的不仅是生命，更承受着孤独巨浪的持续拍打。

五

读罢小说，会发现张庆国笔下几乎所有人物，都是"孤独的个人"，都怀揣着各自的秘密。在彼此的关系中，总有不透明的背景和需要反复求证的地方。甚至唯有将各自的记忆激活、拼贴，才能获悉生命、爱情和历史的真相，这也使得小说对记忆的寻觅有了基本、可靠的叙事动力。

小林无疑是孤独的。在那些遍布危险的日子，在那些悲伤重重的时刻。小林满腹疑惑与绝望，却只能冒险开车上路，每一次离开、归来都好似生死轮回。阮秀贞是孤独的，失去了丈夫的护佑，她只能周旋于各色男人之间。乱世中邂逅小林，虽然得到短暂的抚慰和隐蔽，却面临着更多风险，承受着一次次离别、背叛的痛苦，最终的命运亦是不知所终。女儿桃花也是孤独的，她虽然暗恋小林，却囿于母亲这层特殊的关系，最终只能匆匆嫁给陌生的男人。桃花这个女孩，小说虽然着墨不多，却格外让人心疼。她在嫁人之前与小林最后一次见面，小林说要给她进洋货让她摆摊卖，"她抬起头，把一个纤细而哀婉的笑容，针似的扎进小林的脸上，疼得小林微微哆嗦"。他们匆忙离别，小林没发现桃花低垂的脸上滴落下了眼泪。陈小姐是孤独的，胡迪、小林、豪斯等人在她生命中交替出现，但她无法追求自己的爱情，只能孤独终老。从教堂到庙宇，无论寄寓于何种宗教和神祇的场域里，陈小姐都需要经受寂寞孤独的考验。就连三岁的亲生儿子都死在自己怀里，这个世界对她如此残忍，以至于晚年的失明，反而使她获得了生命的平静。甚至就连现实生活中的寸勇、赵松和小黄，也同样承受着孤独的考验。

豪斯是孤独的。战争留给他的是惨痛且残缺的记忆。在晚年，他失去了生命的意义，在记忆之鹰的召唤下，独自远赴云南寻找青年时的记忆。在梦境中，他终与坍缩为精灵的陈小姐相遇，以客死他乡的最后探寻，激活了一段尘封的记忆，完成了记忆的拼图。白诗之、江仓坡不仅是孤独的，而且还是压抑的。老王是孤独的，一辈子生活在面具之下，国军情报人员的身份，随着时代的巨变成为他的原罪。他在新的时代里无所依傍，最终出逃，将儿子托付给同样孤独的陈小姐。胡迪是孤独的。他与陈小姐的爱情，凄美、传奇却又难免虚妄。在一次惨烈的战斗中，他戏剧性地失去了生命。他的死，给陈小姐和豪斯留下了延续半生的苦痛记忆。瘸腿少年是孤独的，他的生命卑微、轻薄，一阵风便能将他刮得摇摇欲坠。他的死，在外人看来毫无意义。但不同于吴老板和独眼被悬尸的命运，小林将他埋在了树林里。在这里，我读到了一种有区别的悲悯和爱。

按照本雅明的说法，小说诞生于"孤独的个人"。"孤独的个人"总是怀揣着秘密的。没有秘密，就没有"孤独的个人"。没有"孤独的个人"，就不会有真正的小说。"孤独的个人"，表征的是反公共化的价值判断。张庆国经由笔下孤独的人物，试图守护战争历史的丰富性，守护个体生命的丰富性，守护个人记忆的丰富性。个人记忆与正史讲述在这个意义上，达成了互见与互补。

六

《黄卷　翅膀》《黑卷　尾巴》《尾声　眼睛》，张庆国以这样的三段式结构比附老鹰的身形，正反合的奏鸣曲曲式也衬托出作家对于战争和历史、个体和存在、情感与人性、精神和灵魂等诸多层面的哲学思辨。中国的抗战叙事发展到今天，需要突破的瓶颈有很多，面临的根本性困境还在于，有远比故事更为复杂和紧迫的精神事象需要探寻和解决。复杂的世界，需要一种复杂的形象和复杂的精神来诠释它，这是小说的难度所在。

斯塔罗宾斯基说："文学是'内在经验'的见证，想象和情感的力量的见证，这种东西是客观的知识所不能掌握的；它是特殊的领域，感情和认识的明显性有权利使个人的真理占有优势。"张庆国在《老鹰之歌》中浓墨重彩书写了各种复杂的情感纠葛，这些情感并不单纯是爱情，而是复杂的，有着多重层次和面相。这些情感在离乱、破碎、错位中是那样的脆弱、短暂，如樱花般，短暂的绚烂之后是长时间的寂灭；这些情感却也如蒲草般坚韧、绵长，在人物各自的心底里蔓延、滋长。小说中的人物穿行于黑暗的历史隧道中，承受炼狱般的苦痛。离乱的时代、冰冷的人世，每个人都要更多的爱来驱散心底的孤独感和无意义感，以此来确证自身生命的存在。小说中的爱情，关乎身体也关乎精神。死亡阴影笼罩之下的个体生命，更加需要爱情的支撑和抚慰。然而乱世中的爱情，难以整全，更无法圆满。这种巨大而深重的疼痛感和悲剧感贯穿小说始终。从故事情节上看，小说写得很热闹，但却透露出刻骨的冰冷、孤独和寂寞。这种孤独感突显了乱世爱情的重量和珍贵，进而也获得了独立于情节之外的审美价值。

七

从小说的某些段落中，可以感到张庆国的小说语言诗性得有些炫目。作家似乎是在炫技，过度挥洒自己作为诗人的一面。

但仔细咂摸，这些闪光灿目的句子，其实也是在间离一种所谓的历史真实。提示读者，这是一种想象的生命存在，我们面对的是一个虚实相间的复杂的生命世界，作家希冀超越的是历史的定见。也正是这种虚实相生的跳荡笔触，使得小说具有了中国画大写意般的风格，笔墨的洇晕间，荡开巨大的留白，空疏和冷峻中蕴含着深远悠长的审美意境和精神空间。

《老鹰之歌》的核心意象是老鹰，它高傲、凶猛、来去无踪，反复出现，向人物提示记忆的重量。这些记忆分属于每一个生命个体，唯有拼贴和交融才可能达至整一和圆满，然而圆融恰恰是最不可能实现的。小说中的人物即便在历史最动荡、战争最激烈、生存紧迫的环境下依然执着地爱着、追逐着，进而又在一次次误会和别离中，彼此失去，彼此伤害，彼此错过。因此，这种现实中寻求完满的努力自然也便成为虚空和谵妄。面对着有情的历史，老鹰嘴里吟唱的也只能是对孤独个人和记忆之河的咏叹。

如此说来，老鹰的每一次起飞和坠落，都是对记忆之河的沉潜与超越……

为知识分子的灵魂赋形

——读祖阔长篇小说《喧城》记

一

我记忆中的 1980 年代确乎是个谜一般的存在，横流的物欲间却涌动着理想的洪荒之力与青春的浪漫激情。那个"黄金时代"在物理时间上几与我的生命同步起航，却又落幕于作为主体的我成熟自知之前，如同午夜路灯下独行者的身影，倾斜、坍缩，非回首低望无以自我确证。黎明将至，街灯熄灭，与时代的背影一同隐匿的是一代人的青春记忆。

青春为谁而浪漫？这是父亲曾经写过的一篇小说的题目，抒发的是父亲难以遏抑的怀旧意绪，亦是对混沌难明的 1980 年代的某种隐喻。作家祖阔的年龄和经历都与我的父亲相仿，在长篇小说《喧城》中，他试图为那个大开大合、充满矛盾与抵牾的时代赋形。林汉、余少同、吴江白等知识分子的灵魂面影在祖阔的深情回望、细腻爬梳和严苛自省间渐渐显露、坚实蘁立。青春渐逝，生命丰满，所谓的 1980 年代原来不过是一个饱蘸人生况味的符号，对它的想象和重建终将伴随着对丰饶历史信息和精神遗产的清理和承袭。

尽管自己就身处这个"命运共同体"中间，祖阔描摹时代变迁和命运嬗变的笔法依然冷峻、犀利，以一种寓言化的写作伦理释放出思辨性的精神力量。

二

我们确曾经历过寓言繁盛的时代。新时期先锋文学在背弃传统的同时极力构筑文学的寓言城堡，而且与宏大叙事保持着异质同构状态，其深度模式的营造使得中国当代文学的理性空间得以从未有过地拓展。

进入 21 世纪，面对以消费为主导、由大众传媒所支配的、丧失了时代主流话语的文学颓相的时候，我们对文学的寓言时代也愈加怀想。在早先的概念里，寓言是一种简短的道德说教故事，通常以诗或散文诗体写成；其叙述口吻一般是反讽和现实的，充满挖苦的味道，其主张一般反映了日常生活简单明了的道德标准。而《喧城》的寓言化写作伦理，其实更多的是一种象征手法，也即"扩展了的隐喻"，其中的人物（林汉、余少同、吴江白等等）、情节（三个主人公追寻各自理想的心路历程）和场景（东北某省会城市的文场、情场、官场）共同构成了一个象征性系统。它的显著特征是结构象征，是整体的大规模展示，而非故事表层意义的象征。《喧城》的叙事并不围绕一个完整的中心故事或核心的戏剧冲突展开，而是以中国画散点透视的方式分别描摹不同生活方式和价值判断在共同社会环境和生活逻辑中的迥异遭际，在大量细节构成的生活流态中，展示三个知识分子、三个家庭命运轨迹的自然流淌、变形、异化、反转的动态过程。

《喧城》的书名本身，就似一个充满符码踪迹的话语体系——都市、围城、喧哗与骚动、名利与自由……以此象征当代知识分子的整体生存状态和集体深层心理。无论出身如何，背景怎样，在喧嚣浮躁的现代都市中，知识分子所面临的依然是入世追求事功与出世安放灵魂的两难选择。祖阔试图在小说中营构的正是知识分子精神自省和灵魂救赎的深度空间。

三

进入 21 世纪的第二个十年，经典现实主义的叙事范式面对渐趋碎片化的社会阶层和日常生活，似乎丧失了统摄和概括的能力。作家们逐渐放弃了对大历史、大时代、大命运的整体观察，转而介入某一社会存在的局部或个体生命的内心世界，以幽微消解宏大，以局部对抗整一，以深刻抗衡广阔。然而，具象现实主义也好、心理现实主义也罢，最终都要归结为灵魂现实主义，人物是有灵魂的，时代也是有灵魂的。单纯地强调"意识流"，依然无法打捞起一地碎片，无助于认知和了解我们周遭的存在以及我们生存的世界，仅仅停留于对事象表层的描摹，而无法上升到对时代精神的概括，终究是坐井观天，甚或是挖掘愈深，视野愈窄。因而，面对驳杂且细碎的现实，唯有通过某种隐喻才更容易接近事实的真相。寓言化写作，更具历史穿透力和时代概括力，同时也更加考验作家的思想能力。

从这个意义上说，《喧城》所书写的三个知识分子精英虽迥异却又殊途同归的生命历程，既是关于人生的寓言，更是关于1980年代历史终结的隐喻。林汉、余少同、吴江白等人物怀揣着对爱情的向往、对友情的珍重，以及一种为了某种精神、信仰、追求可以牺牲献身的勇毅担当，裹挟着1980年代那种独特而迷人的气息从历史的深处走来。曾经年轻，甚至以为自己永远年轻的一代文艺青年和知识精英，终于走到了他们人生的后段，伴随着曾经为之苦苦奋斗打拼的职场（官场）生涯的终结，一个激情燃烧、理想飞扬的时代落幕了。祖阔借用高度世俗化的现实故事来透视知识分子的灵魂之深，通过三个大学同窗好友的人生经历、命运遭际和心路历程，写出了人生境界和历史进程的深沉开阔，最终表达的是解脱世俗和欲望的枷锁、皈依生命纯粹和精神自由这一近乎宗教般澄明深刻的主题。

王安忆说："小说不是现实，它是个人的心灵世界，这个世界有着另一种规律、原则、起源和归宿。但是筑造心灵世界的材料却是我们赖以生存的现实世界。"小说写作，特别需要注意语言针脚的绵密。这个针脚，就密布在小说的细节、人物的性格逻辑，甚至某些词语的使用中。读者对一部小说的信任，正是来源于它在细节和经验中一点一点累积起来的真实感。祖阔在电视台、编剧圈、文学场中浸淫多年，对此中逻辑、生活、人物的体察细腻幽微，因而对林汉、余少同、吴江白等"典型环境中的典型人物"的姿态气质拿捏把握得可谓穷形尽相。作家调动起几十年积累的素材和经验，以全知全能的视角、绵密的细节、围绕日常生活建立起一个令人信服的"真实世界"。《喧城》写的是理想、情怀、生命，归根结底还是一部写"人"的书。林汉是作家、余少同是主编、吴江白为台长，都是体制内、有身份的社会精英，然而他们身上的文人底色却并未因官场的浸淫而祛除。小说越到后部，这种文人的气场便越加强烈，结尾的处理或许有点过于浪漫，但是我宁愿相信文学的想象对现实的拔擢，知识分子精英们最终找寻到了自己的文人初心，那个令人心向往之的时代亦随之涅槃重生。历史的发展本就不是单一和线性的，回还往复、枝枝蔓蔓、兜兜转转才更加符合文学叙事的历史观念。

四

当下的都市小说迷恋凡俗人生、执迷欲望叙事已经很多年了。换言之，如果说乡土文学承载的是历史、是思想、是审美的话，都市文学所表征的就是欲望的蔓延和精神的溃败。除了写私人经验、身体悲欢，"无穷的远方、无数的人们"是否还和"我"有关？都市题材的小说，能否呈现健全的精神视野、能否写出灵魂的深刻厚重，直接决定着作品的文学品质和作家的思想能力。

祖阔也是一个有着世俗心的小说家。《喧城》中的主人公要么迷恋女人、要么追逐名利、要么攫取权力，这种迷恋和追逐甚至扭曲、异化了人物的思维和生活方式；林汉、余少同、吴江白三个人在一起聚会就是喝酒，不停地喝酒，各种变换花样地喝酒……凡俗的生活对接雄浑的人生，卑微的诉求融入理想的悲歌，小说会由此获得一种积极的、肯定性的力量。祖阔正是基于对日常生活经验的肯定才写出了一个生机勃勃、摇曳多姿的世俗世界。从穿衣打扮到吃什么饭、戴什么表、用什么笔、拎什么包、开什么车，这些细节的密集铺陈让我们感受到了这些社会精英们物质生活的殷实富足，与此同时，知识分子的欲望、烦恼、困境、自省、救赎等种种形而上的意绪和思辨也需要生活的实感和肉身来承载。如果不能把人间烟火写得热气腾腾，也就无法刻画出人物内心世界的冰冷绝望和灵魂深处的彻骨痛感。小说最后的结局颇有一种《红楼梦》般"白茫茫一片大地真干净"的悲凉，悲凉之外是一种通透与澄澈，一种阅遍人世浮华和悲喜后的了悟与升华。

五

多年来，我一直欣赏那种有难度的写作。所谓的难度在于如何认识和理解这个世界，认识个体精神的疑难，把握与时代和他者的关系。祖阔所探索的正是人之为人的精神疑难，而且给出了作家自己的立场和答案。

在《喧城》中，时代的某种"共同的精神"或者早已形成共识的价值判断，对于小说内部"孤独的个人"构成了威压和伤害。无论是官场、文场还是情场，都是一个欲望编织的封闭场域，都有一套难以打破的潜规则和逻辑。吴江白自欺欺人的"换笔计划"，透露出的是体制对人性的压抑和异化。然而当他即将登上自己设计的官场巅峰时，多年艰辛的努力、付出却轻而易举地败给了自己强烈的责任担当和文人情怀，那是知识分子身上无法抹去的生命底色，甚或是文人的胎记和原罪。最终，在官场摸爬滚打、伤痕累累之后，吴江白选择回归文学，回归自我，回归家庭，回归内心，回到原点。余少同则成为流浪诗人，没有人再见过他，曾经相濡以沫的兄弟最终相忘于江湖。从欲望的密室中逃脱，闯向自由精神的旷野，其中的无奈、欢愉、解脱闪烁着人性的光芒，更传递出疑难和反抗带来的生命痛感。

巴尔加斯·略萨在谈及"文学抱负"时，将它同"反抗精神"一词紧密地联系在一起。他说："重要的是，永远保持这样的行动热情——如同堂吉诃德那样挺起长矛冲向风车，即用敏锐和短暂的虚构天地通过幻想的方式来代替这个经过生活体验的具体和客观的世界。但是，尽管这样的行动是幻想性质的，是通过主观、想象、非历史的方式进行的，可是最终会在现实世界里，即有血有肉的人们的生活里，产生长期的精神效果。"反抗和怀疑的气质，是创造精神和文学抱负的结合。从这个意义上说，疑难、反抗和救赎无疑是《喧城》核心的精神价值。然而祖阔的情绪始终是平和的，他对世俗逻辑和官场潜规则的反拨与批判，并不是通过激烈的言辞来抒发，而是隐忍中蓄力量、平和间见深刻，因为悲悯而理解，因为思辨而救赎。

在《喧城》中可以看到，祖阔的价值判断是逆向的，他所要建构的是一个关于知识分子灵魂内省、关于时代精神批判的寓言。这则寓言故事中饱含纠结与困顿、失落与无助、决绝与彻悟等等哲学层面的思辨。小说结局是开放性的，主人公们对自我灵魂的救赎实践，印证并延伸了理想实现的可能性，祖阔借此向那个淹没于世俗和欲望浪潮间的理想年代表达了最深沉亦深情的敬意。

至此，我想我开始接近那个让父亲魂牵梦萦的时代本相了。那个以理想为旗的时代背影，连同一代知识分子的灵魂面影，在我面前渐次展开，虽然质感粗粝，但是轮廓清晰，毛茸茸的，触手可及。显然，文学作为一种独特的精神叙事、灵魂叙事，并未在都市小说中失语，更不曾在当代生活中缺席。文学对于传递时代的信息、保存人生和情感的丰富性，依然具有不可替代的意义。

"乡村叙事"的诗性与浪漫
——海飞作品集《卧铺里的鱼》边读边记

一、现代文学的乡土叙事居然延续到了
70后作家海飞，吊诡或怪异乎？

　　乡土叙事在中国现当代文学中应该是一个庞大的存在，鲁迅以降，大家比比皆是，比如沈从文、赵树理、柳青、浩然；1980年代更是涌现出一批中青年作家，在"寻根文学"之后以各自的风格持续着对乡村不同历史，以及现实的回想与书写，甚至可以说已经固化为了一种资源极其丰富与浑厚的文学传统，或者建构了一条宽广雄壮的文学叙事脉络。五四以来，一个世纪之久，西方数十种哲学与文学，或者思想之思潮几度漫卷中国思想文化与文学艺术，却不曾撼动乡土叙事的根本之一二。改革开放以来的四十余年，是中国城市发展日新月异、突飞猛进的时期，城市的影响力与感染力是难以估量和想象的；而乡村则被迅速边缘化，其凋敝的速度与程度也是惊人的。尤其是

城市文化，近二十年来更是色彩斑斓、花样翻新、思潮云涌；但是，文学的"城市叙事"似乎一直没能建构起来，至今面目模糊不清。1980年代的"改革文学"和1990年代末的"底层叙事"都写了城市生活，但肯定无法称之为"城市叙事"。能称之为"城市叙事"的应该是一直坚持写上海这个城市的历史与现实的王安忆和近期因写《繁花》而获茅盾文学奖的金宇澄，以及60后的一批新生代作家；当然，早期的茅盾的《子夜》和稍晚的周而复的《上海的早晨》，那也是真正意义上的"城市叙事"，只是这类作家与作品数量太少。

何以如此？当是一个复杂的存在，可能与中国是以农业为主体的社会构成有关，作家多数来自乡村，真正出身于城市，然后成为作家的相对要少许多。2012年获诺贝尔文学奖的作家莫言，以及获得茅盾文学奖的陕西作家贾平凹，他们都来自乡村；但细究起来，他们在乡村的年头都不多，不过二十年左右。在城市里居住下来后，再回到乡村已经有了很大的客情成分，或省亲，或小住，与他们在城市的情形全然不同。综观他们的创作，基本上是乡土叙事，无论是现实的，还是历史的，尤其是他们的重要作品无一例外。不要小看了这二十年，正是这二十年，决定了他们未来写作的内容与方向，成为他们永不枯竭的文学叙事的源泉。无数作家的创作经历都证明，童年，或者青少年时期的生活与经历影响着他们一生的写作。

然而，这样的状况居然延续到了隔了数代的70后作家海飞，不能不说有点吊诡和怪异。海飞近年来广受好评的长篇小说《向延安》《回家》《惊蛰》等，从题材或文学类型论，更接近军事与谍战；但还有相当一部分没有引起文学界足够重视的散文与短篇小说却是纯正的乡土叙事。我当然知道海飞十八岁当兵之前一直生活在乡村；但他在城市生活的年头已经超越了在乡村生活的时间。在城市里，甚至包括早期的县城，吸引海飞思想与眼球的东西一定是眼花缭乱、目不暇接；但他还是不自觉地接续了近百年中国文学乡土叙事的烟火与文脉，在他早期的这批散文与短篇小说中进行了他独特的、极富诗性与浪漫情怀的"乡土叙事"。这可以说是一个值得关注与研究的现象。

二、"乡土叙事"与"乡村叙事"辨

其实我不太喜欢"乡土"这个词，我觉得"乡村"可能更好一些，什么原因不很清楚。为此，我专门重读了费孝通七十年前的《乡土中国》一书。费老认为，美国的乡下大多是一户人家自成一个单位，很少屋檐相接的邻舍。这是他们早年拓殖时代，人少地多的结果，同时也保持了他们个别负责、独往独来的精神。中国很少类似的情形，在四川的山区种梯田的地方，可能有这类情形，大多的农民是聚村而居。其原因有四：一是每家所耕的面积小，住宅和农场不会距离得过分远；二是需要水利的地方，他们有合作的需要，在一起住合作起来方便；三是为了安全，人多了容易保卫；四是土地平等继承的原则下，兄弟分别继承祖上的遗业，使人口在一地方一代一代地积起来，成为相当大的村落。[1]

费老所概括的这几个方面似乎更接近我对"乡村"这一概念的感觉与认知，因为它是具体的，也是具象的，让我想象出了中国"乡村"生活的本源与底色，甚至生命的状态与哲学。但是，近百年来，中国文学学界，也包括当下文学学界，更多的还是使用"乡土叙事"这个概念，这显然与现代文学的学术研究的历史延续及对当代文学的持续影响有关。而我则觉得"乡村"更亲近，它的空间的逼仄可能更接近普通人的性情？或者，我觉得"乡土"似乎沾染了些许的哲学意味，而"乡村"则更文学与艺术。是故，我在这篇关于作家海飞的散文与短篇小说的笔记里选择了"乡村叙事"的概念，在"乡村叙事"里讨论才让我觉得更容易接近真实的海飞，甚至海飞的散文与短篇小说。

三、梵高之于阿尔勒与海飞之于丹桂房

不知道为什么，在读《卧铺里的鱼》，尤其是其中的散文的时候，我自然而然地想到了画家梵高。海飞与梵高当然没关系，但两人似乎在某些层面既有外表的相像，也有内在的关联，这些近似的东西让我产生着似是而非的想象。关于梵高，我读过很多著作，当然，最让我激动不已的是早年读过的欧文·斯通的《梵高传》。近日又读了英国年轻的艺术评论家威尔·贡培兹的《现代艺术150年》，其中有一段关于梵高的论述，虽然简略，却将梵高人生与艺术的轨迹描述得异常清晰与透彻。这本书的语言与叙述是我喜欢的，一本美术史论却写成文学性很强的散

文，简直就是我心中文学批评的理想范本。

梵高是荷兰人，艺术交易的物质主义让他产生了幻灭感，他问弟弟提奥："我干什么合适呢？"提奥的答复却是预言性的：成为一名艺术家。学习绘画五年后，在弟弟提奥的建议下，梵高来到了法国巴黎，并看到了印象派艺术家的作品，梵高被他们的色彩，以及厚涂技法所迷惑，一时间竟应接不暇，但他却顿悟了。还是提奥的建议，梵高前往法国南部的单纯而美丽的阿尔勒小镇，在金黄的田野里，他发现了与北方完全不同的太阳的光芒制造出的强烈色彩，这让他激动不已，创作的热情突然爆发，无法遏抑，他居然在短短的十四个月里绘制出两百余幅作品，包括诸多代表作。梵高显然超越了印象派艺术家，他描绘的是他的所见之感受，而不是印象派的印象，甚至景象；为此，他不惜扭曲笔下的形象，用夸张的方法来达至他想象的主观的艺术效果。咖啡馆、树木、寝室、农民、向日葵、夜晚的星空、田野里奔走的人和太阳，等等，这些日常生活里平凡的物象与场景都成为了梵高笔下描绘的物象，梵高以表现主义的方法让这些扭曲夸张的形象走向未来难以企及的现代艺术的高度。

1971 年出生的海飞的故乡是中国江南诸暨的一个名叫"丹桂房"的乡村，他在散文与短篇小说集《卧铺里的鱼》里，讲述或者说描绘了他参军之前作为一个普通青年农民的普通的乡村生活，以及"丹桂房"里的人事与场景。那个只有一条街、一条小河、一座山丘和林子的逼仄的空间，如费老所言，完全可以被城里人藐视为"土气"；那里没有让人惊讶与震撼的事情发生，有的都是些鸡毛蒜皮，甚至根本就不值得一说，更不要说书写的琐碎，海飞就在这样逼仄的空间晃荡了十八年。在村里人的眼中或印象里，海飞是个热心人，谁家有个大事小情他都会赶去帮忙，外面偶尔戏班子来演出，他又是帮人家搭台，又是帮人家搬弄戏装道具，一分工钱都不知道要，有时甚至都不用人家来招呼。虽然如此，他居然被村里人瞅不大上眼，连对象都没人给介绍。父亲为此多次说过海飞，让他学门手艺；但海飞不跟村里人计较，包括父亲的话也有如耳旁风，既不恼怒，也不改正。

海飞的超凡脱俗哪里是"土气"的村里人，包括父亲能领略得到的呢？在那个毫无文化可言的乡村里，海飞多少有些"诗人"的气质，或者说海飞骨子里就是个"诗人"，虽然他没有如村里唯一的一位"诗人"那般地啊啊呻呻；海飞本色地感觉到了一种只有他能感受得到的乡村里独特的"诗性"，这"诗性"氤氲弥漫在街道、房前院后，以及空旷的田野与河流，还有炊烟袅袅村庄的上空。就像画家梵高一样，不是"诗性"改变了海飞的生活，而是海飞就是"诗性"地生活。这一点是不能忽略不计的，它们之间有着哲学的本质的不同。"土气"的乡村"丹桂房"的空间里，可以说根本没有可供海飞浪漫的自然与物事；但海飞却有着乡村人很难理解的浪漫情怀，他与现实几乎没有任何交易式关联，或者说他就不曾活在世俗的现实中。简直是一身的魏晋气质与风度，这样的比喻无疑是夸张的，因为海飞面对的对象与环境与魏晋时的文人截然不同。于是，我所读到的这些没有引起文学界足够重视的散文与短篇小说里，充盈的完全是诗性与浪漫的气息，这样的"乡村叙事"与俄国作家屠格涅夫，或者上世纪三四十年代的中国作家沈从文藕断丝连，又不尽相同；尤其是文本内在的文学性上，是一种完全独立的存在，它只属于海飞一人。

海飞在接受批评家李云雷访谈时说："其实从1986年我的少年时光开始，我就接触到一些文学刊物。我不明白我那大老粗的工人舅舅，为什么喜欢捧着杂志看小说。我顺便帮助他看掉了一些小说，那时候我觉得写小说的人是如此伟大。我会抚摸杂志上作者的名字，想如果有一天我的名字也能印在杂志上该有多好。"[2] 那时的海飞只有十五岁，他还在"土气"的乡村"丹桂房"闲逛，他肯定不会想到，十余年后，他真的成为了作家，不仅仅讲述和描写了他曾经生活了十八年的那个乡村里的少年，以及乡村里的人与物事，还在之后写出一系列更富传奇与英雄色彩的战争与谍战小说及影视剧，也因此而蜚声文坛。梵高成为艺术家离不开他的弟弟提奥的指引与建议，还有经济上的帮助，以及他对那个叫作阿尔勒的小镇的难以言说的热爱与创作的激情；海飞成为作家与他所描写的他在"丹桂房"时的心境与浪漫有了很大的不同，在当了几年兵后真正地走入了复杂的社会，他的诗性与浪漫都发生了质的变化。他说："我从一家县城国营化肥厂游手好闲的保安，下放到车间当拉煤工。这对当时的我来说是一场特别大的打击。我不愿拉煤，所以我梦想着通过写作调到厂办写材料。结果我调到了另一家生产药品的企业办厂报，当我坐在办公室里发呆的时候，突然发现我真的爱上了文学。"海飞的爱上文学与读舅舅杂志上的小说有关，当然也是生活所迫，他想改变自己的生活境遇，文学让他看到了未来的希望，这一点其实与梵高还是挺接近的。就像阿尔勒的小镇给了梵高难以遏制的创作激情，"丹桂房"也给了海飞无限的文学想象和叙事资源，苦难与孤寂被诗性与浪漫遮掩，让他的早期写作弥散着温暖的色调。乡村的僻陋没有让海飞走向世俗，而城市的繁华也没让海飞丢失了诗性与浪漫，他在后来的一系列中长篇小说创作中，甚至创造了一种可以名之海飞的文学叙事风格。

四、海飞"乡村叙事"之散文

文学批评家雷达在《陕西"三大家"与当代文学的乡土叙事》一文中论及中国现当代文学乡土叙事大致有三大模式：启蒙、田园、阶级。鲁迅先生的阿Q是启蒙阶段的农民形象代表。沈从文的《边城》《萧萧》以及此前废名的《桃园》《菱荡》中的描写，是带有鲜明的民间立场的田园牧歌。1930年代的左翼文学和1940年代的延安文学，培育、催生了一种新的乡土叙事方式，那就是阶级叙事，到"十七年"则蔚为大观，从叶紫到赵树理，从柳青到浩然，从《为奴隶的母亲》到《小二黑结婚》，从《创业史》《山乡巨变》到《艳阳天》等都属此类。此后陕西的三大家陈忠实、路遥、贾平凹都不好用这三种叙事模式来定位。[3] 海飞的乡村叙事还没达到雷达所提及的作家及作品的高度，似乎不好类比；尤其是他的散文，都是片断式的，没有精心的构思与结构，更不是当下的散文家那般的主题或思想的刻意蕴含。海飞写的就是他眼中所看到的，近乎于美术中的速写。从风格或文学语境上我觉得海飞与刘亮程比较接近；只不过海飞更富于诗性，刘亮程则倾向于哲思。刘亮程1998年出版散文集，名之《一个人的村庄》；海飞1994年开始写散文，他写的是一个人的"丹桂房"。刘亮程在自己的村庄也生活了二十余年，村庄是他进入这个世界的第一站，他用漫长的时间让一个许多人和牲畜居住的村庄慢慢地进入他的内心，成为他一个人的村庄。海飞也是，十八年里，"丹桂房"里的人与物事，还有山和水，成为他拥有这个世界的唯一方式。

在散文里，海飞的"乡村叙事"有着很强的现场感，是一种与现实的遭遇，这与所谓的"美文"，或曰艺术散文有着相当大的不同。海飞当然也营造意境，但那是他所感知并赋予那些自然与物事的；换言之，海飞在与现实遭遇的时候，没有滞留于生活的窘迫和人与人之间的龃龉，也没有逃避现实，而是以诗性的真诚感知与浪漫情怀拥抱现实。海飞像诗人一样敏锐地用心感受着乡村粗鄙的生活，那些看似并不惊艳的细节因他诗性的叙述而具有了美的气质与韵味；有时他也调侃与反讽，但调侃与反讽也是浸润在诗性的意蕴中。我不想作批评那样系统地挨篇分析海飞的作品，我想将我阅读时的笔记抄录下来，既符合我的这篇笔记体批评的文体风格，也能更真实地呈现我当时的认知与感受。

《丹桂房的日子·最后一棵枣树》："在城镇和村落，砍伐之声始终响着，像一只啄木鸟在清晨的歌唱。"反讽。反思性的东西在里面。

《丹桂房的日子·麦场的青春》："但是它们成熟了，我们用闪亮的镰刀放倒了它们，然后用牛车一车车运往村里。田野本来满头金黄的秀发，一下子变得苍凉。一些鸟上蹿下跳衔食麦粒，但这样的情景，还是苍凉。"日常的乡村生活场景被作家的诗性所浸润，不像梵高的画吗？

《丹桂房的日子·民办老师的春天》："民办老师注定要与村庄一起成长的，他打着背包走进村庄，就像一不小心掉进井里的一滴水，掉进去就分不开了。"随时的感受，却也有深刻与哲理。"他一直都没考上大学，但他为自己也为小琴拼搏过，这就够了。多年以后，他娶了丹桂房一名普通女子做妻子，生下了两个孩子。多年以后，他的庄稼活干得心应手，粗俗玩笑也常挂嘴边。"曾经的青春激情与理想，在那个"土气"的环境里，最后转化为普通的乡村的现实生活和人生。陡起一丝伤感，想起陆游的诗，"零落成泥碾作尘"，是否还有"香如故"？

《丹桂房的日子·群鸟飞临村庄》："我等不到群鸟飞临村庄，只在某一天锄玉米地时，一只鸟停在我的肩头。那时候我戴着草帽，心情激动，左顾右盼的鸟儿一定听到了我怦怦的心跳。我希望的是，鸟儿别因为误把我当成稻草人，才肯栖息在我的肩头。"对自然，对生命间的相互依赖的渴望。"鸟儿别因为误把我当成稻草人，才肯栖息在我的肩头"，什么是诗？这个才是诗。

《丹桂房的日子·一个人和一座村庄》：刘亮程的散文集名之《一个人的村庄》，不相同，但有近似的东西在里面。《冬天的一些事情·风吹院门》：刘亮程的第三本散文集名之《风中的院门》。还有《笼罩着或者飘荡在村庄·背着铁锹在村庄里巡行》："像九斤佬一样，我也会背着铁锹在村庄里巡行。"刘亮程在《风中的院门》中给我的印象就是个扛着铁锹闲逛的哲学家，他说他闲着没事，便扛着铁锹村里村外和田野里四处闲逛。当然，他肯定不是闲逛，他善于思考，他将所有的一切都哲学化了，或者说都被他赋予了哲学的意味。而海飞，是向着另一个方向，一个诗性的方向，"闲逛"。

《泥土里的往事》：将生活中的普通事物诗性化，赋予它们人的情感，优美至极，具有极强的艺术感染力："如果一朵云也有着它的恩怨与情爱，它的眼泪掉下来，掉在树上，掉在茅舍上，掉在河中，然后那些水又以雾气的方式升腾，又在空中积成了云。云也是有眼泪的，云的眼泪在想念风的时候潸然而下。风是居无定所的，风的目标永远都在前方。所以云只会在生生世世中备受煎熬，并甘愿生生世世做风的情人。"写得多好，诗性，却又哲学。第四自然段对泥土与女人的关系的想象与亲昵，堪称经典，虽然长了一些，我还是想把它抄录下来："湖头畈的大片农田都是属于丹桂房人的。我会选择一个温暖的午后，无论是春日还是秋后的暖阳下，我躺倒在湖头畈的泥地里，当然身下会铺上一层干燥的稻草。稻草的清香传达的是一种暖意，它和棉花其实有着很多的相似之处。我在想有多少个男人，曾经在这块田野上走过耕耘过，我又在想有多少个女人，满含柔情地为男人把饭菜担到了田头。我还在想，这块黝黑而丰满的泥土，其实是上天赐予的一张多么好的爱床。那么又有多少乡野男女，汗流浃背在这儿肆意欢娱，把他们粗朴而本真的爱情揉进身下的泥地里。想到这儿我就要发笑,我在想我将来的女人会是怎么样一个人,是不是会像丹桂房的一些嫂子一样洗菜淘米烧饭,还会抱着儿子或是女儿,一路急走去不远的镇上买回小菜。这样想着我的嘴角就浮起笑意,这让本本很不舒服。本本是村里一个三十多岁的光棍,本本大着舌头说小铜锣你是不是又在想女人了。我说本本你什么意思,法律又没有规定只有你可以想女人。本本恶狠狠地笑起来,本本的笑里藏着刀,他看了我家的甘蔗林一眼说,你想吧,你把你自己想象成皇帝好了,有三千个老婆行不行。"这一篇里还有几处也特别精彩,但只能放弃了。

《没有方向的河流》:用河流比喻人生,自己的人生,也有别人的人生,写得激情奔涌:"我们永远都不知道命运这条河游向何方,哪一个点才是转弯处;哪一个点是高坡的跌落,状如瀑布;哪一个点,又是一片荒凉。这芸芸又芸芸的众生里,那个丹桂房村庄最著名的懒汉海飞,后来拉煤摆摊,或者在诸暨县城的街头悠闲地晃荡,多么像一粒忙碌的灰尘。""我们都是被命运这条河裹挟着前行的人。我们来不及去改变命运,就发现自己在虚度光阴以后,在三杯黄酒一轮好月以及清唱一曲以后,垂垂老矣,老得须眉皆白,老得苍凉似海。"你说这是诗性,还是哲学?都有吧。不过,它能感染你,还是因为海飞他自己的人生与生活的经历;当然,它不是多么苦难或传奇的,日常的生活照样会感染你。

《村庄的颜色》:其实丹桂房真的有位"诗人",姓陈,虽然没写出什么像样的诗来,但他在海飞从他家门口路过时对海飞说的一句话却是真正的诗，而且对海飞的预言亦一语成谶：
"是不是村庄没有了村庄的颜色，海飞，你才会以你的姿势选择
了飞翔。"说得多么好，一种反思的，一种诗的想象的，一种哲
学意味的，一种包含了复杂的东西的什么？我们可能会对这位
乡村诗人有很多怜惜与无奈，一种复杂的情感也洇染其中，不
是吗？

五、海飞"乡村叙事"之小说

我觉得海飞的小说比散文要好，可能是虚构让作家对生活
细节的想象与叙述的空间更大，更自由；多少也会有一种文体
方面的暗示，写小说的时候心理上更放松。语言仍然如散文那
般是叙述性的，描写和对话较少，也不依赖故事与情节推动叙
述的前行。这些小说技术层面的东西对海飞而言可能都不重要，
海飞需要的是一以贯之的诗性与浪漫的风格，这种诗性与浪漫
的风格让那些朴拙平实的人物与生活充盈着上帝光临了一般的
光泽；尤其是叙述者，也是小说中的主要人物的"我"的那种
人生况味，带有极浓的道家意味，给那些粗糙、卑微、寡淡的
生活注入了人性的温暖与活力。那个逼仄的乡村因一个名叫海
飞的少年的存在而有了一种别样的情调。

《青烟》没有当下中国作家所倾心竭力为之的故事，只是谷
谷与两个女人，如果把对门的女医生也算上，就是三个女人间
的简单的情感历程。谷谷是殡仪馆里炼尸的，但他向离婚了的
女友婉君隐瞒了这一点，两人同居后都要谈婚论嫁了，却在殡

仪馆遭遇了。结果，婉君离开了谷谷。对门的女医生让谷谷感觉很好，但女医生对谷谷十分警惕，谷谷想接近她，却被人家拒之于千里之外。让谷谷更加意外的是，不久，她在家中被杀。谷谷第二个女友是洗脚房的珍珍，谷谷感觉珍珍很好，就经常去洗脚，然后两人就好上了，珍珍就搬到谷谷租的房子里住了。谷谷还是隐瞒了他在殡仪馆工作，但这一次海飞虚写了结局，以诗性描绘了一个多少有些虚无的未来：谷谷喜欢听广播里小燕主持的《龙山夜话》，当他向珍珍表白了要娶她为妻，小燕播放了一首名叫《青烟》的歌曲："青烟已远，还记得墙角，一朵梅花？爱爱恨恨有几人，在你耳边有回声？青烟已远，风带你回到，旧时堂前。一生一世几个爱，都化作一缕青烟远。青烟已远……"很显然，海飞不愿意滞留在世俗的龃龉中，用道家的哲学与诗性化解了现实生活中无法回避的矛盾与冲突。

《胡杨的秋天》是一篇当下鲜见的浪漫抒情小说，细节伤感而美丽，结构精巧而完整，说它是一篇优美的散文也未尝不可。当下的中国小说家已经丢失了浪漫主义传统，或者说，作家们根本就没有了浪漫情怀，他们闷着头在残酷的现实主义中拼命奔突着，他们将文学当作了一个竞技场，不敢抬头稍有休憩，现代文学中闲适的一脉已经断了踪影。胡杨是个没有工作的乡村青年，喜欢背着气枪在杨树林里打麻雀。有一天，刚刚打下一只麻雀，身前就出现了一个哑巴女孩，胡杨马上就喜欢上了女孩。哑女不让胡杨打麻雀，胡杨立即就扔掉了枪弹。在用手钩住哑女的手的时候，胡杨马上想起了自己的女友小丹。小丹在服装厂工作，是胡阿姨给介绍的，不久就被胡杨上了手。胡杨遇见哑女后，就跟父母说要跟小丹分手，因为爸爸说"你敢跟小丹分手就把你毙了"这才作罢。不过，胡杨一如既往地往那片杨树林跑，终于等到了哑女，但她身边多了一位乡邮员。后来，胡杨又遇到了哑女，他要试试她是不是可以用眼睛说话，如果可以，那就真的喜欢上她了。然后哑女就用眼睛与他对话了。这一处当是海飞的神来之笔，既解决了叙述的必要发展过程，又赋予小说想象的诗性。之后，不能自持的胡杨脱掉了哑女的衣服，但看到她闪动着玉光的长腿和那片令他神往的三角地带的草地时，他突然没有了欲望，剩下的只是喜欢。哑女还是嫁给了乡邮员，迎亲的队伍从胡杨和小丹的身边走过。胡杨伸在裤袋里的手触到了早已写好的给小丹的信。回去的路上，胡杨把路上的一粒石子踢得很远，也把自己的秋天踢得很远。这篇小说极其单纯，一种山间溪水般的细微情感，像哑女一样，清净地汩汩而过，诗性而无尘，浪漫而纯净。

《卧铺里的鱼》写得也很好，其他几篇则稍显逊色。

六、海飞"创造"了"丹桂房"的人们与生活，以及"那种辽远的东西"

海飞在接受李云雷访谈时还说："写的小说越多，我越悲观与失望。不是因为现在读小说的人不多，而是因为突然发现我的作品以及朋友们的作品，有好多都是在自娱自乐。这些文字不是我想象中的小说，我想象中的小说应该更好更精彩更有深度更令人激动，应该在文字里装满那种辽远的东西。这样的想法让我忧郁寡欢，它影响到我的写作，让我一边写一边迷惘。"[4]

显而易见，海飞谈的是他的小说写作的理想，或者说追求。什么是"更好更精彩更有深度"？似乎有点抽象，但"那种辽远的东西"就具体了一些，是一种意境，一种富于诗性的感觉，这样的作品一定不是娱乐化的。海飞希望自己的作品远离那种世俗的趣味与美学，即便是长篇小说，或影视剧，他精心结构的战争与谍战，也不是单纯地指向娱乐，而是崇尚着英雄与牺牲，充盈着理想与精神，跃动着诗意的人性光芒，并精心地营造着人物的生存环境，耐心地描摹着人物内心的复杂情感，呈现出当下极为鲜见的诗性的抒情风格。

法国结构主义文学批评家托多罗夫在《濒危的文学》一书中引用英国作家王尔德的话说，"与其说艺术模仿生活，不如说生活模仿艺术"，接着他论述道："而同时他一点儿也不否定艺术与生活之间的关系。艺术阐释世界，赋予未形以形态，以至于一旦受过艺术熏陶，我们就会发现周围各种事物不为人知的方面。透纳并未发明伦敦的雾，但他是第一个感受伦敦的雾，并且将之展现在画作上的人。在某种意义上，甚至可以说，他使我们开了眼。文学亦然：与其说巴尔扎克发现了他的那些人物，不如说是他'创造'了这些人物。但是，一旦这些人物被创造出来，就会介入当时的社会，从那时起，我们就不断与他们碰面。生活本身'非常缺乏形式'，由此引出了艺术的作用：'文学的功能在于从粗糙的现实存在中，创造出一个将会比常人眼中所看到的更美妙、更持久和更为真实的世界。'"[5] 我所以不厌其烦地引用托多罗夫的这段论述，主要是想说明，从散文里我感觉到了海飞的这些"乡村叙事"的短篇小说的自传色彩是很浓的，里面的人物、生活的场景等等与散文里大致相同。丹桂房里的那些人物与物事当然是一种自然真实的存在；但是，海飞却是用他诗性与浪漫的情怀重新"创造"了他们。由于他们被海飞文学地呈现在他的小说里，他们才为我们所知，他们才被传播得更为久远。

海飞所希冀的"那种辽远的东西"，改造这个社会未必，但让很多读者受到了它们的感染，并记住了它们是可以肯定的。我想，这恐怕也是海飞所想。

<hr>

注释：

[1] 费孝通：《乡土中国》，第8页，江苏文艺出版社2007年4月第1版。

[2] 李云雷：《小说+剧本，手持"双刃剑"——海飞访谈》，左岸文化网。

[3] 雷达：《陕西"三大家"与当代文学的乡土叙事》，《小说评论》，2016年6期。

[4] 李云雷：《小说+剧本，手持"双刃剑"——海飞访谈》，左岸文化网。

[5] 〔法〕托多罗夫：《濒危的文学》，第97—98页，华东师范大学出版社2016年8月第1版。

浸泡在历史、人文与战争中的英雄情怀

——读四卷本《朱增泉散文与随笔》之笔记

一

　　四卷本、百余万字的《朱增泉散文与随笔》，读下来虽小一月之久，却并不意味着它的深奥，或者艰涩；事实恰好相反，朱增泉将错综复杂的历史经纬与样态繁复的人文景观，以及现代信息化的战争观念与形式，梳理得井然有序，研究得精辟透彻，阐释得明白易懂。我是边读边窃喜有加，朱增泉替像我这样的，既想了解更多的历史人文以及现代信息化的战争，又不想费那么多的气力，或者是没有那么多时间去翻阅浩繁史料的读者付出了难以想象的辛劳，干了诸多繁重的工作。但窃喜也只是瞬间，之后我就有些愧疚与自责，因为朱增泉毕竟不再年轻，而且与我这个晚生后辈多有交集，我怎么可以以这样的心理对待他和他的辛劳与付出呢？但无论怎样，朱增泉将几千年的历史与人文，以及离我们最近的现代信息化战争中所蕴含的人类思想与智慧，挖掘提炼并概括叙述出来，让我在小一个月酷热难耐的三伏天儿里，咀嚼和回味不尽，且享受着阅读的乐趣；而那几个骤雨突降的日子，一边读，一边或呷咖啡，或品香茗，那感觉难以言表，甚至成为一段让我在写作此文时怀念不已的惬意时光。

<h1 style="text-align:center">二</h1>

掩卷《朱增泉散文与随笔》，一个影像在我的脑海里生发出来，直至写作此文时仍然挥之不去：历史、人文与战争就如同装在一口巨大坛中的陈年老酒，而朱增泉的文字就像浸泡坛中的老参，酒已微黄，而老参白中透亮，发出晶莹之光；一股浓郁的幽香从坛口袅袅散出，在我的书房里弥漫，让我有些迷醉。我试图品味出浓香里蕴含的元素，一一道出显然不太现实，概而言之，或者说最重要的元素是什么呢？灵光一现，我一下子就想到了"英雄情怀"。《战争史笔记》按下不表，就说这四卷《朱增泉散文与随笔》，百余篇文章，没有论及战争与军人的没几篇，包括历史与当代人和事的叙写；而且所有篇章充盈或彰显的都是一种"英雄主义"的精神与气质、一种军人的责任与担当，这是中国当下社会生活或文化思潮中所匮乏的，也是朱增泉在当代中国文学界独树一帜之处和价值所在。朱增泉在《朱可夫雕像》里写道："军人不崇拜战功盖世的英雄，算什么军人？"这一独白，直抒其"英雄主义"情怀，也化作一种情绪与色调，笼罩浸润着这四卷《朱增泉散文与随笔》中的百余篇文章。

三

朱增泉确实不厌其烦地对史实进行了详尽叙述，我甚至于认为，这种不厌其烦的叙述在某种程度上影响了随笔这一文体的特质——思想，或思考的彰显；也就是说，大量的史实与细节的叙述一定会在某种程度上压缩作者的思想与思考的空间与感觉，更不要说最为精彩的思辨。当然还有趣味，以及所谓闲笔与枝蔓，那种突然一笔荡开去的东西。我之所以感觉增泉老的这些作品更接近"史论"，也是觉得上述那种散淡的质素少了些许。

四

不过，作为读者，我在《朱增泉散文与随笔》里读到了大量让我感兴趣的视角独特且充满了思辨色彩的文字，那种思想与精神的飞扬让我为作者的才思与博学所叹服。比如《寻找昌耀》，朱增泉只是选择了诗人几个人生的节点，但昌耀的命运、性格、思想和灵魂都勾勒出来了，这当然是笔力的劲道所致。更让我咀嚼不尽的是朱增泉在随意点染时所流淌出的思辨与情怀，他这样写道："昌耀的一生，差不多大半生过的都是居无定所的日子。他的灵魂一直在漂泊、在流浪。不，他在游牧，他一生都在走向荒原、走向人迹罕至的高海拔雪域，在高寒缺氧环境中放牧着自己的灵魂。""昌耀的生命是在坠落中结束的。或许，这是昌耀最后一次'在天堂的入口处/享受鹰翔的痛快'。实际上，坠落，一直是昌耀的生命轨迹。他像一块陨石，一生都在坠落，在坠落中燃烧，在燃烧中发光，最终坠落在青藏高原。"这样的描述，不但是对诗人的礼赞，也是对诗人最深刻的认知。

在《彭大将军》里，朱增泉这样写道："彭德怀的晚年悲剧，其根本原因是在我们党和国家那段不幸的历史之中。但又不能不说，彭德怀性格上的某些缺点，也是导致他晚年悲剧的因素之一。毛泽东最后一次找他谈话时也说他，'你这个人是少有的犟脾气'。"对性格的强调，显示了朱增泉不囿于政治与意识形态的成见，而将人自身的因素与命运的缝隙缝合起来，这样的诠释更加人性化。同样的情况也发生在朱可夫身上，这两位元帅无论性格，还是经历与命运，都有着惊人的相似之处。在《朱可夫雕像》里，朱增泉通过三座雕像来结构朱可夫的人生际遇与命运。彭德怀可能是唯一一个敢于对毛泽东骂娘的中共元帅，朱可夫则是唯一一个敢于对斯大林说不的苏联元帅。由于朱可夫对德军的战略性进攻判断得准确，在整个卫国战争期间，他先后担任过八个主要作战方向上的方面军司令员，十五次担任最高统帅部代表，指挥作战。战争结束了，朱可夫的悲剧也就到来了，这显然与他不会圆通的性格密不可分；而苏联新闻与文学界对他的不适度的宣传甚至超过了斯大林，则给他帮了倒忙，这一点又与韩信如出一辙。朱增泉作了这样的思辨："朱可夫是一座巍峨的高山，斯大林是照耀这座山峰的阳光。当斯大林对朱可夫格外器重时，阳光直射到山顶，这座山峰的阴影便最短；一旦斯大林在感情上与朱可夫逐渐疏远，犹如阳光偏西而去，投射出这座高山的巨大阴影，而且这阴影越拉越长。"朱增泉还这样形容两人，"斯大林和朱可夫，是两块钢铁，互相一碰，铮铮作响"。什么叫入木三分？此之谓也。

在《从范蠡说到吕不韦》中，增泉老的"史论"特征显露得淋漓尽致。他写道："官职、财富、美人，这三件宝贝，哪一件里面都夹杂着善恶并存祸福相依的成分；倘若再将这'三原色'挤到一块调色板上，那就对不住，贪婪者志浊情浑地涂抹出一幅幅污浊画面者众，而能以大智大德绘出灿然景致者寡焉。"而关于为何要到越国去图谋发展，范蠡与文种的对话不仅是增泉老赞誉有加，也不能不让我等为之击掌。文种问："你我离楚，何以反能效楚？"范蠡答："今楚之危，莫大于东邻昌盛之吴。而能牵制吴国西向犯楚者，越国也。你我辅越图强，必能牵制吴国，以轻楚国之危也。"这当然不仅仅是一种智谋，其苦心孤诣亦显英雄另外之大情怀。

《孤独的陵园》围绕孝庄陵寝何以不能进入浩大的清东陵而展开了民族文化层面的思索，这无疑是深刻与独特的。"它反映了满蒙游牧文化在与以儒家礼教为核心内容的汉族文化相融过程中的某种不相融。这种不相融的成分，在孝庄身上凝聚成了一个化不开的'结'，最后以一座昭西陵将其固化成一个千古'疑案'，留给后人去思索"。而"一代天骄成吉思汗子孙所开创的伟大朝代何以如此'短命'？教训就在于它没有认真消化吸收汉族文化，没有用汉族文化将自己武装起来，没有把自己融入汉族文化之中，始终有一种'格格不入'的感觉"。从文化的角度论清代的统治虽然不是多么新鲜的史论，但从这个角度解读孝庄昭西陵的"疑案"还是让我深以为然。

《汉初三杰悲情录》中，朱增泉在《大风歌》里读出了刘邦内心的孤独和悲凉，一位孤家寡人的内心独白。《汉书·高帝纪》载，在击败英布还军途中，刘邦顺路回了一次自己的故乡——沛县，酒酣之时，刘邦一面击筑，一面唱着这首即兴创作的《大风歌》；而且还慷慨起舞，伤怀涕下。在楚汉之争中，刘邦之所以能战胜项羽，是得益于诸多盟军的协同作战的；但项羽失败后，他疑心这些他封的王联合起来反对他，便采取各个击破的策略把他们陆续消灭。张良、韩信、萧何打天下时是刘邦阵营中的最佳组合，但坐天下时刘邦就不信任他们了，最后将三人"玩"于股掌：张良"智避"而凄凉隐退，韩信"硬碰"而悲愤丧命，萧何"隐忍"而苟且保身。如此，《大风歌》中刘邦内心的孤独和悲凉就不是妄想与猜测了。

五

《秦皇驰道》可能是朱增泉"散文随笔"中反思色彩最浓的一篇，议论与诘问俯拾皆是。朱增泉将"秦皇驰道"比喻为"两千二百多年前，横贯中国大地的高速公路"，南北两大干线，从咸阳至吴、楚，至燕、齐，是秦始皇统一中国的第二年开始建设的。朱增泉慨叹道："就推动社会生产力的意义而言，无论是昔日豪华辉煌而被彻底焚毁的圆明园，还是至今尚完好无损、华丽宜人的颐和园，同秦皇驰道这样的古代伟大交通工程相比，哪一种文明成果的文明含量更高一些呢？"接着又用随笔中最富抒情性的语言反诘历史："俯身摸一摸秦皇驰道上的深深车辙，想一想被洋人烧掉皇家园林的朝代，都干了些什么像样的、称得上社会大工程的伟业，难道不比仰望圆明园的几根断柱所获得的思索，要深远得多、沉重得多吗？"

朱增泉并不掩饰秦始皇的残忍与暴政，但是，朱增泉更想彰显作为伟大君主秦始皇的历史功绩和他的胸怀大志，非但不荒淫，其励精图治与刻苦勤政，都是历史上少见的。遗憾的是，由于失察民意，拂逆民心，"他和他的大秦帝国沿着这条宽广驰道，迅速驰向了穷途末路"。朱增泉在《边墙》中对长城，尤其是山海关的思考与阐释颇有新意。长城始建于战国时期，经秦和明发展到西起嘉峪关，东到鸭绿江，总长一万两千七百余里。历代修筑长城的主要目的是阻挡北方游牧民族南下骚扰，但明洪武十四年，朱元璋命徐达修筑了山海关则为大明王朝埋下了不祥之伏笔。朱增泉这样写道："朱元璋命徐达将山海关修筑得如此高大，用来掩饰他内心过早出现的一丝惊慌。但他可曾想到，一修山海关，也就从此形成了'关内'与'关外'的隔膜。关外的女真人向南一望，发现已被一座山海关挡住了去路，立刻觉得不好，大明王朝把他们当成'异己'看待了，将他们'关'在门外了。""于是形成一个怪圈，边墙一步步修筑完善，明朝却一步步走向衰落。我们今天在八达岭、山海关、嘉峪关等地看到的明长城是雄伟的，但它不是明朝兴旺的象征，恰恰是明朝走向衰落的象征。""山海关，这是明长城的起点，最后却成了大明王朝的终点。""忽必烈还是从长城外打了进来，努尔哈赤的后代还是从长城外打了进来。"这种对历史与人心的洞察，显示了朱增泉既有俯瞰历史的广阔视域，又有明辨秋毫的精微探幽。犹如那已见微黄的陈年老酒，倒上一盅，满室弥香。

战争背面的别样风情与生命暗影

——徐怀中长篇小说《牵风记》的"超验主义"叙事话语

一

文学创作伊始，作为军旅作家的徐怀中先生似乎就走着一条与众不同的道路。1957年出版的长篇小说《我们播种爱情》和1981年发表的中篇小说《西线轶事》应该是他的代表作，但这两部在军旅文学史上颇有影响的作品都没有正面描写战争。这或许和他在部队时的身份、经历有关，但他的文学观念与审美旨趣也起了至关重要的作用。按徐怀中先生自己的说法，他是喜欢孙犁的作品与风格的，甚至每次写小说前，都要将孙犁的作品找出来读一读，感受一下他那既生活化又唯美抒情的语言和鲜活细腻的细节。也就是说，他走的是孙犁的"荷花淀派"这一脉。在新近出版的长篇小说《牵风记》（人民文学出版社2018年12月）里，徐怀中先生更是将这一文学风格发展到了极致。千里跃进大别山只是小说的背景，不见了战火和硝烟，浓墨重彩书写的是战争背面的景致，是对悲剧美学的深入探索。残酷与血腥被浪漫情怀与审美目光所遮掩，人性的高洁与卑下、英雄与匪性、传统文化与现代文化，多种自然色彩的交织与缠绕，彰显出战争背面的别样风情与生命暗影。

我当然知道，这既是徐怀中先生既往文学风格的一种延续，也是他几十年来对文学不懈探索与思考的结晶。在《牵风记》里，浪漫奇崛的想象、奇观化的历史场景、细腻入微的写实笔触，共同建构起一个"有情"的世界。战争是封闭的炼狱，徐怀中先生要在其中试炼人性，甚至是神性，最终指向的是超越意向。"超越意向经常是一种紧张的精神探索，一种重大价值观念的严峻审议，一种信念的提出与皈依，一种彼岸世界的确立与憧憬。它包含一系列自省、拷问、冥想、苦恼、忏悔、放逐、启悟等等精神行为。"[1] 汪可逾这样一个美丽的生命，十九岁就消逝了，生命的短暂和怀念、记忆的悠长构成了一种反差，反衬出美的永恒。小说开篇缘起于合影照片上汪可逾的微笑，那无人能解的神秘感，奠定了小说的审美基调。无论是古琴，还是水溶洞中持续千万年的地质演化，都隐喻着时间和空间的超越。尤其是那些跳脱故事、阻断情节和时间链条的大段议论和知识介绍，使得小说的时空充满了可能性。

小说叙事的内核是对生命的自然之美的极力赞颂与张扬，是对人性的终极价值的思考与观照，尤其是将人放逐到自然本性之中，然后又赋予其初心与神性，安放肉体也安放灵魂。这是一个理想主义的叙事文本，是一种超越具体历史语境的新的建构和想象，是一种浪漫审美精神的张扬。这有点类乎于书法运笔中的偏锋或侧锋，使得线条气象万千、瑰丽奇谲，作品也因此呈现出中正伟岸之外的别样韵致。这种战争叙事与文学风格在中外战争文学中都是不多见的，尤其是在中国当代军旅文学中更是独树一帜，彰显了徐怀中先生几十年来对文学形式的先锋性探究、对生存和死亡的形而上思考、对战争和人性的终极追问。故事虽然并不复杂，矛盾冲突也谈不上多么激烈而跌宕，字数亦不算多，却写出了大河般宏阔辽远的感觉，显露出硕大丰沛的精神容量。除了执着而强烈的文学自信，小说中颠覆传统伦理与文化价值观念的旨意也是显而易见的。正是这种颠覆性的写作伦理和超越性的审美意向，使得中国当代军旅小说终于超越了底层叙事、世俗经验的藩篱，得以进入精神和灵魂叙事的存在之境。

二

有研究者从性格的角度将艺术家分成两类：一种是严谨沉静而善于思考，作品优雅蕴藉；另一种则奔放冲动而感觉敏锐，作品充溢着生命的活力。我知道，这样的分类并非科学，艺术家或作家都是复杂的存在，不可能这样简单地概而论之。但我们时常会以假设的方式进行判断，假设艺术家分成两类，可以分成这样两类。若以诗人论，我觉得杜甫与李白当是极为典型的。那么徐怀中先生属于哪一类呢？多数读者一定会将其认定为前者，曾经我也是这样认为的。但这一次在《牵风记》里，徐怀中先生却大尺度地超越了他因性格而形成的风格，甚至突破了李白的浪漫与豪放，而进入了一种超验的迷恋状态。从这个角度论，我认为这部小说不是浪漫主义，离现实主义就更远，我觉得倒是比较接近"超验主义"。

我不知道徐怀中先生是否了解，或者研究过兴起于 19 世纪 30 年代美国新英格兰地区，后来成为美国思想史上一次重要的思想解放运动——"超验主义"。这场运动以爱默生为首，强调人与上帝之间的直接交流和人性中的神性，解放人性，提升人的地位，使人的自由成为可能。在具体的人的生活中，强调直觉和人的价值，反对权威，主张个性解放。"相信你自己"这句爱默生的名言，成为超验主义者的座右铭。后来波及文学，梭罗、霍桑与梅尔维尔都是这股思潮的重要作家。《牵风记》虽然主要写的是战争的背面，但还是超越了战争的现实。置残酷的战争进程于不顾的叙事策略显然是有意为之，因此，小说中的战争状态，或言氛围相对是淡漠甚至缺失的，起码我读后会觉得人物不是生活在战争中。关于这一点，或许会产生歧义，我以为，即便是写战争的背面，也是要在战争的状态与氛围里进行才好。没有了战争的状态与氛围，小说中大量地讨论音乐、摄影、书法艺术以及时空、地质等科学问题就不免有些突兀和虚妄，而人物在战场环境下的大量艺术化行为更会令人产生轻浮之感。小说的女主人公汪可逾是作者极力塑造的美与神合一的艺术形象，正是因为烟火气的匮乏而始终悬置于稀薄的空气中。也正是在这种状态里，我才觉得《牵风记》与"超验主义"，无论在表层的生活细节方面，还是内在的思想精神上，尤其是在汪可逾这个人物形象的塑造上，都有着惊人的一致性。

《牵风记》将知识分子的形象置于前景，处处凸显文化的力量。汪可逾出身于北平一个颇有名望的书法世家，写字是有润格的，而且很贵。小说中，她的出场本身就是很神奇的。她突然出现在了慰问演出的现场，挽救了一场本已经尴尬结束的演出。通过演奏古琴，让那些文化素养较低的群众和官兵听得如醉如痴，甚至入了迷、着了魔。即便中途汽灯故障，演出暂停，观众还能够回家喂奶、喂草，再接着回来继续听。在等待汽灯修复的过程中，齐竞与汪可逾在黑暗的舞台上探讨古琴演奏技法和相关问题，这本身也是奇景，显露出齐竞这位解放军指挥员的不同寻常的精英文化背景。这种情节设置本身是有违日常生活经验和逻辑的，但却将文化的魅力烘托到了极致，小说的精英底色、优雅气质由此铺展开来。更为神奇的是，这场演出最终于半个世纪之后，引发了军史专家们的兴趣。专家们本是前来探访研究大扫荡，却被这场演出所惊到，因为"老人们对当年战斗中许多生动感人的细节记忆很模糊，掏不出他们几句话了。而要成年未成年的一个北平女学生，以她尚不娴熟的技艺弹奏了几支古琴曲，老人们却至今难以忘怀，连种种细节都能讲得出来。那位汪姑娘怎样席地而坐，怎样将古琴架在双腿上，又怎样缓缓抬起右腕，以右手中指尖弹拨出一个空弦音"。仔细玩味这段描写，懂古琴的人其实明白汪姑娘的演奏远远谈不上高深精妙，但却给在场者留下了刻骨铭心的记忆。文化、知识、音乐、审美、教养，凡此种种打破甚至是颠覆了人们对战争的固有印象和认知。这种认知是超越日常经验，甚至超越世俗逻辑的。齐竞也好，汪可逾也好，他们除了军人的身份之外，骨子里知识分子的气质都是极浓重的。汪可逾的职务是文化教员，这富含深意，她的横空出现给这支部队带来了显明深刻的变化。她宛若赤子般毫无心机，透明阳光，处处显露出优雅和高贵的精神气质。中国当代战争小说鲜有浓墨重彩塑造知识分子形象的优秀作品，《牵风记》对战争中知识分子形象的塑造、对他们心理和灵魂的深刻解析，将文化、教养之于战争、军队、社会和人的意义提升到了前所未有的高度。

"文学的意义之一就是坚持以审美的观点看待世界。审美当然不可能也不该成为人们生存方式中唯一的尺度，但是，文学坚持说人们不该完全遗忘这个尺度，即使是种种沉重的生存问题试图迫使人们遗忘。虽然人们在这个世界上听到形形色色的发言，但是，作家的一个使命即是反复用自己的声调发出审美召唤。无论是对人们的精神结构还是对社会文化的总体图景，审美的存在都是一个极其重要的平衡。"[2] 徐怀中先生呼唤并倾力建构战争文学中的审美存在，甚至不惜颠覆以往战争历史中的实然图景，就是为了敞开一个新的文学世界、印证一种新的叙事逻辑。他念兹在兹的正是文化的力量，是那种超越了战争、甚至超越了时空、直抵人心的审美的魅力。

三

徐怀中先生在访谈中说，1962 年他在西山八大处就完成了这部小说的初稿，因故一放就是六十年。最初的人物、故事及风格都与现在相去甚远。[3] 问题主要不是出现在小说风格上，而是思想与精神上，文学理念、美学与哲学的追求上。这些方面的差异在与《我们播种爱情》和《西线轶事》的比较中是极其明显的。汪可逾这一人物形象无论与徐怀中先生有何关系，已经超越了历史中的现实。这一人物形象在徐怀中先生的脑海里发酵的时间太久，因而亦真亦幻。我想，甚至包括小说里的一些细节，徐怀中先生恐怕已经难以分清真实与虚构，进而向着"超验主义"的方向愈走愈远。

小说的故事并不复杂，或者可以说没有故事，有的是大量的鲜活的细节。在战斗部队，尤其是在刘邓大军千里跃进大别山那样的残酷的战争环境里，汪可逾与齐竞的邂逅本身就是一个奇迹。而他们之间关于艺术的探讨与互动、生活中的相互欣赏，无疑构成了一种别样的爱情奇观与"战地浪漫曲"。细究起来，汪可逾与齐竞在求学经历与艺术修养方面还不能等量齐观。汪可逾只有十二岁，儿时开始研习古琴，达到相当的高度是可以理解的，书法造诣有一定的程度也说得过去，而在太行二中求学期间一年到头尽跑"扫荡"了，等于说没学到什么东西。这些艺术上的修养与齐竞比起来可就是小巫见大巫了。齐竞"就读日本帝国大学艺术系，主修莎士比亚，兼学油画、人体艺术摄影。中国'左翼作家联盟'东京支盟创办了文艺杂志《东流》，推出具有进步思想的小说、散文，齐竞便是经常撰稿人之一"。齐竞虽然会情不自禁地与汪可逾讨论艺术问题，但总体上还是有所保留与收敛的，免得咄咄逼人，以大欺小。但俩人艺术上的相通与彼此的欣赏是不言而喻和难以掩饰的，这是他们爱情的基础，但这个基础却不能保证爱情的牢固。矛盾冲突是有的，但也谈不上激烈与跌宕。

两人的冲突不是性格造成的，也不是日常生活中的龃龉，而是因女性贞操的丧失与否所产生的。这一点，因为齐竞的出身与留学经历，以及艺术修养而让我惊讶不已，甚至匪夷所思；但是，齐竞的狭隘与自私也反衬了汪可逾的天真无邪与自然美丽，只不过这样的处理似乎有些浅显与单薄。曹水儿是男人的另一面，也可以说是齐竞立身于野战部队的得力干将。曹水儿身上的英雄性对于齐竞来说也是一种间接的映照，这与他究竟是儒将还是武将并无关联。曹水儿集英雄与匪性于一身，敢做敢当，这正是现实中的齐竞所缺失的。他的存在有如镜像，将汪可逾与齐竞内心的真实与虚伪、情感的美丽与卑下清晰地折射出来。

四

汪可逾第一次出现在小说中，是给"野政文工团"的一个小分队在九团的慰问演出救场。战士们要求出来一个坤角，小分队说没有女演员；但战士们发现了两个扮演鬼子兵的演员是女的，便起哄让她们出来。小分队认为这是对她们的污辱，不肯出来。当时还是团长的齐竞把战士们训了一通，然后命令现场总指挥宣布演出结束、部队解散。这时，只有十二岁的北平学生汪可逾抱着古琴在观众后边一边喊，一边来到了舞台前。汪可逾脸上挂着一丝天然的微笑，这个微笑后来一直保持着，并具有了象征性的经典意义，不仅仅是少女的天真与纯情，还有徐怀中先生对自然美的执着的倡导。彼时的汪可逾虽然只有十二岁，毕竟被那个时代的进步风潮所裹挟，所以还不曾跳脱现实的语境。而齐竞，虽然惊讶和欣赏汪可逾，但她毕竟还只是一个学生，一个少女；但五年后，当汪可逾正式地向齐竞报到时，齐竞也被深深地打动了。

按说不论你什么出身，到了部队，尤其是野战部队，都要服从部队的要求；但徐怀中先生却欣赏，甚至也可以说是放纵汪可逾的个性，或者说任性也无不可。于是，汪可逾就可以在开门的时候"高高地举起臂膀，手按到房门的上沿把门推开，随后背对房门，轻轻向后蹭一下，咣当一声，房门合上了"。汪可逾的床铺简直就是"皇家禁地"，不许任何人坐她的床单。交团费，汪可逾总是用一块白色小手帕托着钱，完了收回手帕，洗洗再用。晚上睡觉发现两只鞋子摆放不整齐，一定要爬起来把鞋子摆正才安心入睡。房东对联贴错了，汪可逾宁愿自己重写一副也要给改正过来。而与同志见面问一声好就不那么简单了，惹出了许多麻烦，但她至死也不曾改变，且从来不管别人是否回应她一句问好。这样的个性与自我在和平的环境中还比较好理解，但在野战部队，在战争中，恐怕是极为罕见的。

关于流言蜚语"身上穿了七八个洞，只能给人牵马，身上只有一个洞，不愁没有马骑"。汪可逾弄明白后的表现不能不让我感到难以理解，她既没有觉得尴尬，也没有羞愧，或者通常那种涨红了脸什么的，更没有生气或大怒，而是"一阵大笑，笑得前仰后合无法控制。意识到一个女同志这样毫无顾忌地放声大笑太过分了，她连忙用双手捂住了口"。这个细节表现了汪可逾怎样的性情？性格？这也是个性，或者所谓自由与解放？徐怀中先生似乎并不介意这些。当然，这个细节比起后面的被齐竞拍裸体照的情节而言就是小巫见大巫了。

部队连续强行军遭遇狂风暴雨，连背包最里层都浸透了水，谁都没有了干衣服换。战士们脱光了转成圈用火烤衣服，女同志只能以体温焐干衣服。汪可逾也是累垮了，什么也不顾了，在一家门洞里支起门板，光着身子睡下了。不想睡过了头，天大亮了还没醒。结果被时任旅参谋长的齐竞给遇上了，从挎包里掏出相机一阵狂拍。当齐竞从取景框里发现他的拍摄对象睁大了眼睛默默地注视着他的一举一动，一下子定格在那里的时候，汪可逾居然说："首长！洗印出来，不要忘了送照片给我。"齐竞以为这是汪可逾在向他兴师问罪，没想到，汪可逾一边平静地穿衣服一边将上边的话又重复了一遍。随后齐竞发现相机里面没有胶卷，有如抓到了救命稻草，却被汪可逾嘲讽道："哦！我明白了，又曝光啦！"说完咯咯咯咯笑个不停。

读完这个细节，我第一感是可能生活中真的发生过这样的情景，但生活中的真实是否能构成文学或艺术的真实并不一定。换言之，即便生活中真实地发生了的事件或情景，未必就能够成为小说中的真实，因为它要受到总体环境与背景的制约。在那样紧张严酷的战争里，居然能发生这样的情景，按照传统的现实主义小说观念，确实是难以想象的。如果将齐竞和汪可逾的求学经历对换一下倒是更让人能够理解一些。而事实上，汪可逾所受的教育是再传统不过了，她何以能够如此坦然地面对她的上级领导，虽然他们之间已经有了爱情的意会，但两性间即便是发生了肉体上的关系也难以如此裸体相对，这是更真实的境况。进而，拍裸照成为一个事件，参谋长齐竞遭到广泛诟病，险些丧失了升任旅长的机会。

如果单纯从审美的角度，尤其是电影画面的角度论之，这个细节似乎有可能成为电影史上的经典镜头；而渡河北返时汪可逾组织动员一船的妇女脱光全部衣服，连衬衣、内裤也不留就产生了更加震撼的效果。《这里的黎明静悄悄》中也只有几个女战士裸体洗澡，这可是数十上百位，而且岸上有几个方队的等待渡河的战士，可谓超级的众目睽睽。十七八岁的汪可逾对裸体非但没有丝毫的羞涩和恐惧，感觉似乎还有点儿恋癖，不但率先脱光了衣服，还泰然自若地站在船头，让女民工们一个个张口结舌。对此我多少有点儿质疑，为什么非要脱光了？是，从战争的实际需要而言这样的举动或许能够从理论上进行解释，但循着中国传统文化的底线而来，至少可以让人物穿着内裤，有的甚至还披着外衣遮挡着身体，反正是参差不齐吧。我觉得这样写已经足够了。这两个细节我以为已经超越了审美的范畴，或文学性，这也是我为何被迫采用一百多年前的哲学思想与文学观念——"超验主义"来分析《牵风记》的重要原因，因为除此而外，我不知将这些细节放在什么框架里讨论才合适，才合理。

进入大别山的头一个晚上，汪可逾所在的八里畈区工作队共二十七人便遭遇当地民团的偷袭，她和另外六个姐妹在跳崖后被俘。那六个姐妹都被敌人强暴了，而汪可逾受到严重脑震荡。当齐竞委婉地问她是否也被强暴的时候，她开始反击：

"是谁赋予你这样的特权？凭什么我应该被你所笼罩？凭什么我只能受你的摆布？凭什么我必然要为你占领？而且还要预先签立城下之盟，保证自己白璧无瑕？"最后，在这场俩人之间最严重的冲突中，汪可逾断然否定了自己此前与齐竞建立起来的爱情与友谊，说："齐竞！我从内心看不起你！"至此，汪可逾完成了她作为"超验主义"形象所承载的所有要义，自然、自我、自由，强调人的价值，主张个性解放，反对权威，留给我的是一个清纯、自在、真诚、唯美、个性、透明、阳光的青春少女的形象。她宛若赤子般，毫无心机，面对首长齐竞与强大的文化传统无所畏惧与顾忌，展现出战争年代几乎不可能有的中国女性的别样风情。随后在曹水儿的保护和陪伴下，汪可逾开始了一段被放逐也"自甘"放逐的时光。既是躲避齐竞，也是躲避敌人，更是躲避自己人的舆论。出世，在战争进行到最为紧张的当口，两个人选择了"出世"，小说因此而具有了某种宗教的维度（神女与护法的故事，最终连军马"滩枣"也完成了天葬，而汪可逾则通过一系列"仪式"，成功达至了"彼岸"）。

汪可逾在山洞中等待死亡的时光，是她由凡人而成仙成圣的过程。从古至今巨大时空的流淌和转圜，在这个山洞里得到了浓缩和印证，而具体的人和事、生与死在永恒的美面前都是渺小的、短暂的。其实他们距旅部并不远，但汪可逾已经不再想齐竞，这种决绝的态度更加彰显她身心的纯净。这个过程里的汪可逾内心是平静的，她甚至已经忘记了战争正在进行，他们每时每刻都处在危险中，她的思想和身心进入到了超凡脱俗的另一重境界。此时的古琴，既是物的存在，也是精神与灵魂的外化。一个方面，虽然已经无法演奏，但在那光光净净的琴面上，她仍然能够感觉到那些伴随她少女时代的琴曲就在耳边回响。这时的汪可逾早已经超越了肉身的生死，而进入绝对精神与灵魂的境界。

在无弦的演奏中，"群山万仞，江河纵横，海天一色，薄雾流云，月落日出，乌啼蛙鸣。平平常常司空见惯，石破天惊闻所未闻。出自古史典籍诸子百家，或纯玄思异想天马行空。凡此悠悠不已物是人非，无不在呼应着七根琴弦的颤动荡漾，无不涵盖于乐曲旋律的起承转合与曲折跌宕之中"。如果说此时的汪可逾尚在人的层面游荡，此后则完全进入仙与圣的境界，"这个北平女学生经历几度烽火岁月，以及战争史上最残酷的所谓'剔抉扫荡'，却依旧保持了她特有的人生姿态。或许是预感到行将离开这个世界，她一步步有序地完成了一尊女性人体雕塑，为自己画上了一个完美而永不腐朽的句号"。这个过程中的诸多仪式，进一步增强了宗教的氛围；而小说结尾处，齐竞自杀，最终完成了自我救赎，则呼应了汪可逾向死而生的宗教意味。

然而，汪可逾终究是生存在一个强大的残酷战争的背景里。她所有的一切，无论是肉身，还是精神与灵魂，以及她那些惊世骇俗之举，只能留下一道生命的暗影，让活下来的人们咀嚼不尽、怀想不已。

五

小说中的齐竞本来是一个近乎完美的人物，既有作为军事指挥员的英雄与智慧的一面；又有文化人，甚至于艺术家的儒雅与风流的一面。遗憾的是，他终归没有跳脱传统与世俗，恰恰面对的又是汪可逾这样一个超越世俗与现实的"自由女神"，于是，他那些在平常人看来并无大错的细节与思想被彰显得不无卑下，甚至丑陋。也就是说，在徐怀中先生的笔下，他是一个被批判的角色。在塑造齐竞这个人物的时候，徐怀中先生又回到了我们相对熟悉的现实主义的小说伦理。

齐竞应该是一个很自我的知识分子，弃文从军当然是出于爱国情怀，而天赋异禀则成就了他光辉的军事生涯。在与汪可逾的爱情中，他始终是小心翼翼的。本来五年后追来的汪可逾有如一颗子弹将齐竞击中，他却在日记中写道："从即日起，必须时刻警惕自己了!"事实也是这样，在与汪可逾并不很长的相处中，他处处关照着汪可逾，但并不越雷池一步。那次拍了汪可逾的裸照也是在特殊的瞬间里进入了艺术的情境，与男人的偷窥和色情，甚至与对汪可逾的情欲也无关。他始终躲在某一个角落或暗影里，欣赏、把玩着这个毫无心机的少女，让自己总是处于一个进退皆宜的境地。所以，当汪可逾被俘后，他才能身处事外，居高临下地审视汪可逾是否同那六个姐妹一样被强暴。

汪可逾是否被强暴，小说没有明确交代，只是说汪可逾因头部受创而昏迷不醒，无法确认，甚至于她自己也弄不清楚。其实这件事是无需追问的，覆巢之下安有完卵；但齐竞需要一个确认，一个汪可逾的亲口证实。这大概便是知识分子的通病，既自欺，也欺人。我觉得，在塑造齐竞这个人物的时候，徐怀中先生下笔是很重的，在与汪可逾的对话中，齐竞的虚伪与卑下，甚至丑陋暴露无遗。问题是，这样一个具有留洋背景的进步文艺青年，却因为骨子里对女性贞操的偏执而毁灭了汪可逾美丽的少女人生，从逻辑的角度似乎有些不通。但现实就是这样无情，或者说传统文化中某些糟粕的力量就是这样的强大。颇具反讽意味的是，齐竞偶遇到汪可逾的裸体时，居然不顾曹水儿的提醒，执拗地要去拍照，并差点酿成风波，但最终他却不能接受汪可逾或明或暗的被玷污。齐竞在贬损西方人体摄影艺术理念时，可以滔滔不绝，这本身就是一种巨大的反讽。齐竞是纯粹站在男权的立场上进行审美的。在他的视野里，要么是纯粹的美，要么就是毁灭。要么是完璧的汪可逾，要么就是一具尸体。这种偏执使得他甚至不能放过自己，包括他不能接受当副职，甚至最终的自杀。"在中国作家的作品里，你就很少看到那种真正意义上的忏悔伦理，也很少看到彻底意义上的忏悔行为……真正意义上的忏悔，本质上是肯定性的行为，而不是否定性的行为，因此，它并不指向消极的'解脱'，而是指向积极的完成和升华。换句话说，忏悔是希望，而不是绝望；是再生，而不是死亡；是担当，而不是逃避。"[4] 从这个意义上讲，齐竞的死，是忏悔，是赎罪，也是一种自我完成。

《牵风记》的批判性还体现在，审美之外，还有审丑的向度存在。只有与丑相对照，美才能更加清晰地被确认。齐竞内心深处对女性贞操的执念是一种丑，对汪可逾造成的迫害和他极度自私的心性是一种丑，甚至已经成为恶。对曹水儿风流"丑行"的正视甚至是浓墨重彩的书写，这虽然也是一种"审丑"

的过程，但却反衬出了历史的乖谬和人性的光芒。美与丑同样需要审视，这种审视源出作家的目光和立场。事实上，无论审美还是审丑都能迸发出惊人的精神力量。齐竞在现实中活了那么久，最终反而要想方设法寻死。齐竞也是一个镜像，从自己这面镜子中，他看到的是丑陋的心性和认知的局限。就如同那部遭遇汪可逾的裸体，却因为没有胶卷而没能留存底片的相机，这里已经预示了他无法真正拥有和留下汪可逾的悲剧命运。美与丑，在战争中都要经历最严苛的考验，这关乎理想主义的美能否最终超越战争，生命的伟力能否得以张扬，文化或曰文明之美的种子能否被珍惜和保存下来。小说的结局是悲剧性的，无论美丑，最终都没能逃脱毁灭的宿命。这种复杂、真切、尖利的痛感使得作品的主题更加深刻。

　　齐竞在汪可逾遗体前的虔敬与忏悔具有强烈的形而上意味。齐竞视力不好（此前似乎不曾提起），他观望许久，没有看到汪可逾的遗体，倒是辨认出那株大树是银杏树。此处有点儿语带双关，更重要的是凸显他与汪可逾不在一个精神层面上。此时，泪眼模糊的齐竞开始意识到，在这个北平女学生面前，他所背负的情感和精神债务远高于大别山的主峰。说汪可逾以她的一死，最最严厉地惩处了他不假；但说同时也便原谅了他的一切就不免有些自作多情或一厢情愿了吧？齐竞感觉自己成了一个纸糊的人，飘飘忽忽的，终于又一次扑倒在地。事实上，在汪可逾的遗体前，齐竞已经失去存在的重量。尤其是距离汪可逾的遗体矗立的那棵巨大的银杏树很近了，齐竞发现各种昆虫只能在周围转圈圈，却不能爬到树干上去。而作为人民解放军这个"革命武装集团"中的大知识分子，齐竞竟然一时心虚，以为不仅地上爬着的虫类，也不仅是天上飞着的鹰鹫，同样也应该包括他本人在内，都必须遵守这个不成文的规矩，只能在古老的银杏树周围打转转，而不可越雷池一步。至此，年仅十九岁，参军两年的北平女学生汪可逾完成了从人到神的升华。此刻正是"秋冬之季，又染作金黄金黄，优雅而灿烂"。当然不仅仅是银杏，因为汪可逾与银杏树已经融为一体了。"汪参谋一条腿略作弯曲，取的是欲迈步前行的那么一种姿态。她显然是意犹未尽，不甘心在两亿五千万年处迟滞下来，想必稍事休整，将会沿着她预定的返程路线，向零公里进发，继续去寻找自己的未来。"

令人意想不到的是，小说中真正具有哲学思辨意味的话语，出自没有文化的勇士曹水儿。他在听汪可逾谈论关于光年的话题时，突然有了感悟，冒出一句哲人才有的话语："我们这个世界上枪啊炮的，打来打去，比照你讲的光年来看，磨磨唧唧的这点事情，算得了什么？"这话与古老的银杏树一起迎接着未来，这未来未必是仅仅属于人类的。

六

与汪可逾一样，在九旅，骑兵通信员（也是齐竞的警卫员）曹水儿也是一个另类。他不仅仅勇敢，有担当，肯于负责，还有着异于常人的禀赋，富于传奇色彩，属于浪漫主义的产物。如果说齐竞是审美者，曹水儿便是美的守护者。在对待汪可逾的态度上，曹水儿与齐竞是完全不同的。齐竞多少都有些俯视欣赏的意味，曹水儿则是仰望虔敬的姿态，这当然与他的身份和文化程度有关，但却不是最本质的原因。作为"草莽英雄"，他身上没有知识分子的狭隘与自我，他的心胸是坦荡与敞开的，甚至在面对死亡的时候，也是如此。这些质素正是看似完美的齐竞所匮乏的。

在面对汪可逾的裸体时，齐竞出于一种冲动，直奔汪可逾。曹水儿则是提醒齐竞："首长等一下！等一下！"而且即刻止步下来。曹水儿对汪可逾有一种不自觉的敬畏。在部队即将强渡黄河、千里跃进大别山时，旅党委为了平衡齐竞拍裸照事件的负面影响，决定调汪可逾去邯郸干部子弟学校任教。汪可逾当然不服，要找已经升任旅长的齐竞，但组织处长却说，党委讨论时"一号"也是在场的。汪可逾只能服从，但她要见齐竞一面，与他道别一下。可是，组织处长告诉她，首长昨天晚上下部队去了。也就是说，齐竞选择了逃避。就在汪可逾已经走在了去邯郸的路上，曹水儿让齐竞的坐骑"滩枣"驰来拦住了汪可逾。关于这件事，连齐竞自己也觉得有些猥琐而失坦荡。而当汪可逾重新回到齐竞面前时，他居然借着和下属谈话的机会，大胆凝视着对方的领口，然后又明火执仗地捧起小汪的脸蛋儿，打劫去了一个炽热的吻。此时，齐竞和曹水儿相比，在人品上似乎也有了明显的差距。

汪可逾与齐竞彻底分手后，齐竞在如何处置因伤被担架抬着行军的汪可逾的问题上十分为难。这时候，又是曹水儿主动向齐竞要求："要不，我和汪参谋组成一个小分队单独行动，我背着汪参谋，保证完成警卫任务。"这正是齐竞求之不得而又无法开口的。在保护汪可逾既要躲避敌人的搜索又要养伤的过程里，曹水儿遭受的艰难困苦就不必细说了。而当汪可逾牺牲后，他要用白布把汪装扮成一幅油画少女像，而且要用六块光洋去买，并因此被抓获，最终送了性命。这么昂贵的代价，守护美的人最终把自己献祭了，这恰恰因应了"牺牲"二字的原初含义。

在小说中，曹水儿是最具慧根的人物，所谓初心即正觉。他虽然也有玩弄女人的劣迹，虽然有失道德与伦理，但却也是人性与生命原始伟力的一种张扬。"大嫂完全忘记了，这是她的一桩丑事，绝对不可以声张出去的。不！这位未来的母亲是在示威，她重合着嘹亮激越的军号声，傲然向世界宣告，我生了我养了！我胜利了！"这种战场上的奇观展示，更加映衬出曹水儿神奇和不同凡俗的一面。小说对战马"滩枣"的外貌描写，也是具有深意："屡立战功的'滩枣'颈项高扬，四肢修长，面孔正中留下一'笔'白色条纹，像京剧脸谱似的。从两耳正中直至嘴唇处，将狭长的脸部劈作左右两半，给人以一种天然的奇幻感，顿觉它是那样高大伟岸而又文明优雅。"在这里，马是要当作人来看待的，马作为一个镜像，折射出的是人的优雅高贵的气质。在小说中，或明或暗的镜像无疑承载着重要的叙事功能，看与被看的过程，也强化了《牵风记》"超验主义"的话语风格。

小说主人公之间的关系，恰恰是看与被看的关系。齐竞选警卫员独具慧眼，看到了曹水儿与众不同的优点；然而，曹水儿也一直在看他，对齐竞的种种行为，其实曹水儿内心深处是看不上眼的。曹水儿最后被枪毙的命令，是齐竞下达的。小说的前半部分，齐竞这面镜子之所以显得光彩夺目，恰是因为折射出了汪可逾和曹水儿的光芒。而失去了这两个光源之后，齐竞的人生顿时黯淡下来，不再具有光彩，所以此后漫长的人生和故事，都被省略了。齐竞的余生不再具有光芒，只能选择死亡。其实他早已死亡，只是这个过程被拉得足够长。

作为女神样的人物，汪可逾是有生理缺陷的，一是夜盲症，二是扁平足，都是不利于行军打仗的，需要有人照顾，需要借助马的力量前行。"对这位女八路的一片敬慕畏怯之情油然而生，心服口服，五体投地。曹水儿开始以九十五度角在仰视对方，举目向万里夜空观测，但见一颗明亮的小行星，正闪闪烁烁环绕太阳轨道在运行。按照国际权威机构一九四〇年版统一编号，在一千五百六十四颗小行星之外，曹水儿所观测到的，是又一个尚未正式命名的自由天体。"在曹水儿眼中，汪可逾宛若星宿下凡，此女只应天上有。然而曹水儿真正佩服她的原因，是因为"除去平板脚、夜盲眼，原来汪可逾还有另外一个生理'缺陷'——天生的毫无心计"。由此可见，曹水儿也不是凡夫俗子，他从自己这面镜子里，看到了汪可逾神性的一面。

曹水儿本身的神奇还在于，"一个骑兵通信员，当然不可能得知南京政府的重大战略部署，也不曾有过类似的通报。曹水儿却凭他一个老兵对战争的高度敏感性，准确判断出了，白崇禧在九江指挥部作战室军用地图上指指戳戳的，正是他脚下的这一片山林地带"。曹水儿不仅准确预测了敌人进攻的区域和方式，竟然还能想到通过挖地洞来躲过敌人的火攻。当然，小说中的这段描写显得玄而又玄。他和汪可逾关于光年的讨论，透露出作家的哲学思辨和超越意识："我们这个世界上枪啊炮的，打来打去，比照你讲的光年来看，磨磨唧唧的这点事情，算得了什么？"曹水儿无限感慨地说。"可不是嘛，曹水儿你讲得太好了！太好了！"经由上述的情节，曹水儿也由性格人物，开始传奇化甚至神性化。曹水儿最后被枪毙的场面因而显得非常壮烈而且壮观，第二个、第三个排枪急射过来……这非常有仪式感，而且很夸张。本来一枪就可以终结生命，小说中却动用了如此大的排场。事实上，这和战马"滩枣"，和汪可逾生命的终结一样奇幻，超越日常经验的叙事张扬的依然是不同寻常的美。

　　曹水儿接受处决的命运，但不接受五花大绑的形式，凸显的是对人的尊严的坚守。这一点他与汪可逾相同，彰显了高贵的精神气质。而且在生命的最后时刻，曹水儿居然自管自地向保长女儿道歉："这位妹子！我对你不起，上次那个锅盖把你的腰硌坏了。过后我想，太可笑啦！我们为什么不把锅盖翻转过来，横梁扣在下面，锅盖正好和灶火台取平了，多好的一张床呀！"这种不无幽默的话让女人当时就哭了。而此时的曹水儿没有丝毫对死亡的恐惧和对自我生命的留恋，而是双臂搂抱女人，将她的头贴近自己的胸口，安慰说："不怕，他们的枪里没有子弹。"爱，最终超越了阶级立场、超越了生死。读后回想起来，这段场景何其震撼，且在相当长的时间里让我悲伤难抑。

七

写实与写意，实然与或然，思辨与抒情，在《牵风记》中，现实主义与奇幻风格高度融合。小说一方面写得很虚，奇崛玄幻，深邃高蹈；另一方面，写得又很实，亲身经验加之出色的记忆力，使得徐怀中先生在复现和描写历史场景时游刃有余、绵密入微。汪可逾给战马滩枣喂食草料的场景，流程和动作逼真、细腻而又生动。再比如，曹水儿和汪可逾看到，路边的大火，"烧的有军用地图、机密文件，有中原解放区发行的'中州农民银行'纸币。一捆一捆的，一色新币，票面币值有十元至两百元不等。命令焚毁文件纸币，可知野战军大部队处境危急达到了何种地步"。这一段，居然写到了当年当地使用的纸币，这在当下的历史题材小说中是极少见到的。再比如汪可逾写标语的段落。她先要调颜色，而如何制作红色和黑色颜料的过程，徐怀中写得非常详细，这些细节，若非亲历是很难想象的。而汪可逾写标语的过程，更是体现出了丰富的质感和肉身的感观。"十冬腊月，小汪几乎是颤颤巍巍站在木梯的顶端了，还要高高举起手臂，向上够着去写标语。石灰水倒流进入，顺着小臂而腋窝、而腹股沟、而大腿小腿，冰凉冰凉地直至脚板心。尤其作为一个女性，生理上的刺激就愈发让她痛苦难忍，又不便对人言说。"徐怀中先生是怀着对人物的强烈的爱，来写这一段落的。他始终强调人物肉身的感觉，准确描写人物的生理感受，甚至放大这种感受。

小说中的很多情节都是高度写实而又魔幻的。比如枪毙战马的场景、小尿壶被活埋的场景都是既实且虚，"通常土埋至胸脯，人的呼吸就非常困难了。小尿壶面部开始变形，五官位置也不是地方了。唯有在如此极端情况下，才得以看见一切语言都不足以如实描摹的这一张狰狞恐怖的人类面孔。也唯有在如此极端情况下，人的喉咙才有可能发出原本不属于人类所有的这样一种狂笑声"。写到这，还算写实。下面就开始魔幻了："民团乡保队那些人躲躲闪闪，不敢多看一眼。他们魂飞魄散再也受不了啦！他们拉裤子了！他们完全崩溃啦！一个个夺路而逃。'八路小崽子'的狂笑声，许久许久还在山谷间回响……"这种强烈的反差，体现出徐怀中先生对小说超越意向的探寻。

"文学的超越意向关注的是另一些更为根本的精神起点。作家将越过眼前现实的种种具体形态，固执地追问诸如终极价值、世界本体、信仰、死亡、善与恶、神与上帝这一类形而上的问题。在许多时候，这一类问题很可能是超验的，但这并不是意味着作品缺少文学所必需的形象，而是意味着作家在呈示这些形象的同时还呈示了一个更高的精神指向。当然，由于超越意向往往表现为一种独特的精神方式，因此，它很可能导致一种异乎寻常的表述风格，诸如象征、奇诡的想象，高蹈飞扬的言辞，因为沉思而显得缓慢的节奏，等等。"[5] 综观 21 世纪初年的中国小说，一种失衡日益凸显：日常经验和世俗故事几乎一边倒地壅塞了小说的空间，而超越向度几乎丧失殆尽。多数作家都执迷于世俗生活，极少数作家还在关注超越性的问题。来自市井繁华的喧嚣声震天，而人的冥想、思辨、心灵的独白、低语乃至超验、脱俗的精神情怀却难得一见。这种失衡，意味着 21 世纪初年的中国文学已经丧失了思想的向度，丧失了文学思潮涌动、风格建构的基本动力。而这种动力，恰恰来自作家对灵魂的追问，对超越性文学主题的执着探寻。

其实，我原本并没有非要将徐怀中先生和他的《牵风记》拉进某一思潮或文学流派的想法。但是，在一边回想、思考与研究，并拉拉杂杂地写作这篇读后记的时候，有一种从事批评的人常有的苦恼缠绕着我，不知道用一种什么样的方法，或从哪一个角度去阐释这部不但在军旅文学里，遍寻整个中国文学史中亦少见的长篇小说。因为它超越了我们以往的历史记载与生活经验，更不要说早已成为惯性思维的意识形态化的观念。百般纠结中，我想到了"超验"两个字，又由"超验"两个字想到 19 世纪的"超验主义"思潮，觉得它的主旨与思想和《牵风记》所呈现出的文学形态及内在思想非常一致。

事实上，这种新鲜的文学话语代表了一种真正的文学想象力——这种想象力不仅可以虚构一个日常经验的世界，而且还能建构一个无法证明、当然亦无法证伪的超验世界。于是，我顺着这一思想脉络进行梳理和研究，就有了上面的文字。我猜想，作为作家，徐怀中先生未必认可这样的判断，还有可能，他根本就没想过什么"超验主义"思潮，他写的就是他想表达的情感与认知、他对战争与人性的理解、他对自己曾经经历的战争的反思与怀想，等等。在现实主义开始泛化，在故事超越形式与语言，在"底层叙事"苦难化且泛化的当下中国文学界，《牵风记》这样的唯美主义、"超验主义"与形而上思考，以及"百科全书"式的知识书写，真的有如一股清新劲凛的春风拂面而过。当然，我也会想到，以《牵风记》为表征的这一文脉与探索不会成为中国当代文学的主流，但这一文脉与探索因徐怀中先生和他的《牵风记》的出现，而得以光芒绽放地矗立，这已经足够了。

注释：

[1]《冲突的文学》，南帆著，第73页，江苏大学出版社2010年5月第1版。

[2]《冲突的文学》，南帆著，第12页，江苏大学出版社2010年5月第1版。

[3] 参见《小说应该是生机盎然的——访作家徐怀中》，丛子钰，《文艺报》，2019年1月21日。

[4]《重估俄苏文学》，李建军著，第48页，二十一世纪出版社集团，2018年10月第1版。

[5]《冲突的文学》，南帆著，第69页，江苏大学出版社2010年5月第1版。

"现代性"叙事:重构人与历史的关联

——徐贵祥长篇小说《英雄山》读札

一

近年来,随着战争历史叙事在深广度上的不断挖掘和拓展,民间化、个人化和日常化的叙事伦理渐成主流。这种历史叙事理念一方面植根于作家"当下"的经验和判断,一方面来源于创作主体对战争历史的多元性、复杂性以及虚构性的认知与理解。以民间视角重构英雄叙事,试图抵抗时间的遮蔽,唤醒人们对宏阔历史进程中湮没无闻的个体生命的记忆,这本身也传达出一种极富"现代性"的思想观念——历史终究是由千千万万具体的个人写成的。

从微观的个人化"视域"切入历史,以小见大,以点写面,把战争历史改写成片断式的、具体可感的生命过程与生存境遇。这既赋予了"历史"以生命性,又感性地还原了历史的原生状态,实现了从历史的"判断性"向"体验性"、"事件性"向"过程性"、"抽象性"向"丰富性"的转变。"小写历史"的诗学转化指向的是历史的日常化和边缘性书写，它与历史的"宏大"叙事相对，成为当下战争历史叙事最为重要的写作伦理。

徐贵祥的战争叙事恰恰是高度民间化和个体化的。从1990年代的中篇小说《弹道无痕》《潇洒行军》《决战》、长篇小说《仰角》到21世纪初年的《历史的天空》《八月桂花遍地开》《四面八方》《高地》等，无论是书写军旅现实的悲喜人生，还是建构战争历史的英雄传奇，他所关注、建构、描摹、书写的始终是具体的、活生生的"个人"。徐贵祥的长篇小说新作《英雄山》（人民文学出版社2020年8月），以主人公传奇的英雄壮举和幽微的心路历程来映射一代人的命运和一个时代的面影。小说中的主人公们经受了战争的残酷考验，经受了信仰的严苛试炼。然而，徐贵祥并没有将他们神圣化、纯粹化，他摒弃了传统英雄观念对小说人物的束缚，力图逼真细密地呈现战争环境中，人所面对的真实的生存处境和心理困境。

换言之，小说所要呈现和探索的，是历史中感性而隐秘的"内在经验"，是生命舒展的痕迹。而生命的痕迹，往往被笼罩在历史这一巨大的幕布之下。徐贵祥勉力将原本隐匿的生命痕迹从历史的各个角落、各种细节里发掘出来，从而让那些曾经鲜活的个体生命连缀成一部属于自己的历史。事实上，个人命运终究是与历史演进同构的。历史作为一种时空参照，映衬出的是个人作为一种主体存在所蕴含的无限丰富的可能性。

二

以作家的亲身经历和真实史料为支撑，《历史的天空》以降，徐贵祥基于传统的现实主义写作伦理持续深耕，又接连出版了《明天战争》《特务连》《马上天下》《对阵》等多部长篇小说。尽管题材各异，但整体上仍可以概括为"性格英雄"加"历史传奇"的写作范式，直到这部最新的长篇小说《英雄山》。徐贵祥笔下的故事已经不止于"好看"了。枝节繁复、悬念丛生、人物众多、时空穿越跳荡、情节迂回反转，阅读过程中会生出脑洞大开甚至"不可理喻"之感。即便如此，对照着读完上部《穿插》、下部《伏击》，会发现小说的故事仍然是闭合的，逻辑是自洽的，悬念亦是落地的，承载叙事功能的道具在后文都得到呼应，人物的命运也都有所交代，徐贵祥编织故事的功夫确实了得。

然而在我看来，小说真正令人眼前一亮的是在眼花缭乱的故事之下，涌动着"现代性"写作伦理和文学趣味的新变。沉潜了数年之后，徐贵祥对于军旅文学、对于战争历史的理解和掘进显露出了新的气象。他试图超越线性的历史观，让敌我双方的主人公在极端情境和高度戏剧性的冲突中经受肉体、身份、生活方式、价值判断、思想精神的互见和与试炼，以"现代性"的观念和视角重构英雄传奇。小写历史、个人记忆、多重视角、玄幻高蹈的灵魂叙事、酷烈幽微的心理描写，无不承载着作家对战争、对历史、对人的省察与思辨。

在《英雄山》中，历史本身的"实感"不再是叙事的重点，意识形态的藩篱也是需要突破和重新审视的对象，以"现代性"的、个人化的立场重新反思、阐释和建构错综复杂的历史，历史的可能性和人的存在感都得到了极大的解放和释放。在我看来，这种新的文学面相饶有趣味而且意味深长，或许也预示着进入 2020 年代的军旅小说正在积蓄某种变革的力量。

三

近年来的军旅小说中，职业军人、知识分子、文化人的形象越来越多。不仅是现实题材，历史题材小说中人物身份的设定也出现了雅化、知识分子化的趋势，这与 21 世纪初年流行开来的那波以"农民军人""大老粗""匪气英雄"为主体的俗化浪潮形成了鲜明的对照。《英雄山》也是如此。小说中的主要人物凌云峰、谢谷、何子非、姚志远、启明、安屏、蔺紫雨、易水寒、蓝旗、陈达等都受过高等教育，有的甚至具有西式思想和宗教背景。如此集中地大规模书写知识分子，无疑是战争叙事的一种新的趣向。

上部《穿插》一开篇就显得很另类。在其中坪这块世外桃源般的政治飞地，凌云峰和安南先生、和理查德神父、和外国美术教师李海伦谈论关于宗教、政治、信仰、红军的话题。即便作家尽可能让人物的言说不超越自己的身份、视角、经验和知识储备，但是这种开篇的情节设置还是显露出与徐贵祥此前作品迥然相异的气质。李海伦甚至和凌云峰谈到了中国女人不穿文胸的问题，认为这代表了文明与野蛮的分野。无独有偶，在下部《伏击》中，文胸有了另一个名字"武装甲"，成为区别文明世界与异质生活的标志，也成为串联故事的重要道具。

类似这样的情节和看似闲笔的铺展，与我们思维惯性中的那段战争历史相距甚远。小说中有很多书写日常生活的段落，甚至还有许多与残酷战争环境不符的、扎眼的浪漫情节。凌云峰和启迪、安屏的邂逅，流露出浓重的浪漫气息，而与谢谷的遭遇则更甚之。生死之战的前夜，两人居然去观雪台上边仰望星空边聊天抒怀。谢谷这个看似文质彬彬的国军军官，竟然与萍水相逢的红军军官一起眺望牛郎和织女星，还附庸风雅地吟诵唐诗。而"去年今日此门中"作为暗语和密码在后面的故事中还会反复出现。敌对双方的军官在彼此并不托底的情形下，竟能如此浪漫、知性地对话，所流露出的生活情趣、思维方式彰显出了小说不同寻常的高度雅化的趣味和格调。

当时间不再意味着清楚的意义线索，历史叙事的秩序注定崩解。《英雄山》中人物繁杂、枝节横生、众声喧哗，写实的表象难掩作家抒情写意的冲动。徐贵祥将叙事的核心从复杂的"事件"系统转移到"话语"系统，使得事件可以在符码的语境里不断被理解、省思、重组。抒情所重，在于情感的强化表达、感性意象和知性信息的并置倾向，以及对于读者移情反应的预设要求。抒情叙事常被描述为一种非时间性效果的叙事模式，它对线性时间序列加以空间化处理，以追求对人生有深度的感悟。小说中种种关于历史、战争、命运的思辨都是很有深度的，尤其是刻画人物的心理活动和心路历程的笔触非常准确、细腻，以至于我们很难区分历史的顺序连贯与叙事的杜撰虚构。当作家把历史当成故事来重新讲述之际，修辞与比喻的议题便凸显出来。我们必须考虑虚构历史或纪实历史之下，究竟隐含着怎样的寓意。

四

传统小说背后永远有一个吁求历史"意义感"的动机，期待作者与读者把小说看成有意义的历史记录——不论故事本身是写实的还是幻想的。事实上，历史感的产生，不只是靠作家对特定年代的地域环境、风土人情、生活方式等做出客观描写和逼真还原，更有赖读者对特定事件、历史动态、发展趋势所产生的主观联想和反省。

《英雄山》的特别之处在于，悬疑的情节、极端的处境、镜像的命运模糊了真实与虚构的界限，赋予读者极强的代入感、参与感。历史不再被局限于彼时彼地的特定时空，而成为一种可以通约和共享的情境。小说中的人物游走于这种亦真亦幻的情境中，也便沾染了某种"二次元"的特征。如同漫画和游戏世界中的人物一样，在通关练级、加血续命的逻辑链路之下，人物得以在不同的肉身和角色间跳荡，打通曾经被区隔在决然对立世界中的生命经验和思想意识，这是此前阅读传统军旅小说无法得到的快感，甚至可以说是一种"爽感"。这让我想起了网络文学中的玄幻小说，那种思想内容幽深玄妙、故事情节奇崛瑰丽、经验逻辑不受科学与时空的限制、格调励志热血，可以让作者和读者共同自由发挥想象力的文学类型。当小说主人公以几乎"不死之身"最终"闯关"成功，完成一个个看似不可能完成的任务时，传奇也便多了几分玄幻的味道。

"一个红军的团长，就这样成了国民革命军的一名下级军官，你觉得奇怪吗？如果你觉得奇怪，那是因为你不了解真正的历史。"曲线救国，凌云峰化身楚大楚；借尸还魂，易水寒顶替凌云峰；洗心革面，何子非成为战术之身；脱胎换骨，张达理变身妙手军医。人生的穿插、命运的反转，凸显了战争叙事中极端经验的魅力。《英雄山》对战争历史的虚构不再单纯强调"逼真"的幻觉和认知的功能，而人的命运和生命存在的诸种可能性被高度正视和尊重，进而生成另一种历史的意义。

战争历史从来不是泾渭分明、光滑如镜，实则是乱世求生、紊乱繁复的欲望之海。我们往往只关注奔流到海的大河，而选择性地忽视了如毛细血管般从各个来路汇入大河的支流，人心和人性永远是看似平静的水面之下那汹涌起伏的暗流。凌云峰、何子非、易水寒、楚大楚、谢谷、蔺紫雨、陈达等主要人物，都承受着身份、心理、人格等多重分裂，都有着复杂的前史和难言的秘密。徐贵祥亲历过战争，以"穿插"和"伏击"这两个军语作为小说题目，亦表露出他对历史乖谬、人性异化的洞察。

五

《英雄山》中的人物实在是太多了，随着故事推进，新人物层出不穷。尤其是对女性人物着墨颇多，女性人物颇有个性，形象各异，而且命运大都发生了重要转变，进而改变了男性人物的命运和故事走向。小说中几乎所有人物的形象、立场、思想、性格甚至是举止动作都在潜移默化地发生着变化，这对作家而言是很难写的。也正是在这个意义上，读者也要为徐贵祥漫漶的叙事风格所苦，因为故事情节异常复杂，甚至可以说有点烧脑，再加上叙事视角和时空的转换，插叙、补叙、倒叙等技巧的运用不一而足。上下部、双文本的叙事策略也增加了阅读的难度，有时需要互相对照，才能完整准确地理解故事的脉络。

《伏击》可以说是《穿插》的前史。小说中的人物都有自己的前史和故事，也都有自己的心事和秘密，甚至还有自己的特长和绝活。蓝旗是个戏子，还有一手扒窃的绝技。张寡妇擅长做饭，拿手菜是辣子鸡。陈达既是情报头子，对战术也有着深入研究。何子非是工程师，架桥专家，被俘虏后他也被成功地改造了过来，最终成为战术之神般的人物。爱吃辣子鸡是他的嗜好，但更像是一种标签或者符号，以此确证日常生活经验和肉身感官存在的意义。但是后来这种权利被剥夺，更准确地说是一种自我的阉割。因为现实生活中，无论是做饭的人还是吃饭的人，都发生了巨大的转变。从满足口腹之欲到治病救人，张寡妇变身张达理走上革命道路，与何子非的最终结合更像是一种隐喻，彰显了革命对日常生活甚至是人的肉身的改造是全方位的、彻底的、有效的。

和以往追求明白、准确、晓畅的故事节奏不同，徐贵祥之所以不愿意"老老实实"地讲故事，恰恰是因为他认为非如此不足以逼近历史无明亦无常的本相。尼采说过，历史感和摆脱历史束缚的能力同样重要。正因为作家及他笔下的人物意识到了并且真正遭遇到了历史中无处不在的鸿沟与裂隙，因而愈发变本加厉、左支右绌地试图弥补、缝合这种断裂。不断穿插的情节、不断跳转的视角、不断反转的命运，也包括亡灵的全知全能叙事，都印证了这一点。当事物的"本"已无所可本，可以依赖的便只是细枝末节。

徐贵祥是极擅长讲故事的作家，肯定是要把故事讲圆的，以至于我们很难区分历史的顺序连贯与叙事的杜撰虚构。托尔斯泰讲历史堪称一股洪流，每一个人的命运不由自主地落入其中。历史不再是由英雄、领袖、政治家所统领的一连串重大事件的贯穿延续；相反地，历史更像是一个"人类无意识的、聚居的蜂房"，其中"人的每一项行动在历史意义上来说都是非自主的，永远与整个历史牵连，并且从开天辟地以来就已注定。"宗教观念和视角引入了《英雄山》。徐贵祥赞同人在历史转折点时自发的觉醒，也同时相信社会、政治事件的感应力，足以戏剧化地改变人的命运，并且将他们的行动包裹在预设的道德意义和革命伦理中。

徐贵祥怀着关切的心情潜入更为深广的战争历史，想象并重构作家眼中的历史经验，这样的写作伦理使得超越自我成为可能。一个优秀的作家，既是一个敢于直面人生的现实主义者，也必然是一个具有浪漫气质的理想主义者。在徐贵祥对历史进行重新梳理的过程中，战场成为一种具有象征意义的中间物，显露出巨大的开放性，并向四面八方延伸出无限种生活方式与情感命运的可能性。与之对应的，小说的结构和形式也恰恰体现出了这种复杂和多义——徐贵祥不再满足于单纯地讲述"好看"的故事、塑造"传奇"的英雄，他在《英雄山》里寄寓了更宏阔的视野和理想，试图探寻和表达的意义也更加丰富。

六

近年来的军旅小说出现了一种越来越日常、越来越琐碎的世俗化趋势，过度泛滥的日常经验，弱化了极端经验在战争叙事中的比例和魅力，也淡化了军人、军事、军旅生活与历史、战争的关联，这也使得军旅小说中雄浑沉郁的悲剧审美越发罕见。事实上，小说中的人物必须经历历史事件，并且表现其对生命的冲击，然后作者才得以凭借个人的、实时的经验和感悟，写出一个时代的氛围和意义。虽然传统的文学主题如战争与革命、经济与政治动荡等等仍然是历史叙事的主要指标，但是历史更在环境变迁与个人的行为、认知、心理反应之间的互动中，显现它的力量。作家将个人经验与当时的政治社会动荡交织缠绕，使读者感到历史既是经由人对外在世界变化的自发反应而展开的，又是在一连串重大、公开的事件中呈现出来。

从这个意义上说，《英雄山》也便具有了双重视角：一方面是力抗历史洪流的自由灵魂，是觉醒的自由人，不断追寻未知的未来；另一方面又是命运之神所掌控的玩偶。历史或许是一股洪流，每一个人的命运不由自主地落入其中。徐贵祥力图呈现人在历史转折点时自发的觉醒，也同时相信社会、政治事件的感应力足以戏剧化地改变人的命运，并且将他们的行动包裹在预设的道德意义和革命伦理中。

　　主人公易水寒怀揣着原本坚定的理想和誓言，冒名顶替，混入红军队伍，时刻准备杀身成仁，最后却灵魂附体，假戏真做，与对手凌云峰融为一体，这种桥段简直比好莱坞大片《夺面双雄》还要传奇甚至离奇。按照一般的经验、情理和逻辑推演，都显得太过机巧，至多是一种理论上的可能。徐贵祥想要探寻的正是这种历史的可能，不仅要在肉身和身份的层面实现"穿插"，更要在生命价值和自我意识的深层次完成这种灵魂的互见和转化。"在我看来，穿插就是人生的一切遭遇，我们的人生，我们的生命，同国际的命运，盘根错节交织在一起，穿插在一起。就像我的父亲说的那样，只有国家强大，百姓才能过上好日子，我们的人生，和国家命运是密切穿插在一起的。这就是我们其中坪姐妹从军的理由，也是我们相互寻找的理由。"借用安屏之口，徐贵祥表达了对"个人"与"民族国家"关系的看法，也点出了小说的主题。

　　小说中，个人的最终命运是英雄还是叛徒，始终晦暗不明、纠缠不清，作为历史遗留问题贯穿全书。"英雄山"是一种集体主义的隐喻，托举护佑着"民族国家"的存在，但历史的星空却是由一个个生命个体点亮的。小说中，"个人"被从历史中拯救、解放出来，个体上升为主体，成为叙事的主线。以个人命运置换或指称宏阔的历史风云，徐贵祥在重大的历史事件中发现了诗化的觉醒的"个人"；也通过"借尸还魂"这样极端的英雄传奇甚至是玄幻故事，打破了长久以来政治、阶级、出身、信仰等等意识形态因素的笼罩，重构了"个人"与"民族国家”的关联。

七

"'现代性'不是一个肯定的概念，但也不是一个否定的概念，它是一个反思的概念。" "在'现代'的立场上要理解'反思'的意义其实并不容易。在这里，除了肯定，就是否定，非此即彼，我们只能在两种价值观念之间选择。但'现代性'问题却不是这两种归类所能穷尽的，它试图摆脱的恰恰就是这种'现代'意义上的二元价值选择。"事实上，无论是穿插还是伏击，所谓的战术胜利，终究是精神的胜利，而政治的、阶级的、党派的差别和裂隙最终被精神、灵魂、理想、信仰的意义消融、弥合。

"军首长后来传达特务团全体牺牲的情况，说了一句话我印象很深：这不是战术的胜利，而是精神的胜利。" "易水寒听乔东山这样一说，心里一动，不禁重复了一句，是的，是精神的胜利。"对精神的执着追寻和信仰，是以肉身的受虐和苦行为代价的。复杂而残酷的战争将小说主人公置入极端的经验和情境之中，一次次遭遇命运的暴击，时时承受着肉身的伤痛、意外的考验、反思的煎熬、精神的折磨，人在战争中的状态更像是经历苦行的修炼。

"通过苦行赎罪"曾经是 20 世纪中国知识分子的共同理想。"在革命年代的叙事中，身体的磨难由于具备精神考验的功能，根本不可能带来恐惧，而常常成为英雄成长的必要环节……知识分子的苦难之所以常常被美化、诗化、神圣化，是因为知识分子既感到所在阶级的'原罪'，相信苦难所具有的'救赎'意义，并且在理性层面上把苦难看作历史发展的一个过程，一条从'此岸'到达'彼岸'的必由之路，从而将苦难理想化、圣洁化，把痛苦和磨难解释成期待再生的'炼狱'。因为苦难是'炼狱'，是过程意义上的苦难，经由痛苦与忍耐，能够达到对感性生活的'超越'，进而实现英雄主义的理想……"《英雄山》中，主人公所遭受的炼狱般的折磨和考验恰恰成了精神接受洗礼和升华的必要过程。徐贵祥坚持书写的是一种强悍有力、隐忍坚毅的生活方式和人格精神。在描摹这种被理想烛照的生活和精神的过程中，作家显示出了一种绵密准确的叙事耐心和叙事能力。也正是在这个意义上，徐贵祥笔下的"传奇英雄"最终升级成为了"超级英雄"，跳脱生死，跨越党派，超越阶级，突破了二元对立的历史定见，达成了"现代性"意义上的对战争历史的反思与重构。

青春为谁而浪漫？

——石钟山中篇小说《二哥是军人》读记

一

读石钟山的小说，我总会心生"执"念。围绕着父与子的关系，讲述部队大院儿和军营里的成长故事，石光荣早已成为石钟山军旅小说的醒目标识。这不仅是一个已成经典的人物形象，更是小说的精神密码。像石头一样坚毅甚至坚硬地追逐军人的尊严和荣光，石光荣背后隐含的是一种恒常、执着且有力的文学观。

不出所料，在石钟山的中篇小说新作《二哥是军人》里，我又一次看到了石光荣。不过，这一次的主角换成了"二哥"。因为带队巡逻时遭遇极端天气，二哥排里的班长丁伟在边境线上失踪了。二哥原本被看好的军旅生涯戛然而止。父亲暴怒，子承父业的希望落空；二哥出走，背负着"逃兵"的耻辱。被父亲"放逐"的同时，二哥也开始了自我"放逐"。父与子的矛盾和对抗，又一次成为小说叙事的核心动力。

二

二哥从小向往军旅，渴望战斗，甚至两次离家出走，不无荒唐地去追寻自己的英雄梦。直到当兵提干，二哥都像是父亲的影子，承续着石光荣的军旅生命和军人理想。然而意外的事故改变了二哥的命运，也隐喻着时代的巨变和社会的转型。从此，二哥被迫开始追寻自我，确证自我的生命存在。历史从这一刻开始，具有了重新书写的可能性。

石钟山的小说语言一如既往地简洁、干脆、流利，少有枝蔓和冗余。短小的篇幅，承载了丰饶的历史信息。从 1970 年代到 1980 年代，从 1990 年代及至 21 世纪，小说的历史跨度可谓巨大。二哥个人命运的起伏，折射出时代转进的驳杂光影。

无论是在火车站当搬运工，还是在暖瓶厂当工人，无论是南下当"倒爷"，还是成为房地产公司老板，二哥的青春在更加开阔复杂的场景里试炼，逐渐有了自己的面相。远离军营和大院里的家，二哥的生活终于摆脱了父亲，建构起属于自己的、独立的经验和逻辑。故事至此，世俗、物质、金钱已经积聚起颠覆理想、情怀、英雄的能量；长期被威压与规训的儿子也似乎终于具有了在精神层面上"弑父"的可能。作为读者，我心底里甚至隐隐地生出一种期待，想要看到更具现代性的故事——为了自我生命的成长和独立——一直忍辱负重、屈己待人的二哥能不能为了自己潇洒一把？他那跌宕不羁的青春能否结出迥异于父辈的人生果实？

三

青春为谁而浪漫？这不仅是二哥必须直面的人生课题，也是作为读者的我，心头的疑虑和诘问。

为了父母的意志，为了亲情的羁绊，为了朋友的嘱托，为了战友的责任，为了英雄的情怀，为了军人的理想，抑或是为了隐秘幽微的爱情。二哥的青春负载了太多沉重的东西，他终究是石光荣的儿子。父亲及其表征的历史如同一个巨大的无物之阵，环伺着二哥的青春和生命。究竟是光环还是阴影，作家并未给出富于新意的价值判断。然而，无论现实境遇怎样改变，那段勾连父与子的精神脐带从来不曾剪断。当叙事者"我"（三弟）也成长为一名连级军官时，二哥的欣慰和骄傲与父亲如出一辙，甚至更有过之。从三弟雄姿英发的军旅青春里，二哥看到了自己失落的青春和理想。而作为读者的我，从二哥的身上看到了石光荣式的执拗与倔强。

不得不说，这样的故事走向多少令我感到失望，熟悉而老套，滞重且陈旧。尽管左冲右突、遍体鳞伤，在世俗生活里打拼出一方全新的天地。然而，兜兜转转，二哥的所有痛苦、失落、迷惘、困惑和找寻，依然指向了那个生活、生命和精神的原点。或许，从一开始，石钟山便没有打算给笔下的人物寻觅一条全新的道路，他是在深情地回望，勉力坚守一种于今人看来隐匿而古老的情感。小心翼翼的笔触，洇开了满纸的辛酸与温情。

当"我"不解地质问二哥，为什么把背叛他的初恋情人王晓鸽留在公司，并且出钱帮助她老公还债时，已成房地产公司老板的二哥，目光望向墙上的一幅俄罗斯风格的油画——"一片白桦林幽深地在一片山谷里没有尽头的样子"。二哥的目光已经给出了答案。白桦林间跃动着由蓝色、绿色、白色、黑色相间的杂色，那是二哥人生的底色。或许还有一抹金红的阳光洒落，穿透稀疏的树林。二哥在看画，也是在和自己的生命对视、妥协，默默的凝望如同灵魂的告解。白桦林作为那个时代的文化符号，彰显出苍凉荒寒、悲壮寂寥的人生况味，也延伸出一种宏阔辽远的精神存在，淹没了过往的屈辱与不堪。

或许，我和小说中的"我"一样，误解了二哥。

小说写了多组人物关系，涵盖了多种类型的情感。父亲、母亲、王晓鸽、杜鹃、林晓彬、翟天虎、丁义还有"我"，连同那个神秘消失的丁伟，建构起了一个"有情"的世界。父子情、兄弟情、朋友情、战友情、恋人情、夫妻情……石钟山浓墨重彩书写和渲染的是人世间的真情和大义，温情脉脉间满是正向的担当和严肃的省察。从这个意义上说，看似有些窝囊的二哥竟然显露出"义薄云天"的气质。这种在当下世俗社会和人际关系中已很罕见的情义，如同稀有金属般闪动着迷人而耀眼的光泽。

四

小说最后，谜底揭开。失踪多年的丁伟，被发现牺牲在一处山洞里。二哥终于洗脱了"逃兵"的原罪，父子俩终得和解，散落在地的军人荣誉终被拾起，家国同构的裂隙终被填平。焦虑了整篇小说的我，也终于释怀了。原来，石钟山并非在批判历史的残酷和乖谬，更无意颠覆父辈的威权和价值，他是在怀旧，或许只是在舔舐灵魂的伤口。作家早已不再年轻，他可以充满自信且达观地回望那段激情燃烧的岁月，连同那个时代，一并给出自己富于建设性和整体性的概括与判断。

结尾处，二哥约上同学好友一起去为林晓彬扫墓。"二哥他们不再年轻了，有人挺起了肚腩，他们已近中年，但他们坐在林晓彬周围，似乎一下子年轻了，又回到意气风发的少年时代。"此时的二哥，才像一名真正的军人。这是一种命运共同体式的感同身受和集体宣示。经由这个看似老套的故事，石钟山为自己也为同代人立传，更给那个大开大合、充满矛盾与抵牾的时代标出了清晰、细密的注脚。

小说的结局是二哥重回军旅，被授予预备役上校军衔。他放弃了房地产公司，还出资建设起民兵训练场。历史并没有改弦易辙，虽曾断裂，却依然朝着同一个方向顽强地延伸。青春为谁而浪漫？当我依然在纠结惋惜，二哥应该勇于"破我执"，应该为自己而活，活出不一样的自己时，二哥已经完成了自我，并用厚重的青春给出了响亮的答案——"二哥是军人"。青春的激情和生命的尊严尽付于此，这是一代人的命运，也是来自时代深处的回声。

中编

没有结局的小说与"漂泊者"的命运及状态

——读徐则臣中短篇小说记

一、吊诡的结局

与徐则臣相识于哪一年，似乎有些模糊。像我们这样一些人，时间与空间观念都很差，白天与黑夜也经常是一种混沌状态，所以，即便是这样重大的事情居然没记得住也就不足为奇。记得住的是一种感觉与状态，比如喝酒谈天几乎成了我们交往的一种不可或缺的方式，酒足饭饱后也可以搂肩搭背、海侃神聊。有汉尚知，但诺贝尔何许人也已然淡忘。

想起五年前是因为那时我还不怎么喝酒，我最为经典的一个肖像应该是坐在军艺图书馆二楼靠窗的那个几乎成为我的专座的位置上，长时间地埋头于书桌后，也会突然抬起头来，扭转头久久地注视着窗外。窗外是我叫不上名字的松柏与泡桐和白杨一类的树木，庞大而茂盛，掩映着几条笔直的柏油路。其实并不知道在看什么，目光是一种迷离与茫然。那一天其实是

157

无数天中极其普通的一天，但那一天却因为我偶然间翻开了那本黑色封面的名之曰《跑步穿过中关村》的小册子而变得意义重大起来。可能是午后，阳光穿过婆娑的枝叶将阴影斑驳地印在长长的书桌上，还有我的身上与脸上；还有一种可能则是在晚饭后，那时，寂静的校园里各种灯光一齐点亮，树木被灯光剪出幽暗的轮廓。我已经埋头很久，这时抬起头来再次扭转向窗外。仿佛《西夏》中的王一丁和西夏，《啊，北京》中的边红旗，《跑步穿过中关村》中的敦煌和夏小容、七宝他们就隐匿在婆娑的枝叶后边，我甚至于听到了他们窃窃的声音。同样是"漂泊者"，我知道自己跟他们不一样，与他们比，我要幸福得多，那时我正在读研，正匍匐在文学前沿，关注着各种现象与作家作品，意气风发地在各种报刊上发表颇令自己有些得意的见解；但五年多的漂泊时光还是让我在那一时刻里，说不清哪些地方与他们似是而非地连接与沟通着，我关注他们的命运，我想知道他们未来的生活。那时尽管我还不知道徐则臣是何许人也，但我根本顾不及我的孤陋寡闻，我只知道我被他们震撼了、感动了、感染了。随后，在更长久的时光里，一种绵延无尽的哀婉与忧伤一直在我的内心回荡。

察看我当时的笔记，"没有结局的结局"是关键词。那个时候我肯定是很惊讶，惊讶那个我不知道是何许人也的徐则臣何以拧着读者的阅读趣味，偏偏不给出人物的未来，他就那么武断决绝地在人物的某一个转折的时刻让小说戛然而止。从小说的结构角度论之，就是没有结局，或按西方现代小说观言之则是开放的结尾。后来我读了徐则臣大部分中短篇，这才知道，他的很多作品都采用了这种方式结尾。即便有的作品有个结局，那也是相当模糊与暧昧。我当然知道，这是徐则臣对小说结构的一种理解与偏爱，也可以说是他对人的生活与命运的一种认知与判断；但这仍然无法阻止我在某一个时段里，产生了一种徐则臣似乎有些偏执与狭隘之感，我甚至于把徐则臣想象成了以办假证谋生的诗人边红旗，这种方式很像边红旗所为。

二、"自叙传"说仍然成立

批评家李敬泽称，由作品到作者或者由作者到作品都是正当的解读方向。读徐则臣的小说应该选择从哪儿到哪儿是五年前曾经困扰过我的问题，那时候我还不能完全做到从鸡和鸡蛋的悖论中挣脱出来。当然，那时候我还不认识徐则臣，现在我想，如果那时候我认识了徐则臣，我肯定会选择由作者到作品的研究路径。不是说徐则臣的小说写的就是他自己的生活，像黄永玉老先生的《无愁河上的浪荡汉子》；但徐则臣的小说中所写的人物与生活又确实跟他有关，很多的细节，感觉，他都曾经耳闻目睹过，甚至于经历过，只不过他把那些东西统统地装进了北京的"漂泊者"那个筐里了而已。人物的命运当然与徐则臣截然不同，但他们的生命和生活中的诸多感觉与情绪却与徐则臣息息相通，从这个意义上讲，"自叙传"说仍然成立。

问题是写作这篇东西的时候我已经不是五年前那个意气风发的在读研究生了，所以，我不可能再把关注点放在小说与作者之间的关系上，现在，我更关注的是作品本身。因此，我不断地回想和追问自己，《跑步穿过中关村》中的那三个中篇让我震撼、感动，或者说感染我的是什么？当然会是人物的惨淡的命运与困厄的生活境况，仅此而已吗？这是很重要的一方面，还有呢？那又是什么呢？徐则臣自己就说："小说不仅是故事，更是故事之外你真正想表达的东西，这个才决定一部作品的优劣。"徐则臣还说："小说是向着未来的，向着区别于当下的一种可能性。"徐则臣进而又说："当下，现在进行时，漂泊，焦虑，面向未知的命运和困境，城市与人的关系，这些都表明我在探寻、发掘、质疑和求证。"我对徐则臣这些话不敢掉以轻心，更不敢当耳旁风，因为我已经体味出那些小说表层背后的，或者说，小说更深层的内蕴，才是徐则臣的小说本身，抑或本质。也就是说，只有读解出小说表层背后，或者小说更深层的内蕴，也才方显批评家本色。

差一点儿就80后了的徐则臣一点都不"先锋"，相反，很现实主义，他甚至都不想有些微的掩饰。现实主义方法的选择跟他所写的人物的命运及生存状态有关，面对那些北京的"漂泊者"的生活的艰难困境与命运的多舛无奈，徐则臣充满了悲悯与温情，那种几近于肌肤的体恤，他甚至于顾不及小说的诸多技巧，更遑论"先锋"耳？读徐则臣小说的时候，我似乎能感觉到他写作时的那种情境，那些个让他刻骨铭心的细节足以摧毁有关小说的结构啊、语言啊、思想意蕴啊什么的，他只是要求自己把那些碎片般的原生态生活写好，他觉得足够啦，他自信地认为所谓"探寻、发掘和求证"自在其中。相较那种刻意于经营结构与主题的小说，我更认同徐则臣这种小说观，它去小说化，不去间离小说与读者的关系，而是让读者置身于小说之中，忘情于人物的悲欢离合与阴晴圆缺，恨不得自己也是那些人的哥们儿。徐则臣无意于彰显小说技巧一类的东西，他已经进入无技之技之境。

三、"漂泊者"的命运与状态

1.

这一次我也想像边红旗那样所为一把，从徐则臣小说的结局入手，以求证徐则臣小说的结局与人物命运及生存状态之关系。我知道这样做会很复杂，我尽可能地将其简单化，这才更符合我的"读记"之文体。一张纸条，还有一个电话号码便莫名其妙地将哑女西夏推入了王一丁的怀抱。王一丁只是一个跟别人合伙开一家小书店的普通人，他不想接受这么一个不明不白的女人，他采用种种办法想把她赶走，却终于没能够。王一丁的善良，以及逐渐培养起来的对西夏的情感，还有三十岁独身男人本能的欲望，让他最终接受了西夏。小说似乎可以结束了，但小说家徐则臣却让王一丁获得了幸福感之后产生了对西夏身份不明的焦虑，尤其是在得知西夏的病完全可以治愈之后，他担心能重新说话的西夏不得不说明她的真相会导致他失去西夏。两难选择折磨着王一丁，而当医生打来电话通知他们去接受治疗的时候，王一丁却否认了他们曾经的预约与期待。在医生最后的求证中，王一丁虽然说话了，但却不知道他说了些什么。徐则臣何以要弄出这样一个暧昧的结局？我以为他是在暗示，王一丁已经无法离开西夏了，他甚至想放弃让她重新说话这样重要的机会。

西夏能否治好哑疾不得而知；但徐则臣让北京的"漂泊者"王一丁与西夏在相互抚慰中获得了底层人群难得的温暖，这显然与徐则臣自身的经历与情感有关，他不忍心让他和他的小说人物受到更深的伤害，他似乎只能用这种方式来安慰那一千多万的如同蚂蚁般的北京"漂泊者"。同样的原因，徐则臣在《啊，北京》中，也没有让从看守所中出来的边红旗命运过于悲惨，苏北小镇美丽贤慧的妻子把他接回了家乡。边红旗当然够不上个诗人，但他有理想和激情，他辞去教师职务只身闯荡北京显然与儿时的梦想有关，而且这种梦想让他觉得北京就是好，用他自己的话说："北京啊，他妈的怎么就这么好呢。"但现实生活与理想毕竟不同，事实是，边红旗尽管标榜自己是个诗人，但他却是在蹬三轮不成后，以办假证谋生。这种担惊受怕、极不稳定的生活虽然没有将他的理想与意志消磨殆尽，与房东的女儿沈丹的爱情纠葛虽然让他时而有一种小小的窃喜，但最终还是让他身心俱疲。替小唐受过既是他对砍掉小唐两个手指的忏悔，也表现了他男人的豪气与担当。这一次的结局似乎已然明晰，但他在眯起眼睛看向太阳和天空的刹那，心情也一定是百感交集。随后哗哗的泪水，苦涩地向四面漫溚，蕴积着他对北京的依恋与无奈。

从命运与生存状态的角度看，边红旗还算不上怎样悲惨，敦煌、夏小容、七宝们更让我为之动容和同情，更能彰显"漂泊者"在徐则臣小说中的隐喻主题。敦煌因跟随保定办假证而被抓，三个月后出来因碰上了卖盗版光碟的女孩儿夏小容而改卖盗版光碟。敦煌尽管很聪明，也很"敬业"，但仍然无法改变生存的困窘，过着流离失所、朝不保夕的生活。与夏小容的爱情既是对敦煌内心的一种抚慰，也让他对未来有了理想与憧憬；然而，夏小容的前男友矿山的出现则粉碎了他创造一种温馨小家生活的梦想。离开刚刚品尝到一点味道的生活是敦煌无奈的选择，幸好这时他在打了几百个电话后找到了保定的女友七宝，并与之发展为一种情爱，但这种情爱也因保定的出来，并发现了七宝早已当了妓女而险些崩塌。敦煌没有放弃他对爱情与家庭生活的理想追求，他与保定四处借钱将七宝淘了出来，新的生活在他面前重新展开。以徐则臣对"漂泊者"的认知与生活积淀，他几近残酷地让敦煌在救出矿山之后被警察抓获。他在被戴上手铐的一刻，他的手机响了，七宝冲他喊，她怀孕啦。也就是说，百般努力的敦煌还是没有摆脱困厄的命运。夏小容和七宝呢？夏小容没有边红旗、敦煌们的远大理想，她就想嫁人回家生子，过一种平和的普通人的生活。矿山并不是她理想的选择，跟敦煌也不可能，最终因矿山被抓而倾其积蓄。孩子成了她北京漂泊生活的最大收获。美丽的七宝的命运似乎已经没必要再重复细说了。

2.

徐则臣的小说一点儿都不花里胡哨，不玩弄任何的所谓文学技巧；语言上偶然间会有点小幽默，但那是紧紧地贴着人物和生活的，而不是出于文学性上的考虑。这些人物及他们的生活让我有一种陌生的新鲜感，我甚至疑虑，他们真的是生活在北京吗？这么多年，为什么不见其他作家描写这个群体与领域？因此，2009年的长篇小说《天上人间》的封面上就赫然地标榜着"老舍的北京是地域性的　王朔的北京是开放型的　徐则臣的北京是流动的"多少还是让我有些吃惊与疑虑。其实对这种概括与比较我是不以为然的，不准确，而且还有一种不伦不类的感觉；但重要的是徐则臣已经与老舍和王朔并肩了，这个评价无论怎么说都是相当高的。描写北京生活的作家作品多了，但能够写出独特之处，以至于独霸一方，还能说不重要吗？要知道，发表这些作品时，徐则臣还不到三十岁啊。但当我读完这个其实是四个中篇的连缀所谓长篇小说的时候，我的疑虑基本上烟消云散了。凭我的文学感觉，没有相当深厚的生活积累，无论如何都写不出这样生动鲜活的作品。也就是说，对徐则臣小说中"漂泊者"及其生活存在的疑虑完全可以打消。

《我们在北京相遇》与《啊，北京》几乎雷同，后者是要写边红旗，前者写的是群体，但将沙袖突出来。小说写几个外省人对北京的向往与渴望，他们认为那就是他们理想中的天堂；其实不然，他们经过几年"炼狱"般的生活，最终还是无法跨进那道看不见的进城的"门槛儿"，身心俱伤显然超越了他们的想象。办假证的边红旗肯定是进去了；没着没落、无所事事的沙袖也因为要报复一明与一位女学员关系的暧昧而怀了边红旗的孩子，虽然最后流掉了孩子，与一明重归于好，但内心的伤痛想必也不是三天五日就能够平复得了的；而"我"则被父母及女友逼迫着回了故乡小城，除了找到报社记者这么好的工作，还要迎娶女友小童。《天上人间》写乡村少年子午来北京后的成长与毁灭，聪明导致他不像"我"那样本分，而且加速了他毁灭的速度，令我慨叹不止。《伪证制造者》中的姑夫确实算不上个好人，但残酷的生活却耗尽了他的情感与精力，以至于失去他最看重的男人的性能力。他没有任何付出的儿子将考进清华大学让他重新获得了激情，却在刚刚感觉到性能力恢复的刹那而被警察抓获。

此外，收在其他集子中的《居延》《把脸拉下》《屋顶上》等也都有可圈可点之处。执着地寻找丈夫的居延一直不能真正地接受唐妥同样执着的充满温情的爱情，她无法真正地忘记丈夫；然而，当丈夫终于出现在她面前的时候，她却转过脸专心地对给她打电话的唐妥说："我要做一桌好菜，都是你爱吃的。咱们就在家里庆祝。"她终于说出了一直不肯说的"家"。这个结局让我一直冰凉的身体陡生暖意。因为同一个理想——买房子，让卖假古董的和报社编辑居然走到了一起，在被警察抓获的一瞬间，是卖假古董的承担起进看守所的责任。而报社编辑为了把卖假古董的淘出来，终于把脸拉了下来，翻开电话簿，给朋友打电话，"我想借点钱"。在北京漂泊的宝来不光是生活上的困窘，精神上也极为空虚，每天半夜出去为办假证的洪三万贴小广告的生活让他有一种没着没落的感觉。一次偶然的一瞥，一个女孩儿朦胧的影像不但让他为之心动，且影响了他此后的生活，最终险些为女孩儿丧命。这几部作品里的人物都有一种几近倔强的执着，人性中本来具有的，但已经在当下极为稀缺的善良与真诚。他们的执着让我看到了蕴藏在底层普通民众中的人性的光辉与力量。《我的朋友堂吉诃德》则是另类小说，徐则臣完全出乎我的意料地讲述了一个悖论的故事，由于社会的不正常，所以不能接受一个想正常的人的正常言行；而一个不想正常的人的不正常的言行，却让正常的小偷的行为不正常了。这种极具哲学思辨色彩的小说在徐则臣的小说中很鲜见，在当下中国的小说创作中也不多，劳马是显而易见的一位。

我想，这十多个中篇小说足以确立徐则臣在当代小说家，尤其是 70 后小说家中的地位。这种地位的确立当然与他所描绘的人物与生活的独特性有关，但认为一个作家仅凭人物与生活的独特性就能够征服读者与文学界显然只能是外行者的见识。如果你只停留于表面，徐则臣的小说就过于素朴无华，也不见深奥传奇之处；那我就会毫无顾虑对你说，你肯定是不无遗憾地与小说家徐则臣失之交臂了。徐则臣不刻意于小说的主题营构与哲学象征，但不等于说没有，他是不动声色，大智若愚，是一种整体性的思辨。也就是说，徐则臣小说经营的是一种整体性思考，对他所描写的人物存在作一种整体性判断，而无意于在每一篇作品中机巧地构思出一种什么意旨。问题在于，徐则臣小说所描写的人物的生活与命运太富感染力，往往让读者无暇，甚至于忽略了作品所蕴积的思想与精神。

四、城堡般的"门槛儿"与现代性焦虑

徐则臣小说的感染力毋庸置疑；但好像也不是什么文学性、艺术性之类可以言明的，因为我又想起五年前我读过的徐则臣

在《跑步穿过中关村》那本小册子中的自序说过的一段话："我写他们，也包括我自己，与简单是非判断无关。我感兴趣的是他们身上的那种没有被规训和秩序化的蓬勃的生命力，那种逐渐被我们忽略乃至遗忘的东西。"按说我不应该引这么多徐则臣的话，我的策略应该是尽可能不让读者知道他说的那些话，因为他说得太地道了，太有深度了，很容易让我们这些搞批评的无话可说。

想在主题层面上解读徐则臣小说显然是徒劳的，这不是徐则臣小说追求的向度；若从普遍的人性与普世的价值上去感悟小说背后所蕴涵的深层意味又不免有些空泛与不着边际。我知道徐则臣的"漂泊者"小说中隐喻着一种相当宏大的思想与意味，但相当地隐晦与模糊。我不得不去揣度徐则臣。在徐则臣的经历与印象，或者认知中，北京不属于外来的"漂泊者"，遍地都是机会与金钱的北京似乎有一道看不见的"门槛儿"，这道"门槛儿"最终无情地将"漂泊者"挡在北京之外。这让我想起了卡夫卡的《城堡》中的K。K不断地努力进入城堡是因为他在执行一道指令，但却像西西弗斯一样一次次从山腰滚下来一样，始终不得而入。徐则臣小说中的"漂泊者"想进入北京虽然有生活所迫的因素，但他们是主动地想实现自己人生的理想，北京对他们而言就是天堂。但无论他们怎么样努力，最终都是撞得鼻青脸肿、头破血流。别无选择，他们只能黯然地重回故乡。

徐则臣在他有关"漂泊者"的小说里隐喻着相当的宿命论色彩，因而，他的人物在没有结局的结局中缺少一些浪漫的理想主义的亮色。从情感而论，这显然不是他的本意。他在小说的细节描写中给了他的人物无数的温暖、体恤与抚慰，却在人生命运的总体观照中断然地否定了他们企图改变自己身份与生活的理想。这与主流意识形态似乎有些相左与抵牾，但他秉持的现实主义文学立场让他固执地认为，这就是中国当下的社会现实与本质。残酷的不是他自己，而是物质主义的社会现实逻辑。其实，徐则臣小说中的"漂泊者"多数都是有一定理想与精神追求的，否则他们也不会远离家乡到对他们而言其实是极其陌生的北京来打拼。但他们显然都缺乏一定的思想准备，他们青少年时代所向往和崇敬的北京已然发生了质的变化，与他们的思想精神完全隔膜，甚至相悖了。他们没有能力去思考现代性，但现代性已经渗透到了中国社会生活的方方面面，尤其是像北京这样的现代化大都市。

中国人对现代性并不是有多么地陌生，中国自近代以来，我们多次遭遇现代性；但是，包括启蒙者在内，我们对现代性一直处于似懂非懂与种种矛盾，甚至疑惑之中。进入 1990 年代以来，现代性给出的逻辑是，市场经济的合法化与迅速发展成为整个社会发展的最重要动力；但在这过程中，我们并没有看到近现代启蒙思想家所希望的人的自由与解放，我们在享受着市场经济带来物质的极大丰富的同时，也在忍受着日益破败的自然生态与人文生态，以及资本和技术对人无以复加的统治的痛苦和煎熬。于是，他们只能是在一种理性缺席的自在状态里进行仅仅属于他们这个阶层的本能的挣扎。

2013 年 8 月 16 日的《文艺报》，发表了诗人阿多尼斯与莫言的对话。阿多尼斯说："20 世纪以来我们有个错误的认识，就是把政治史视为全部的人类历史。实际上，政治只是整个社会文化的一部分。因此，一个伟大的作家不能仅仅满足于批判权势，还应该对整个社会文化提出质疑和批判。"在徐则臣的小说里，北京当然是一个实在的空间与时间，但我感觉它更是一个象征，是所有现代化都市的象征。它们对"漂泊者"的拒绝与对他们理想的扼杀，显然更突出地体现在社会文化中。因此，徐则臣的小说便是通过对"漂泊者"的命运及生存状态的精细描写，对现代性进程中的中国社会文化提出质疑和批判。从这个意义上似乎还可以认定，徐则臣的小说所"探寻、发掘、质疑和求证"的东西已经超越了莫言所说的"现实政治"。

让我颇感兴趣的还有一点，就是徐则臣在他的小说里从不用既有的伦理道德臧否人物，甚至置法律于不顾，这样的写作伦理在当代作家中极为鲜见，在某种意义上也可以说颠覆了以往的文学传统与写作伦理。但这不意味着徐则臣认同和强调西方的普世价值，徐则臣是在用一种更加宽广的胸怀与人性包容着这些既勤苦善良又不乏猥琐丑恶，既充满浪漫理想又时常堕落自弃，既不屈不挠又命运多舛的来自乡村或县城的"漂泊者"。徐则臣或许以为，与他们困窘的生活与多舛的命运，以及理想的毁灭比较，既有的伦理道德与法律实在是缺少人性的温暖，简单的批判并不能真正意义上实现社会的和谐发展，而是应该站在更高远的哲学境界进行更为宏大的思考。这也许更接近现代性之本义。如此一来，我觉得徐则臣，以及徐则臣的小说并非如表面那样朴实无华，其实他和它有着更加崇高宏阔的理想境界，这种理想境界甚至超越了文学性，颇富老庄之意味了。

五、陈旧没落的"花街"

徐则臣的小说的另一极是乡村，或者说故乡可能更准确。那个被称为"花街"的地方在运河边上，有一个石码头。我理所当然地认为，这是一个虚构的地方，但又实实在在是徐则臣青少年时期生长的地方。故乡对任何一位作家而言都是一个巨大的文学性想象空间，在难以计数的回忆碎片里蕴积着他不尽的情感与精神资源，让他在无数次的写作中慰藉自己的灵魂。但徐则臣小说的这一极并没为他增添多少亮色，也就是说，与"漂泊者"系列比较，运河边，紧挨着石码头的"花街"的故事似乎有点鸡肋之感。

我想，可能是徐则臣离开故乡已久，即便是十几年的青少年生活也没给他留下更多深刻、鲜活而持久的记忆，对于一个一直读书的孩子，尤其是读了初中和高中之后，大多都是在县城里，与真正的故乡已然有了距离。贾平凹虽然也久居城市，但他经常要回到故乡，他一直保持着与故乡的肌肤般的联系，所以他才能不断地书写当下的故乡。再看徐则臣的"花街"故事，都是过去时态的，几乎没有当下的；因此，就总体而言，"花街"是陈旧没落的，多少还有些腐败之气。也就是说，他是凭记忆，甚至于上辈人的讲述与传说在写作，找不到文学性的感觉并不让我惊讶。也因此，他才在这个系列里重点写故事，写人物一生的命运，这个时候的徐则臣无论怎样都难以调动起他出色的文学感觉，包括语言都随之黯然失色。写"漂泊者"小说的时候，徐则臣能在每一时刻都感受到人物的情感与气息，甚至他们的表情与姿态，各自说话的方式与味道，他能真正触摸到他们的每一根神经；到了"花街"就不同了，他也许是知道那个人，或者听谁说起过他，也还有可能与那人曾有一面之识，但仅凭这些写作显然是很不够的。尤其是对徐则臣而言，他是那种更善于描写琐碎的细节的作家，故事对他而言，多少有些隔膜。当然，并不是说"花街"里没有好的作品，但总归还是有些陌生与隔膜，论及细节就不可能信手拈来，而是要靠想象，甚至于编织。

《苍声》《镜子与刀》《夜歌》应该是徐则臣"花街"系列作品中比较好的几部。故事对徐则臣而言可能是一个阻碍，他一旦进入编织的情境，他的小说的感觉便丧失殆尽。换言之，这几部我认为"花街"系列作品中比较好的，很重要的原因不是在编织故事。《苍声》的背景是"文革"，写一群少年。以大米为首的顽劣学生作恶多端，不但用各种方式参与批斗何校长，还轮奸了傻女韭菜。木鱼经历了这样一个罪恶的过程，当他听到何校长可能跳河自杀的消息后，突然就苍声了，似乎有一些寓言的味道。《镜子与刀》应该是最好的一个作品，细腻而精致，让我想起苏童小说的味道。两个少年的相知居然是通过镜子与刀的对话，九果在穆鱼镜子的引导下，用那把刀杀了整天打骂他母亲，并且嫖花街上女人的父亲。已经哑了三个多月的穆鱼，在目睹了这一血腥的场景后跑向运河，向着河水高喊九果，他再次发出了声音。九果让穆鱼震撼，可能还有一种对英雄的崇拜。《夜歌》写两个青年人的爱情遭遇传统道德伦理的阻碍，但当两人真的走到了一起后，却又在复杂的现实与欲望中迷失。倒是最大的反对者——母亲重归人性的至柔之处，用自己已经不能唱歌的沙哑的嗓子唤醒了半植物人状态中的布阳，她自己也在这一漫长的过程中恢复了曾经的歌者身份。这一寓言似乎多了种反讽的意味。

"花街"系列作品中的《露天电影》本来是一个不错的题材，写在乡村放映电影时放映员与村里的妇女偷欢的情节，如果就此展开大量的细节描写会很精彩；但徐则臣把它写成了一个报复的故事，尤其是孙伯让治理放映员秦山原的情节，看着不舒服。我猜测，这个报复的故事可能是这篇小说产生的最重要的因素。《人间烟火》《养蜂场旅馆》《梅雨》《我们的老海》《失声》《鬼火》等作品似乎写得很勉强，有一种硬写的感觉。这些作品一方面是编织与臆想的痕迹很重，没有真实感；另一方面还缺少一种内在的支撑，普遍缺乏钙质，似乎站不大起来。

六、小说的真理

渴望回到五年前，并不是对青春与生命的欲望与奢求，而是怀想那种纯粹的对徐则臣小说中的那些"漂泊者"们的理想命运与生存状态的震撼、感动与感染，以及随后在更长久的时光里的那种绵延无尽的哀婉与忧伤。我记得那时的那种纯粹体现为一种感性的阅读，一种完全的情感的进入，不知道何时便会有泪水在脸上流淌，西夏、敦煌、夏小容、居延、沙袖都让我至今难忘。现在已然不同，作为一个准专业的读者，一个所

谓的批评家，你很难让自己沉湎于作家所营造的文学情境，你
会不时地从作品中跳出来，不光是挑剔，还要解读和阐释，在
这个过程中要表现出独特的思想与观点，你的不人云亦云，你
的标新立异。而读徐则臣小说的最佳状态应该是前者。

　　从这个意义上说，我以为批评家的阅读是一种非人性化阅
读，而普通大众的阅读才是真正人性化的阅读。批评家们的理
论也未必就能够真正地接近小说的本质，倒是普通大众在某种
意义上更有可能接近小说的肌理与真理。

任性地涂抹苍茫辽远的命途底色

——董夏青青中短篇小说批评笔记

一、别样与另类的军旅"新生代作家"

《垒堆与长夜》是我最早读到的董夏青青的短篇小说，时在2014年，《人民文学》第八期"军旅文学专号"上，感觉不仅耳目一新，甚至可谓惊讶不已。在我的阅读与研究中，21世纪以来的军旅小说在放弃了1990年代的文学性探索后，基本上都回归到了现实主义的传统或范畴，故事与情节、思想与主题成为作家创作的终极追求。董夏青青却是一种别样与另类，走了一条与众不同甚至于相反的路途。近日，我连续读了她的七八个中短篇小说，更加确认了几年前的感觉与印象。作为军旅"新生代作家"，董夏青青以一系列的风格化小说彰显了自身独特的存在。

董夏青青的小说没有故事，甚至也不见成形的情节，完全是生活的片断，甚至碎片，一种几近原生态的质感；她还摆脱了 21 世纪初年军旅文学的官场与社会化叙事模式，专心叙述和描摹边疆基层官兵与普通人的粗糙与困顿的生活，非但不去刻意张扬英雄主义与爱国主义的情怀，反而不无任性地为他们的生命与存在涂抹上一层厚重的苍茫辽远的底色，营造了一种沉郁悲壮的情绪。不仅于此，我还发现，董夏青青可能还有着构建一个属于她自己的文学化地域形象的想象，她几乎将所有小说的人物与背景都放在了新疆的一个叫作塔什库尔干的地方，有时则将其简化为塔县。就如同乔伊斯的都柏林、福克纳的约克纳帕塔法县、厄德里克的印第安保留地、贝娄的芝加哥、梅尔维尔的轮船，以及中国作家莫言的高密东北乡、苏童的枫杨树乡村的香椿树街等，这一点也让我对她的创作无法视而不见。

　　董夏青青从解放军艺术学院文学系本科毕业后被分配到新疆军区政治部文艺创作室。八年里，多次前往博尔塔拉、伊犁、和田、喀什、阿克苏等地边防连队，与基层官兵同吃同住，真实地体验和经历了外人难以想象的艰难困苦的戍边生活，感知了他们人生、命运、家庭等多方面的艰难与困厄。这样一种情感，让董夏青青在写作小说的时候便不肯去更多地进行文学性的想象，或按照以往的意识形态观念，概念化地塑造英雄形象；相反，她只想尽可能真实地记录、塑造戍边军人的日常生活状态和人物群像。董夏青青坦言："我不能用三言两语遮蔽他们十年五载的生活，不能假装洞察一切，把自己的声音安在他们嘴上。我更倾向于在大量现实素材的基础上，通过虚构的情节安排，让人物们自己行动，自己说话，完成自己的纸上人生。如此，既是对这些人曾经如是活过的纪念，亦是对一种荣誉生活的尊重。不让他们在作者的陈词滥调中，失去击打人心的力量。"虽然不见更多新意，但已经超越了一般意义上的创作的经验与方法，而是一种别样与另类的文学宣言，在当下小说的整体语境中颇值得回味。

二、非英雄叙事与真实地记录

即便是在军人与战争的范畴里，英雄叙事也是一种特殊化的存在，或言之，是人在特殊环境与情势里的极端化表现。从文学角度论之，它是理想与想象的产物。任何人在面对炮火与死亡的时候，都不可能没有恐惧，内心的斗争或纠结都会是一种复杂的状态。那一瞬间，既是对性格与理想的考验，也是人性与反人性的冲突。人们对英雄的渴望，恰好反证了人的内心的脆弱与怯懦。现实生活里，人们内心深处或多或少都会怀有英雄的元素与情结，这些元素与情结在日常经验中不可能聚积为英雄的行为；因此，从文学角度论之，或者当我们强调文学真实性的时候，非英雄叙事就有了经验的依据。董夏青青的小说选择了非英雄叙事的视角，她笔下的基层官兵（普通人自不必说），没有生活在特殊化的环境与情势里，她也就不想"把自己的声音安在他们嘴上"，去塑造或拔擢那种作为"外在物"的英雄形象。真实也许并不是她非英雄叙事的借口或策略，她不想因自己的文学性的叙事与语言遮蔽他们的生活；或言之，她更相信自己的眼睛与耳朵，而不是理想与想象，这才是她小说的真实景象或镜像。

《垄堆与长夜》重点描写的刘志金就是一个普通士兵，他的逸闻轶事成为大家寻开心的段子，他也经常被生活不如意的人们当作自我安慰的对象。刘志金复员后查出心脏有问题，做搭桥手术花光了新房首付，老婆就改嫁了。做完手术正恢复的时候，老母又殁了。属于他的那盏昏暗的生命之灯的泯灭，不但悄然得无声无息，甚至也没有给什么人带来伤感与悲痛。股长在请指导员的父亲等人喝酒并不断地拿他的段子取笑时，他的骨灰就放在一边。叙述者我/小余在喝酒的时候将在别处听来的几个与刘志金根本无关的段子当作刘志金的讲时，在场的熟悉刘志金的人都相信这就是刘志金。读者可能会在某一瞬间里对叙述者我/小余——一个搞文学的女性产生一种不舒服的感觉，但细细品味之后，你突然会领悟，这一细节可谓神来之笔。当一个刚来塔县不久、与刘志金也只打过几个照面的人，居然也会在酒后突然开起他的玩笑，这个生命的卑微便不需要我们再去进行任何的袒护了。小说快结束的时候，这样写道："谁说前任团长在大会上讲，高原上的人啊，有三大特点，第一点，容易忘事；第二点，嘖……忘了……"这显然是在暗示，塔县的人们很快就会把刘志金忘了。董夏青青没有正面去写刘志金，他是在其他人的生活与话语中活着与死去的。

《在晚云上》（《解放军文艺》2018 年第三期），副团长带队去〇三号峰会哨只是一条叙事线索而已，着力处却在副团长和连长两个人物身上。副团长出身军人世家，爷爷、父亲都是军人，从小就受到简单与粗暴的规训，灰暗的情绪一直笼罩着他的成长之路。当兵后也是龃龉不断，尤其是女友的跳楼让他在情绪失控中大闹连队。连长就怀疑副团长，以他的优越条件何以在这样的鬼地方消磨时光。献身事业？还是隐忍晋升？这个问题恐怕副团长自己都不清楚。目标模糊的人生非但离英雄相去甚远，即便是普通的人生也未必达至。连长的父亲是警察，事业并不顺利，母亲又失明，他似乎已经适应了边防的枯寂与煎熬，仿佛这就是他的生活与生命。连长期待着对象的到来，会带给他一种新的人生吗？这种不无虚妄的想象中饱蘸人生的无奈与况味。

《河流》（《解放军文艺》2015 年第二期）中，"我"在军分区机关里与领导的关系似乎有些暧昧。他的夫人有了猜疑，便把她的外甥——某连指导员介绍给"我"。正好"我"要下连队约稿，指导员负责接待了"我"，借此串连起几个普通战士的生活状态，这也是董夏青青小说叙述的一个惯用的手法。名叫"红红"的战士当兵的动机是因为偷矿石被警察追的经历，然后就想找个活儿干，去追别人。"豁牙子"在舞厅里教舞蹈，跟别人打架时，他爱上的女孩为他挡了酒瓶子而腿残了。之后，他又跟一个唱歌的女人相好，那女人却被她丈夫的小三儿给杀了。指导员对"我"说，我知道你不喜欢我，其实我对结婚也无所谓，我们连长结婚了，但感情不行，老婆也不来部队看他。"我"又想到领导，感觉与他就像一场梦，听他讲那些刻意打听来的人生购物的片断，究竟有什么意义呢？"我"离开连队的某天早晨，从通报中得知，指导员带领战士翻修靶场时，老围墙倒塌，压死了两名战士，后果可想而知……

再看看《科恰里特山下》（《人民文学》2017 年第八期）。

战士七十五，由于晚上烧锅炉没睡好，早晨训练跑步时突然就倒地上了，好一顿人工呼吸，总算是救过来没死。"我"与妻子不像从前那样了，作为团里的副参谋长"我"调职无望，她则要带孩子去美国。我后来同意离婚，因为"我"什么都改变不了。转机是有病的女儿将小朋友摁到坐便池里，妻子只好带着孩子与"我"住到了阿克苏的团部家属院里；可是，这样的情感能维持多久呢？李参谋长两地生活，妻子因他那东西不行了提出离婚。问题是，团里离婚的还很多。排长一行六人过冰河时，摔进冰窟窿里死了。满眼都是人物各自生活的不如意与命运的无奈。《苹果》（《解放军文艺》2016年第三期）则写了几个军人不会做生意，还乱投资，每次都是赔光了老本。他们长年不在家，妻子不满意，然后就跟了别人……

2018年4月3日的《文艺报》发表了余华与澳大利亚作家、布克奖得主理查德·费兰纳根关于文学的对话。余华说："当读完一部了不起的小说后，要想口头复述小说中的某些内容时，你就会发现精彩的东西都溜走了。"董夏青青的小说本来就不是写故事情节，而我还硬要作一番简洁的复述，别说读者可能会一头雾水，连我自己也觉得似是而非、似懂非懂，甚至于莫名其妙。我的两难在于，我下面的几种论述都需要读者对董夏青青的小说略知一二。

三、生活的片断性与人物的不完整性

虚构是小说最本质的属性，它的产生或存在是为了满足人们的审美想象与精神理想，弥补他们人生或命运的缺失，以及世俗意义上的娱乐。即便是现实主义，甚至是自然主义的小说，其故事情节与人物命运及生活现实的差距也是无法避免的。小说进入到现代主义，不再强调再现生活，而是加强了对人物的心理刻画，表现生活对人的压抑和扭曲。而后现代主义的不确定性、多元性、语言实验和话语游戏，将小说与生活现实之间的距离拉得就更远了。

董夏青青的小说未必就是反现代主义或后现代主义的，在某种意义上讲还可能是对自然主义的回归。当然，这种非要说某种主义的想法与生拉硬拽没什么不同。我以为，原因可能不是小说艺术的观念，而是生活本身对她的影响与震撼。她耳闻目睹的那些生活的片断与人物的困厄足以支撑她的小说叙事，而不需要去煞费苦心，或煞有介事地虚构与编织，只需记录，老老实实地记录。也因此，她的所有小说呈现出的都是生活的片断，而不是我们通常看到的多数小说的曲折复杂的情节与有头有尾的故事。在本文的第二节里，即便是我极力地试图复述那几篇小说的主要内容，但仍然无法概括出一个完整的故事或者说情节。最有可能叙述一个完整故事的，应该是中篇小说《年年有鱼》，写李家庄的家族史。从明洪武年间的山西洪洞县出发，老祖李铁匠带着三个儿子，经过一年的长途跋涉，来到现在的李家庄。小说重点写了日本侵华、1949年解放、土改、1958年"大跃进"、"文革"等几个历史时期；但是，从故事与情节的角度看，它却是几代人片断生活的连缀，没有从一而终的人物与故事。

那么人物呢？当小说的主体是由生活的片断构成，而不是故事与情节，人物的不完整性就是必然的了。其实，作为中短篇小说，人物的不完整性几乎是它的特质，完整只能是相对而言。就是说，它基于故事与情节的完整性而实现自身的某个时段，或者某种意义上的"完整"。董夏青青却连这起码的一点都不肯妥协，这一点在本文第二节的几篇小说的主要内容复述里也同样得到证实。在一个万儿八千字的短篇里，作家们通常是围绕一两个人物来叙述故事，构思情节；但董夏青青想写的不是一两个人物，她想写一种生活的状态或场景，构成这种生活状态或场景的不可能是一两个人物，而是一个群体。她在创作谈里也谈到了这一点。这是她小说重要的文学性特质。那几个军旅短篇小说是这样，其他几篇写普通人生活的小说亦如是。

《何日君再来》（《北京文学》2010年第三期）倒是集中写了两个人物——司机老赵和翻译。老赵跟卡昝河连队关系不错，挖野菜的时候弄了几根党参，连长让与几根牛拐一起炖了汤，喝得战士们丑态百出。翻译的父亲死了，老赵拉着翻译往大山里四处走。七八天后，老赵回去结婚，翻译去了阿拉山口，与哈方军人做生意。老赵和翻译再次走进满是积雪的大山时，抓了只狐狸，拎回来把家里那只受伤的狗吓得不行。老赵滚雪球，结果被一人来高的雪球拽下山去，撞在一棵云杉上。春天雪化了，翻译的几只小羊被河水卷跑了。老赵说要架个桥，结果也被河水卷走了，受了伤。翻译接替死去的老爹到连队当了护边员，他感觉重新摸到了和卡昝河连着的筋。老赵看到牧民们骑马叼羊，也要去，被翻译拦住。老赵说，啥都跟酒一样，伤肝的。读完后，你觉得这两个人哪方面完整呢？性格，还是精神面貌，或者思想意识？等等，还有什么？

《高原风物记》（《西部》2013 年第八期）也不正经地按叙述线索写情节，而是过多地枝蔓或旁逸斜出。"我"接待一个北京的工作组，到塔什库尔干县看帕米尔高原。这是小说现时态的叙述线索，然后董夏青青就开始写这一路上相关的人物，这是她小说结构惯用的手法。20 岁的维吉扎尼的父母在塔县开一家旅馆，不知为啥，她就爱上了名叫海俩尼的塔吉克族男人。小说却没有按照这样的一个开头一路下去叙写俩人的爱情，突然掉头写了一段海俩尼有病的弟弟做广告的事儿。然后又写矿上一家四口人，小伙子手淫，表舅爷带回来个小姐，干完都哭了，因为他没尝过那个。金老板老婆信了佛，就不再上床。女孩王太阳为男友跳了楼摔伤了脊柱，无法上台了。后来，维吉扎尼去了矿上，但海俩尼却很冷淡，甚至都没留她在矿上住一宿，送她走的车上还劝她再找个男朋友。金老板在县城请客，海俩尼硬去接自己喜欢的姑娘娆娜格，还住进了维吉扎尼的父母开的旅馆，维吉扎尼在登记他们证件的时候满脸涨红，自来水笔两次划破单据。人物不完整不说，整个小说读下来，我也只是知道海俩尼不爱维吉扎尼。

《高地与铲斗》（《湖南文学》2012 年第三期）从情节的角度看算是相对完整的，但是也还是太简单。北邮的大学生黎娟毕业前被男友甩了，回了老家塔什库尔干县，在库尔勒村下河边盘下一个小木屋。客源都被一个汉族司机垄断，他给她带客，然后就把她给硬做了，后来她就跟他混在了一起。男人在一个叫"老虎口"的地方，被路政车的挂钩打中眉骨和太阳穴，死了。黎娟卖掉了小木屋，转到县城。下边却插入游离于前边线索的一段，"我"陪一个诗人、作家老领导去民丰县，发了大水，"我"吃羊肉串病了，一路上去找卫生所。最后写黎娟跟团里一个复员军人结婚，在城里一块开店。好歹算是有了个结局。

　　从小说的角度论，人物到底是应该完整的还是不完整的呢？这个很难说，不同的文学观念之下会出现不同的样态。西方小说从维多利亚时代以来，以及中国古典小说都追求的是完整性；后现代主义颠覆了完整性的观念，在卡夫卡的小说里，人物的脸面、性格不但模糊不清，甚至连姓名都没有。托马斯·福斯特〔美〕在《如何阅读一本小说》里说："通常来说，写得越少越好。早期的小说作者几乎总是因为描写过多而犯下错误，他们描绘了太多的细节，提供了大篇的相貌描写，介绍人物的来龙去脉、解释他们的动机和欲望。正是在这里，海明威的冰山理论——明智的小说家会把他所知道的关于人物和情境的大部分信息埋藏在表面之下——得到了用武之地。事实上，对那露出水面的部分来说，说出五分之一，掖着五分之四，也都太慷慨了。"[1] 现实生活中，有些人物会比另一些更完整；但是，所有人都会在这方面或那方面有所缺漏却是真实的。不过，人物在小说内部结构中完成自足性似乎并不是一个不合逻辑的要求。

四、粗粝困厄的生活前景与苍茫辽远的命途底色

　　董夏青青小说叙事的美学向度与思想内涵是显而易见的，

她就是要真实地还原戍边的基层官兵以及那里的普通人的粗粝困厄的生活——一种不加修饰的原生态的东西，不去主观赋予他们那些外在的、不属于他们的意识形态的东西。董夏青青的独特或深度在于，她并不是就这样简单地呈现，她赋予边疆苍茫辽远的环境以一种诗意的暗喻与象征——只有边疆才具有的大美，它们之间形成一种同构性的关联，或言之一种互文性的交融。这样的一种文学境界的达至，是因为董夏青青将自己真正置身于边疆，置身于戍边的基层官兵，以及那里的普通人的粗粝困厄的生活之中；也许她还不能完全地成为他们中的一员，但即便是一个旁观者，近距离的观察、交流与体验，也足以让她获得较为真切的生命的存在感。

在 2018 年 4 月 3 日的《文艺报》上，董夏青青这样描述她的经验与思考，"这些年，我常收拾背囊，从乌鲁木齐辗转去到边境线上，在连队里和战士们共同生活一段日子。在那特定的时间中，会和很多人产生交集，得以通过也许彻夜、也许三言两语的聊天，知晓他们的生活和内心。这些发自内心的声音时常很微弱，被日常生活中数不尽的其他声音所遮蔽，但那却是他们灵魂的起伏，热血精神鼓荡其间。我要做的，就是拿起文字的凿子，一下一下破除表面的冰壳，将这些裹挟着坚忍、痛楚、牺牲的生活开采出来，让读者看到他们安静无闻的身影，如何在大漠中留下生命的轨迹。"理查德·费兰纳根在与余华的对话中说："我记得契诃夫曾经说过，真正好的作家应该是生活在黑暗中的，他们应该和那些命运不太好的人共同相处，来了解他们的情绪，这样才能写出好的作品。就好比说可怜之人必有可恨之处，作为一个好作家，你必须要了解这些人的处境，才能更好地写出优秀的作品。"董夏青青当然不是"生活在黑暗中"，但她经验和体会到了那些艰难地生存着的基层官兵与普通人的真实的存在之境，她决意，或者说有些任性地要将她所耳闻目睹及经验和体会到的那一切记录式地呈现出来。"任性"，对，就是这个词，它只属于董夏青青和她的小说。

《垒堆与长夜》中的刘志金，一个如此卑微的生命，命运多舛也就罢了，却经常被那些生活得不如意的人们拿来安慰自己；而且，塔县的人们很快就会把刘志金忘了。鲁迅说，哀莫大于心死。在这里，我觉得哀莫过于忘记。无论他是英雄崇高，还是普通卑微，他都曾经是人们中的一员。用他的耻辱与哀痛带给人们轻松与快乐，这与鲁迅小说所揭示的中国人的劣根性并无二致。

《在晚云上》，出身军人世家的副团长灰暗的情绪无人理解，也没有人想去理解，甚至还会有误解。军旅生涯与个人生活不断地龃龉，尤其是女友的跳楼让其无法承受不假；而内心思想与情感的无法言说才是他无法忍受的不堪。连长的命运并不比副团长好，但他似乎已经适应了边防的枯寂与煎熬，仿佛这就是他的生活与命途。这又应了鲁迅说的哀莫大于心死，不是心死，起码也是麻木。小说结尾的那片晚云上的麻雀既是一个意象，也是一种象征。残酷的现实与历史交叉在去〇三号峰会哨这条辽远苍茫的叙事线上，不断地回叙、插叙也在消解着现时态的诗意情境，让人们浮想联翩。

《河流》是一幅速写式的群像，"我"与领导的暧昧近乎于昆德拉的"生命中不能承受之轻"，表面上轻描淡写，内在的却是一种无声的抗拒与挣扎。指导员的悲哀首先是他的姑姑将"我"介绍给他，原因是她猜疑领导跟"我"的暧昧关系；但与"我"一接触他就知道，自己跟"我"是不可能的。然后他拿连长安慰自己：其实我对结婚也无所谓，我们连长结婚了，但老婆也不来部队看他。无望，甚至于绝望，好像还有点儿阿Q精神。之后他带领战士翻修靶场时，老围墙倒塌，压死了两名战士，那后果可想而知。其他还有名叫"红红"的战士、"豁牙子"，来部队之前的生活就更加悲惨，悲惨得让指导员认为都是瞎编的。

其他如《年年有鱼》，李家庄从解放后开始的家族衰败与几代人的悲惨的人生命运，不能不让人在回忆以往的辉煌中唏嘘不已。《何日君再来》中的司机老赵和翻译，那又是一种什么样的生活呢？《高原风物记》中的维吉扎尼的爱情肯定不幸福，海俩尼虽然找到一个女孩，但谁又能保证他们真的幸福呢？《高地与铲斗》中汉族司机死于非命，北邮的大学生黎娟后来跟团里一个复员军人结婚，在城里一块开店。如果就在县城里开个店，那还去读北邮干什么？

董夏青青对小说背景，或者小说人物的生存环境极其敏感，她并不是大段地描写，她只是在人物出场的时候不经意地那么点染几笔，这几笔恰恰是短篇小说的精髓。我只能简单地罗列几笔，因为将其与人物放在一起研究评论是无法做到的。

《在晚云上》：群山高举。阿克鲁秀达坂西侧的03号雪峰，铅矿一样沉静，在雾霭凝结的白光中漂流。鹰在落日里乘着上升的气旋，带着它自身凯旋之美。／山风奔袭，打算要将他们和胯下的马吹出山外。寒气一个劲从领子、袖筒里钻进去，肋骨和脊背冻得发硬。两条腿麻木如铁。俩人缩着头，生怕喉咙抽筋。／此刻站在阿克鲁秀达坂脚下，山风回荡在附近耸立的幽谷之间。黑褐色的岩崖上被雪水冲出一道道印子。他能看见河水泛着泡沫流过巨石，河水也回看他。岭间万物安谧。

《河流》：他走出屋时，窗外暴雨震耳欲聋。无边无际的雨柱抽打着这片低地，在地上激起大团絮状白雾。鄂什库喇蒙尔奇山如探出头来的水下异兽。万物泡在狞猛的水中，看起来热辣辣的。准噶尔盆地以北回到了五百万年之前。那时海水尚在，没有手机，不会响起敲门声。

《科恰里特山下》：从三连通往山下的几十公里山路，顺河而去。路面常被山溪冲断，在每年秋季早早冻成了冰。山路地势高，路面时常急转直下又蜿蜒而上，穿过像快坍塌的峭壁。每一座山头都有大片骆驼刺。落上雪的茎秆看着又粗又密。没有全萎掉的苔草，沾着一点青绿色的薄冰。太阳把草叶上的霜晒得发白。

《何日君再来》：摩托车在漫长空荡的窄细土路上走，每逢拐弯就轧上碎裂的石块而歪倒在地。大山嵌满海洋生物化石，挺直严肃，相邻的山头紧紧夹住腾空扭转的云彩。／那个贸易站地处中国最大的风口，他眼见狂风把一节车厢从乌兰达布森检查站吹到了艾比湖的避风处，跑了 4.38 公里。六个小朋友在放学回家的路上被刮跑了，过了一天才被人从芨芨林里一块大铁皮底下找出来，所幸都活着，好过阿拉山口连队炊事班那六只闲逛时被吹到墙上摔成肉糊的鸡。有时牧民赶着骆驼回家，突然大风急掣，沙石惶奔飞曳，惊得骆驼四处瞎转。牧民眼见有的骆驼往哈萨克斯坦的德鲁日巴镇跑，吓得连连大声吆喝岗哨上的连队战士过来赶骆驼。一回，一辆尼桑小车停到他商店门口，他看见了，正要出门时一阵狂风撵过来，那小车刚打开的右侧车门瞬间飞出去，像把菜刀横戳进前面一家汉语名为"温暖清静世界"的理发店招牌上，没坚持几秒，连带着玫红色的广告板一块咣啷落地。

《高原风物记》：山上的雪又厚又硬，装载机的铲刀都放不下去。他的车在路上爬，村庄在视线里像倒退般摇晃着下滑……几线微光从一角青天斜投下来，照见散乱的灰黑云块在中天驰奔，似要竞相逐出天幕。太阳这大千世界的初恋，敛起发灰的小小翅翼，倒悬天际。

《高地与铲斗》：昏暗孤寂的毡房，零零散散生长的树木。月亮没有力气升上去，晦如牙科诊所的陶瓷牙模。没有本体的虚幻光芒洒向河流。云层从高山滚落。一股旋风在几尺外卷起不到一米高的砂雾。

当然，也还有一些生活的细节的惨烈的描写，这里就不再列举。

五、可靠叙述者与"零度"叙述态度

这样的一些描写似乎调子有些低沉。调子的高低是作家的预设，生活现实却不是能够主观预设的。从小说的角度论之，调子的高低是文学性标准吗？起码是可疑的。不知道董夏青青是否有意为之，她的小说叙述几乎都是采用第一人称，可能是结构上的一种方便，即现时态+过去时态+现时态，循环往复，常常又是过去时态占据主要篇幅，对人物前史的重视似乎超越当下；另一方面或许更为重要，即强调"我"作为叙述者的"在场"，不仅仅是旁观者，有时还是小说里的人物，这无疑是暗示读者叙述的可靠性。叙述的可靠性的另一维度则是"当叙述者为作品的思想规范（亦即含作者的思想规范）辩护或接近这一准则行动时"[2]，从董夏青青的小说叙事的美学向度与思想内涵看，她的小说是符合这一原则的。里蒙·凯南则从叙述者同读者的关系层面予以规定："可靠的叙述者的标志是对故事所作的描述总是被读者视为对虚构的真实所作的权威描写。"[3] 董夏青青利用第一人称叙述，"制造了一种幻觉，让我们有直接代入感"[4]。

托马斯·福斯特概括说："奥斯丁的叙述者通常有趣顽皮，略带冷漠，稍有优越感。狄更斯如果是第三人称叙事，会倾向于严正、深奥而直率；如果是第一人称，则单纯、诚恳而多情。福楼拜的《包法利夫人》中，叙述者有名地冷静客观，很大程度上是在对抗之前浪漫主义时代过于投入感情的叙述者。在抵制当时存在的陈词滥调时，福楼拜创造了主宰下个世纪的叙事的陈腐手法。"[5] 董夏青青小说的叙述者在对待人物与细节的时候几近于"零度叙事"，虽然"在场"，却没有鲜明的情感倾向，或投入。

"零度叙事"是法国后结构主义文学理论家罗兰·巴特提

出的一个概念，指称的是一种不介入的、中性的写作立场，就是不掺杂任何个人的想法，完全是机械地陈述。零度叙事并不是缺乏感情，更不是不要感情；相反，是将澎湃饱满的感情降至冰点，让理性之花升华，写作者从而得以客观、冷静、从容地抒写。但罗兰·巴特也意识到文学所标榜的中性、纯洁性的可疑，因为说到底它像其他的风格一样，也只是一种风格而已。也就是说，在叙述态度这个问题上，董夏青青还是要有所警惕的。

———————————

注释：

[1]《如何阅读一本小说》托马斯·福斯特〔美〕著，梁笑 译，第90页，南海出版公司2015年4月。

[2] 王先霈、王又平主编《文学批评术语词典》第346页，上海文艺出版社1998年12月。

[3] 王先霈、王又平主编《文学批评术语词典》第346页，上海文艺出版社1998年12月。

[4]《如何阅读一本小说》托马斯·福斯特〔美〕著，梁笑 译，第55页，南海出版公司2015年4月。

[5]《如何阅读一本小说》托马斯·福斯特〔美〕著，梁笑 译，第34页，南海出版公司2015年4月。

心灵在幽暗处游荡
——王甜小说论

一、迷惑与敞开

关于王甜小说的评论我迟迟没有动笔。她的长篇小说《同袍》我是 2012 年初读到的，而且当即写了评论。那是一部近年来难得一见的洋溢着浓郁青春气息与时尚元素的军旅长篇小说，它的主题是显而易见的——励志与成长，励志与成长之中却蕴含着一种刚刚萌芽的英雄主义精神与气质，这是让我颇为兴奋的。

王甜后来在谈到这部小说时解释道：这部小说应该是阐释两个世界的碰撞与融合——一个是代表自然的、自由的、追求个性的属于精神的世界；一个是代表后天的、严谨的、具有规范意义的属于物质的世界。而集训，正象征着精神世界与现实世界交锋的一场演练。王甜的阐释过于学理化，但并不影响我对小说本身的喜爱，而且我的喜爱并不在所指的深度，而在语言、细节描写、人物心理刻画，以及叙述的耐力和人物塑造上，即所谓的文学性层面。所以，我后来在多篇关于 21 世纪初年及 2010 年代的军旅长篇小说批评中都论及了王甜的这部长篇。但今年年初，细读了她的十几个中短篇之后我却有些犹疑，感觉这十几个中短篇与长篇《同袍》似乎不在一个水平线上，尤其是那些写故乡的作品。不刻意于故事与情节还好理解，但连结构与思想内涵都不太讲究就让我有些迷惑了。

前几日，翻看《读书》2014 年第 2 期，读到陈家琪先生的《我们如何讲述过去？》一文，其中一段话让我眼前一亮。陈先生说，托克维尔在《美国的民主》中写过这样一句话："过去不再把它的光芒投向未来，人们的心灵在黑暗中游荡。"这句话后来被美国思想家汉娜·阿伦特在她的《过去与未来之间》予以强调和发挥："过去"作为"珍宝"之所以沉默不语，是因为它无法让我们更好地认识"现在"，也无法给我们的"未来"提供"光芒"。我们必须和这些问题一起活着，与其达成一种理解，或和解，只有这样心灵才能复归平静。在西方哲学家心目中，深思、心灵的安宁，这正是包含着真理的时刻。我就想到了王甜的中短篇小说。她何以只是耐心地描摹与探究人物的内心世界？尤其是那些更为幽暗的深处？当然会有对中短篇艺术的认识与理解上的不同甚或偏见，但王甜就没有她的深刻与独到之处吗？比如说，中国当下乡村的现实景况不让我们忧虑吗？那么乡村的历史能让我们更深刻地理解当下吗？能给未来带来光明吗？作为一个年轻的作家，王甜显然无法解决这样艰难而重大的问题，与历史和现实和解，让自己的心灵在那些熟稔的故乡的人们的心灵的幽暗处游荡，或安抚乡人，或慰藉自己。文学真的能解决现实问题吗？自有文学以来，这一直是个无法辨析的命题。所以，谁又能说这不是王甜的一种独特的文学智识与叙事策略呢？

我突然感到，王甜的小说已然向我敞开。

二、故乡的沉沦

2013 年，我曾经系统地研读了徐则臣的小说。从题材的角度看，他的小说有两个重要向度：北京的漂泊者和故乡"花街"的人们。徐则臣的写作有如一个摄影家举着一架带有变焦镜头的照相机，他不间断地将自己的小说在北京的漂泊者和故乡"花街"的人们之间调整着焦距。王甜的小说也有两个方面：军校生活和故乡"杨家湾"的人事，故乡"杨家湾"是其主体。至于普通大学生活，在王甜那里也是故乡的延伸，或者一种成长的延续。这显然符合她的写作逻辑："为自身阅历的关系，还是从切近的地方捕捉题材"。

故乡对每一个游子或漂泊者都是无法忘怀的记忆，尤其是作家，那里面的伤感与痛楚、温馨与亲情有如梦魇一般让他在无数的黄昏与暗夜中咀嚼不尽，这让中国现代文学的那批巨匠们为后人留下了一大批杰作。歌颂与批判似乎都不那么重要，重要的是那里是他们生命诞生的所在与成长的摇篮，无论走到哪里，无论离开了多久，他们总归是都要回望，在回望中完成与故乡的和解，进而实现他们心灵的安宁。在这时，真实是他们共同的真理。对故乡的回望确实需要生命的砥砺，或生活的磨难，否则便会有些轻薄，甚至隔膜。好在王甜没有把自己完全地置于一个回望的立场上，用她自己的话讲，"是从切近的地方捕捉题材"。对王甜而言，"切近的"是什么呢？是那些与她同龄的人，是那些同龄的人的复杂的内心世界，尤其是那幽暗深处的部分。王甜没有简单地选择歌颂或批判，而是让自己的心灵和故乡的现实一起活着，以至于达成了一种理解，或和解。

《水英相亲》就其故事本身是很难出彩的，但王甜却把出场的每一个人物都写得那么熨帖，不论着墨多少，都那么丝丝入扣，显示了她描写人物的功力。来自乡村的女大学生水英(师院培训班)与县城火葬场的小东之间的婚姻龃龉表面上看是一种城乡的天然差别，更深刻的则是心理上的一种碰撞。已经定了婚的小东到学校看望水英，却因看到了前来凑热闹的校花吴艳霓而决定退婚，他的心灵世界因吴艳霓的到来而被突然打开。王甜写道："他其实发现的不是一个吴艳霓，而是一种真相。""生命原来是具有多向比较性、多重选择性的，而他还没有取得比较与选择的权利时，就被指定了一种存在模式——仅仅是模式还好点，具体到一个人，一个名字，一种声音。不甘心哪。"也就是小东人性与审美的觉醒。

水英要来静雯陪她相亲那天穿的蒲公英黄色的外套，站在宿舍的阳台上，用一把红色的小剪子将它铰成一丝丝、一丁丁，它们像蒲公英的种子随风飘洒。水英当然不会迷信地认为那天如果穿上这件蒲公英黄的外套相亲就会获得这份姻缘，她是用这一方式来祭悼自己的心灵上的创伤与无法摆脱的命运。《声声慢》写的是三姊妹之间的关系，但主要是写老三水芹，写水芹的成长、无辜与磨难。水芹的对头或仇敌是大姐水英，其实水英只是一个符号，她所代表的传统伦理与道德观念。严格地讲，水芹并没做什么出格的事，只不过是她长得比两个姐姐，以及村里所有的女孩都漂亮一些，而且她还知道如何消费自己的漂亮；尤其是她后来居然跟同样漂亮的女人的公敌"二麻婆""鬼混"到一起，这就更让水英等无法忍受。水芹只能选择离家出走，而她真正委身的第一个男人陈志军却没有接纳她。出卖身体似乎是每个由乡村进城的女人的必经之路，水芹也难脱其臼。然而，有了一些钱的水芹仍然需要家庭与姊妹的温暖，二姐水芬虽然能够与她交流，但并不能真正地理解她，那是一种心的隔膜。在过年的前夕，水芹在大家熟睡后完成了对自己的心灵与精神的"涅槃"，她依照老家的说法，将灶灰"高高地举过头顶，闭上眼，手指慢慢地松开，尘灰簌簌下落，盖了她一头一脸"。第二天一早，大家发现水芹走了，院墙朝外的一面，贴满了全是零钱的人民币。水芹用一种矫枉过正的方式完成了屠家对脸面的理想与追求。

　　写普通校园生活的《罗北与姜滕》对人性的阴暗与丑陋的描摹与揭露不但让我感到震撼，而且很难接受。我相信这篇早期的小说一定会有生活原型，但与原型的对话表明了作家对生活与现实的态度。同样来自乡村的女孩姜滕为了实现自己出国的理想而在完成论文的时候设计了一个爱情圈套，让自己的男友与室友罗北谈恋爱，然后又在罗北已经完全进入爱情的幸福时刻，用一个虚构的男友的父亲是麻风病患者、母亲精神失常的残酷现实来打击罗北，并在罗北陷入绝望的日子里对罗北进行各种心理测试。而罗北随后对姜滕的报复——打电话告知校方及警察有人在外教宿舍卖淫嫖娼，不但让姜滕失去了出国的机会（其实外国导师并没有真的帮助姜滕），而且让她名誉扫地，并精神失常。罗北的报复虽然充满正义，但从人性的角度体味，似乎也缺少应有的温度。面对恋人"秦心伟"的道歉，罗北的决绝如果还可以理解的话，那么她的不再做那样的好人了的决心则是她人性与精神的沉沦。

同样写校园生活的《霍乱人事》虚构了一个霍乱事件，为大学同寝室的女孩赵萌与牛心容之间的明争暗斗搭建了一个极具表现力的平台。让人难以想象的是，她们仅仅是出于一种女孩的虚荣心。赵萌去"爱"系学生会主席帅哥乔智勇完全是给牛心容看，乔智勇并不接受赵萌的"爱情"，但赵萌利用各种方式制造出了他们相爱的假象。牛心容当然不甘拜下风，她偷偷给领导打小报告，乔智勇的学生会主席被撤，以此栽赃给赵萌，让乔恨赵；之后又伪装与乔好，将赵彻底击垮。一切都因霍乱而起，一切又都因霍乱而消失。就这么简单吗？

王甜所回望的故乡，天地虽然广阔，但生活在那里的人包括青年一代，观念仍然陈腐，视野仍然狭隘，心胸仍然逼仄，那里甚至连都市的现代性的反光都难觅踪影。故乡的晦暗之所以不被我们所警觉，是因为她被都市的现代性光芒所遮蔽了。故乡就这样在与王甜的和解与对话中沉沦了，我想，王甜和我们一样，都没有看到她的光芒与未来。

三、军校的搏击

从故乡中走出来的王甜向我们展现了一种全然不同的思想

与目光，这是一个充满着搏击与铁血的场域，这是一群充满着激情与活力的青年，刚刚萌芽的英雄主义精神，让他们的成长个性张扬，即便是失败，也焕发着一种悲剧的力量。与21世纪初年的军旅长篇小说注重讲述好看的故事相反，王甜颇受好评的长篇小说《同袍》可以说没有什么故事，甚至大的情节也没有，有的是大量琐碎的细节。细节成为长篇小说《同袍》最重要的元素，这也是《同袍》最重要的文学性特征。读《同袍》，你会清晰地感觉出，那些细节葆有王甜的情感与体温，那些细节对她而言有如撒满海滩的珍珠，闪烁着耀眼的光泽，任凭王甜随意挑选。由此推论，王甜写作《同袍》不大可能是突然产生的灵感的推动，也不是因为某一个传奇性的故事或人物的独特性所引发的。王甜的独到之处还在于她将大量的细节描写与人物心理刻画融会在一起，是一种互为表里，或者是一种互动交融，而且之间含有一种张力，一种让你细细品味的意味。她的人物塑造也是依靠细腻的心理刻画的，因为故事与情节的匮乏，人物塑造无法在通常的故事与情节的层面上进行，细腻的心理描摹成为王甜小说的不二法门。

《同袍》是一部具有鲜明成长小说特征的作品，成长不仅仅体现在年龄上，更重要的是在思想与心理上。二十几位地方大学生被安排到一个封闭的、枯燥乏味的集训队进行为期一年的三个课目的军训，因为他们将是未来军队的军官，因此，训练与要求是非常严格的。可以想象，这样一个环境与军训生活很难产生符合小说特征的素材的；然而，超乎我的想象的是，王甜居然就将这么一个看似与小说无关的东西写得波澜起伏、风生水起，甚至还能惊心动魄。

王甜的小说技巧，或想象的高超之处在于她设置了一个真实生活中不曾发生的末位淘汰制，这一设置将大学生们逼入了绝境；于是，被逼入了绝境的大学生们之间不得不展开一场残酷的"生"与"死"的争夺战，本来应该是平静如水的集训队便成为了一个明争暗斗的战场。我不想细致地去分析小说中的主要人物，我只想说，王甜意识到了《同袍》不可能像那些富于传奇色彩与战争的残酷性的小说那样去通过行动塑造人物，她只能是细腻地表现人物的心理的细微变化。即便如此，《同袍》中的诸如王远、肖遥、路漫漫、三班长、连长等人物也都有了自己的面貌，而且完成了自己人生重要转折时期的成长。尤其是王远、肖遥、路漫漫等，不仅完成了自己人生重要转折时期的成长，并且在军训最后的课目演习中迸发出的英雄主义精神与人性的光芒让我激动不已。

短篇小说《毕业式》在气质上最接近《同袍》。毕业式对苦读了四年的陆军指挥学院的学员的诡异性在于它不仅仅接近成人礼，更为重要的是它具有多个向度的象征意义，是被压抑的青春激情与活力的一次总爆发，是个体思想与精神的一次狂欢。耿帅的"毕业式"是袭击两次纠察过他的21号纠察和睡他的恋人小雅，他全身心投入地去实践自己的理想与诺言，但生活的残酷让他只能是收获一种无奈。耿帅成功地将21号纠察扑倒并骑到了他的身上，可是，趴在他身下的纠察却告饶说，别打了，再打就残废了，回家就不好安排工作了。耿帅只能沮丧地跑掉。耿帅也成功地将小雅堵到她的出租屋里，但小雅却是自己主动地脱下衣服，她一边脱一边讲述了自己家庭的不幸，她只能将自己的青春签约给一个陌生的大叔，但在这之前，她要把自己的爱情——第一次交付给耿帅。耿帅选择了将在小雅胸前游弋的手抽回。与故乡的写作不同，王甜没有让耿帅前功尽弃，伍世国的一番话凸显了耿帅的思想与精神——"这种和尚日子，还不许人想想、过过嘴瘾？""一屋的人，都怕了你了，就你啥都认真……除了你，谁会相信那些没完没了的艳遇？有几个人会真的去打纠察？"

《昔我往矣》是王甜为数不多的直面战争生活的作品，很精致，但偶然和机巧的东西太多，丧失了一部分悲剧力量；但在人物内心世界的挖掘上仍然显示了她的遒劲的笔力与独特的视角。野战医院的护士南雁与警卫排长罗永明在战地医院里相识并相爱，但罗永明随后便在尖角山战役中牺牲了。一直呵护着南雁的医疗队袁队长也在尖角山战役之后不久因踩中地雷牺牲了，但袁队长在牺牲前却把自己的丈夫师副政委老俞和孩子交付给了南雁。就在老俞将南雁安排到留守处时，受了重伤的罗永明又被一个战士给送到了野战医院。罗永明虽然被抢救过来了，但他却什么都不记得了，甚至连南雁也不认识了。即便如此，南雁仍然拒绝了老俞而一心照顾罗永明。其实这个罗永明是他的哥哥罗永亮，罗永亮在养伤的过程中也爱上了南雁，于是他便隐瞒了真相，最终与南雁结了婚。老俞早就探得了罗永亮的真实身份，但老俞没有为了自己而揭穿罗永亮，还在新中国成立之后，把一份填有罗永亮名字的《将士阵亡通知书》亲手交到"罗永明"手中，并嘱咐他好好待她。几十年后，患上老年痴呆症的罗永亮终于将真相告诉了南雁。王甜没有去着意批判罗永亮的自私，而是一种理解与宽容；但老俞的宽厚却给我们留下无法忘怀的印象。

四、经验与思想

任何一位作家都不可能完全依据自己亲身体验的生活去写作，对作家而言，想象力永远都在经验之上。20世纪五六十年代创作了那批"红色经典"的作家，之所以多数都是"一本书主义"，除了文化的因素外，最主要的就是囿于想象力的匮乏，他们把自己的经历都写到了一本书之中，之后他们就不知道写作应该如何去延续了。

王甜在谈到《同袍》的时候也说："在原始一稿里，我太专注于个人经历，希望它像日记一样忠于自己曾经的集训岁月，从而否定了来自实际生活以外的想象。'忠实'束缚了虚构的翅膀，小说囿于狭小的个体经验空间，无法纵身一跃。那又是一堂课——我告诉自己，要'真实'不要'忠实'，要'体验'而非'经历'"。《同袍》就是这一观念突破的结果。当然，这里还有一个思想深度的问题，长篇小说当然需要思想，但长篇小说还有其他元素发挥重要影响；中短篇小说里若没有思想作为支撑，就很难产生震撼性的力量。王甜的中短篇小说虽然着力于人物内心最幽暗之处，并屡有令人惊艳的掘进，但思想力度的孱弱仍然影响了作品的质感与厚度。

世界上有影响的短篇小说大师在某种意义上可以说都是思想家，甚至哲学家。从这个意义上说，他们的作品之所以被奉为经典，确乎源于其对人类思想高度的拔擢和提升。

70后小说：超越经验的局限

——以长篇小说《城中之城》《北上》为例

一、共同的精神与孤独的个人

进入21世纪的第二个十年，从乡土叙事向城市书写的大规模转移，使得中国文学的整体结构发生了变化。这种变化，在70后小说中体现得尤为明显。70后作家，大多生活在城市（包括小城镇或者县城），即便有部分出生于乡村，现在也基本生活在城市。他们的小说创作，覆盖了城市生活的方方面面，对城市青年乃至更广泛人群的生存境遇和精神疑难做出了正面回应，亦为21世纪的中国小说提供了新质的文学经验。

滕肖澜是一个喜欢尝试新题材并试图不断打开自己的作家。从《乘风》到《美丽的日子》《拈花一剑》，她在小说中处理过不同的经验，在70后小说家中算是吞吐能力比较强的。她的长篇小说新作《城中之城》（《收获》2018年长篇专号·夏卷），讲述的是金融领域的故事。这一题材对于滕肖澜来说，无疑是陌生的，她需要以深入生活和采访的方式一步步接近、熟悉相关的人物、事件、逻辑。书写自己不熟悉的生活，处理相对陌生的经验是极有难度和挑战的。然而，能够跳脱小我的私人经验，驾驭相对陌生的宏阔题材，对于 70 后作家而言，恰恰是走向成熟和强大的标志。尤其给我留下深刻印象的是，滕肖澜在《城中之城》中所展现出的写实能力——小说写得很"像"。一个"像"字，看似不起眼，却是对小说家写作伦理和叙事能力的双重考验。

《城中之城》以上海这个国际大都市为背景，围绕着银行、金钱、名利展开叙事，糅合了悬疑与职场小说的类型元素，带给读者很强的阅读快感。虽然说类似商战的故事，可以靠戏剧性的矛盾冲突和故事情节来支撑，但是现实主义写作伦理统摄下的作家仍然无法绕过现实感和现场感的规约。小说写作，特别需要注意语言针脚的扎实与细密。这个针脚，就密布在小说的细节、人物的性格逻辑，甚至某些专业词语的使用中。读者对一部小说的信任，正是来源于它在细节和经验中一点一点累积起来的真实感。

银行里的职场规则、金融行业的人物和生活，在《城中之城》中得到了逼真的复现；陶无忌、苗彻、赵辉、周琳、胡悦、程家元、苗晓慧等具有典型特征的人物形象也在作家的细腻描摹中坚实矗立。小说中的人物围绕着金钱、爱情、权力、理想展开奋斗甚至倾轧，对利益的迷恋和追逐甚至扭曲、异化了人物的思维和生活方式……滕肖澜正是基于对银行职场人物日常生活经验的详细了解和真切把握，才写出了一个生机勃勃、摇曳多姿的"金融世界"。金融精英们的欲望、烦恼、困境、堕落、自省、救赎等种种形而上的意绪和思辨需要有实感的生活和毛茸茸的肉身来承载。如果不能把人间烟火写得热气腾腾，也就无法刻画出人物内心世界的冰冷绝望和灵魂深处的彻骨痛感。陶无忌用尽心力，看似把握住了所有机会，爬到了现实逻辑下他所能达到的极限高度，却终于失去了爱情。小说的开放式结尾，于悲凉的情绪之外传递出一种通透与澄澈、一种阅遍人世浮华和悲喜后的了悟与升华。

对于陶无忌这样一个年轻人的形象，作家的立场隐含着批判与同情共存的情感结构。作为一个底层出身的"凤凰男"，陶无忌的人设条件与资本、知识、人脉密集型的金融行业逻辑是不相符的，这种反差给小说的故事走向提供了巨大的张力。陶无忌通过自己的聪明、勤奋、隐忍、心机甚至是受屈辱与被损害，一步步向上攀爬、实现个人理想。故事线索颇显老套，与21世纪初年金融行业变革前行的趋势拉开了一定距离。尤其是随着时代的发展进步，以金融业为表征的现代主义甚至是后现代主义的都市生存图景，在小说中没能得到清晰完整的展现。小说中的戏剧冲突还是依赖于传统的人性善恶和伦理道德，看不到以法治为刚性约束的现代性精神伦理。这不能不说是小说的某种缺陷和遗憾。

时代的某种"共同的精神"或者早已形成共识的价值判断，对于小说内部"孤独的个人"构成了威压和伤害。陶无忌与胡悦两人的暧昧情愫，超越了一般性的朋友关系，却互为灵魂告解、救赎的镜像。小说中，两个人各有一次向对方袒露心灵的幽暗和原罪，映照出彼此灵魂的暗面。两个出身底层的青年，承担了太多超越年龄的负累，也隐藏着太多无法言明的心事。

小说一方面对现实生活展现出自然主义般的精细描摹，另一方面又展开了托尔斯泰宗教启示录式的道德省察。金融圈的职场是一个欲望编织的封闭场域，有一套难以打破的潜规则和逻辑。所有人物，如同被巨大的漩涡裹挟着，不愿自拔亦无法自拔。小说经由陶无忌这样一个意味深长的人物形象，传递出疑难和反抗带来的生命痛感，寄寓了作家纠结的情感以及对时代、现实的整体思考。从这个意义上说，疑难、反抗和救赎构成了《城中之城》的核心精神价值。《城中之城》的书名本身，就似一个充满符码踪迹的话语体系——都市、职场、金融圈，喧哗与骚动、名利与爱情、理想和道德……以此象征都市职场精英们的整体生存状态和集体深层心理。

小说的写实，不仅关乎日常生活、不仅关乎物质世界，还牵系着人的内心和灵魂。作家的写实能力，一方面要求能够穷形尽相地描摹勾勒出时代的肉身，另一方面还要能把握概括出时代的精神。重建小说的写实能力，作家需要对现实生活做出细腻的观察、精准的描摹。在此基础上，对时代精神富于整体性与穿透力的概括和判断才有可能达成。

二、向着宏阔辽远的文学之境敞开并延伸

一直以来，我都期待着在70后小说中看到这样闪耀着理想主义光芒的作品，这其中，包含着强烈的时代感和现实性，也

鼓荡着变革和创造的激情。

　　说到小说中的时代感和现实性，徐则臣堪称 70 后作家中的代表。从"北漂系列"到"花街系列"，无论是书写城市还是回望乡村，徐则臣笔下的小人物的故事都具有极强的感染力。但是从《耶路撒冷》和《王城如海》开始，徐则臣的小说出现了明显的转向。他开始跳脱既往熟悉的写作模式和生活经验，作品反映的生活幅面更加开阔，尤其是在故事之外加入自己对时间、空间、现代性乃至存在主义层面的哲学思辨。小说依然在塑造小人物，依然关注小人物的生存与命运，但却不再单纯地书写笔下人物困窘的生活与多舛的命运，而是在作品中灌注进了更加高蹈深刻的思想质素。这也许更加接近现代性之本义，徐则臣的小说也由此进入了宏阔辽远的文学之境。

　　在他的长篇小说新作《北上》（十月文艺出版社 2018 年12 月版）中，徐则臣搭建起了一个史诗性的架构，试图通过几个具有家族谱系性质的人物群，在两个大时代中的生活与命运，将大运河的历史及其价值与意义呈现出来。"北上"，是一个复杂的存在，不同族群有着不同的价值判断与生命的期待；从更阔大辽远的层面看，则具有深刻的经济文化的内蕴与思想政治的隐喻，家与国在运河的象征意涵里亦是同构关系。如长城一样，运河本身就是一个言说不尽的复杂存在。中国与西方、传统与现代、知识与经验、故事与摄影、历史与地理、命运与风物，你可以从无数的角度去解读与阐释，都会有让你惊讶与震撼的发现。从这个角度讲，《北上》更像是一个可以承载各种批评声音的"超文本"。

《北上》的叙事是在两个时空背景里展开的，一个从清末开启，一个自当下出发。结构与叙述是精心设计的，历史与现实交叉，两个时代中人物族群的间离、遭遇、重逢，让历史与现实在一种云烟的笼罩下断续地勾连。叙述人称的转换，也丰富了小说的文学性意味。这种结构本身虽然并非独创，但徐则臣充分利用了时间的长度，让历史与现实在若隐若现中完成自身的生命逻辑，并生发出一种超越了具体生活场景和时空背景的宏阔辽远的审美意味。这种审美意味，在当下的小说中具有独特的价值与意义。

三、难度与理想主义的小说创造

在《北上》中，徐则臣选择了民间的视角、个体的记忆，这也为小说叙事提供了诸多方便，使得运河的存在有了更可靠的依托。小波罗的域外视角，充满了天真的想象和浪漫的猎奇。他一路北上的遭遇，其实担负的是一种叙事的功能，并不具备人物的主体性。小波罗的弟弟"马德福"，坐船参加联军攻打北京。最后"变身"成为一个中国人。引入域外的视角和经验，并最终完成本土性转化，彰显了徐则臣吞吐世界、沟通文化的文学抱负；邵秉义、邵星池父子俩是运河船夫，家庭命运的变迁象征着运河历史的兴衰。谢平遥这个人物是小说的核心，正是他的存在，才使得其后各条叙事线索的汇聚成为可能。谢望和做电视节目《大河谭》是对运河历史的想象和复现，也是重构与改写。周海阔收集运河相关的老物件，在运河边开旅馆，依然是商业文化对运河的借尸还魂。胡念之对运河进行考古，又从科学的视野构建起一重关于运河的知识谱系。

《北上》虽然采用了民间视角，但却是正史讲述的架势，这就给叙事造成了极大的难度。如果你是要写运河史，从民间的角度难以完整覆盖；舍弃了民间的人物与故事，由谁来承载运河的历史与场景？这无疑是个两难选择。而且，这样一群散落在各个时空角落里的人物，缺乏统一而完整的故事贯穿，也没有强有力的矛盾冲突来捏合。这种以运河为主干意象贯穿其他枝干的写法，颇有点散文化的味道。这样的写作甚至迥异于徐则臣在《耶路撒冷》和《王城如海》中的改变和探索。

《北上》的故事很难复述，很难说清楚作品到底讲述了什么故事。几个家族的命运转圜，互相有关系，但又并不紧密，像是一种散点透视的画法，是用散点透视的方式，将若干个人物、若干个家族串联起来。通过运河的主干把这些人物、把这些家族经验聚合到一块儿。从这种拼贴的技法里可以看到后现代美术的影子。书中的部分人物，甚至于不能用传统的小说观念去理解，因为它更多承载的是叙事的功能，这给我造成了观看装置艺术的感觉。单独看，似乎不具有独立的意义，但是拼贴到一起，尤其是读到小说的最后，当几个家族的命运最终汇聚起来时，又会产生一种强烈的命运感和时空交错的丰盈感。的确，围绕着运河，作品呈现出了多个时空背景下、多个族群、多种人物的生命情态，这也使得作品内部充满了对话的声音，当然也生发出喧嚣和歧义。

作者对运河的历史、文化、风俗、人情世故、生活场景等的描绘扎实而深入，可见徐则臣是下了大气力、花了大功夫，对这方面进行了深入的研究。这种将大量的历史信息、相关知识以及绵密细节糅进小说的写法，从世界文学史上看并不鲜见，这让我想起了梅尔维尔的《白鲸》、翁贝托·埃科的《玫瑰的名字》等长篇小说。从小说文体的层面讲，不停地中断叙事，插入大段知识性的介绍，可能是把双刃剑。这当然会丰富小说，让小说更具历史与文化的内涵与样态；但也会妨碍作家的文学性感觉，影响小说叙述的连贯与故事情节的集中。《北上》亦如此，书中的信息量很大，作者掌握了那么多历史资料和知识信息，写作的时候恐怕也是难以割舍的。尤其是，小说中的人物缺少了可以触摸的生命质感与现实的人性体温。换言之，作家与他所写的人物多少都有些"隔"，不是那种谙熟、泡出来的东西，有主题先行和硬写的嫌疑。

徐则臣以往的小说比较注重讲故事，塑造人物形象的能力是很强的。而在《北上》中，他并没有聚焦于具体人物形象的刻画，而是怀着关切的心情进入更广阔的社会生活，开始想象并重构作家眼中的历史经验，这样的写作伦理也使得超越自我成为可能。一个优秀的作家，既是一个敢于直面人生的现实主义者，也必然是一个具有浪漫气质的理想主义者。《北上》体现出了徐则臣的这种理想主义精神。在他对历史进行重新梳理的过程中，大运河成为一种具有象征意义的中间物，显露出巨大的开放性，并向四面八方延伸出无限种生活方式与情感命运的可能性。与之对应的，小说的结构和形式也恰恰体现出了这种复杂和多义。

　　从这个意义上说，我倒是觉得，徐则臣在形式探索方面可以走得更远些。比如，西方的"后现代主义"绘画是一个巨大而耀眼的存在，但中国的作家似乎还没有将更多的目光投射于它，没有从它身上吸取小说的叙述元素与观念，这是可惜的。1980年代中期的"先锋小说"局限于西方现代主义小说，而西方"后现代主义"绘画比"现代主义"绘画和现代主义小说走得更远。那样，或许会有更加丰富的意味产生。

　　跳脱私人经验和小我视野、探寻更加宏阔辽远的审美之境，从《耶路撒冷》到《王城如海》再到《北上》，可以清晰地看到一种变化的趋向——徐则臣不再满足于单纯地讲述故事、塑造人物，他在作品里寄寓了更宏阔的视野和理想，试图探寻和表达的意义也更加丰富。在小说的形式层面，徐则臣也屡屡抛弃自己熟悉的模式，挑战新的写作难度。超越作家既往熟悉的生活和情感经验，向着小说文体的可能性敞开并不断延伸，亦是70后小说逐渐成熟并走向经典化的必由之路。

极简写作的诗意与深情

——"海飞谍战世界"小说读记

一

从《麻雀》《捕风者》《惊蛰》再到《唐山海》、《棋手》（与赵晖合著）、《醒来》，海飞的"谍战深海"正在漫漶延展为一个由特殊年代、系列人物和特定城市生活勾连而成的"海飞谍战世界"。在这个世界里，交织着忠诚与背叛、存在与毁灭、情爱与幻梦；有战争的血火、伟岸的英雄，也有高蹈的理想、忠贞的信仰；有壮阔诡谲的历史，亦有朴素绵密的寻常日脚。

"海飞谍战世界"小说（花城出版社2019年），篇幅都不长，文字极俭省，透露出一股极简主义式的纯粹和执拗；却也最深情，介入人物深层的心理空间，探寻一段段隐秘而彻骨的情爱往事；"有情"的历史时空之下，演绎着血性、传奇的英雄悲剧。海飞的小说既有好看的故事外壳、坚实的生活质地、个性鲜明的人物，更具有一种迷人的诗性气息。他的语言简练而明快，叙事晓畅且跳荡，以至于读小说时，我甚至会生出一种读分行诗歌的错觉。时空倒错、故事转圜，都依托严密的逻辑和扎实的细节。准确精练的笔触间，几无冗余的文字存在。情节大段留白，不拖沓、不注水、斩钉截铁的走笔犹如行书章法，笔断而意连，墨枯而气畅。诗性、湿润、暧昧、温婉，似有几分漫不经心，实则冷静、克制、理性，这种独特的语气、节奏和腔调是专属于海飞的，有着强烈的个性风格和鲜明的辨识度。

海飞的谍战小说日益风格化，也渐趋体系化。依托于重庆、上海、哈尔滨、天津、南京等城市，海飞建构起了"谍战世界"的地理谱系。这些城市是故事的容器，也可以说就是小说本身。他力图写出特定年代城市的肌理、味道和气质，因此，每一条街道、每一栋建筑，花草植物、日用饮食、风俗物事都需要具象而准确。在《惊蛰》中，从民权路上的华华公司到后市坡的祺春西餐厅，从青年路的国际俱乐部到大纶呢洋服号，甚至可以依照人物的动线画出地图。这并不容易做到，极其考验作家的写实能力。对历史的熟稔，往往意味着大量琐碎的案头工作和耐心细致的观察体验。

在当下的历史小说中，我们已经很难看到这种坚实有力的书写。对于小说在器物、世情、经济和生活样貌书写上的错漏百出，读者似乎也早已见怪不怪。材料的虚假、细节的虚浮，正在瓦解小说的真实感。而海飞无比重视小说物质外壳的建构。他的谍战小说尽管彰显出丰饶旺盛的想象力，但却是以实证精神为支撑的。其作品内部有着坚实的物质感、逻辑性，人物性格变化、命运演进都依循严密的逻辑线索。小说中，每种物事的出现都会成为情节推进的支点。在《惊蛰》中，我们会读到大量容易被忽略的生活细节。比如，关永山喜欢紫砂壶，小说就会写到清代嘉庆年间杨凤年做的竹段壶；凸显上海和重庆的差异时，会以重庆本地一种叫"老荫"的茶为例；写到收音机，则会以陈山买给陈夏的五灯"电曲儿"牌和荒木惟买的德国产冯·古拉凯收音机作对比。亚美公司新生产的、六十七块钱的五灯"电曲儿"终究挽不住陈夏被操纵的命运，妹妹最终被敌人训练为监听电台的王牌特工，也成了陈山受制于人的软肋。凡此种种，俯拾皆是。海飞小说中这种强大的逻辑性、写实性和真实感，也是作品改编电视剧后还能获得成功的关键所在。

二

《惊蛰》写的是重庆和上海的双城记，故事从1941年冬天开启，主要人物明里暗里都有双重甚至多重身份。因应了两座城市截然不同的气质和性格，小说人物所担负的不同身份和立场，也时常在人物的内心世界撕扯、冲撞。主人公陈山的出身是"包打听"，和宋大皮鞋、菜刀、牙医刘芬芳等都是上海街头的小混混，日后他却成长为一个出色的特工。这种巨大的反差，更加映衬出他性格中顽固的理想主义和柔软的内心，也使得这个人物形象张力十足，可以承载很多精神性的质素。出于一个戏剧性的原因，陈山被日军特工头子荒木惟打造成了军统特工肖正国，从此有了双重身份，在重庆和上海两地穿行；肖正国的新婚妻子是余小晚。隐藏极深的叛徒费正鹏，当年害了余小婉的父亲余顺年，又深爱着余小婉的母亲庄秋水，所以像照顾女儿一样关照余小晚。陈河和唐曼晴是恋人，陈河化名钱时英，公开身份是大药材商人，实则是中共党员。唐曼晴是中日混血儿，她的家国认同本来是模糊的，但是对于爱情却很疯狂执着；张离在军统里工作，真实的身份却是中共党员。费正鹏安排陈山和张离作为情侣出逃上海，当双面间谍。钱时英是张离的上线，也是张离真实的恋人。人物的名字，早早透露了人物日后的命运，命中注定一次次离散，直至最终生命陨落，离开这个离乱的世界。

简单梳理就会发现，小说中的人物彼此间有着剪不断、理还乱的情感纠葛。复杂的人物关系如同一张巨大的网，兜起了亲情、友情、爱情、同志情、战友情等等不同类型或者说难以归类的情感。"朝天一炷香，就是同爹娘。有肉有饭有老酒，敢滚刀板敢上墙。"这几句歌谣在小说中反复出现，凸显江湖义气的同时，也浓墨重彩地张扬了社会底层青年的仗义豪情与朴素单纯的爱国热忱。小说中的每个人物都自带前史，怀揣着各自的秘密，彼此走近的过程，也似一个猜谜的过程。陈山和张离的相识，便暗藏机锋。张离会通过陈山做菜放糖、放盐的细节来辨识他的真实身份。在这第一次交锋中，陈山就败下阵来。俩人的对话极俭省，没有一句多余的废话，但是该有的铺垫却一句不少。海飞写人物对话的特点是，对话分行，不用冒号、双引号，只简单的几个字，没有大段的独白和交代性的语言。他像写诗一样，写人物对话，简洁、精练、准确、有力。对话没有冗余，意涵却很深厚。在现实时空之外，还指涉着人物的心理时空。前史与当下互补，插叙与补叙交错，情节滚动向前。

人物的想象、回忆以及心理活动与现实的故事情节叠印，时空跳荡，虚实相生。这种既实且虚的写法，使得在主干故事线索之外进行大段留白成为可能。小说结尾处，费正鹏出卖了张离，作为给荒木惟的见面礼，但没出卖陈山。他之所以这样做，是希望陈山能对余小晚好。这真是一个有执念的人，即便他最后成了叛徒，作为读者的我依然会感喟这个人物对情感的执着。事实上，上述隐情小说中并未言明，而是在情节的逻辑线索里给读者留下了想象和自我推理、确证的空间。海飞这是有意在和读者对话，彼此信任，感同身受，心照不宣。

小说中有很多比喻真是精妙。比如，"此时此刻，这个国家正全身长满了伤口，他就在这样的伤口中进进出出"。再比如，陈山摸着张离的手，"手指颀长，但全是泪水。陈山像是捧着两条刚刚上岸的湿漉漉的鱼"。海飞运用精妙的比喻和通感手法，让文字活泛起来，从而具有了恰切而动人的画面感。强烈的画面感在《捕风者》中同样存在。梅娘爱抽小金鼠香烟。海飞如此描写梅娘吸烟："梅娘又狠狠地吸了一口烟，那火星就在烟身上疾速地向她的嘴唇靠拢。当她喷出一口浓烟时，烟雾把苏响的背影彻底虚化了……"画面与光影的糅合，使得小说文字具有了一种金属般的质地和光泽。饶有趣味的是，在快速推进故事情节之余，海飞还有兴致和耐心进行景物描写，着墨虽不多，却往往能营构出一重有意境的空间。这有点类似日本庭院营建中的枯山水，在狭窄局促中铺展丰富的寓意，亭台楼阁、松风竹海、星辰大海的象征点染充满了智趣和禅意。于是乎，在小说故事情节之外，还能咂摸出另外一重诗意和味道。讲究留白、章法和布局，是海飞"极简叙事"的显著特点，也使得"海飞谍战世界"系列小说篇幅虽短，但是故事容量、情感密度和思想蕴涵却远远超出文本的体量，呈现出一种更为宏阔辽远的精神气象。

三

在"海飞谍战世界"小说中，海飞坚持书写一种强悍有力、隐忍坚毅的生活方式和人格精神。在描摹这种被理想烛照的生活和精神的过程中，作家显示出了一种绵密准确的叙事耐心和叙事能力。费正鹏说起陈山时，总要把一句话挂在嘴边："真是个年轻人。"简单的五个字里，却蕴含了欣赏、包容、关心、期冀等复杂的情感。费正鹏和陈山下象棋，也教陈山下围棋，教他做特工和下棋的道理——诱杀。诱字意味着诱饵总会被牺牲，必然要付出代价。费正鹏临死前，形象发生了反转，他是怀揣着巨大的爱和执着的爱而死去的。一个"炮"从手间滚落，他自己的命运何尝不是因应了"诱杀"二字。陈夏死去的段落也极精彩，充满了美感和深情。海飞每一次写死亡，又像是在写重生。陈金旺的死也是别有深意。他振臂高呼，还我河山，一语双关，饱蘸对儿女、家国的爱与无奈。余小晚发现了父亲留给她的遗书，交代了"骆驼"就是内奸，还留下一句暗语。而余顺年写给余小晚的《致女儿书》："我不愿失去每一寸泥土，哪怕泥土之上的每一粒灰尘……"在小说中反复出现，同样是在强化和张扬理想主义的思想和主题。

小说的结局，陈山和余小晚来到延安。他俩的再次相遇，已经不再单纯，而是裹挟着其他好几个人物的生命和爱。这时，惊蛰节气又一次来到。雷声滚滚，雨声越来越大。信仰被唤起，肉身获得重生。惊蛰作为核心意象，在小说中第一次出现，是荒木惟给陈山委派任务，要求惊蛰那天必须拿到重庆防空炮群布防图。惊蛰是小说的思想核心，也是象征主题。雨水和雷声相伴，惊蛰才会到来。预示着主人公需要承受泪水和命运残酷的暴击，才能如昆虫苏醒般，唤起心底的忠贞信仰和爱国激情。

四

在"海飞谍战世界"小说中，作为革命者形象存在的主人公都有着各自的职业身份：包打听、电影传译、裁缝、铁匠、理发师、厨师、教师、棋手等等，诸如此类的行当无不与最平凡、最琐碎、最世俗的生活经验紧密相连。海飞抛却了既往"宏大叙事"的伦理理念，放弃了启蒙主义精英写作立场，开始重建虚构叙事与日常经验的关联，从极端状态下崇高壮丽的美学追求回归到日常生活的诗意找寻；将"人的历史"与"历史的人"并置，既书写了国家、民族、政党、阶级及集团之间错综复杂的政治斗争和血肉横飞的激烈战斗，也描绘出个体生命的主体性和自觉性，兼顾到了"人生安稳的一面"与"人生飞扬的一面"。

海飞的小说将"极端经验"与"日常经验"融合得自然、恰切。他像一个手艺高超的木匠，不用铁钉、不用胶水便可以将传奇故事与现实生活巧妙且不着痕迹地糅合为一体，在榫卯交接之处我们看到的是大量的细节。这些鲜活生动的细节自然离不开对历史的寻访与研究，更源于作家少年时代的记忆。年少的海飞，拥有许多睡不着的夜晚，他从外婆家打开门溜出去，手持一根捡来的短棍，划着路边的围墙走入上海迷宫般的大街小巷。他小小的胸腔里装满了整个的上海，这些角角落落后来都在他的小说中一一复现。米高梅舞厅、基督教鸿德堂、凯司令咖啡馆、沙逊大厦、大世界游乐场、九星大戏院……小说中的人物，就生活在这些海飞记忆中熟悉的"老地方"。因熟悉而亲切，因亲切而敏感，因敏感而多情，绵密的细节如水般流淌，夹杂着种种熨帖心灵的奇异比喻，持续冲刷着苏州河古老而浑浊的河道，泥沙俱下的情感纠葛和人性隐秘，最终在读者的翻检中重见天日。换句话说，海飞讲述的传奇故事是镶嵌在他对日常经验宽广且厚重的描摹基础之上的，这种生活化的谍战叙事颠覆了我们对于"日常经验"缺失的习焉不察，并且从审美层面重新唤回了我们对生活本身的敏感和热情。

《捕风者》的故事发生在上海，小说的开篇就是女主人公苏响的丈夫卢加南死了。后来，苏响怀着卢加南的孩子，改嫁程大栋；当程大栋穿上了本来织给卢加南的毛衣，却又牺牲在遥远的江西，苏响再嫁给了大律师陈淮安。三个孩子的三个姓氏，代表了她被割裂的三段人生。苏响是个平凡人，她的不凡之处在于坚毅、果敢和成长。在残酷的逆境和戏剧性的悲剧境遇中，她依然坚强地成长。"她在春天里发报，用黑布罩着台灯，嘀嘀嗒嗒的声音里那些风声在疯狂穿梭。它们呼啸着集束钻进苏响的耳膜，让苏响因此而生出许多激动来。"苏响作为女性的细腻、温婉、娇柔被残酷的命运和接踵而至的死亡锻打成钢，最大限度地张扬了生命的伟岸和信仰的伟力。苏响的第二任丈夫程大栋，去江西参加游击战争临走前说的话"为了胜利"，是他和苏响之间的约定。他的另外一句话："死一个人一点也不可怕，国家死了才可怕。"这些话是小说的主题，也是苏响持续隐忍和坚守的核心动机。在苏响的生命中，曾经有过三个男人、三个男孩。然而最后，留在她身边的，不过是一张合照、一枚金戒、一支金笔……苏响原本是个只想过寻常日脚的小女人，革命于她而言更像是丈夫留下的遗物，清晰地存在却只是个念想。与其说是残酷的斗争将她锻造成了革命的战士，不如说是对安稳家庭生活的渴望和对寻常日脚的依恋促使她一点点成熟起来，变得坚毅而果决。三段感情、三个丈夫、三个孩子，对一个标准意义上的革命者，或者女特工来说似乎有些不可想象；但在小说中，苏响永远是女人的形象大过于革命者的形象。一个女人对情感的执着、对丈夫的忠诚、对孩子的挚爱，都被海飞纤毫毕现地完整记录在案，以此最基础的生存本能来隐喻最高蹈的革命精神。海飞将一个"女特工"的英雄事迹还原为对一个传统女性心路历程和情感世界的钩沉与复现，说到底体现出的是对人的尊重和对生命的敬意。

从文学史来看，或者仅就阅读经验而论，构成小说主流的其实是与日常经验叙事相对立的、以重大事件为观照对象的宏大叙事传统。然而社会历史转型期，宏大叙事向日常叙事的转变，这是人们反身于日常生活中寻找恒常价值和意义的一种方式；或者从琐细的日常现象中解构传统生命价值观，从而确立新的价值判断的一种突围。前者宛若存在主义哲学家加缪笔下的西西弗斯神话，后者则是另一位存在主义大师萨特的哲学，或者是后现代主义的叙事方式。海飞擅长在这种日常生活中发现意义和价值，对人的日常生活世界的重视和肯定，表现了作家对人的自信。

梅娘是《捕风者》中的另一个主要女性角色。她给人的初始印象，如同她的言谈举止一样粗鄙可笑。这个身材发福的女人，言必称自己出身于大户人家、书香门第。她言语刻薄，时常冷嘲热讽，看似铁石心肠，危难之中却又显露出母性的光辉。她身上的刚柔并济，积蓄着更加厚重绵长的力量。小说结尾处，梅娘的死令人心碎，集中释放出凄美与壮美的悲剧力量。梅娘之所以反复诉说、标榜自己的出身，其实是说出了小说主题："苏响知道，无论是鲁叔，还是梅娘，还是自己，还是其他的人都把整个家掷在了血与火中锻打。有时候，他们都来不及留下自己的真实姓名。"苏响的结局同样凄惨而动人，她被安排去台湾建立电台，临走时却不能与三个孩子相见。隔着门缝，看三个孩子为她唱《送别》，最终苏响决然地含泪转身离开。当《送别》响起时，苏响的脑海中一定如过电影般闪过那些人的形象，或是为革命信仰献身，或是安然赴死。无论如何，他们内心依然保持着那少年般的赤子模样，怀揣理想，热爱世界，相信未来。在长亭外、山海间，海飞总是希望能重新寻找到更辽阔的故事与最隐秘的人性。我们看到，即便是在这样的桥段中，海飞的叙事依然是冷静、克制、俭省的，他决意不煽情，所有的情感都被凝缩在那字字珠玑般的简短语句中，如同琥珀般在历史黑暗的角落里闪动着人性微弱的光芒。

五

《棋手》的故事依然发生在上海，不过很多场景被设定在一家叫作"大光明"的电影院里。作为同龄人，海飞和赵晖都对电影院情有独钟。"我想起 1986 年夏天，我的家乡诸暨枫桥已经能看到电影《木棉袈裟》和《八百罗汉》，那时年轻的我出没在枫桥镇文化馆里的录像厅里，从未想过有一天我竟会写下那么多关于上海的故事。"[1] 海飞说，从录像厅中混浊的空气到旧上海影戏院的纸醉金迷，真有隔世般的惊心动魄之感。小说的主人公是一个少年，名叫贺羽丰。他既是大光明戏院英文电影的同声传译，同时也是个象棋高手，他还与姐夫在苏州河畔一起打理着一家茶楼。重庆军统提出向我党借人，以贺羽丰摆擂台赌棋的方式吸引投敌汪伪的叛徒、象棋迷李寻烟来茶楼并实施刺杀。但出乎意料的是，李寻烟现身时，贺羽丰方知此人竟是父亲多年前的救命恩人……贺羽丰陷入彷徨与纠结，但历经情感的磨难和思想的变迁之后，他最终成长蜕变为坚定的抗日青年。海飞迫使自己跟着人物和事件的情理逻辑一步一步地往前推进——他笔下的人物和事件都具有很大的自我生长能力，因此，真正推动海飞小说向前发展的，不是作者的写作意图，而是充盈于人性和事件里的那种深刻的情理。

《唐山海》中的主人公唐山海也是这样一个热血青年，他来上海是为了给国军第一批德械装备部队——第二师补充旅第二团的团长郭庆同当保镖。为了在淞沪会战打响时能保住这个战略要地，郭团长的部队乔装成上海保安团，连夜调防到虹桥机场。

"主角当保镖，这是比较少见的。唐山海的样子似乎也不像要给人当保镖，这个保镖的派头快比郭团长都要大了。夜色越来越浓烈，血雨腥风的战事就要撕开了……唐山海的业务能力很强，在戴老板的印象里也是没话说。唐山海天生是要当大哥的，他来上海时带着戴先生安排的三个帮手——来自驻防杭州城55师部队的贵良、万金油和花狸，刚到火车站就又收了一个小弟，那就是粉雕玉琢的少年丽春。丽春偷钱包时被地头蛇盯上了，唐山海轻轻松松就帮他化解了危机，把浪头掼得一塌糊涂。这样的人当然让人觉得可靠，乐意追随。少年丽春就像一只小雀鸟似的从此跟在唐山海身后，对于丽春来说，这个大哥一方面是很威严的，同时也很宽厚，他们会在同一把雨伞下谈天说地。唐山海就是这种类型的老大，谈笑风生间就化解了一道道刀光。" [2] 从海飞的描述中可以看出，唐山海的"人设"原本就是个富家子弟，打扮时髦，很有腔调。小说行文中的他，那么神气昂扬，他的命运和结局如同烟花般绚烂。在某种意义上，他的名字就象征着国家的命运，他的潇洒和自信，优雅和强悍，表征的是乱世中国家和民族的希望，是可以想象和达至的生活和精神的彼岸。

六

在"海飞谍战世界"小说中，海飞写了大量的人物情感，但却几乎不写情欲。在他的小说中，我看不到肉感的笔触。他的叙事围绕的始终是精神性的存在。海飞对于优雅、高贵的文学气质有着一种自觉而坚定的追求。他对庸俗与粗野抱着一种对抗的意识，即便是最卑微的身份、最严酷的境遇，他都试图彰显人的尊严、悲悯和爱。即便是小说中的反面人物，无论是日本人，还是军统特务、地痞流氓，最终都服膺于对优雅、文化和教养的尊崇与敬意。从根本上讲，没有对日常生活的琐屑和无聊的克服，没有升华性的积极的伦理态度，就不会产生真正有价值的作品，作家就不可能赋予自己的写作以丰富的诗意和内在的深度。写作，意味着升华，意味着照亮，意味着教养，意味着对庸俗的超越。

整体而言，海飞的小说并不执着于历史与战争，更不拘泥于传奇与故事，他属意的是氤氲着烟火气息的日脚，牵念的是纠结于俗世凡情的肉身，探寻的是承载着理想信仰的灵魂。他的笔触小巧而轻盈，游走于混沌时代的边缘处，刻录历史的细节与存在；在日常生活的流态中描摹活色生香却又感伤易碎的小辰光，折射出大历史的轮廓和面影；在或明或暗的战场上检视人性的卑微与高贵，见证理想的坠落与飞扬。海飞的小说并不因聚焦个体的情感纠葛和命运轨迹而狭窄与逼仄，却因为写出了人物形象的摇曳多姿和命运流转的悲悯痛感而绽放出了独异的光彩，使得作品在更深层次上通达人类共同的精神和情感体验，进而抵近了文学的丰饶与宏阔。

注释：

[1] 张玫：《海飞：可以窥见赵晖小说充满了诗意与想象》，《青年时报》，2018 年 11 月 19 日。

[2] 海飞：《创作谈：唐山海这个人》，《唐山海》，第 250—251 页，花城出版社，2019 年 6 月。

建构内心的困境与挣扎

——马晓丽小说的一种读法

一、对立冲突的小说叙事

用时尚的说法，马晓丽当属美女作家。作为晚辈这样称呼似有轻浮之嫌，但就如同词语的"后现代性"异化一样，长幼的伦理色彩在中国当下社会生活中正在被时尚语词日益消解，伦理中的礼仪色彩似乎有所弱化，增长的是人性中的自信与平和，还有一份近百年来几近丧失殆尽的达观与幽默。我不认为这种嬗变只是浅表化生活的滥觞，它已经，或正在深刻地改变着我们的思维与文化。向着"后现代性"转型的中国社会，碎片化、抹平深度、反讽、戏仿等正在植入日常生活，价值与理想沦为虚幻与泡沫不再是危言耸听，更多的人更加认同浅表化生活就是生活本身，连荷尔德林所谓的"诗意的栖居"也已经成为遥远的绝响。

在这样世俗化的语境里，美女作家马晓丽在她的小说里似乎走着一条与当下社会文化心理相反的路径，她非但没有淡化伦理关系，相反，用一种很极端的方式——对立与冲突，切入人物与故事，并在叙事中展开相当残酷的人性较量。给她带来巨大声誉的长篇小说《楚河汉界》、荣获第六届鲁迅文学奖短篇小说奖的《俄罗斯陆军腰带》、中篇小说《云端》，还有多篇未被论者重视的散文随笔无不如此。当然，无法否认的是，无论战争年代，还是和平时期，生活总是严峻的，人性总是在经受着政治与伦理的严苛拷问；但是，这种极端的对立与冲突并非生活的常态，也就是说，马晓丽的小说是在用一种戏剧化的方式将非常态的人性予以概括和强调。文学与生活现实的悖论是无法构成问题的，构成问题的是美女作家马晓丽为何选择这样一个极端人性的角度进入小说叙事？又何以对人性中最为隐蔽的内心世界兴趣昂然？绕过这个问题，读马晓丽的小说似乎就失去了小说已经具有的思想高度与哲学意味。

与军旅生活相关？是由军旅题材的特殊性所决定的吗？这是无论谁都最容易想到的一个选项。不过我以为只能说有这个因素，却不尽然，而且马晓丽本人亦反对用军旅题材来看待她的作品。那么是军人思维的惯性使然？军人总是要明确谁是他的对手或敌人，马晓丽的叙事在对立与冲突中漫延开去也不无道理。不过，这样的认知或解读总让我觉得有些牵强与浮浅；也就是说，没能更深入或切近作品的本相与作家的灵魂内面。也许，她还沉浸在现代主义叙事的"深度、焦虑、恐惧、永恒感"之中，这一点似乎可以在她的随笔《九级浪》中见出端倪。

二、《九级浪》：自由心灵的隐喻表达

在我看来，《九级浪》是一篇近年来难得一见的直抒己见且激情澎湃的随笔文章。马晓丽以悲悯的情怀，将苏联斯大林专政时期的一代文豪高尔基内心的矛盾、痛苦、纠结、挣扎揭示得淋漓尽致，入木三分；而索尔仁尼琴、米沃什、伊姆雷、昆德拉和克里玛对民主与自由的追求更加反衬了高尔基人生最后一个阶段的悲剧色彩。在政治专制的时代，驯服者与不肯合作者之命运令人唏嘘不已。马晓丽对此做出了这样的自白："索尔仁尼琴、米沃什、伊姆雷、昆德拉和克里玛都是在精神驱动下的自主选择，他们都是自我心灵的追随者，是精神的探寻者和追问者，是真正意义上的精神强者。他们坦诚地直面这个充满了谬误的世界，早已抛却了个人层面的利益计较和狭隘情绪，所以他们诚实无我，所以他们没有仇恨，所以他们平静从容，所以他们能够占据哲学的高度。"关于这篇无关小说的随笔，我之所以想多说几句，是因为马晓丽通过这些享誉世界的文坛巨匠的苦难命运建构起人的内心的困境与挣扎，也因为他们非凡的经历与影响力，更加让我们感受到一种思想与精神的震撼。或许，从另一个侧面获得对马晓丽小说叙事的思想与哲学的认知也并不让我感到意外。

1928年高尔基回国时，享受到了国家元首般的礼遇，苏联政府还专门给了高尔基一栋坐落在莫斯科河畔的宫殿般的豪华住所。据说，高尔基对这一切感激涕零。从前的高尔基曾写出过这样充满激情的诗句："我来到这个世界是为了说不！"但在感激涕零之后，高尔基还能大声地说出那个"不"字吗？马晓丽写道，我们已无法知道高尔基当年究竟承受过什么样的精神压力，经历过什么样的内心挣扎，只知道回国后的高尔基开始称呼斯大林为"主人"，加入了颂扬斯大林的大合唱，并在其中充当了最谄媚的高音。

马晓丽并不就此收手，她还将同为东欧，也经历了最强烈的斯大林化时期的另外几位作家拉来与高尔基比较，采用的仍然是她小说中对立与冲突的方法。回国后的第二年，高尔基决定接受斯大林的"微妙的使命"，去索洛维茨劳改营参观视察。四十年后，此次视察成为索尔仁尼琴在巴黎出版的《古拉格群岛》第一卷里最著名的一个章节，里面讲述了受尽虐待的索洛维茨岛上的犯人们，如何期待着高尔基的出现，如何期待着高尔基能像从前那样坚持正义解救他们。回到城里以后，高尔基就立刻发表了文章，宣传索洛维茨岛的犯人生活得很好，改造得也很好。良知——高尔基终于摈弃了这个作家最基本的道德底线。

1951年，衣食无忧的波兰驻法国外交官米沃什悄然离开使馆，从此走上了自我流放的艰难道路。匈牙利的伊姆雷和捷克的昆德拉、克里玛在日后同样受到了困扰，同样面临着最后的抉择。在经历了1956年的匈牙利事件之后，伊姆雷仍然决定留在匈牙利。他说，自己必须"从那些正在被施加催眠术的大众中走出来，从那种使得你没有个性没有命运的历史中走出来"。由于参加了1968年"布拉格之春"改革运动和对苏联入侵的批评，昆德拉就被列入了黑名单，禁止他发表任何作品。苏军占领捷克之后，克里玛带着全家去美国讲学，很多朋友都劝克里玛不要回国了，因为当时他在美国有工作有房子，而回去有可能会坐牢甚至死亡。但克里玛不愿当流亡作家，执意要回到捷克去。他说："因为这是我的祖国，因为这儿有我的朋友，我需要他们正如他们需要我一样。"

可想而知，这些文学巨匠在那样极端的时代里经历了怎样的肉体与精神的折磨，但他们为了真理与自由，义无反顾地选择了一条思想精神的"不归路"，不仅建构了强大的内心世界，自我人格也在残酷的搏击中实现了升华，与他们伟大的作品一起永垂不朽。而这样的富于独立人格与批判意识的精神底色，对于马晓丽的文学观念和小说叙事而言，究竟有着怎样潜在而深刻的影响，答案已经不言自明。

三、"精神分析"：马晓丽的"白日梦"

想到弗洛伊德多少有些偶然，而且让我自己都感到有点惊讶。是在读完中篇小说《云端》之后，紧张，甚至有些惊惧的感觉慢慢松弛下来。天不知什么时候已经昏暗，书屋向北的窗外一片冬天才有的混沌与迷茫，楼下快车道上车流像一条条彩练一样飘荡，人行道上的行人却显得影影绰绰。书桌上的茶水已经凉透，而两个名之云端的女人的形象也像窗外的天空与景物一样暧昧起来。《云端》当然有思想性，但这思想性以隐喻的方式藏匿于两个女人的战争之中，突显在读者面前的是女性内心深处的尖锐撕扯与搏击，因此，它更接近西方的所谓心理小说。弗洛伊德，它的影响了20世纪西方诸多文学大家的"精神分析"学说，瞬间充盈了我的脑海，《云端》像水墨在宣纸上洇开去一般，清晰地铺展在我眼前。

弗洛伊德在谈及艺术的时候认为，艺术家要突破人的意识层面，进而深入到无意识的奥秘之中，提示人的丰富的内心世界的真实，实现人物的精神的升华。确认马晓丽是否受弗洛伊德影响对我而言无关紧要，重要的是弗氏的"精神分析"的观点能否让我深入，或切近马晓丽小说本相，答案若是确定的，我为什么不去试一下呢？马晓丽选择以对立和冲突的角度切入小说叙事，她一定是认为这是人物展开内心世界的最重要的方式，人的内心的真实，尤其是无意识的那一部分，会在利益冲突或生命攸关的时候不自觉地、尽情地表现出来，这对于刻画人物性情，或者塑造人物形象无疑是最佳时刻。这样的想法与弗氏的"精神分析"的观点有着深刻的关联或遇合。马晓丽显然也意识到了人类的另一弱点，即往往不愿意面对自己的困境，更不想承认自己在困境中的挣扎；于是，她以建构的姿态将这一人类最隐秘的部分在小说中呈现出来。如同悲剧将美好撕破给人看一样，马晓丽要将无论是崇高还是丑陋，但却是最真实的东西，用她的说法，剥洋葱般地一层层撕开。在中国当代女性作家中，如此着力于这一思想或哲学向度的似乎并不多见。对立冲突所形成的戏剧性和紧张感是自不待言的，小说的可读性随之增强，而叙事学意义上的叙事动力的形成自然水到渠成。这一方式或方法，在马晓丽的小说写作中显然已经驾轻就熟，而且是乐此不疲。

我虽不赞同弗洛伊德所谓"一切艺术都是精神病"的结论，

但他接下来的观点还是让我多少有些认同，"艺术家就如一个患有神经病的人那样，从一个他所不满意的现实中退缩下来，钻进他自己的想象力所创造的世界中。但艺术家不同于精神病患者，因为艺术家知道如何去寻找那条回去的道路，而再度把握着现实"。马晓丽在文学性地建构人物的困境与挣扎之后，用诗意来升华人物的形象与精神，让小说重新回归现实，至此，她的"白日梦"得以完整实现。

四、《云端》：两个女人的战争

《云端》无疑是篇相当独特的小说，由于情节很简单，便无法构成我们已经习惯了的故事。让我惊讶不已的是，这篇没有故事的小说居然因两个女人间的内心较量而惊心动魄。原名云端的解放军女战士洪潮受命负责看守几名国民党军官太太。洪潮在大家的印象中"水似的简直拿不成个儿"，用政治部主任的话说："小资产阶级得很哪！"洪潮无论如何都想象不到，在她负责管理的军官太太中有一个跟她同名，也叫云端；更让她想象不到的是，这个跟她差不多一样羸弱的、"通体散发着一种天然的松散味道"的年轻女人居然在不久后跟她进行了一轮又一轮的"你死我活"般的较量。

一个曾经叫过云端，现在改名洪潮，但她内心仍然叫自己云端，另一个就叫云端，两个都叫过云端的女人仿佛就是天敌，即便不是政治上两个敌对阵营，也注定了她们互为对手的命运。洪潮和云端的较量是内心的一种极其微妙的感觉，这种感觉其实首先不是来自对方，而是来自自己的内心深处，一种看不见，甚至也很难具体意识到的东西在作祟。洪潮的许多次突然发怒，并非源自政治观点的相左与分歧，而是她内心深处女性的无意识，她自己和读者一样都感到有些莫名其妙。弗洛伊德称无意识为本我，本来它在内心深处是一种睡眠的状态，却被外来的一种莫名其妙的东西唤醒，然后它经由自我而日益发酵，终于引发山崩与海啸。这让小说中的洪潮，以及作为读者的我都始料不及。

美国学者霍夫曼在《弗洛伊德主义与文学思想》一书中说："导致疾病的心理障碍远不是身体上受到损伤或精神官能不足的结果，想必是导源于精神上相反力量的某种冲突。再者，弗洛伊德坚决认为没有任何受压抑的愿望可以完全被排除在外，'愿望还存在于无意识中'，它最终会成功地'进入意识之中，代替受压抑的思想——一种伪装起来而又无法辨认的代替物，痛苦的感觉就与这种代替物发生联系，以致病人以为他已经通过压抑摆脱了那些痛苦的感觉'。"[1]洪潮的"心理障碍"，或言之"受压抑的愿望"从她的被改名起就已经开始了。洪潮是被表哥带进革命队伍中来的，她的参加革命显然有"被"的因素，她早先的被政治部主任称之"小资产阶级得很哪！"的那些东西自然就被"精神上相反力量"——革命所压抑；但"那种愿望还存在于无意识中"，一旦被外来的某种力量所刺激，就会在不自觉中爆发出来，难以遏制。

洪潮开始并不知道谁是云端，但洪潮注意到有一张脸上的"眼神儿有点不太一样，没有那种磷火般的惊恐，却有着一种与此情此景完全不符的涣散。大概就是这涣散令洪潮不舒服"。很神奇的直觉，但这又跟洪潮有何关系呢？唯一的解释就是源于那些被压抑的东西。洪潮也喜欢《西厢记》，但她现在不可能公开地看，因此对云端明目张胆地捧着《西厢记》就不免嫉妒。此前两人是在暗中进行着较量，第一次公开冲突是因为一封信。为了瓦解被围困的国民党军，主任让洪潮组织军官太太们给前线的丈夫写信。云端写得很简单，但她的独特表达方式——在自己的名字上印上鲜红的唇印让洪潮无法接受，两人在抢夺信时将信撕断，断裂的地方又恰好是在名字和唇印处，两人的仇恨从此而生。云端的独特表达何以让洪潮如此失态，并大动干戈？其实正是触动或刺激了洪潮作为女人的内心情感，云端所为恰恰是洪潮即便是想为也不能为。

小说中这样写道："但无法否认的是，这些人身上还有另外一些东西，一些使洪潮感到舒服的东西。比如说话的语气声调，比如走路的神情姿态，比如讲究的衣着和洁净的生活习惯等等。洪潮清楚地知道，这些统统都属于资产阶级的旧习气，是应该被她所唾弃的。但没办法，这些东西总能与洪潮内心深处的某些感受相呼应。"信件冲突后，云端的目光变了。集中了、固定了，出现了一种从未有过的令洪潮感到不舒服的专注，让洪潮莫名其妙地发堵。云端则感到了洪潮的审视，很锐，也很冷。两人的再次冲突起于云端的晨妆。云端发现女长官的眼里满是欣赏，这让她信心陡增，觉得可以压女长官一头，便放慢速度，格外仔细地画着、享受着。让她没有想到的是，洪潮再次被激怒了，伸手去抢她的粉盒。粉盒突然从云端手中脱出，如飞雪般扬了出来，猝不及防地落了两人满头满脸……客观地说，洪潮似乎已经有些歇斯底里，胜利者的权利压倒了人性的理智。换言之，洪潮被压抑的愿望自从看管国民党军官太太那天起便已经活跃于意识之中，只不过还处于"秘密"与"伪装"的状态而已。"从这天起，洪潮就陷入到一种无法摆脱的压抑之中了。处处都能感受到云端释放出的那种带有敌意的气息，空气都因为渗进了太多的敌意而变得黏稠滞重了。"

就在洪潮心里越来越恐惧的时候，主任给洪潮下达了一个任务：命令洪潮把被围困的国军团长曾子卿的太太从俘虏们的住处搬出来，单独跟她住到一起。主任特别嘱咐洪潮要好好照顾曾太太的身体，要让曾子卿看到我们的诚意，要通过我们对曾太太的关照来感化曾子卿，争取曾子卿。更何况，主任作出这个决定的理由还是洪潮给提供的——曾太太怀孕了。云端开始还以为是洪潮为更方便整治她，故意恶心女长官，逮哪吐哪，怎么恶心怎么弄。但云端很快就发现女长官对她并无恶意，每天都给她端来好吃的，又替她打扫呕吐出来的秽物，而且也越来越觉得她其实并没有想象的那么凶。在半夜里发现女长官瑟缩发抖时，云端居然拿起自己的衣服过去盖在女长官的身上。洪潮被惊醒的瞬间掏出手枪对准了云端，吓得云端一句话也说不出来。"后半夜，她们谁也没睡着。但奇怪的是，从第二天早上起，她们都感到精神仿佛比往常好了许多。也说不清是怎么回事，好像一夜的折腾不仅没加剧内心的疲惫，反倒使心里原先抽紧的那些皱褶也松散开了。"这显然是她们和解的开始。

《西厢记》再次成为两个女人进入彼此内心与情感的媒介，

在山上自然的风景里，她们不由自主地向对方敞开心扉。作为女人，云端显然是更纯粹，她甚至有些忘乎所以，不光是谈自己肚里的孩子，还希望这个男孩能像她的丈夫子卿一样，像子卿的容貌，像子卿的性格，像子卿的英勇善战，像子卿……云端没想到，这下又把洪潮气着了，洪潮骤然提高了嗓门："你那个曾子卿算什么英雄?!他是国民党反动派，是民族的败类，是人民的敌人!"显然出乎云端的意料，她声音里带着明显的哭腔说："子卿他多年为国效力、尽心尽责。就算……就算……不管怎么说，他还打过日本鬼子，参加过平型关战役、淞沪会战。他三次负伤，多次受到上峰的表彰，还亲手杀死过一个日本少佐呢!""那又怎么样?"洪潮冷笑道，"我男人曾经一口气砍死过十一个鬼子!""想知道我男人是谁吗?"洪潮冷冷地问，"我男人的名字叫贺——辉!""就是那个把曾子卿牵进包围圈的贺辉!就是那个正在战场上跟曾子卿打仗的贺辉!"洪潮越说心中的自豪感越强烈："就是那个让你们国民党军队听见名字就闻风丧胆、缴械投降的贺辉!"这完全是政治语言，本来是在谈女性的情感，突然跳跃到政治与战争中去。也就是说，作为女人的洪潮再一次被云端超越，而洪潮又不自觉地用政治，甚至用自己的男人作武器，展开对云端的压制性的反击。用"精神分析"的观点论之，洪潮被压抑的女性情感以"秘密"与"伪装"的方式对现实中的"自我"进行不自觉的反抗。

性的私密性让女人间的交流变得亲密无间，但洪潮没想到会引得云端说出那样一番令她震惊、令她心动、令她向往的话。洪潮怎么也没料到性事在云端的生命体验中会是那样美好，那样快乐，那样令人心驰神往。那一刻，洪潮忽然发现自己做女人做得很可怜，很失败。一种强烈的自卑感紧紧地攫住了洪潮的心，心口开始绞着劲儿地疼痛起来，疼得洪潮差点哭出声来。云端脸上那恬静的笑容就像一把锋利的刀子刺进了洪潮的心口，心中原本忽明忽暗的火苗如同被风惊醒了似的，突然熊熊燃烧起来，直烧得洪潮两眼炯亮、双颊通红。恨就在燃烧的炉火中迅速地抽芽、生长、粗壮起来了。"洪潮发觉自己再也忍受不了这个女人了，自己恨这个女人，恨她那张脸和那张脸上的所有表情，恨她的男人和那男人带给她的所有快乐，恨她的《西厢记》和她所有的《西厢记》做派，恨她的怀孕，恨她的呕吐，恨她所拥有的一切一切！不知什么时候，洪潮摸出了手枪，黑洞洞的枪口对着那张熟睡的脸，在黑暗中久久地闪着冷冷的青光……"本来的欣赏，如今却都变成了仇恨，如此迅速转换的根源似与霍夫曼的判断相同："正常与反常的界限主要在于受压抑的强烈程度以及面对自我反抗，受压抑的愿望试图再现自己时所使用的暴力。"[2]

丈夫曾团长的死讯让云端突然变成了另一个人，在与洪潮相对时，她们的目光中交流着彼此心中最深刻的仇恨。直到此刻，她们才发现眼前的这个人才是自己真正的敌人，才是自己最憎恨的人。下面的对话将两个女人的战争之惨烈程度发展到已经无以复加：

"我是不能把你怎么样，"云端说，"但我会可怜你。"

洪潮打了个愣："我看你还是先可怜可怜自己吧！"

　　"不，我没什么好可怜的。"云端微微一笑，"我有子卿，我此生有子卿足矣。我只是可怜你，可怜你枉做了一回女人！"

　　见洪潮脸色突然涨红，云端又继续说道："我问你，你懂得情吗？你懂得爱吗？你懂得男女之间的欢愉吗？你不懂，别看你也是为人妻，但你却什么也不懂。"

　　洪潮的脸色霎时变得苍白。

　　云端几乎凑到洪潮的面前，口含讥讽地在洪潮的耳边说："那你还算什么女人？那你还做什么女人？你不配！"

　　"住口！"洪潮歇斯底里地大叫起来。

　　"我不会住口的。"云端说，"我不仅不会住口，我还要告诉你，你那个男人也不配，他不配……"

　　枪响了，云端自杀了。随后，洪潮也知道了老贺的死讯。我想，云端如果在知道丈夫死讯的同时也知道了洪潮丈夫的死讯，她们很可能会和解。在消解了政治或意识形态性后，回归人性的自然本性也许会是她们共同的选择。

　　马晓丽在随笔《令人不安的巴别尔》中坦言："虽是取自同棵现实之树，摘得的真实之果的质地却各不相同。这期间的差别恐怕不在于运气，更不在于技巧，而在于眼光，在于境界，在于隐在眼光和境界后面的那个主宰着你的心灵。"就我个人而言，并不喜欢为马晓丽带来鲁迅文学奖的短篇小说《俄罗斯陆军腰带》，与《楚河汉界》和《云端》比较，它让我感觉有些浅显与轻薄，虽然也是对立与冲突的叙事方式，但并非是两个军官之间的较量，而是不同民族文化间的一种碰撞，这样碰撞不存在输赢，只能是一种展示，最终在一种诗意中消解。可能与篇幅短有关，但最重要的还是"隐在眼光和境界后面的那个主宰着你的心灵"。就是说，《俄罗斯陆军腰带》这个短篇所描述的故事与人物，没有让那个主宰着作家的心灵震撼，它只是完成了一个短篇小说所应具备的叙事技巧。

五、《楚河汉界》：理想与现实间的心灵博弈

最早接触马晓丽的小说是《楚河汉界》，2003 年的秋天，那时我正在军艺文学系读本科二年级，刚刚有了想做文学批评的想法。当时我不知道从何处开始，父亲建议说，你是军人，批评当然要从军旅文学入手。那时对军旅文学知之甚少，军艺同学们谈论的文学话题，大都是博尔赫斯、卡夫卡、马尔克斯、陀思妥耶夫斯基之类。父亲又说，你先读读李存葆的散文集《大河遗梦》和马晓丽的长篇小说《楚河汉界》。

《大河遗梦》是《文艺报》的名记者胡殷红给我索要来的，上面有李存葆的签名，可以想象我当时激动的心情。《楚河汉界》读的是《小说选刊》长篇小说增刊 2002 年下半年号，读后就不仅仅是激动了，而是激动得有些澎湃。我觉得如此之力道不大像出自一位女作家之手，而且几十万字，居然从头到尾笔力不减，没有力不从心之感，亦没有明显败笔之处。待澎湃有所减弱，我给马晓丽打了个电话，本意是想跟她聊几句，谈谈我初步的看法，沟通一下，没想到却被她迎头一盆冷水，她说，我不认识你啊，没啥可聊的。撂下电话我才觉得有些冒失，因

为从声音中能感觉出她似乎有些警惕，或者疑虑。虽说冰火两重天，但她的孤傲与高冷并没有影响我要做批评的激情。不久，我评论这两部作品的习作都在《文艺报》上发了出来。一两年后，前者折桂第三届鲁迅文学奖，后者则荣获曹雪芹文学奖。我的文学批评就起始于这两部书名有河的作品。十余年后，我越发认识到，这两部作品是 21 世纪初年军旅文学的重要收获。

彼时，我对《楚河汉界》的关注点集中在多层次、多向度的矛盾对立与情感纠结上，我的阐释也基本上是在社会思想意义的层面。这部小说人物杂多，但却各具代表性，是对当时社会生活图景的一种浓缩。不同的年代出生、不同的家庭出身、不同的社会背景，导致小说人物思想意识与价值取向迥异。周汉身上具有老一辈"农民军人"坚实厚重的革命传统，周东进受革命传统熏陶而达成了纯粹的理想主义军人情结；周南征异化了的功利主义"务实思想"，魏明坤起于底层、希冀通过个人奋斗改变现实境遇与命运的狭隘意识；周和平在商品经济大潮冲击下，内心充满了唯我自私、金钱至上的实利主义观念，黄妮娜在失去了"阶级"的护佑后，内心的空虚、虚荣导致她丧失了鲜活的生命力和个性化的生命内核，从而无法避免悲剧性的命运沉沦，这些相互冲突的思想意识与价值取向构成了小说复杂的网状结构。

在那篇题为《对峙：在倾斜的棋盘上》的评论文章中，我概括了小说所描写的五个方面的对立冲突：不同价值取向与思想意识、不同社会阶层间、军营与地方生活、历史语境与现实世界、个人感情与其他因素。这五个方面的对立冲突交互在不同的人物间，其中，最重要的对立冲突表现在周东进与魏明坤之间，这也是小说的叙事主线。我不认为这种分析有什么不对，但十多年后，我对自己当年忽略了人物彼此心理上的较量而略感遗憾。

魏明坤与周东进的对立冲突始于儿时。冲突的双方魏明坤更主动，目标也更明确；周东进似乎并没有从心底将魏明坤作为一个对手来看待，他本身所具有的家庭出身与社会关系，以及对职业军人的理想本然地构成了他与魏明坤较量时的文化结构背景。从社会学的角度论之，这种对立冲突源于阶层间的不平等并不错；但是对于平民出身的少年魏明坤而言，他还无法从那样的高度去认知如此复杂的矛盾存在，几十年来，无法抹平的是心灵深处的屈辱与卑微的刻痕，这才是他与周东进半生中的对立冲突的根本所在。

从后来十几年间魏明坤与周东进冲突的事件来看，魏明坤的很多做法都显示出他内心的强烈畸变，按世俗常人的道德伦理判断，几乎有些不可理喻。这似乎已经脱离了纯粹个人间的争斗，其背后更多地附着了社会历史的复杂意味。依据"精神分析"批评的观点，魏明坤的自卑情结是源于自身的缺陷——父亲的残疾与修鞋匠的身份，这让本来就比大院里的高干子女矮三分的魏明坤更加觉得低下，这种"自我"压抑与"本我"混淆在一起，形成了一种有如力比多一样巨大的潜能，让他不择手段，甚至不顾人格的扭曲，以超乎常人数倍的努力，忍辱负重，最终"超越"周东进。从小说人物塑造的角度论，周东进没有魏明坤写得好，马晓丽在周东进身上赋予了过多的理想主义色彩，这种理想主义显然束缚了周东进，大院里的高干子女性格与为人处世方面的负面因素在他身上被清除得过于干净，从而失去了鲜活的个性。魏明坤则不然，马晓丽主观情感上对这个人物的贬抑反而使其鲜活起来，他的一些超出常人思维的行为让他的性情与个性表现得淋漓尽致。

魏明坤与周东进的第一次重要冲突的起因是，经常与魏明坤带领的胡同孩子打架的大院孩子突然一阵风似的当兵走了，当然也包括大院孩子的头领周东进。魏明坤让与周东进的父亲周汉司令仅有一面之交的父亲去找周汉司令，他也要当兵，这样的举动对一个少年而言显然是超出常态的，而父亲的卑琐再一次刺痛了他的心。入伍后，周东进那种高干子女的优越感以及漠视的眼神也让魏明坤感受到一种屈辱和愤懑，这种敏感显然也是来自对出身的自卑。对于魏明坤内心深处的波澜，周东进几乎一无所知。周东进对魏明坤是不设防的，魏明坤甚至都进入不了他的视野。在两人的较量中，周东进是既不知己，亦不知彼，输赢可以说在魏明坤发狠要与周东进较量一番的时候就已经注定了。果然，周东进在当兵的第一年便被魏明坤击倒了。从军事训练的角度，射击、刺杀，还有手榴弹，周东进都是全连第一，当周东进认为自己手拿把掐会被评上"五好战士"的时候，魏明坤几句话便将其掀下马来。魏明坤不仅列举了周东进干部子弟的"骄娇二气"的种种表现，还揭发他嘲笑指导员的辽西口音。用周东进的话讲，魏明坤使的是阴招，这仍然与他的底层出身有关。

在上军校这件事情上，魏明坤与周东进两败俱伤；但魏明坤凭着顽强的韧劲和不服输的勇气，再次找到周汉，告周东进的状。虽然事关他自己能否上军校，进而改变自己的命运，仍然有恩将仇报之嫌。南线的自卫反击战由于战场形势瞬间变化，加之周东进的指挥有误，过早地暴露了自己主攻的意图，让担任助攻的魏明坤的四连抢先攻下 395 高地。但前指对周东进的五连也十分满意，因为他们牢牢地牵制了大部分敌人，很好地配合四连完成任务，因此给予嘉奖。而魏明坤冷眼旁观，这一次他要跟周东进进行人格的较量，他正在一步步走向成熟。魏明坤没有想到，好大喜功的周东进居然说出了自己指挥有误的实情，全连的嘉奖不但被取消，他本人也因此离开了野战部队。魏明坤升任了副营长，而周东进则在人格上超越了自己。

这一轮较量与之后小说中最重要的情节——究竟是事故还是英雄典型的纠结有些相似，因事关周东进所在的边防二团能否评为安全标兵团、团长周东进能否晋升副师职、周东进的大哥周南征能否再进一步提拔为军职成为将军；尤其是那个牺牲了的班长能否被评为英雄，还有虽然活下来了，但左脚已经截掉、右脚只剩脚掌的战士鲁生的后半生将怎样度过，等等，而显得尤为重要。在这最后一轮较量中，周东进和魏明坤都实现了自己人格的升华，这种升华不再是彼此的明争暗斗，而是相互的认知与理解的深度达到了人生与理想的一种超越性的境界。在大哥周南征的苦口婆心般的劝说下，周东进虽然有过动摇与痛苦的挣扎，因为他不知道自己能否承担得了如此复杂庞大的后果；但最终职业军人的那种理想与浪漫情怀还是战胜了世俗的虚荣、虚伪，甚至虚假，求真战胜了谎言。

在父亲生命的最后一刻，这个与父亲对立冲突了几十年的"逆子"，扑进了父亲的怀抱，这一融合显然是具有强烈的象征意义的，也隐喻了一种精神与品格的现代性延续。作为新任军分区司令员、周东进的顶头上司，魏明坤内心里是最不愿意将周东进提拔上来的；但周南征的推心置腹的坦诚，让他不能不尽弃前嫌，完全站在了周南征一边，并配合周南征做好典型的宣传工作。面对同样被周南征说服了的周东进，魏明坤却突然有了一种失望的感觉，甚至感到了一种惶惑，不知道自己到底在期望着什么。在魏明坤的心中，周东进"是一个无论经受多少挫折都始终保持真纯和激情的人，这是一个无论经历多少坎坷也不肯放弃真诚和理想的人，面对他，你会不由自主地被感动，被震撼，甚至会感到有点不舒服，心里或身体的某个部位会隐隐作痛"。其实，此时此刻，正是魏明坤内心世界积淀多年的一次升华，既有思想精神的，又有品德人格的层面。他在世俗意义上获得了事业的发展，但也深深体会到了自己思想精神与品德人格的矮化，尤其是在面对周东进的时候。

小说的结局，周东进将他硬要来的参谋陈奇交给魏明坤，他认为陈奇擅长宏观研究，长期放在基层会限制他的眼光，不利于他纵览全局，进而会损害他的想象力和创造力。这让魏明坤颇感诧异，便问周东进为什么要交给他，周东进的回答不能不令魏明坤惊讶不已。周东进说，你的那份成熟与老练使我对你有一种特殊的信任感。周东进诚恳地说，你的成熟从小就对我有一种吸引力。对你身上这种超出同龄孩子的成熟，我一直是既讨厌又欣赏，既嫉妒又羡慕。之所以没说，是担心你误会，以为你比我强。此时，两个较劲了二三十年的对手都已经超越了自己，进入达观的思想境界。马晓丽也用小说的方式建构起了两人在理想与现实间搏击的内心困境与挣扎，描摹出两个独特而又宽广的心灵世界。而小说最后一节中，周汉与油娃子的对话则让小说呈现出开放式结局，一种意犹未尽的诗意得以超越现实向未来延宕开去。

_____

注释：

[1]〔美〕霍夫曼：《弗洛伊德主义与文学思想》，生活·读书·新知三联书店 1987年12月第一版，29页。

[2]〔美〕霍夫曼：《弗洛伊德主义与文学思想》，生活·读书·新知三联书店 1987年12月第一版，30页。

痛感叙事的思辨意涵与存在之境

——王凯小说论

一

读王凯的小说，我想到了米兰·昆德拉，但这并不意味着王凯的小说像昆德拉。因描写的时代、政治背景以及语言、风格的迥异，它们之间可以说没有什么可比性。之所以想到了昆德拉，是由于我发现王凯对小说的理解或认识在某些层面与捷克文学大师很相似。比如，昆德拉说："小说是对存在的探索和发现"，"存在并不是已经发生的，存在是人的可能性的场所，是一切可以成为的，一切人所能够的" [1]。换言之，小说家是以自己的方式、自己的逻辑通过对现实生活的描述，去发现、思考"存在"的复杂意味。小说是对确定性的怀疑，是对可能性的发现，而"存在"恰恰存在于小说家的发现之中。

作为"新生代"军旅作家 [2] 的代表，王凯有着扎实完整的部队任职履历，基层与机关生活体验丰厚而深切。他善于挖掘、描摹日常生活中人物丰富的生命情态和驳杂的心灵世界，对社会转型期青年军人的精神处境和命运遭际进行了富于生命痛感和思辨意味的追问与省察。王凯对英雄精神的叙写夹杂了复杂幽微的人生况味——主人公在坚守和妥协间逡巡——在英雄理想、伦理道德和庸常现实的缠绕纠结中，传达出昆德拉式的"存在"的焦虑。这种焦虑既是对现实的回应，更内蕴着形而上的思辨。

读王凯的小说，我还会时常感觉到疼痛。那是一种从青年时代绵延而来的成长的痛感，夹杂着生命的青涩和稚拙，裹挟着大漠的荒凉与粗粝，挽歌般刻录着军人的理想与执着。从军校到沙漠，从机关到连队，王凯小说的生活幅面相对固定，人物大都似曾相识，故事也谈不上有多复杂，反复书写的就是部队基层或机关的日常生活以及青年军人的生命情态。看似单纯的故事题材与单一的小说面相，令我心生疑窦——巴丹吉林沙漠深处、空旷却又逼仄的军营里，究竟还有多少可以挖掘的文学资源？王凯的叙事极限会在何时到来？焦虑中更有期待，恍若沙漠中一口越挖越深的井，我们终要面对的是灵感的枯竭还是喷薄而出的新生？

王凯却依旧淡定从容，一篇接一篇、不紧不慢地写着。直到长篇小说《导弹和向日葵》又安静地摊开在我面前。读着读着，心生痛感。没错，又是那种熟悉的痛感叙事。不得不说，叶春风、钟军、车红旗、兰甘、白雪歌……这些青年军人的成长故事又一次击中了我。

现实生活磨炼、砥砺着年轻的生命，虽谈不上苦难，却充斥着无奈与压抑、欲望和沉沦。任凭你如何奋斗挣扎，绕不开的是复杂的人际关系和适者生存的潜规则。眼看着青春的激情、锋芒乃至生命本身一点点遁入大漠深处，消弭无形，你不得不服膺命运的逻辑，为富于痛感的生存经验喟叹、感伤。疼痛，是生命最为敏锐的触觉，也是王凯小说最有魅力的美学质素。这疼痛关乎世俗、欲望，关乎爱情、成长，最终指向的是理想和信仰。小说的结尾宛若寓言般，绽放出灿烂夺目的精神光芒。始终葆有赤子之心的叶春风，终于跳脱了世俗欲望的羁绊，穿越了幽深的时光隧道，闯入一片充盈着理想情怀和英雄主义的精神荒原——似重获新生般，打量着这片熟悉而又陌生的沙漠，脑际萦绕着一片轻盈的迷惑。王凯以一种极富象征色彩的抒情笔调，回望疼痛缠绕的军旅青春，在生命的自我省察中描摹出军人灵魂的面影。

"世界以痛吻我，我要报之以歌。"泰戈尔在《园丁集》中更多地融入了青春时代的体验，细腻描述了爱情的幸福、烦恼与忧伤，成就了一部青春恋歌和生命赞歌。王凯的《导弹和向日葵》又何尝不是呢？他深谙部队生活的现实种种，以辛辣而又戏谑的笔调，真实生动地揭露出过往军队内部存在的不堪和暗面，将部队领导、机关干部、连队官兵等人物形象塑造得穷形尽相。尤其是将外部世界对个体生命的威压和规训书写得细致入微，令人感同身受。然而，王凯并没有沉溺于生活的疼痛本身，而是将尖锐的痛感转化为宽广、坚韧、通透的人生态度；他的文字充盈着厚重的现实经验和超拔的哲学思辨，似歌者般吟唱着军旅生活宏阔辽远、高蹈正大之气象。

《导弹和向日葵》堪称王凯痛感叙事的集大成之作。读完小说的最后一页，我不禁悲从中来。从上大学起，就看王凯的小说，我的军旅青春和他小说中的人物一起成长、成熟，又最终消逝隐匿于变革前行的时代洪流。我突然想回望一下王凯这十余年来的小说写作，那一篇篇毛茸茸、沉甸甸，嬉笑怒骂间已经令人泪水涌流的小说背后，当真也折射出了我的军旅、我的疼痛、我的青春……

二

小说的终极关怀当是关乎生活和生命，是对人的心灵世界和生命情状的考量与描摹，它依赖着作家丰沛的生活经验与积淀，以及对生活本身的真切体察与精深研究。但在这个主观倾向占上风的文学时代，我们通常很难读到像生活一样真实、鲜活、饱满的客观性作品。于是乎，精确和真实也便成为一种稀缺的叙事能力。从某种意义上说，客观性、形象性和真实性也是优秀小说的显著特征之一。

在王凯的小说中，我们不仅能读到对沙漠天气、风物及环境的精确、优美的描写，还能清楚地看到人物的外貌、行动、言谈和性格，连同他们微妙复杂的内心世界也同样精确而清晰地呈现在我们面前。如果说，小说家在作品中成功地表现深刻的主题内容和博大的思想情感是一种有难度的写作，那么，追求小说真正意义上的客观性效果，就难上加难。因为，要写出客观性的作品，需要作者花费更多的心力，需要足够的耐心进行认真的观察、冷静的分析和慎重的判断。小说虚构性的想象不管多么诡异、奇特，最后都必须服从生活经验逻辑和内心情感逻辑的制约。小说家若想更逼真地还原生活，使作品褪去浮华和造作，就必须对鲜活真实的世界充满敬意，就必须具有朴素诚恳的情感态度。王凯对巴丹吉林沙漠深处的军营、对自己同代人的军旅青春都怀有深深的敬意和浓厚的兴趣。他秉持一种理性而扎实的客观态度，因而得以更全面、更深入地认识现实生活，更细致、更真实地把握外部世界。他笔下的军旅生活，具象而沉实、细腻且绵密。

短篇小说《一日生活》以基层连队普通一天的日常生活为线索，将基层连队从早起床出操到晚熄灯查哨，中间经由整理内务和洗漱、早饭到晚上的点名、就寝等，各个环节写得清晰而通透，表现了在军营的严格限制下指导员"我"和战士马涛各自苦闷而濒临幻灭的爱情。短篇小说《残骸》把一种无聊的生活状态书写得摇曳多姿。茫茫大漠，一辆卡车载着三名官兵，风驰电掣数十公里，赶在老百姓之前发现并回收导弹残骸。对各种导弹型号、发射方式所形成的残骸的形状、材质、颜色，甚至气味、老百姓回收的价格等等，小说都给予了巨细无遗的呈现。

短篇小说《卡车上的伽利略》从一件非常小的事——为了去哪家吃羊肉而发生冲突入手，一个小横截面，一个并不复杂的故事在王凯的笔下被叙写得富于生活的情趣，足见王凯对生活的谙熟与深切的体察。短篇小说《正午》则将部队机关的日常工作和机关干部的生存状态描写得入木三分。"正午"，原本是休息时间，是机关的真空状态，没有故事发生的时间段。王凯则敏锐地捕捉到正午这一既短暂又漫长的时段对年轻军官上尉齐的特殊意义，将一种感觉、心境和情绪进行富于诗意的延伸和放大。

王凯小说的切口往往很小，是一种深井式写作，而非大江大河的汪洋恣肆。中篇小说《终将远去》描述了一位连长在老兵转退中面对现实的挣扎、退让和无奈，由此牵引出老指导员张安定宽阔而伟岸的军人胸怀。一盘炸馒头片承载着指导员"我"对过往的回忆，对老指导员的追思，以挽歌的形式表达了对现实生活本质的怀疑和思考——"反正早晚都要走，军队要的就是一个人一辈子质量最好的那几年"。纠结的情感、残酷的现实，军队在这里被刻画成一部机器，精准、强大、冷酷而又高效；而年轻士兵的单纯质朴、血肉丰满、细腻敏感与之构成了巨大的反差。从上述作品中不难看出，王凯对部队基层生活的熟稔可以说渗透进连队的每一个细胞、每一寸光阴、每一个角落。

在长篇小说《全金属青春》中，寻常的军校生活被充满了机智和妙味的叙述激活，居然也跌宕有致，扣人心弦。小说中的一个细节令人拍案叫绝：肖明因被同宿舍的同学孤立而痛苦难抑，在极端心理状态下与哨兵发生冲突，最终导致被退学处理。在肖明离校当晚，同宿舍每一个自觉不自觉讨厌过这位室友的人都辗转难眠，陷入了莫名的不安之中。肖明一入学就以"积极追求上进"姿态出现在大家面前，他的种种表现，在成熟得略有些冷漠世故的各位室友看来似乎有点平庸与可笑，但当这位只不过按照一般社会逻辑寻求自我塑造之路的孤独个体遭遇惨败时，本该幸灾乐祸的同窗室友们却无法不承受自责，他们自以为是的"看透"，却被证明是另一种更可怕的平庸与可笑。这部小说始终在冷峻与温暖、沉稳与俏皮、荒诞与有趣、理想与现实之间游走，延宕出巨大的情感张力。

王凯的小说整体上看是静态、滞重、非线性的，动作性不强，好像是一幅幅厚重的油画，笔触是粗粝的，线条是棱角分明的，调子永远是深灰色的。他擅长记叙一个生命的截面、一个静态的特写、一种氤氲着复杂情绪的场景。小说的叙事速度很慢，甚至人物的面目也都比较模糊，但是读后那一种或灿烂或黯淡或悲壮的生命情状却会给你留下深刻的印象，并玩味良久，宛若寓言般带有某种哲学思辨的意味。

三

与传统的以故事来结构小说的作家不同，王凯很少刻意编织传奇好看的故事。在他的小说里，步枪的烤蓝、导弹的味道、军装的触觉纤毫毕露；沙漠特性、自然景观、风物人情极富质感，生活本身的气息、肌理、脉络以及主人公的心理活动、情感世界、官兵之间细腻幽微的关系都被原汁原味地保留下来。似乎也不着力于人物形象，写的是富于生命痛感的生活本身，是某种氛围、状态、场景、情绪，抑或一种感同身受却又无法言明的心境。这对于当前整体上湮没于故事中不能自拔的小说叙事而言尤为可贵，也构成了王凯对当下小说过度依赖故事性的一种叛逆性意义。

在王凯看来，故事只是小说之"用"，发现、疑难、追问、辩驳、判断，个体对世界的独特理解、故事与现实与人性之间的关系才是小说之"体"。王凯的小说具有一种挽歌气质，逝去的青春岁月在尘封的记忆里发酵，但味道依然熟悉，让人想起那些缓慢而笨拙的时光。在故事的外壳之下，看似不疾不徐的叙述却蕴含着强大的情感张力，不动声色中积蓄着撼人心魄的力量。王凯小说的焦虑在于，要么通过强大的写实能力使生存自身产生复杂的"存在"意味，要么在新的、现代的意识和视角下，对军人的生存状态和心灵世界做出独特别致的考量。

中篇小说《楼顶上的下士》以军营日常生活为线索推进故事，聚焦人性真实与职业伦理的矛盾，基层连队官兵的精神与心理。小与大、个人与集体、微观与宏观，多重辩证关系拓展了小说的生活幅面和主题。小说的结构呈发散性，题目与故事的关联更是值得玩味。小说的前半部分，楼顶上的下士——姜仆射，并不是叙事的核心。他若隐若现、形象模糊地出现在连队管理、任职分工以及军营内外的现实生活中。在王凯自然而然的铺叙中，读者率先通过李金贵、王军等人物，并围绕战士复员的现实逻辑建立起对指导员的信任感和同理心。及至小说的后半段，姜仆射作为故事里的"小"，形象逐渐凸显，与以"大"为重的指导员互为各自转变的线索，"大""小"之辨将有关自我价值、个人权利与义务之间的权衡和盘托出。

中篇小说《迷彩》是一篇颇富有现代主义色彩的佳作。军官唐多令因为意外得知女朋友于盈盈曾经与她的上司有染，愤而与之争吵，导致女友与他断绝联系；而唐多令无法摆脱对她的思念，一次次地去于盈盈新的工作单位寻找她，一天天地等待她的消息。小说描述了唐多令既爱恋又无法释怀、既痛苦又无法解脱的矛盾状态，用大量笔墨表现他备受煎熬的寻找与等待。有点类似荒诞派戏剧《等待戈多》，等待意味着希望；等待也意味着机会的丧失。等待或是放弃，并无明确的答案，但它们都是那么地贴近生命的本质。

中篇小说《沉默的中士》刻画了一名内向懂事、甘于寂寞、尽职尽责的战士形象，他不多言语，自愿到远离众人的车场值班，勤勤恳恳又遵守纪律，但结局却是他被发现曾在入伍前参与过一起抢劫杀人的罪案，由"我"出面亲自逮捕了他。小说之前的情节铺垫，在结尾处瞬间土崩瓦解：人心灵的秘密，需要沉默来坚守，更需要喧嚣来遮蔽，车场的冷清环境恰恰凸显了主人公内心世界的波澜；而人与人心灵间的距离之遥远，是远远超出我们日常的思维和想象的，人的"存在"本质上是隔离而孤独的；但是，人与人的关系，以及对自我的认知又是可以通过交流与沟通来达成理解的，而交流与沟通的过程是永无止境、永不停歇的。

中篇小说《换防》叙述了一位连长与指导员在面对部队离开大城市换防到偏远地方的变故时所做出的不同选择，以及由此带来的不同的人生命运。小说直面和审视"我"人性中软弱与黑暗的盲区，从而衬托出另一个不曾出场却又无处不在的人物在困境中所做出的奉献与牺牲，以及人性中的善良、高贵甚至是伟大。短篇小说《魏登科同志的先进事迹》在叙述结构上别具特色，作者采用了类似影片《罗生门》的结构方式，以"我"受命整理资料无意中发现一本调查笔录为线索，把一场意外事故当作故事起因，列举了若干谈话人对魏登科同志的评价，并把这些评价作为笔录原封不动地"誊写"到小说里。作品有如一面多棱镜，读者在每一个棱面上会见到未曾谋面的主人公魏登科的不同侧面。作者想表达的是时代强加给人的政治性符号最终对人性造成的扭曲，以及小人物对境遇的无奈与无力。短篇小说《任务》以伍秋原和老宝贵一家的交往为线索，写出了一名面临转业的军官的生活常态，这或许也可以看作当下许多军官的生活状态和心理状态的缩影。小说沉浸在一种蓬松而绵软的叙述情绪中，叙事脉络是简单的，但牵出了诸多沉重而痛切的社会问题。

世俗化的关系与军营战友情的冲突、错位，欲望失落与无奈忧伤是王凯小说的常见主题。当所有人都无力自拔的时候，人的灵魂、命运和现实生活之间形成了悖论，这悖论里堆积出荒诞感，于是小说便开始接近寓言。王凯的叙述看似漫不经心，内在气质里却有着深重黏稠的质疑和悲悯，是那种深植于大漠的粗犷和苍凉。荒芜恶劣的自然环境，体制内部的现实压力，对那些年轻军人的宝贵青春而言，无疑构成了压迫性的"存在"。面对那些硕大无朋而又坚硬无比的"存在"，青春、理想、欲望、爱情的柔软肉身遵从着心灵的召唤，在狭窄逼仄的空间里横冲直撞、遍体鳞伤。

对于笔下的人物，不管地位高低，无论正面反面，王凯都怀有一种深沉的情感——悲悯与诚挚的爱。正是这种悲悯的情怀和感同身受的理解，使得小说中那些远非英雄甚至不那么正面的人物，虽然有着道德、性格或行为上的缺陷和瑕疵，依然会在某一时刻流露出质朴、善意与诚挚的一面。在王凯看来，单纯地揭露、批判与嘲讽并不难。尤其是站在政治正确的立场上批判过往军旅生活的阴暗面，甚至将某种现实存在彻底抹去，都是相对容易的。正是基于对现实经验的熟悉，王凯没有拘泥于表浅的日常事象，更不愿做出廉价而浅薄的价值判断。他选择沉潜入现实生活的深层肌理，再反身而出，试图以一种跳脱和超越的视角赋予现实生活以一种整体性的观感，对人物的现实遭际和精神困境抱以深切的理解和同情。比如《导弹和向日葵》中的主人公叶春风，尽管在很多事情上表现出幼稚与迷茫，但内心深处纯粹、清高，有着浓烈的英雄情结，而且能一以贯之地坚守，不因境遇的改变而令心灵蒙尘；在经受了种种潜规则和世俗欲望的考验之后，依然不失赤子之心，最终收获了精神的成长和灵魂的超越。王凯在故事层面进行批判和思辨，而在人物身上寄寓激情和理想，这正是小说动人之处、价值所在。

四

一部伟大的小说之所以不朽，首先是因为它塑造出了不朽的人物形象。但是塑造不出令人印象深刻、经得起反复言说的人物形象，恰恰是现代小说的一大危机。进入21世纪以来，中国小说最严重的病象正是经典人物形象的缺失。以至于我们再难以像说出《安娜·卡列尼娜》《高老头》《欧也妮·葛朗台》《羊脂球》《约翰·克利斯朵夫》等等文学经典那样，如数家珍般随口说出我们这个时代优秀小说的名字。我们的作家甚至早已丧失了将小说人物的名字作为标题的自信和勇气。问题在于，作家对自己笔下的人物是否真正了解、熟悉，是否充满理解、悲悯和爱意。

在《导弹和向日葵》中，叶春风、罗慕、白雪歌、车红旗、兰甘、钟军等人物形象之所以令人印象深刻，就在于王凯循着传统现实主义文学观念，着力"塑造典型环境中的典型人物形象"，于生活的流态中写出了上一个时代军队的重重积弊，道出了和平年代青年军人心中的无奈与苦涩。叶春风这个人物就是千千万万基层带兵人的代表，他们有文化、有理想，也有拼搏奋斗的志向。然而，在严酷的自然环境和崩坏的政治生态中，叶春风和他的同学们尽管拼尽全力、左支右绌、心力交瘁，却依然难以实现自身的抱负与理想。

在巴丹吉林沙漠的军营中，爱情无疑是一种奢侈品，是年轻军人们赖以确证自身生命存在的重要象征。小说中的爱情书写，作为一条重要线索贯串全篇，令人唏嘘、震撼。在艰辛与孤寂中，爱情既可以彼此温暖、抚慰；也可以作为一种稀缺的商品，交换世俗的利益；更可以被多舛的命运玩弄于股掌间，暴露生命的卑微和人性的丑陋。女性人物尽管依然不是王凯小说的重点，但是白雪歌这个人物写得尤为精彩。小说结尾处，这个看似心机深重、行为放荡的女孩终于表露出她真实、纯粹的心灵内面。种种委屈和隐忍、生命的沉重和背负一起涌上心头。当她最为真实的情感秘密被揭开时，那种悲伤、愤懑连同一道尖利的疼痛深入骨髓。必须坦言，那一瞬间，我流泪了。

青年军人的爱情构成了《导弹和向日葵》的主要故事线索，日常生活的烟火味儿里甚至氤氲着浓重的欲望气息。性与爱在王凯的叙事中是置于前景的符码，勾连着身体与灵魂，也对抗消解着人际关系的残酷和生活的困窘艰辛。叶春风那种骨子里透出的清高和孤傲，显示出在残酷的世俗存在中，个体生命所能保存的选择生活道路和命运归宿的最终权利。理想和现实间的巨大落差，构成了悲剧性的审美氛围。人性的深度、生活的可能、命运的波折、人物的形象，都在悲剧性的故事中次第浮现。从欲望的密室中逃脱，闯向自由精神的旷野，其中的无奈、欢愉、解脱既闪烁着人性的光芒，也传递出疑难和反抗带来的生命痛感，更构成了对历史谬误和时代症候的隐喻。在这个意义上，作家站定了省察和批判的立场，小说的审美气质也因之变得深沉而开阔起来。

在中篇小说《沙漠里的叶绿素》里，类似的故事同样在上演。对于性资源的追逐，使得"僧多粥少"的大漠军营成为爱情与人性的试验场。这里的沙漠也可以看作是对当前这个情感上"过于粗粝也过于干燥"的时代的隐喻。"在沙漠酷烈的生存环境下，'逐水草而居'的动物本能占据上风，生存的需求压倒了爱情的渴望，理想再一次溃败于现实。于王凯的创作中，我们一次次感觉到理想与现实的错位。这种错位被美学化为一种堂吉诃德似的'不合时宜'的人物形象——这个形象是一个纯粹的理想主义者，对于理想的爱情是迷恋和执着，如此的不可思议，几成偏执；他怀抱理想却脱离现实、耽于幻想，无视已经发生了变化的时代，这使他的行动看上去滑稽而夸张；然而，他是一个永不妥协的斗士，他为实现理想而奋不顾身的精神令我们折服。相对于灵活多变的动物性生存法则，这个固守不变的人物身上无疑具有着某种'植物性'，一如'爱情'……他选择了'我'——陈宇——那个'本我'作为叙事人，以他的眼光来呈现彭小伟的种种'可笑'，以一种滑稽戏谑的叙事语调，写出了理想与现实之间的紧张关系，写出了'理想主义'在'现实主义'时代所遭遇到的种种尴尬。这使得小说具有某种戏剧性和喜剧性。然而，小说结尾，当彭小伟举起他为了向丰亦柔证明其爱情忠贞而自伤的手指头，反问'我'：'你能说，这不算爱情吗?'这凛然的发问，却真让我们无言以对，悲从中来。"[3] 意蕴上如此尖利冲撞的主题，显然源于王凯对世界的冷眼和质疑，而丰厚的意蕴和存在感恰恰是小说区别于故事的最重要的标志。

五

王凯就像一个手工匠人，拿着放大镜捕捉着巴丹吉林沙漠深处某座军营里一群年轻官兵的喜怒哀乐。灰蓝色的沙漠，暗绿色的军营，王凯小说的背景大都是冷色调的，灰暗中闪耀着金属的光泽。王凯笔下的巴丹吉林沙漠，以其艰苦卓绝、荒无人烟的特征，作为与生命力相对立的一种自然景象而存在；但由于责任与使命的要求，军人必须驻扎于此，以鲜活的生命、强大的精神与充沛的情感去抵御沙漠的吞噬。两者之间既对抗又相互依存的关系，很容易造就观念上的荒诞感。

中篇小说《蓝色沙漠》充满了自我拷问的意味，把军人精神与情感中最脆弱、最迷茫的部分呈现出来，让人看到生命的真实与荒诞是无法剥离的正反两面，而"陷入"与"逃离"是小说主人公所面临的现实境遇和精神困境。闻爱国是那么轻松自如，纵身一跃就能实现逃离梦想，但最后他却因为违纪而受到处理，之前的种种努力与经营毁于一旦。人物的命运轨迹直指陷入与逃离的悖论关系，当你逃离了某种环境，同时就陷入另一种境地，两者反复推动，相互转化。小说叙事细腻绵密，严格地遵循着生活本身的逻辑，可延伸到最后，往往得出的却是与世俗和现实背道而驰的结论。这正是王凯的高明之处，小说家的视角是独特的、异质性的，对现实和生命都怀揣着强烈的质疑和焦虑。他笔下的人物大都外表平静、内心执拗，执着探寻和追逐的是不同于世俗逻辑的另外一重可能性，是精神的飞升和超越，是人心的不同选择。

六

当下的青年作家在小说叙事中，总是显示出一种简单的性质和片面的倾向：每每将一种情感结构推向极端，而缺乏在复杂的视域中平衡地处理多种对立关系的能力。而《导弹和向日葵》则始终是在复杂的网络中展开矛盾冲突和情感纠葛。叶春风和他的军校同学们之间、同学与同学之间、机关层面的横向联系、与基层的纵向关系，凡此种种构成了一个错综复杂的关系网。故事的推进和人物的成长都需要在这重重交叉的网络逻辑中才能实现。而军营和沙漠宛若庞然巨物，横亘于小说的景深处。冰冷、沉默，悄无声息地吞噬着周遭的生命，也消耗着内部的能量。小说中的人物如同陷入了一个巨大的磁场，不管如何逃离，怎样回避，终究逃不开这无物之阵的笼罩。王凯洞悉外部世界对个体生命的影响和改写，并将这一过程书写得纤毫毕露、惊心动魄。的确，我们的文学应该从狭窄的个人视域和封闭的内心世界走出来了，应该以一种客观的态度面对丰富驳杂的外部世界。客观性不仅意味着人物形象的精确和真实，更意味着写作伦理的强健和美学精神的开阔。

《导弹和向日葵》在《当代》2015 年第 6 期刊载时，曾题为《瀚海》，我个人更喜爱这个题目，言简而意深，准确亦含蓄，给人无限的想象空间。作为重要的象征意象和思想线索，章节前面引述梅尔维尔长篇小说《白鲸》的片段，贯穿全篇。《白鲸》中那种对海洋文化的崇拜、对自然伟力的向往和对强健人格力量的赞颂，实际上也提示出王凯对小说的理解和趣味。"瀚海"作为小说的核心意象，不仅描述出沙漠的本质，更勾连着辽远而宽广的外部世界。沙漠如海般壮阔，而人物的命运就如同巴丹吉林沙漠深处的弱水，蜿蜒流过干渴、粗粝的河床。坚韧和严酷、逼仄和辽阔，诸多反义词构成的沙漠存在与海洋的意象遭遇，显得尤为意味深长。

王凯说，他小说中人物的名字都来自唐代边塞诗人岑参的《白雪歌送武判官归京》中的诗句，小说中的人物因为名字天然地沾染了些许诗意，诗性的意象和抒情的笔调显示出作家的理性认识、情感态度和道德立场。他不仅描写现实，而且解释现实，不仅传递经验，而且超越经验。瀚海和《白鲸》的意象最终指向的是存在主义式的精神超越，释放出一种打破心灵的局促与狭窄，让精神飞升的向上拔擢、向外发散的力量。王凯的痛感叙事由此获得了充分的现实感、概括力和整体性，终于跳脱了狭窄庸常的底层视角，达至开阔辽远的存在之境。

注释：

[1] 〔捷克〕米兰·昆德拉：《小说的艺术》，第42页，孟湄译，北京，三联书店出版社，1992。

[2] 参见傅逸尘编著：《"新生代"军旅作家面面观》，北京，作家出版社，2018。

[3] 饶翔：《如果这都不算爱》，《青年文学》，2017年第7期。

[4] 〔秘鲁〕巴尔加斯·略萨：《给青年小说家的信》，第6页，赵德明译，上海，上海译文出版社，2004。

"反英雄叙事"的精神内面

——西元军旅中篇小说读记

一

英雄应该是早期的狩猎与稍后的战争的产物，其本质在于诸多方面的超人特性，这种特性是在塑造和传播的过程中逐渐建构起来的，与神话传说及图腾崇拜似无二致。千百年来，对英雄的崇敬与渴望已经成为人类的一种集体无意识，抑或是一种无法抹去的精神性想象。

中国人的英雄情结，或言对英雄的崇敬与膜拜，从对《三国演义》与《水浒传》的超常迷恋中即可窥一斑；但百多年来近、现代史的屈辱让中国人的英雄梦想几乎丧失殆尽，直到抗日战争及之后的解放战争的伟大胜利才重新唤起大众崇尚英雄的澎湃激情。1949年后，虽有朝鲜战争和几次局部自卫战争的胜利，但和平发展与经济建设已经成为主流，尤其是1990年代以降市场经济的迅猛发展，人们重归生活的日常性与世俗化，英雄渐行渐远，终于淡出人们的视野。但历史的轮回却有些出乎人们的意料，泛娱乐化的世俗生活流行了不过十余载，以影视剧为表征的英雄叙事在 21 世纪初年大规模地重回银幕与荧屏。人性化、个性化，甚至草莽化特征凸显，浪漫奇崛的传奇故事以及英勇悲壮的牺牲气概让人们心向往之。20 世纪五六十年代的"红色经典"亦被二度创作，大众对英雄表现出了自改革开放以来少有的崇敬与渴望。这股英雄叙事思潮是一种相当复杂的存在，而我更愿意从积极的意义去解读。也就是说，消解日常的庸俗性对人们脆弱心性的侵蚀，反拨人生理想与价值的失落迷茫或许才是背后隐含的深意。至于当下泛滥的抗战神剧，一方面与泛娱乐化的文化生态相关，另一方面或源自因历史屈辱与痛苦而产生的民族主义的精神焦虑。

二

70 后"新生代"军旅作家西元，近年来连续发表了数个军旅题材中篇小说——《锻炼锻炼》《遭遇一九五零年的无名连》《界碑》《死亡重奏》（后两部《小说选刊》选载）。让我为之惊异的不是他在创作上的连续发力，而是这几部小说跳脱了传统英雄叙事的观念与理路。他所着力描写的人物几乎没有符合传统英雄标准的，都是普通得不能再普通的基层部队官兵，形象自然谈不到伟岸，言行也说不上崇高，私心杂念更是不少，非但与高尚沾不上边，甚至连人物名字也有被西元故意矮化之嫌。最重要的是他们没有显赫传奇的经历，没能做出影响或者改变某一事件进程以及人们生活状态的事迹，与人们习以为常的英雄印象相去甚远。如果说《锻炼锻炼》《遭遇一九五零年的无名连》《界碑》反映的是和平年代的军旅生活，没有了战火硝烟的衬托，连官兵自己心中的英雄意识也逐渐冲淡，英雄的"风光不再"或许不足为奇；然而，详细描写朝鲜战争中一次残酷阻击战的《死亡重奏》也没有出现我们熟悉的英雄形象，仍然是一群普通的基层官兵。他们当然也都视死如归，并与敌人搏斗至生命的最后时刻；但他们却没有我们已经熟知的那种民族大义与祖国利益高于一切的英雄志向，即便是面对残酷血腥的战场与死亡，他们还是保持着自自然然的生命常态。许多牺牲士兵的名字，连一直战斗到最后的连长魏大骡子自己都不知道，后来干脆都不想知道了。直至小说结尾，我都没有发现西元在努力塑造人物，更遑论英雄人物。这几个中篇的阅读让我提心吊胆，甚至有些替西元后怕，如此一地鸡毛式的生活碎片，靠什么来支撑小说的结构呢？西元对军旅文学进行探索性叙事并不让我惊讶，诧异的是他断然拒绝既往的英雄叙事传统，甚至彻底颠覆了大众心目中早已固化的英雄形象。尤其是他刻意而为的人物及生活，还有对思想、精神的日常性描写，似有重归1990年代初期"新写实小说"的倾向，我所谓的"反英雄叙事"并非出于批评策略的考量。

西元当然不可能让他的小说到此为止，其实在阅读的过程中我就已经想到了，"反英雄叙事"实乃西元小说之表。在消解英雄之后，他却在悄然地建构着小说整体性的英雄主义精神，不但不张扬，甚至有些隐晦，有时还不得不使出已经不那么时尚了的象征或隐喻的手法。英雄主义当是意识形态化的结果，作为特定的思想、宗旨、学说，它张扬的是崇高的理想信念与高贵的生命价值。英雄主义与英雄的区别在于它强调的是一种精神，这种精神可以体现在英雄身上，也可以在普通人身上呈现。英雄主义具有一定的形而上意义，它更有可能在某个群体中得以充分彰显；而英雄却是一个具体的、个人化的形象存在。西元何以要通过"反英雄叙事"的方式而隐晦地建构小说整体性的英雄主义精神？这当然是基于他对当下中国社会现实，以及军旅生活存在的独特思考。英雄的缺失并不仅仅因为战争的阙如，更重要的在于精神的虚无与理想的崩塌。英雄似乎已经成为人们心中永恒的怀想，而人类价值理性的目的性选择使得在文学中建构英雄主义精神成为可能。换言之，西元在他的这一系列小说里，通过象征和隐喻，将那些散落的人物和碎片化的生活细节勾连起来，英雄主义的精神内涵在掩卷后的思绪，如同江南绵延不息的梅雨，在悄无声息中滋润着大地上的稻粱菽稷。至此，西元小说的思想精神向度已然清晰起来了。

三

《锻炼锻炼》（《解放军文艺》2013 年 1 期）中旅党委秘书、组织干事丁三帅被下派到三营当代理教导员，准备半年后回来接任组织科的老科长的职务，短暂的一年时光，让踌躇满志的丁三帅真正体验了这个只有三百多官兵的教导员居然如此难当。小说在三分之二的篇幅里用侧锋细致地刻画了一个在基层浸泡了多年的主官贾营长的形象，贾营长的思想境界谈不上高尚，他带兵的手段和为人处世的方法独特而实用，在机关和基层间协调游刃有余。小说描绘的都是日常性的军营生活，没有一件惊天动地或惊世骇俗的事件，而且两个主官丁三帅和贾营长又都各怀心事。也就是说，在某些事情上，或者在某种意义上，他们未必比他们手下的士兵更具有家国情怀和献身精神。然而，现实的军营里贾营长却是全营官兵的主心骨，只要他在营里，哪怕是他在睡觉，全营就妥妥帖帖。小说的最后写贾营长去南方学习，不在营里，丁三帅就感觉到了一种大家都不把他放在眼里的情绪，他终于因几个老兵在午夜里的吵闹而大发雷霆，这一"爆发"的内在因素显然是对被贾营长压抑的一种报复性的情绪释放。贾营长和丁三帅显然都不具备英雄的品格与情怀，但他们身上又不时地释放出一种耐人寻味的真性情，而这种性情又注定会在某一瞬间里绽放出灼人眼目的光彩。

《遭遇一九五零年的无名连》（《当代》2013年5期）写指导员王大心带领四个战士从一个基地赶赴戈壁滩上的一个小火车站，装卸工地用的水泥。先前说是七天，结果干了一个月。这个地方没吃没喝，什么都要从几百里外的基地往这里运，而且连住处也没有，只能在一个破旧的红砖房里将就一下。五个人，每人每天要将一火车皮的水泥卸下来，再装到从基地工地赶来的卡车上，劳动量之大可想而知。问题是连长调配给王大心的四个战士都有些问题，或者不能干活，或者属于调皮捣蛋的那种，还有女性化的，只有一个从农村来的通信员是个"好兵"。罗三闯是小说着墨最多的一个人物，但他觉悟不高，看问题也有些阴暗和偏激，虽然干活不差，但他显然离英雄的形象相去甚远。这几个"老弱病残"起早贪黑，戈壁滩上白天太阳暴晒，水泥灰弄得全身到处都是，加上汗水的搅和，烧得浑身火烫，而且晚上连个澡也洗不上。他们牢骚怪话挂在嘴边自不必说，彼此之间还都不服气，经常窝里斗。但他们最终却坚持下来了，在那没水没电没人烟的戈壁滩上搬运了一万吨水泥，基地整个工程主体，就是靠这五个人一袋水泥一袋水泥背出来的。这样一些有如散落在河床里的碎石的生活细节很难让你联想到英雄，于是，西元将一九五〇年朝鲜战争中的一个无名连参加的一场阻击战拉进小说中来，让这不同年代的两个人群形成一种隐喻关系，小说因此获得了一种内涵丰富的思想深度，五个官兵行为背后所蕴含的英雄主义精神也随之弥漫开来。

《界碑》（《解放军文艺》2014 年 7 期、《小说选刊》同年 8 期）仍然是在写人物群像，某特种旅的日常性工作与生活，每个人都有自己的理想，但这个理想的实现却遭遇现实的种种挫折。让指导员王大心棘手的问题是连里转上士的名额只有一个，按资历和能力应该让李钢钉转；可是营长及旅政治部干部科代表旅长打电话要他必须把名额给上官飞飞。王大心没办法，只好准备了酒菜与连长一起给李钢钉送行。被李钢钉一顿抢白倒还在其次，让王大心无地自容的是刚刚谈完，旅里突然来了紧急任务，全连立即赶赴西北建武器试验基地，而最重要的建筑设备塔吊除了李钢钉没人玩得转。王大心硬着头皮要求李钢钉随队时，李钢钉以腰不行了加以拒绝；但连队集合的时候，李钢钉还是站在了队尾。李钢钉没有什么崇高的志向，但在西北基地没人能够装大梁的时候却挺身而出，最后为了救徒弟上官飞飞，被断裂的钢丝绳打瞎了双眼。旅文化俱乐部的白洁想通过出一张重要的唱片来改变命运，但没钱做推广，只好违心地玩儿命陪一位局长喝酒，但最终还是没能做成。新任务来了之后，她被旅长派到西北基地，在艰苦的施工生活里，她被战友们感动，本来在又一次陪酒中认识了一位喜欢她的老板要出资给她做推广，但她却坚决地拒绝了。李高工刚退休不久就被旅长重新拉到队伍中来，他之所以来，也不是说多么地高尚与理想，而是在家里待不住，离开了队伍就不知道怎么生活了。然而，在工地，他不但负责技术指挥，还在没有人手的时候亲自砌砖，尤其是在装大梁的时候，他带着李钢钉上到几十米高的厂房上成功地指挥架设大梁。魏大骡子也是被钟旅长临时点的将，赶鸭子上架当了指挥长。魏大骡子相当于副团职，虽然是技术九级，但他并不真的懂工程技术。当材料供应商打着基地首长的旗号以百分之五的点回扣给他，从而降低材料标准的时候，他真的纠结不已。但最后，他还是被李高工和李钢钉大无畏的献身精神所感染，下令拒绝了材料供应商。界碑其实是一直装在王大心的心里，它来自祖父辈们的艰辛的历史，后人可能永远都不能理解，但不知什么时候你会与它遭遇，在那一瞬间它便横亘在了你的眼前。在工程结束后返回的天昏地暗中，王大心感觉到了它的存在。

四

在我看来，《死亡重奏》（《钟山》2015 年 1 期头题、《小说选刊》同年 3 期、《中篇小说选刊》同年增刊第 1 期）是西元最出色的一部中篇小说，也是 21 世纪初年以来军旅小说中独具一格的重要作品。小说借用西方的音乐形式的结构，既非常严谨，又描写了不同的死亡情景和让人难以想象的残酷的战斗画面，交织成一曲丰富而复杂的"死亡重奏"，一改西元之前小说在结构方面的随意性。对战争场面和人物内心的描写极富文学性，其华彩程度为 21 世纪初年以来的军旅小说所不多见。超出连长魏大骡子经验的战斗的残酷性完全被诗性消解，甚至连死亡也不再令人恐惧，与西元此前小说的世俗化叙事形成强烈反差。

小说写朝鲜战争时的一场 7 号高地的阻击战，高地下边有条公路，被中国人民志愿军包围了的美军十来个师只有打通这条道路才有生还的可能，团长给连长魏大骡子下达的战斗任务是守住这个高地，不让敌人从山下的公路南逃，时间是直到一二三师赶到。交代人物"前史"是西元小说普遍采取的方式，从叙述的角度论，它延缓了小说发展的速度，但这不是西元的目的。西元通过"前史"的叙述来达成对人物现实情感、心理和思想的观照，尤其是在人物死亡前的短暂时刻，"前史"让人物在诗意的回想中赋予死亡以宗教般的意义。如果说和平环境下对英雄的塑造在某种意义上有些勉为其难，那么这样一场残酷的战斗无疑为西元提供了描写英雄的土壤和条件；这些人物虽然都视死如归，但西元却仍然固执地拒绝升华他们的思想境界，战场在他们心中似乎已经成为普通的场景，与以往记忆中的生活相比没什么特别之处。十四岁的二斗伢子是个新兵，刚刚补充到这个高地上，但他是那场战斗的唯一幸存者，小说每一章前的第二人称叙述当是以二斗伢子的视角对战场的观察与感受。西元对战场的丰富感觉通过二斗伢子表现出来，但二斗伢子却并非重要人物。

其实在西元的小说里几乎没有重要人物的概念，他只是按照人物的经历尽情地发挥他的想象。比如说连长魏大骡子，他是这场阻击战的最高长官，他到高地一看就知道自己怕是不能活着回去了。西元没有将魏大骡子描写得多么英勇与智慧，用他自己的话说，我他妈可没那么些崇高。他很平实，作为一个老兵他在战场上表现得很淡定，而且有一套自己的经验。在面对美国俘虏的时候，他也没有表露出强烈的民族主义情绪，而是彰显出中国人朴实的人道主义。在被打瞎了一只眼后，他甚至咒骂一二三师迟迟不到。他说我就是一个庄稼人，为国家壮烈牺牲？国家在哪儿呢？我随九兵团从海南岛一头扎到北朝鲜，一天好日子没过上，你说我能愿意吗？但是，魏大骡子又说，我站在高地上，那鬼子就别想站在这儿。我倒是要和他们比一比，到底谁的命更硬！最后，魏大骡子死在了敌人坦克的炮火中，连尸体的踪影都不见了。

上官富贵也是一个老兵，但始终保持着农民的单一的执着，他让魏大骡子给他划出归他守卫的阵地，这似乎有些可笑，但他的"前史"是二十年前他爹把自家那一亩九分地的地契攥出了血。黄河决口，全家九口逃往陕西，仅他一人活了下来，浑身上下没一颗粮食，只在裤裆里缝了一张地契。将历史勾连起来，我们就理解了他对属于自己的那块"地"的几近偏执的确认。上官富贵随后又说，你放心，我不会让鬼子越过去半步。英雄主义精神不是已经蕴涵在这可笑的两句话里了吗？后来，上官富贵面对冲上来的美国大兵一枪一个地射击着，但美国大兵还是冲了上来，而且眼看着就要跨越魏大骡子给他划的那道线，上官富贵急眼了，握住刺刀朝冲在最前边的那个美国大兵冲去。这个河南农民对美国大兵对准他的黑洞洞的枪口很漠然，他低着头，死死地盯着那条画在地上的线，他的心头只有爹死前的话，没地就没命。上官富贵在与敌人进行了更为残酷的搏斗后，在半夜的严寒里坐在自己的阵地上死了。饥饿已经将文书王尽美折磨得对死亡没了恐惧，高地如果是最后的墓场，也没什么可痛苦的，只是在它还没有成为墓场之前，就必须待在这里。王尽美望着风雪中灰色的太阳，脑海里闪现着他亲历的日本鬼子占领南京后的一幕幕悲惨的景象，在与美国大兵的搏斗中他想到的是如果让美国大兵的皮靴踩在这座高地上，身后就是另一座南京城。在敌人的刺刀刺穿了胸膛后，他掏出了隔壁家姐姐送他的照片，他想起在下雨的小巷里与姐姐拥抱的那一刻的美丽……

五

传统的英雄叙事当然可以满足大众的想象性期待，尤其是对虚构文学而言，它为作家预留了巨大的创造空间；但文学终究不能远离生活真实，艺术地还原真实既是一种悖论，也是考验作家的尺度。我不敢说西元在这几个中篇里对英雄叙事的探索达到了怎样的高度，我只是认为他对英雄主义的强调更接近事实本相。从历史的角度看，用文学的方式还原本相不见得是最好的方式，但却是重要的方式则不需要论证。西元的文学探索当然不仅仅止于精神性的存在，比如从结构角度论之，他的小说有如中国传统的水墨画，采用"散点透视"的方法，没有中心情节，自然就不存在围绕中心情节结构故事，说没有故事似乎更准确，也不突出所谓的"主人公"。他聚焦于碎片化的日常生活，将思想与精神寄寓其中，然后以一种象征性的暗示来提升小说的意义与思想。

反映和平时期军营生活的小说粗看似乎有些粗粝与散漫，但生活原本不就是这个样子吗？那些精巧的小说当然好看，也更具文学性，但距离真实的生活其实已经很远。我不认为真实是评价小说的最重要的标准，但真实让我当下的阅读更有耐心。西元既有基层部队的主官经历，又有北大中文系的博士学位；既搞文学研究与评论，又写小说数年。我相信我的感觉与判断，西元未来的小说值得读者期待。

下编

21 世纪中国小说如何伟大起来？

    21 世纪的第二个十年行将结束。回望这 20 年来中国小说的发展历程，反思一下它在哪一层面上给我的青春与人生，或思想和情感以教益与陶冶，哪怕是等而下之的迷醉或娱乐，就像单田芳的评书之于我的中学时代。检视的结果却是失望，这不能不让我为之惊讶不已。当然，我不会忘记莫言的成就，不仅仅是因为诺贝尔文学奖，而是他对小说的探索与创新一直伴随着他的文学生涯，形式与思想，无论从哪个层面看，他都是中国最好的作家之一；这样的作家还有几位，像阎连科、刘震云、贾平凹、王安忆等，问题是他们都成为了作家或小说个案，或者说他们只是作为一个有个性与艺术特征的作家而存在；他们对小说的探索与创新始终没能形成思潮与主义，无法在中国文坛更广阔的范围漫延开去，这不能不说是 21 世纪中国小说的悲哀。

一、文学思潮与主义的缺失

在我看来，21世纪以来最优秀的作家大都出道在1980年代初至1980年代末——文学史谓之"新时期"十年的那个黄金时代。直至今日，重读他们的代表作品，仍会令我感动，尤其是文化寻根思潮中那些颇具经典意味的作品。他们依凭着自己深厚的生活积累和已经具有一定现代性的文学观念，当然还有思想的能力，奠定了在中国当代文学史上的地位。进入21世纪，他们仍然是中国当代文学的中坚。当然，也还有一批作家退出了文学界，另寻他途，让我时常为之喟叹不已。比如阿城，他小说中的人物表征着老庄思想与禅宗境界，融汇着深厚的中国传统文化与道德伦理，自成一格，至今未见超越者。

1980至1990年代是中国当代文学最活跃的时期，思潮与主义竞相绽放，小说、戏剧，尤其是诗歌，甚至还有理论批评，说汹涌澎湃亦不为过。无论文学性如何，也不管从哪里拿来，终归是在尝试与探索，而且充满着想象与激情，建构了一个只有20世纪二三十年代可以比肩的真正意义上的文学场；而这，恰恰是近二十年来中国文学所缺失的。当思潮与主义不再，创作界与批评界，还有媒体合谋，再加上各类评奖中的人情世故，一片叫好声中的21世纪中国小说，其世俗平庸的真实面相，却少有人愿意直面。

近读威尔·贡培兹〔英〕的《现代艺术150年》，感慨万千。这部有如散文般优美的美术史论专著，虽然是概括，但仍然展现出西方现代艺术思潮有如瀚海潮汐般的流变。从现代艺术的

滥觞——杜尚始,作者论及了从前印象派、印象派、后印象派
到达达主义、超现实主义、波普艺术、极简主义等等艺术流派
与思潮,真可谓乱花渐欲迷人眼。如何评价这些艺术流派暂且
不论,我想说的是,这150年的西方艺术是真正在艺术的境界
里存在和生长。就有如我们的春秋战国时代,那些圣贤们是真
正生存在思想与智识的境界里。没有这样的境界,很难想象会
产生伟大的作家作品。威尔·贡培兹在该书的"导论"中说:
"当下美术馆那日益庞大的参观者队伍,需要的是一种能为他们
的时代发声的艺术,一种新鲜、有活力、令人兴奋的艺术,一
种关于现时、现地的艺术,这种艺术如同他们一样,富有魅力,
新式时髦,有一点'摇滚':响亮、叛逆、有趣、酷。"这个描
述当然还不是我所期待的中国当下文学的现实情势,但它至少
充满了活力与想象,而不是如我们现在这般的世俗与平庸。我
们的文学场太寂静了,太统一了,太缺少想象力与激情了,如
同困守戈壁沙漠,听不到一点儿来自大海的潮声。

二、生活经验的贫乏与故事格局的逼仄

故事的概念无论东西方都早已有之,各种文学理论也都对
其高度重视;但故事作为小说之圭臬,并在近二十年来成为中
国小说创作之终极追求者却是罕见的。对此,我一直不敢苟同。
我怀疑,当故事成为小说最重要的,甚至是唯一的要素,当所
有的作家都绞尽脑汁去追求讲述一个所谓好看的故事的时候,
这个时代小说的品质是极其可疑的。我对这个"好看"颇为疑

虑，它的语义下的世俗性意味远超于文学性。问题是，理论批评家们也跟在作家的身后鼓噪这样一个浅薄的观念，而无力进行更多文学性层面的探索，这导致 21 世纪以来的中国小说平庸苍白，碌碌无为，自然不可能有什么面对世界文学的独特建树。

经验在作家写作中的地位或作用是不言而喻的，尤其是小说家，缺乏经验几乎是不可想象的。那么，经验是什么呢？我们现在有经验吗？（我指的是文学史意义上的经验）经验是作家的生活与经历吗？当然是；但又不完全是，或者说生活与经历是经验的一部分，是经验的基础或素材。按此逻辑推论，经验当是生活的提炼与概括，是一种主观性的观念。本雅明就认为，经验是年长者传给年轻人的，权威者通过谚语，絮叨者讲故事。可是在经历了"一战"后，经验贬值了，再没有了正经能讲故事的人和临终者可信的话。谁能在关键时刻想起一句谚语？又有谁愿意试图以他的经验来和年轻人沟通？本雅明说上述这番话是 1933 年，八十多年后的今天，我并没有感觉到时间或空间的距离。在经历了那么多的痛苦与磨难后，我们获得了什么样的可以向后代讲述的故事与可信的话呢？比如说抗日战争、解放战争、朝鲜战争，从生活与经历的角度看不可谓不独特与深厚，可是我们的文学创造了什么样的真正有价值与意义的经验呢？（仍然是文学史意义上的）

21 世纪以来的中国小说虽然没有主义和思潮，却不等于说它没有主流。底层叙事、娱乐化叙事，还有对历史的戏说，以及不知所云的现实主义构成了 21 世纪以来中国小说的主流，这样的小说是无法与世界对话的，更不可能对世界文学产生深刻的影响。据有关资料，2006 年，德国汉学家顾彬称：中国当代文学是垃圾，上世纪末在国内红极一时的"美女作家"也是垃圾。鲁迅原来很有代表性，现在你给我看看有这么一个中国作家吗？这番不敬之辞曾在中国文学界引起轩然大波。十年后，当我们冷静下来，重新玩味顾彬上述过激之辞，还是不无道理的，可谓话糙理不糙。再看看近二十年的中国文学界，包括理论批评界，留下了什么创造性的文学想象与探索呢？如此逼仄单调的文学空间，又能生长出何种品质的文学呢？

三、重建小说的写实能力

对于当下的小说创作，我有一种直感——作家们还原现实生活场景的能力，也就是写实的能力普遍不强。多数作家把功夫都下在了编织故事上，而对细节的还原，以及场景的描写能力明显不足。缺少真实细节的支撑，又不能依托于逼真的生活场景，这样的故事不仅单薄，还让人感觉虚假。比如说严歌苓的小说，故事都不错，视角独特且富于传奇性；但在我看来，却难成经典，更遑论伟大，很重要的原因就是她对小说的理解更多地体现在故事本身的讲述上，小说的其他元素相对薄弱许多，而她还原现实生活场景的能力就更等而下之。

我们天天在喊现实主义，但我觉得很多作家对现实主义的理解还比较表浅，以为只要是真实地描写现实生活，讲述真实的人生故事，就是现实主义了。关于这个问题，我们真的要回到 19 世纪欧洲批判现实主义文学的那些代表作家那里去寻找经验。他们对生活的描写是真实的，叙事空间是广阔的，覆盖了政治、经济、军事等社会领域的方方面面。他们既讲述了动人的故事，又表现了广阔的历史与现实，作家们还原生活场景的能力更是令人叹为观止。《红楼梦》虽然重点写大观园里的女儿们，但所触及的社会生活的广度却远非一般小说所能比拟；更为重要的是，曹雪芹的写实能力足可以比肩 19 世纪欧洲批判现实主义文学的任何一位代表作家。陈忠实的《白鹿原》围绕白鹿两家几代人的争斗，全面描写了从清末到新中国成立，半个多世纪以来渭河平原农村的社会政治、经济、文化、宗教与风俗，成为史诗性的民族"秘史"。书中大量的人物与风俗的细节描写，显示出作家深厚的生活积淀和非凡的写实能力。这让我联想起，20 世纪五六十年代，那批创作了红色经典的作家都是小说所描写生活的亲历者，那些小说中的场景描写不单是为人物和故事存在的，它本身也是小说艺术极其重要的组成部分。我记得，好像是《平原枪声》里的一个细节，作家描写土造步枪的子弹从耳边穿过的声音，用的是"叭勾"两个字。这种对声音细节的逼真复现，没有生活的真切体验是写不出来的。

造成当下中国小说写实能力低下的原因是多方面的，当然，这里面还存在着文学观念的差异。此外，是否也与影视创作粗制滥造的影响有关？复杂的不论，挑简单的说。在反映上世纪二三十年代的影视剧中，谁看见过人们怎么花钱？都是抓出一把往对方手里一塞了事，或者干脆略去不表。花的什么钱？币值多少？谁发行的货币？一概没有交代。唯一敢用的就是"袁大头"。小说写得稍微虚一点还能打马虎眼，影视剧的直观性决定了必须还原真实场景,可是就连我们的观众也早已习惯了这种不无任性的想当然与粗制滥造。一位日本艺术家在评价冷军的作品时使用了"超限绘画"的概念,意即达到了油画本身的极限。冷军回应道:"油画的本质是什么?就是用画面去还原肉眼看到的事物,而我所做的,就是力争,将这个还原做到极致。"且不论这种方式方法,或艺术风格如何,单说画家的超写实功力与耐力,非一般画家可以达至。中国作家先不要说在哲学与思想层面达到什么样的高度,能不能先把所描写的人物、故事与生活场景写逼真了?重建中国小说的写实能力,说到底考验的还是作家的生活态度和写作伦理。

四、建构"形而上"的审美境界

21世纪以来的中国文学,史诗性传统没有被延续,日常的、世俗的、私语的故事成为叙事主流。没有多少作家关注时代的变革、现实的严酷,甚至说漠不关心、熟视无睹亦不为过;即便书写宏大题材,比如战争历史,也只是逡巡于性格英雄和传奇故事,真正对战争历史进行哲学思辨与人性叩问者寥寥。战争、历史、英雄,连同英雄主义,在某种程度上已成为肤浅的价值设定和廉价的消费对象,这样的作品,其文学品质可想而知。

中国读者之所以谙熟俄罗斯文学且情感深厚,政治的作用曾经是有过的,但我觉得更重要的原因还在于俄罗斯文学的品格——那种宏阔辽远的文学气象与审美境界。《战争与和平》

与《静静的顿河》自不必说，近来我细读了苏联时期格罗斯曼的长篇小说《生存与命运》，一部被誉为20世纪的《战争与和平》的经典之作。小说全方位叙写了震惊世界的斯大林格勒保卫战，从前方到后方，从斯大林格勒到莫斯科，从希特勒的集中营到卢布扬卡监狱，从乌克兰农舍到喀山，作者都演绎了一段段动人心扉的故事。宏大而又自然的史诗般的艺术结构，展现出广阔的生活画面，一以贯之的是俄罗斯文学传统那种大河般泥沙俱下的生活吞吐，是群山样巍峨耸峙的人性观照。

在《生存与命运》中，格罗斯曼不再线性地设定故事情节和人物关系，而是以斯大林格勒战役为圆心向外辐射，创造了一个恢弘的史诗结构，铺展出一幅宏阔辽远的生活画卷。反抗和怀疑的气质，是创造精神和文学抱负的结合。作为那场残酷战争的亲历者，他以冷峻又不乏温情的笔触，与长眠地下的亲人和战友对话，探寻真理，挖掘历史、战争、生存和命运中深层次的思想蕴藉；通过众多人物战前和战时的悲惨命运，通过他们的回忆与争论，对战争、政治、人性等等复杂的历史存在进行了理性而痛苦的哲学思辨；没有激烈的批判，我们更多读到的，是一个孤独的爱国者，那沉静深邃的灵魂省察。在描绘战争中人们悲惨的生活及处境的同时，格罗斯曼仍然不忘以细腻的笔墨展现普通民众丰富的内心、美好的情愫和高贵的灵魂。书中人物对科学、哲学的热爱，对文学艺术的热诚，以及对善意与爱的执守，让我感受到一个伟大民族的性格与情怀。壮丽的自然景物和厚重的大地河流，时时抚慰着悲伤痛楚的人们。无论命运怎样多舛、生活如何悲惨、境遇何等窘迫，作品中人物的生命总是萦绕着宗教般虔敬安详的光环，战争中的日常生活也充盈着道德的高贵与诗性的力量。

作品结尾处，一对不知名的夫妇携手来到林中。格罗斯曼写道：在凉爽的半昏暗中，在雪地下，躺着逝去的生活，躺着强壮的和瘦弱的、勇敢的和胆怯的、幸福的和不幸的人们。但是，在林中的严寒中，比在被太阳照耀的平原上，更强烈地感受到春意。在无言的寂静中，听到了对死者的哀号和对生活的猛烈的喜悦。相比整部作品惊心动魄、残酷激烈的总基调，如此静谧安详的结尾，令人震撼的同时，也让我思考：俄罗斯作家无论是托尔斯泰、肖洛霍夫还是格罗斯曼，尽管身处不同的世纪，关注的问题都是战争与和平、生存与命运这类关乎人类存在的宏大命题，书写的都是人类共通的情感和经验。一两个世纪之后，读者依然会被那种冷峻的思辨、人的尊严和高贵的精神所感动。

宏阔辽远的审美之境，并非评判小说优劣的标准，但对当下中国小说而言，却是一种极为稀缺的精神气质与审美品格，值得当代作家进行深入开掘与探索。中外文学史一再证明，作家是否具有宏阔的视野和博大的情怀，是否具有追求伟大的野心和经典的自觉，作品的格调和境界是大不相同的。

五、伟大的文学信念与传统

与顾彬的唱衰不同，几年前，美籍华裔作家哈金的言辞则是建设性的，他倡导中国作家创作"伟大的中国小说"。关于

"伟大的中国小说"，他做出这样的定义："一部关于中国人经验的长篇小说，其中对人物和生活的描述如此深刻、丰富、真确，并富有同情心，使得每一个有感情有文化的中国人都能在故事中找到认同感。""深刻、丰富、真确，并富有同情心"似乎也算不上多么高的标准，从视域的角度论之，"使得每一个有感情有文化的中国人都能在故事中找到认同感"还是偏于中国之一隅，缺少的是更宽广的世界性视野。

关于写作"伟大的中国小说"，哈金还强调作家的"文学信念"的巨大作用。他说："没有伟大的文学信念往往会给写作造成重大失误。鲁迅认真地写小说只写了七年，只出了两个短篇集子（《故事新编》不是纯文学创作）。对小说家来说，七年时间只不过是个开端，都不足以全面掌握小说的技艺。设想如果鲁迅当时怀有伟大的中国小说的意识，他就会把更多的时间用于写小说，就会给我们留下比那些杂文更有意义的伟大作品。鲁迅临终前曾对冯雪峰说他希望能再活十年，每年都要写出一部长篇来。他没能珍惜自己的时间和生命，因为他没有高远的文学信念。再来看张爱玲，她在自己汉语的创作高峰时期改用英语写小说，夭折了自己的才华。如果她头脑里有伟大的中国小说的意识，清楚自己的目标，就不会出现那种失误。"对哈金的观点我颇以为然。没有伟大的"文学信念"，陈忠实如何能倾全部之心血，写作《白鹿原》？张炜如何写出皇皇长卷《你在高原》？这需要多么大的耐力，以及抗拒寂寞的勇气？

哈金的另一观点我认为也很重要，他说："一旦你决心写伟大的小说，你就会自然地寻找属于自己的伟大传统，这时你的眼光和标准就不一样了，就不会把心思放在眼下的区区小利和雕虫小技上。"我们一直信奉着进化论，以为文学或艺术是一种线性发展的规律；其实不然，真正的文学艺术是要不断地返回传统本源的。老子就说："反者，道之动；弱者，道之用。"此之"反"，通"返"。在老子的哲学中，道的运动是循环往复的。近百年来，我们始终与传统断裂着，没有真正地返回到先秦与汉唐，汲取那个伟大时代的宏阔的思想精神与气质品格，又如何能创作出"伟大的中国小说"？当然，这样讲并不是说要排斥外国的优秀经典与传统，俄罗斯文学、欧洲文学，包括拉美现代文学，永远都是我们的"他山之石"。

批评的焦虑与困境

一、"实用主义"地选择性"拿来"

别人怎么样我不太知道，但我自己却是在从事文学批评十年后的驻足回首中感受到了一种从未有过的惶惑与茫然，我无法确定我那歪歪扭扭的足迹是否在一条正确的路上，而且那不大的实迹彰显了何种价值与意义。未来呢？非但缺乏自信，甚至有一种莫名的恐惧在远处十分地招摇。我并不认为这是一种虚无主义，抛开我不论，将视野开阔至21世纪以来的中国文学批评，我似乎没有发现它为这一历史时段的文学现实提供多少显而易见的批评，理论与思想又何曾闪耀过它足以烛照混沌的光芒呢？我甚至想到了备受诟病与批评的上世纪八九十年代的中国文学理论批评界仅用十年时间就将西方20世纪文学理论与批评方法操练了一遍的理论批评思潮，虽然不曾亲身经历，但它让我怀想，因为它们毕竟诱惑过我们，让我们在那十年里激情四溢，我觉得那是中国当代文学批评真正的"黄金时代"。食而不化不假，与中国社会现实与文学现实严重错位和脱节，没能有效地参与到中国文学创作的具体进程中来，其高度专业化与学术化沦丧为某个狭隘领域知识生产的消费性资源也是事实；但却比熟视无睹更有价值与意义，起码我们有了一定的世界性"视野"，有了一种参照，因为正是西方20世纪文学理论与批评方法的存在，才让文学理论批评在面对现代主义、后现代主义文学创作的无数个高峰的时候不至于无地自容。

问题显然不是出在"拿来"，因为面对1980年代中后期的先锋文学复杂的文本的时候，我们长期持有的，或者谙熟的批评理论与方法已经无法有效地介入文学现实。这种状况至今亦不见有什么显明的改变。1930年代的鲁迅在封建文化与现代文明你死我活般地冲突的时候，主张既非被动地被"送去"，亦非不加分析地"拿来"，而是颇为"实用主义"地选择性"拿来"。这个时候想起中国共产党，想起第一代那批卓越非凡的中国共产党人并非偶然，他们的伟大之处在于将马克思主义"拿来"的时候，不是理论体系的形而上学化，而是"选择性"地将其精髓用来有效地指导中国新民主主义和社会主义革命实践。中国经济近三十年的高速发展又何尝不是学习借鉴西方发达国家的结果？为什么到了文学批评这里我们一下子就缩手缩脚，僵化得如同木头一般了呢？当下中国在科学、技术、文化艺术等领域都在拼"自主知识产权"，也就是在产品中要有自己的"核心技术"；而当代中国的文学批评似乎失去了创新的方向与动力，既缺乏世界性背景与格局，又不能深刻而独特地进入文学现实，麻木与不知所云——庸常地存在着。我的惶惑与自卑，以及恐惧由此而生。

二、在"自己的时空"中"与历史
传承和影响的焦虑相结合"

哈罗德·布鲁姆在他伟大的批评著作《西方正典》的《序言与开篇》中说："文学不仅仅是语言，它还是进行比喻的意志，是对尼采曾定义为'渴望与众不同'的隐喻的追求，是对流布四方的企望。这多少也意味着与己不同，但我认为主要是要与作家继承的前人作品中的形象和隐喻有所不同：渴望写出伟大的作品就是渴望置身他处，置身于自己的时空之中，获得一种必然与历史传承和影响的焦虑相结合的原创性。""自己的时空"当然是批评家个人化的理论和知识的储备及批评的方法与领域；但这些仍属于"器"的层面，还不是构成伟大批评的重要因素，"与历史传承和影响的焦虑相结合的原创性"才是伟大批评的核心所在。对中国当代批评家而言，似乎无历史传承可言，因为中国古代文论与当代文学批评发生了本质性断裂，批评对象与话语体系也处在了一种风马牛不相及的状态。据说上世纪90年代也有学者倡议转译中国传统文论进行当下文学批评，但时过境迁，中国传统文论所阐扬的理论与观念与已经进入大工业社会、信息化社会的文学完全不在一个层面上，连对话的可能都没有。"影响的焦虑"又在哪里呢？对西方20世纪文学理论与批评方法的追逐早已搁浅，文化批评也只是热闹一时，中国当代文学批评家似乎并没有需要摆脱的大师存在。

21世纪初年以来的中国文学彻底地"现实主义"化、"故事"化，使得文学已经成为"一锅粥"了，批评还需要什么方法吗？皮之不存，毛将焉附？这种状态下的文学不可能促进文学批评的发展。不要说对西方20世纪文学理论与批评方法食之不化，就是化了也无用武之地。所以，中国当代文学批评并不见"影响的焦虑"。也就是说，中国当代文学批评已经处在一种"前不巴村后不着店"的尴尬境地。对"影响的焦虑"布鲁姆也给出过摆脱的办法，就是"误读"。"误读"不是被动地读错了，而是一种主动的颠覆，这当然需要批评家的勇气，还有思想与智识。不过，中国当代批评家已经不需要了。

三、置批评于个性化的生命困境之中

"与历史传承和影响的焦虑相结合的原创性"的文学批评必然源自一种对文学与社会个性化的认知与体验，一种现实与历史交错的复杂的生命困境，这一点正是中国当代文学批评家所匮乏的思想气质与批评背景。卡夫卡的小说所揭示的20世纪人类异化的处境与现实所构成的"现代人"的困境便源自他自身的生命体验与气质，他少年时代的"压抑与恐惧"，以及在现实生活中无法摆脱的生命的困境构成了他创作的原动力与尼采曾定义为"渴望与众不同"的隐喻。鲁迅儿时因家庭的变故所带来的生活的"困顿"与后来所面对的残酷的现实与历史文化的困境，导致他毕其并不久长的一生而致力于社会与文化的批判，他的思想与精神之所以能成为 20 世纪中国的"民族魂"，显然基于与卡夫卡的"隐匿"相反的战斗气质。个性化的认知与体验以及生命困境不仅仅对作家极为重要，批评家也同样需要这样的生命与思想的独特存在，只有这样，才有可能在面对复杂的现实与历史的挤压的时候发出真正的"批评"之声。

当代中国批评家的批评多数是书斋里的批评，对话的是文本，并不能真正地触及更广泛的社会。他们更看重批评本身在文学场域中的价值与意义，学术性、学理性成为评价文学批评的标准，而文学批评与国家、民族、时代、社会、现实、生活等文本之外的存在则越发地遥远与隔膜。批评家对理论、对知识、对文本的兴趣远远超出对人、对人与人的关系，以及对复杂社会现实与繁复日常生活的探究和体认。虽然自身的知识积累不断增长，但是生命经验却停留在某个地方，无法跟知识相匹配，所以文学表述是无法穿透时代的。他们本人与社会现实长期保持着一种若即若离、松散且飘浮的关系，这样的文化语境中的批评的真实性很难可靠，更遑论独特与深刻。当代文学批评的中国视野，需要批评家独特的观察、认知并概括这个剧烈变革的时代的本质，置批评于个性化的生命困境之中，真正表现出批评家的批判气质，伟大的批评的产生或许会不期而至。

"形而下叙事"：
我们离优雅高贵的文学有多远

一

检视 21 世纪以来的中国小说，有一个问题一直萦绕在我的脑海，无法释怀——近二十年来中国文学没有主义和思潮，中国作家似乎陷入了一种迷茫的状态而不自知。当故事成为小说最重要的，甚至是唯一的要素，当所有的作家都绞尽脑汁去追求讲述一个所谓好看的故事的时候，这个时代的文学会是一种什么样的品质便可想而知了。小说肯定需要故事；但故事却不是小说的唯一，小说还有许多文学性的层面。

我想起 1950 年代崛起的法国"新小说"，距我们还不算太遥远，罗伯·格里耶等，以及他们亲自参与的法国"新浪潮电影"曾经让我迷恋不已。那才叫文学，一个影响至今仍然没有完全消除的代表着一个时代的文学。文学的嬗变多数是在社会转型的时候，社会思潮的涌流当是文学发展的真正动力；因此，

"二战"之后的社会思潮为西方文学艺术提供了深厚强大的思想与哲学基础。罗伯·格里耶及其"新小说"的出现，更是让还原现实真实性的"现实主义"处在了一种可疑的窘境。

20 世纪中国社会动荡与变革的激烈程度恐怕是世界之最了。21 世纪初以来，虽然处于和平时期，但中国社会仍然处于改革与变动不居之中。我们的文学呢？却没有因此而发生颠覆性的革命。让我颇觉难堪的是，世俗的文学，甚或娱乐化的文学主流，历经二十余载，至今仍然没有终结。1980 年代的文学为什么至今仍然令人怀想？因为有着人的解放与人道主义的关怀，还有作家对文学的宗教般的信仰与理想。她也在诉说着我们民族的苦难，个人的悲欢离合与生活的一地鸡毛；但却没有沉沦与堕落，而是充满着激情与活力。尤其是始自 1985 年，且持续了五六年之久的先锋文学，无疑是 20 世纪中国文学最具文学史意义的小说思潮。面对 2016 年的中国小说，或者说面对 21 世纪以来的中国小说，我可以毫不犹疑地说，我们太需要形式主义了；形式不存，故事似乎有些寡淡，有些食之无味，有些毛将焉附。我们应该有一场类似于法国"新小说"那样的文学革命，才无愧于中国波澜壮阔的社会变革。

二

对于当下的中国小说，我的总体判断是仍然在形而下的状态或层次上滑行，用一个关键词，干脆称之为"形而下叙事"也未尝不可。从传统上讲，中国历史上对小说是轻视的，《汉书·艺文志》小说类序就说："小说家者流，盖出于稗官，街谈巷语、道听途说者之所造也。"这与西方文艺复兴后对小说的理解大相径庭。我们对小说的认识在20世纪一二十年代有了相当大的飞跃，小说成为关涉"新一国之民"（梁启超语），关乎世道民心与国民性的改造之经国伟业，之宏大叙事也。从社会与人生的角度论之，我们对小说的重视程度比之于西方甚至有过之而无不及。及至五六十年代，那些后来被称之为革命历史题材或"红色经典"的长篇小说，对共和国政权合法性的阐释，对广大读者革命激情的鼓舞作用亦是显见的。1980年代的小说对思想解放运动的推动也是不容置疑的，尤其是对人道主义与人的解放的前所未有的张扬，使其成为小说宏大叙事的绝唱。

如果说1980年代末的"新写实小说"是"形而下叙事"的滥觞的话，那么，21世纪初年的"底层叙事"则将"形而下叙事"推至前所未有的高度。"新写实小说"展现的是普通人一地鸡毛的烦恼人生，"底层叙事"更多地体现为一种伦理与道德的苦难诉求。让我忧虑的是，多数作家并没有思考如何表现"底层"苦难，或者苦难对人类的深层次意味，它让我们应该怎样去反抗命运的笼罩；而是执迷于挖掘苦难，甚至放大和夸张苦难，为了表现苦难而苦难，其遗绪至今还未散尽。我们总是将小说与现实、与人生画等号，我们甚至提出为人生的文学口号。小说关乎伦理与道德，但又不局限于伦理与道德，它还有更为广阔的文学性、思想性乃至哲学性空间。对伦理道德和"底层"苦难的过度宣示，导致我们的小说始终不能创新，始终不能为世界提供独特的中国小说叙事经验与审美范式，中国小说也就无法达到"形而上"的高度，甚至难以与世界文学对话。

三

我不希望读者对我上述观点产生误解，我这样讲并不意味着我希冀着小说掩饰"底层"的苦难。我想说的是，我们的作家在表现"底层"苦难的时候不能给读者造成一种错觉，即当下"底层"的民众生活，甚至更广泛的社会生活是一种没有历史与文化的苟且状态，一种缺乏朴实与善良、悲悯与情怀的混沌，更不能为了小说的戏剧性与夺人眼球而夸大"底层民众"人格的卑劣与灵魂的丑陋。

陈彦在长篇小说《装台》里描写了以刁顺子为首的一群鲜为人知的装台人的生活。作为底层人物，刁顺子的苦难即便是在十多年前的"底层叙事"作品中也不输谁，在炫目的舞台的幽暗处，他们消耗着汗水与体力，压抑着情感与自由，承受着侮辱与损害。点头哈腰、忍气吞声、溜须拍马是刁顺子的生活常态与基本形象，最后的"撒手锏"则是下跪。他多次以下跪的方式寻求问题的解决，这就涉及传统伦理被颠覆的底线了。菊花并不是装台人，但她却被作者当作戏剧冲突的主体。一个近三十岁的未婚女人，菊花之恶在我有限的阅读史中无人可比。方方的短篇小说《云淡风轻》中，让慧明悲痛的不仅仅是丧子，还有小区里的各色人等集体诬陷她儿子生前数次划伤了他们的车辆。那些人不顾慧明的丧子之痛，还在人家的伤口上撒盐，丑恶的嘴脸真是让我感到了一种精神上的绝望。绝望之后我有些茫然，方方却借与慧明住对门的老太太之口说出了这样一种态度："这世上有很多坏人，但却缺少公道来制裁他们。他们逼着你用他们的恶去对付他们。时间长了，渐渐你会习惯自己作恶。甚至你会为自己以恶制恶的方式而兴奋。"这就让我不仅是绝望了，而且感到彻骨的寒意和可怕。要知道，对门的老太太可不是底层普通百姓，退休前是歌舞剧院弹钢琴的，她让慧明叫她徐老师。

四

我的诘问是，这些作品所呈现的这些人物与生活状态的背后意味是什么？1990年代的"新写实小说"和十年前的"底层叙事"之所以被诟病，很重要的方面就是思想与批判精神的匮乏，作品无法在更为宏阔与深刻的思想视域中拓展叙事空间、提升文学品格。现实主义无论它的前缀是什么，可以肯定的一点是有别于自然主义。近百年来，中西方文学都渐渐远离了自然主义。也就是说，沿着这个路径走下去几乎是没有发展空间的。

当作家无能为力的时候，那么中国文学的理论批评界又给出了什么样的思想支撑呢？假如我们将世纪之交作一个隔断的话，此前的所谓"新时期文学"或"后新时期文学"还真的有些探索与追求，思潮主义一类的也曾有过波澜起伏，尤其是对西方现代与后现代主义理论批评的译介与应用，让我们看到中国文学未来的一抹曙光。可是之后呢？在近二十年来中国文学理论批评除了一个可笑的"新世纪文学"概念的提出，还收获了什么呢？我真的不能理解，那么多的优秀的前辈批评家们何以心甘情愿地聚集在这么一个空洞无物的旗帜下，居然研究讨论了十几年？更让我不解的是，"新世纪"过去近二十年了，中国的理论批评界还在使用这个概念，我不知道这要"新"到何时才能终结。我才疏学浅，当然不能为中国文学提供什么新的理论，或创作的主义与方法；我现在想换个思路，或者是退而求其次，取法乎中，就是我们的文学，包括小说，能不能先优雅高贵起来？具体说，就是要创造出与我们民族的历史与文化，与我们当下社会发展与理想趋势相向而行的"优雅高贵的文学"？

五

何为"优雅高贵的文学"？如何概念、界定它并描述其具体内涵，我的头脑中并不清晰，这个想法只是从脑海里突然间冒了出来，真可谓随想。虽如此，但我想，直觉有时候可能更接近事实或真理；所以，先不去考虑理论与逻辑，感觉式地随想一下也未尝不可。或许，"优雅高贵的文学"的内涵与形态就蕴含在这里也未可知。

我首先想到的是贾平凹的长篇小说《极花》，这是一部有着特殊的文学价值与意义的作品。诚然，这是一个老套的故事，社会生活中发生的真实故事比比皆是，而且有的要比小说所叙写的残酷得多。从主题的角度论之，这个小说难以出新，结局即便是让读者感到有些突兀和不解，但是细读之下，会发现《极花》内蕴着或者说是隐喻着更复杂的存在也是事实。我以为，《极花》特殊的文学价值与意义在于贾平凹没有循着"底层叙事"的老路，在直面乡村的衰败与农民的苦难时，采取了中国水墨画的写意方法与精神，描写了一幅仍然相当落后的乡村风俗画。在这里，伦理道德与法律法规的现代性冲突被乡村的文化风俗与村民的生活习惯所消解与遮蔽。贾平凹没有回避这种冲突，但却有意地消解了这种冲突。也许，在贾平凹的理想中，中国乡村无论怎样凋敝，农民的苦难无论怎样深重，它都在中国传统文化与伦理道德中浸泡和滋养着，宛若一幅中国水墨画，既有物象的清晰，也有情境的朦胧，既有皴法的笔意，也有水墨的趣味。将《极花》与《装台》比较，前者的优雅与高贵是显而易见的。

与那些刻意或夸张描写乡村衰败与农民苦难的小说比较，我更欣赏贾平凹的乡村叙事，比如《秦腔》《古炉》和《老生》。我们很多作家是在刻意寻找并夸大乡村与城市，古朴与现代性的矛盾冲突，外在的戏剧冲突是他们的小说美学追求；而贾平凹对乡村的认知与感受是浸泡出来的，中国传统美学精神与乡村的历史文化在他的小说中是融合在一起的，因之，贾平凹的乡村叙事鲜有激烈的矛盾与冲突。衰败的乡村与苦难的农民，在他的笔下仍然是诗性的，这种诗性不是生活现实的表面，而是内在文化的根性。我没研究过屠格涅夫，不知道屠格涅夫与贾平凹有没有可比性，但《猎人笔记》我是读过的。《猎人笔记》也是写乡村底层人民的苦难，当然，揭露与批判农奴制是它重要的主题，用当时教育部大臣上书给尼古拉一世的话说，"带有侮辱地主的绝对倾向"。在描绘农民悲惨的现实生活及处境的同时，屠格涅夫以细腻的笔触展现了他们丰富的内心世界，他们对自然的热爱，以及乡村颇富诗意的环境与生活。由是，苦难也获得了某种超越的可能。

六

格非与贾平凹应该算是同代作家，他们都是在 1980 年代就产生了重要影响；但格非是先锋文学的代表之一，贾平凹则是在现实主义里融进自己的地域乡土风俗与传统文化精神，走的并不是一条路。贾平凹一直坚持朴拙的乡土叙事与散淡的诗性写意风格；格非则在三十年后放弃了先锋性探索，与他当年的几位同道一起在长篇小说中心甘情愿地选择了现实主义。格非也开始回望乡村，现实中或衰败，或已经成为废墟的故乡唤起他青少年时代的记忆，他的书写在反思中不免多了些乡愁与挽歌的味道。与贾平凹一致的是，苦难的生活并没有阻碍他们对乡村诗意的留恋与对生活在那里的人们的深情怀想。于是，我们在《望春风》的苦难叙写中，更多地感受到的是古朴的民风和纯粹的人性。小说描写的人物很多，但多是采用一种白描式的勾勒，而不是现实主义的典型塑造；也不注重故事与情节，碎片式的生活与场景，散淡而轻曼，以写意的方法点点染染，似有了中国水墨的意境与味道。加之叙述语言的伤感与诗性，小说自然多了几分"优雅与高贵"的气质。格非说："实际上几千年前的风俗礼仪，一直在乡村延续。江南更是如此。"这一立场亦与贾平凹同。

七

葛亮的中篇小说《海上》，叙述沉稳老到，颇有些大家气象。后来对照《北鸢》，才知道是这个长篇最后几个章节的节选，这几章显然也是这个长篇中最出色的部分。而小说的附录中就有王德威教授的台湾版序言，开篇第一句话就说："葛亮是当代华语小说界最可期待的作家之一。"在葛亮的笔下，日本投降后的上海的生活场景并非如我们想象的那般混乱与恐怖。当然，秩序与安宁的背后却是波澜与凶险，阴谋与角斗；但葛亮的叙述与描写却是在气定神闲中彰显着优雅与高贵。与南方的大家族的生活有关，但却不尽然。《海上》之前，也就是长篇小说《北鸢》前半部描写民国的风雅和动荡，王德威教授给予高度评价，综合一下说：葛亮的小说美学以及历史情怀独树一帜，人物细腻典雅，情节错落有致，抒情意境大为提升，一种属于葛亮的既古典又现代的叙事抒情的风格，已经隐然成形。其实从小说，或小说所描写的历史本身而言，我们或可以忽略不计，因为葛亮的家族的历史也只能是他个人的想象，甚至虚构诗化的历史；换言之，作为读者，我们读的不是历史本身，而是葛亮的小说的抒情的语言、诗性的叙事，以至于体现了作家自身的优雅高贵的文学品格。

民国在近年来的文学或艺术叙事，以至于学术研究中被广泛描写、想象与论述，甚至于消费。近百年，好像只有在民国时期，中国人的生活才有着优雅高贵的品质与情调。从文化的角度论之，民国时期也达到了相当的高度。这似乎是一个值得我们思考的问题，何以如此，当是一篇很大的文章。

八

雷达先生在《文艺报》上发表了《长篇创作中的非审美化表现》一文，先生认为：为追求某些虚悬的价值目标，使得叙事文学的文学性被冲淡，因为"思想"的作梗，使得人物的灵魂不够饱满。对此观点，我持保留意见。从中国当代小说的总体论之，我恰恰认为小说的思想性或哲学性实在弱爆了；所以，我们应该强调和鼓励作家在小说中进行独立的形而上思考，惟其如此，才能真正改变和提升中国小说的品格。多么好的故事，多么饱满的人物形象，没有思想的支撑也难以达到高超的文学性境界。托尔斯泰也好，莫言也罢，正是他们深刻的思想和洞察，才使得其作品具有了世界性的高度。至于雷达先生上述所言，以及因追求"思想"的表达却与整个艺术机体脱节，则需要另论了。

殊为遗憾的是，当1980年代中后期，以马原、余华、格非、苏童、孙甘露等为代表的先锋文学作家的先锋性丧失殆尽之后，"形而下叙事"便成为中国小说的主流叙事；而他们集体转向长篇小说创作，并回归现实主义，无疑起到了一个反向的作用，即，让更多的作家以为，看见没有，先锋文学尚且如此，何况吾乎？是故，中国当代小说离优雅高贵的文学还有着难以估量的距离是可以想象得出来的，思想与哲学的高度恐怕就更加勉为其难了。

闯入"活"的历史

——21 世纪初年抗战题材长篇小说读记

引　言

作为第二次世界大战的主要战胜国和受害国，中国经历了长达 14 年的艰苦抗战，付出了伤亡军民 3000 多万、损耗财产 5000 余亿美元的巨大代价，本应是最有资格也最有可能对第二次世界大战做出深刻思考与艺术表达的国度。然而，中国的作家、艺术家却鲜有能在世界范围产生重大影响的重量级佳作问世。在世界二战题材经典文学的殿堂里，中国的抗战题材文学不仅缺席，甚至恐怕连对话的资格都尚不具备，这一点实在令人感到羞愧和遗憾。

事实上，抗战叙事因为承载着中国人民灾难深重的国族创伤和难以磨灭的民族记忆而历久不衰，亦是中国当代文学的焦点和重镇。然而，抗战题材长篇小说创作整体上并未达到令人满意的水准，不仅无法与可歌可泣、英勇悲壮的抗战历史相匹配，更离经典和伟大的文学标高相距甚远。文学界基于对所谓传世经典、扛鼎之作阙如的压力，也流露出普遍焦虑的表情，以至于会集体性地对王树增十年磨一剑创作的非虚构长篇《抗日战争》抱有极大的热情和期待。近年来令人印象深刻、产生较大影响的抗战题材作品，诸如邓贤的《大国之魂》、何建明的《南京大屠杀》、余戈的"微观战史"系列《1944：松山战役笔记》《1944：腾冲之围》等等都是"非虚构"或纪实文学，这也从一个侧面映衬出长篇小说这一重型文体在抗战叙事中的孱弱与乏力。

　　直到今天，中国当代读者对抗战叙事印象最深刻的，恐怕依然是创作于上世纪五六十年代的那批"红色经典"长篇小说。大家熟知的如《烈火金钢》《铁道游击队》《敌后武工队》《平原枪声》《战斗的青春》《平原游击队》《野火春风斗古城》《苦菜花》《破晓记》等等，将战争置于正义与反正义二元对立观念之中虽略嫌简单化，但因作者多数是其所描述的战斗生活的亲历者，他们站在宏大叙事的革命英雄主义立场上，真实还原战争的残酷性与抗日军民艰苦卓绝的斗争业绩，对正在进行新中国建设的人们无疑是一种巨大的精神鼓舞与艺术感染，同时也用另一种形式阐释了新政权的合法性，亦为中国共产党领导的抗日战争保留了最具认知意义的文学性历史。因为中国共产党领导的抗日战争多数并不是从正面战场与日寇血战，这批长篇小说表现的大多都是普通农民的民间抗日故事与敌后斗争，残酷的战争场面与惨烈的悲剧情节并非小说叙事的重心，而是最大限度地彰显了昂扬向上的审美基调与革命英雄主义精神；进入上世纪 80 年代中后期，"新历史主义"文学观念逐渐为抗日战争亲历者的后辈作家们所吸纳，其叙事意旨并不是对战争本身及"红色经典"进行颠覆与改写，而是为了表现和探寻被宏大叙事所遮蔽了的历史缝隙与存在境遇，发掘个体生命在战争中面临的考验与存在的意义，并经由此凸显战争本身的复杂性以及人性的丰富性。

进入 21 世纪，表现抗日战争历史的长篇小说，尤其是影视剧突然火爆起来，一度竟呈漫漶之势。事实上，抗战历史在任何一个时代被重新叙写不但无可厚非，而且因观念视角及创作者的不同会呈现出新的面貌与意义。铁凝的《笨花》、都梁的《亮剑》《大崩溃》、徐贵祥的《历史的天空》《八月桂花遍地开》、朱秀海的《音乐会》、李西岳的《百草山》《血地》、李亚的《流芳记》、海飞的《向延安》《回家》、李燕子的《寂静的鸭绿江》、裴指海的《往生》、徐晨达的《滴血的刺刀》、范稳的《吾血吾土》、何顿的《来生再见》《黄埔四期》、李骏虎的《中国战场之共赴国难》等长篇小说呈现出多元化的审美风貌与个性化的叙事趋向。一方面，民间立场与个人视角进一步凸显，演义传统和传奇叙事得以张扬，抗战英雄形象的塑造发生了本质性的新变，进而推动了英雄话语的整体性嬗变；另一方面，随着主流意识形态表意策略的松动和调整，近年来关于国军正面战场的书写逐渐热络起来，作家们开始热衷于深入这块曾经被遮蔽的历史现场，发现尘封的往事，书写新鲜的经验，一幅幅迥异于敌后战场和民间传奇的厚重且雄浑的抗战图景渐次在读者眼前铺展开来；与此同时，一种基于存在主义哲学观念的历史伦理逐渐深入并影响着作家的思想和读者的趣味。作家们不再执着于对人物性格、叙事模式、题材边界等"外在经验"的横向拓展，亦不拘泥在事象的表层和故事本身的起承转合，而是开启了对诸如长篇小说的文体、人物的心灵情感、日常生活以及生命存在等本体性"内在经验"的纵深掘进。上述探索都为21世纪初年的抗战叙事提供了新的审美经验与文学可能性。

一、全民族抗战的史诗性建构

中国作家在骨子里普遍怀有一种浓烈的"史诗情结"，而长篇小说基于自身庞大的体量和特定的文体特点，又最适宜于进行宏大叙事。当史诗情结和宏大叙事的激情被特定的"文学场机制"唤醒，一种开阔、雄浑的整体化历史观便会转化为作家心中难以遏抑的叙事欲望，作品亦会相应地呈现出大跨度、大幅面、大纵深的历史图景。都梁的《大崩溃》（北京联合出版公司，2012 年）是一部以史诗笔法正面建构国军抗战历史的长篇佳作，被冠以"全景式大战略军事小说"的名头，在我们看来并非仅仅是书商的噱头。都梁以宏阔的整体视野、强悍的思想能力和充分的知识准备，大规模重返历史现场，多角度介入战场时空，全方位审视国际、国内政治舞台的风云变幻。围绕着 1944 年日军发动的"一号作战计划"展开叙事，层层推进，抽丝剥茧般细腻而生动地呈现出前线、后方、高层、民众的战时状态。都梁一改《亮剑》中"性格英雄+传奇故事"的叙事模式，将笔触聚焦于历史本体，人物命运则要服膺于历史的进程和事件的逻辑。《大崩溃》第一部的主要人物是国军督战官蔡继刚，飞行员蔡继恒和普通士兵满堂、铁柱兄弟，三条情节线分头并进，从不同侧面展现大的战略态势，最终汇聚在抗日战争中最为惨烈的衡阳之战中。蔡继刚对国军数次战役的冷静观察和充满智慧的战场突围，蔡继恒桀骜不驯的性格及在空战中的彪悍表现，满堂兄弟由对战争的迷茫、绝望到成为坚定的铁血战士，都梁都分别用浓墨重彩的笔法耐心细腻地给予呈现，既遵循了历史的真实发展轨迹，又借助不同人物的所见、所闻、所思串联起作家对整个大战场不同角落、不同层面、不同领域的深度思考。在《大崩溃》中，没有一个人、一件事是孤立的，上至最高统帅，下到底层士兵、世俗小民，他们经历的并非单纯的战争，亦非浪漫的传奇，而是在命运的无常与生命的流逝中长久持续、反复纠缠的无奈与痛苦、伤害与慰藉、理解和妥协、隐忍和决绝。历史的构成，离不开这些肉感、琐细、坚韧的细节，而对抗战历史的接续和显形正是在这些鲜活的生命细节中达成的。

　　如果仅仅将抗战视作背景或者容器，随意布置或装填那些无需证明亦无从证伪的故事，就很容易把历史写死。而在何顿的眼中，历史是一种精神、一种情绪，甚至是一种流动的生活状态。他在《黄埔四期》（《收获》长篇专号，2015年春夏卷）中描写的主要人物谢乃常、贺百丁等等都是真实存在、有名有姓的历史人物，在波澜壮阔的战争和历史风云中，都曾有着高光时刻。所书写的诸如淞沪抗战、忻口会战、兰封会战、武汉会战、长沙会战、昆仑关战役、赴缅参战、中条山会战、豫中会战等等战役战斗，也都是有案可查的重大而真实的历史事件；然而，何顿的笔触并没有局限于为逝去的历史勾勒骨架，他还要为历史保存更多"活着"的信息。《黄埔四期》的时间跨度很大，从抗日战争一直写到"文革"之后，以新中国成立为界，对照书写，前段重点写抗日战争中官兵的奋战，后段写这些老兵在 1949 年之后的各色人生。诚然，战争背景下英雄人物的传奇经历的确更容易吸引读者的关注，但是对于真正的历史而言，传奇是变量，普通和平凡才是常态。战争和历史进程中的日常生活经验与普通生命情态是更为复杂也更为幽微的"存在"。新中国成立之后，贺百丁和谢乃常以及他们的战友和士兵们，和寻常的百姓一样经历了社会的变迁和命运的起伏。在生活的流态中，何顿着力书写摇曳多姿的人情之美，在命运的乖谬中勉力张扬元气勃勃的生命活力，在历史的吊诡中极尽礼赞慰藉心灵、拔擢灵魂的爱情，使得作品在更深层次上通达人类共同的精神和情感体验，进而抵近了文学的丰饶与宏阔。

范稳的《吾血吾土》（北京十月文艺出版社，2014 年）是一部反映西南联大时期一代知识分子投笔从戎、抗日救亡的长篇英雄史诗。范稳以对个体生命史和心灵史的细密爬梳，描摹出中华民族从抗战到其后半个多世纪的演进轨迹，将掩映于人生传奇下的厚重、丑陋、血性互渗交织的民族秘史重新发掘并公之于世。赵广陵、刘苍璧、廖志弘这三个小说主人公号称西南联大"三剑客"，他们的抗战经历和命运遭际沉重而酷烈，范稳就是试图要写出人与历史的遭遇，更准确地说，是要写出一组对位但不对等的关系：即中国现代知识分子是如何被卷入历史的、如何被历史强行塑造,最终又反身影响历史进程的。《吾血吾土》的结构方式独特且意味深长,五个单元分别是发生于 1951 年、1957 年、1967 年、1975 年、1985 年,抗战老兵赵广陵五次对党和人民就其新中国成立前的"罪行"进行交代的告罪卷宗。赵广陵原名赵忠义,生于滇西龙陵耕读世家,后以赵广陵之名求学于西南联大文学系。炮火连天之际,课桌难安,他便以赵岑之名与另两位西南联大生廖志弘、刘苍璧一同毅然投考黄埔军校,加入国民党远征军入缅抗战,亲历松山血战等著名战役,身受重伤,成为面部毁了容的"无脸人",获国民党四等云麾勋章。此间,他还一度化名"廖志弘""龙忠义",受训于中美合作所,后不得已卷入国共内战,新中国成立后以赵迅之名在昆明搞戏剧……繁杂多变的名字,正如老人复杂的过往经历,永远被"组织"怀疑,成为一生的"罪过"或"负债",欲说还休却也难以厘清。范稳将丰富的事件、关联的线索、人事的纠葛置入历史与现世的反差与对照中,放大了历史之悖谬,具象了命运之无常,于抗战英雄漫长且悲情的"赎罪"路途中凸显出英雄精神的恒久底色与不朽质感。

1980 年代中期之后,受"新历史主义"影响颇大的抗战题材长篇小说在突破旧有文学观念的束缚和借鉴西方现代小说技法层面都取得了长足的进步;然而,一个致命的缺陷也是显而易见的,那就是对战争场面的描写都不够充分,自然也就谈不到成功。徐晨达的《滴血的刺刀》(新世纪出版社,2010 年)直接切入 1939 年国军长沙会战的现场,纤毫毕现战争的胶着状态与战场的诸种细节。作者沉湎于对每一辆坦克、每一发炮弹、每一架机枪、每一发子弹性能和效果的描写之中，尽力触摸人在战场中的身体损伤和心理变化。作者对各种型号武器性能、单兵作战情况能力、作战组织形式掌握得非常充分，写出了战争的节奏、气味和色彩，作品在文字上亦具备极强的视觉效果和情感张力。

徐贵祥的《八月桂花遍地开》（北京十月文艺出版社，2005年）对战场环境和战斗进程的逼真呈现，得益于自身"南线战争"的亲历和对军史的熟稔。小说中既有对整个战役的宏观展示——共产党的天茱山游击队、国民党的一二五团、日军松冈联队、"皇协军"等多股政治和军事力量围绕着陆安州进行绞杀。从政治博弈、军事对峙、战争准备、文艺宣传，到战斗中的军事指挥、战略战术、敌后情报、离间策反，徐贵祥全景式地描绘了整个抗日战争背景下的一场局部战争的方方面面；又有对这场局部战争中的具体战斗场面的微观描写——"攥拳行动"的最后决战中敌我力量犬牙交错，包围与反包围，具体到士兵个体冲锋肉搏、挣扎、死亡。徐贵祥细腻地刻画了战场形势的瞬息万变与战斗场面的悲壮惨烈，他笔下的战争场面包含着非常巨大的信息量和细节量，其中涉及到战略战术、军事指挥、通信情报等等一系列军事专业的知识，远远超出了一般作家靠查阅史料和主观想象所能达到的程度。在《八月桂花遍地开》中，徐贵祥对日军和汉奸形象的塑造彻底颠覆了过去二元对立的文学观念，将日军和汉奸这两个敌对范畴置入具体的历史语境中进行考察，深入个体人物的内心深处发掘人性、历史的复杂与吊诡。方索瓦无疑是全书中最为出彩的人物，临到结尾读者才发现如此极端的汉奸原来是个真正的抗日英雄，连同松冈大佐、宫林济、沈轩辕等等生动饱满的人物形象一起承载着作者对抗日战争的独特思考，极大地丰富了中国当代抗战题材长篇小说的人物谱系。

李骏虎的《中国战场之共赴国难》正面强攻"红军东征山西进行抗战"这段隐匿已久的历史，小说因此先在地具有了文学与历史的双重价值与意义。史家的独特眼光与作家的文学想象在此聚合，一场政治与军事浑然一体的大较量，便以颇为诡谲且惊险的面貌生动地呈现在读者面前。李骏虎成功地塑造了毛泽东在那段鲜为人知的历史进程中的文学形象，让我们领略了伟人的机敏与睿智、幽默与淡定，尤其是他那臻于化境的战略思维。小说对阎锡山的形象塑造着墨虽然不多，却显得生动活泛且颇具地域文化特色。历史的真实性成就了《中国战场之共赴国难》最为重要的文本特色，李骏虎正面强攻抗战历史的写作伦理在当下的文化与文学语境中亦颇显珍贵。

二、民间立场的强化与英雄话语的重建

进入 21 世纪，随着作家们对抗战题材资源在深度及广度上的不断挖掘，一种区别于主流意识形态和官方历史记录的民间视角与民间记忆逐渐浮出水面，个人化、边缘性和日常性的叙事伦理逐渐成为抗战题材长篇小说创作的主流。这种历史叙事理念一方面植根于作家"当下"的生存体验，一方面来源于创作主体对抗战历史的多元性、复杂性和虚构性的认知与理解。

朱秀海的《音乐会》（解放军文艺出版社，2002年）并未展开宏大的抗战历史叙事，转而以个体性的主观视角聚焦微观的战场环境与独异的生命体验。幻听症使得金英子对战争的感受迥异于常人，枪炮声和音乐的节奏旋律在这个朝鲜孤女的灵魂经验中完成了转化和统一，因而具有了某种富含生命主体性的象征意义。音乐会的演奏与战争的进程相互穿插，经由少女视角和病态感受而融合为一种极具结构张力的复调叙事。个人想象和感官幻象成了推动情节发展的主要动力，作者通过这种浪漫写意的方式对战争与和平、博爱与人性、生存与死亡等等一系列终极问题展开了新鲜的想象。朱秀海以采访记录的方式将金英子的回忆即主体故事情节人为地分割成若干章节，在其间插入采访记者马路的日记和给局长的报告等非叙述文字，而在金英子的回忆过程中也会经常插入作者的提问和与金英子的简短对话，这种结构方式极大地延缓了叙事的速度。此外，《音乐会》的语言也富有特色。大量附加性、修饰性语词的使用，延缓了故事情节的推进速度。那种汪洋恣肆的膨胀感使得小说语言具备了独立的审美个性，甚至使得整部作品带有了狂欢化的哲学意味。不同于"十七年"抗战题材长篇小说对"胜利大团圆"模式的激昂表达，朱秀海更加着力探索残酷的战争、严苛的环境与人的感官世界和精神空间的关联，在对战争悲剧本质的探求和对沉郁悲壮的美学风格的建构上取得了突破。

徐贵祥的《历史的天空》（人民文学出版社，2000年）与都梁的《亮剑》（解放军文艺出版社，2000年）对战争形态的悲剧本质以及战争所包含的诸如复杂人性和多元价值判断等深层问题亦做出了新思考和新探索。二者在整体叙事结构以及英雄话语的重塑方面颇多相似之处，都是以个体英雄的成长来隐喻中国历史、社会的变迁，梁大牙和李云龙"另类"的英雄形象和迥异常规的成长经验亦突破了陈旧狭隘的英雄观念。《历史的天空》中，梁大牙以原生状态登场，宛若"赤子"般，保留着生命的原始野性。他身上既有农民的狭隘和狡黠，又有出身草莽的粗鄙和匪性，由于历史的偶然性，阴差阳错地参加了革命，其动机不但没有半点革命者的味道，甚至是背道而驰。他行事乖张，甚至有时候很离谱；他个性张扬，甚至连军纪都无法约束；他思想大胆，甚至到了无法无天的地步。就是这样一个在自身人格、思想认识和革命觉悟等方面都存在较大缺陷的"另类"英雄，在爱情的引领下，经受住了战火的洗礼和政治运动的考验，完成了灵魂的洗礼和人格的升华，最终脱颖而出，化蛹成蝶。徐贵祥站在民间化的叙事立场上重新展开对抗战历史的理解和想象，将人物置于蜿蜒曲折的历史进程中，探寻个体生命不断成熟和主体意识觉醒的过程。从"梁大牙"到"梁必达"，作家深入到历史的深处与细部，聚焦于错综复杂的人性欲望与人际纠葛，书写个人在命运失控状态下的茫然与无助，细腻展示了个体生命在变幻莫测的历史漩涡中的成长轨迹，进而将"历史的天空"掩映下的各色人等驳杂的人性欲望充分挖掘出来，并对历史本体的外在偶然性和内在合理性，进行了"自我形塑"和主观化阐释。

在《亮剑》中，个人命运是与历史演进同构的，抗战历史作为一种时空参照，映衬出的是个人性格的复杂性和个人作为一种主体存在所蕴含的无限丰富的可能性。李云龙形象既具有复杂性也具有鲜明的个性，是"亦正亦邪"的人物。他有着传奇般的战斗经历，屡建奇功，深得器重；但他又是个不安分的惹事精灵，屡次抗命，不时弄出些麻烦。他是顶天立地、豪气干云的大英雄；又是脏话连篇、好酒吹牛、缺乏文化修养的粗人。他率真义气，性情粗犷；却又粗中有细，精于算计，也有些狭隘，从不愿吃亏。迥异于"十七年"抗战题材长篇小说中扁平的英雄形象，李云龙这种集聚了诸种矛盾性格的"人性化英雄"显然更加符合当代人的审美趣味。都梁通过对英雄性格的独特塑造，达成了对中国当代文学中既有"英雄话语"的更新和拓展。这种重建源于作者对"英雄"观念的重新体认和阐释上。英雄，不但应该具有顽强的意志和过人的胆识，还应该具有强大的不可战胜的精神力量。小说结尾处的李云龙之死是《亮剑》的浓墨重彩之处，这时的李云龙不但有着超乎常人的英雄意志和英雄业绩，同时还具备了大彻大悟的英雄精神。尽管他也曾经有过思想上的迷惘与困惑，但其最后的死亡是对更加强大的外在力量的一种抗争，是明知不可为而为之的一种清醒理智的自主选择。这种自觉不单实现了"英雄性"向"英雄精神"的升华，也凸显了《亮剑》更深层次的文化内涵。

何顿的《来生再见》（江苏文艺出版社，2014 年）以民间化视角进行英雄叙事，试图抵抗时间对惨烈悲壮的衡阳保卫战的遮蔽，唤醒人们对这些几被遗忘的抵抗者们的记忆，这本身也传达了何顿对抗日战争的理解——历史其实是千千万万具体的个人写成的。何顿的历史观是民间化的、个体化的，在他看来，抗日战争是一场人民的战争。这里的人民，不是被放置在意识形态符号中的，而是具体的、活生生的个人。《来生再见》以一个小人物黄抗日的传奇经历和生存智慧来映射一代人的命运和一个时代的面影。小说的主人公们都是战场上的普通士兵，他们在战场上也怕死，他们被俘时也经历屈辱，最终他们在战火中经受了考验。然而，何顿却并不想将他们神圣化、英雄化，他摒弃了诸如宁死不屈、舍生取义等英雄观念对小说人物形象的束缚，而是力图逼真细密地呈现战场环境下真实的人性处境。一句"来生再见"既是这些平民英雄彼此的承诺，也承载了何顿对英雄精神与人性困境的独特理解。

复杂而残酷的战争往往将军人置入极端的经验和情境之中，使之经受严峻而深刻的人性考验。李西岳的《百草山》（解放军文艺出版社，2004 年）中有这样一个震撼人心的情节：小说主人公贺金柱在参军前，为了给被日本军官川野奸污了的姐姐报仇，纠合同村的伙伴企图用将川野的十六岁女儿惠美子也给"缺德了"的方式来为姐姐报仇，当他们扒了她的衣服却又不敢"缺德"她，可是又不甘心放了她，于是就把她绑起来，塞住嘴，将头塞进裤裆里，弄成窝脖大烧鸡，让她在高粱地里滚，结果无辜的日本小姑娘就这样被活活地折腾死了。虽然这同日本人在中国犯下的滔天罪行相比微不足道，这两个年轻人毕竟表现出了某种同情或曰迟疑，没有玷污日本女孩子的纯洁，同日本人将人的脑浆煮开诱骗不懂事的中国孩子喝这类暴行相比，好像还算不上人性的堕落，但这也足以显示出战争对于人性善的泯灭和对人性恶的释放。类似的情节在"十七年"抗战题材长篇小说中是不可想象的，小说的主人公作为英雄人物其形象必须自始至终是高大的、纯洁的，不能有道德和精神的瑕疵，更遑论这种人性层面的罪恶。而人性的悲剧往往就是在难以言明的矛盾困惑和无法做出的价值判断中诞生的。

裴指海的《往生》（解放军文艺出版社，2011 年）以一名当代军人的身份，不断地进入对前国军连长李茂才的采访与追寻的过程。时空穿越般的对话与沟通，意在寻觅中国军人的精神本色和中华民族的精神本体。小说的故事情节不断穿行往返于历史与现实两端，第一人称的采访式叙事视角，既增强了小说的真实感和现场感，又人为地阻滞降低了叙事推进的速度，形成了较为强烈的个性化风格。

三、"小写历史"的转化与"内在经验"的掘进

任何历史叙事都是创作主体的个人化叙事，任何历史事实都是在想象中重生。当下的中国作家更擅长从微观的个人化"视点"切入历史，以小见大，以点写面，把抗战历史改写成片断式的、具体可感的生命过程与生存境遇。这既赋予了"历史"以生命性，又感性地还原了历史的原生状态，实现了从历史的"判断性"向"体验性"、"事件性"向"过程性"、"抽象性"向"丰富性"的转变。"小写历史"的诗学转化指向的是历史的日常化和边缘性书写，它与历史的"宏大"叙事相对，成为21 世纪初年抗战叙事极为重要的书写策略。

铁凝的《笨花》（人民文学出版社，2006 年）聚焦冀中平

原上一个叫笨花的村落，以向氏家族祖孙三代从清末民初到抗战胜利近五十年的生活命运为主线，将中国那段变幻莫测、跌宕起伏、难以把握的历史融于凡人凡事的叙述中。铁凝在意的是对构成历史的众多小人物的理解、关切和情感上的沟通，追求一种更为深沉的人文关怀。向喜、西贝牛、向文成、同艾、茂盛、秀芝、向桂、瞎话、走动儿等，组成了笨花村的人物谱系。虽然他们身上或多或少地存在着缺点，但他们身上表现出来的坚韧、平和、智慧、宽容、友爱等，却让尘埃里开出了人性美的花朵。父子之情、婆媳之情、邻里之情、朋友之情等等，让我们看到了弥漫于世俗生活中的人情之美。铁凝是带着一种温润的情感来表现这一群笨花人的，在琐碎的生活点滴、世俗的烟火中，在每一个具体的生活细节中，将个体与历史、偶然与必然、世俗生活与高贵人性的纠缠与联系艺术地表呈出来。毕竟，高蹈的精神恰恰需要弥漫着烟火气息的日常经验来承载，幽深的灵魂更需要以真实性和现实感为背景才会得以凸显。在这个意义上，笨花村已经不是一个地理意义上的小村庄，而是一种生活形态、生活方式的载体。

李西岳的《血地》（花山文艺出版社，2013年）将视点聚焦于战争中的个体生命存在，尤其是女性人物的命运轨迹，以富于生命痛感和情感观照的笔触构建起一个凸显作家主体性和地域风格性的独立而完整的"小世界"，对战争"大历史"进行了微观重述和浪漫抒写。《血地》中的女性人物形象颇为出彩，李长生、李长在和香梅、李长生、郭文广和吴桂兰、郭文秀和刘涛、铁榔头和小白鞋等几条感情线索渐次铺开，推动着故事情节的发展，回环往复、不疾不徐，缠绕纠结中蕴积着感人肺腑和动人心魄的力量。李西岳以极富个人生命和情感体验的"小叙事"勾勒出来的小而完整的"内在经验"世界鲜活生动，具象沉实，带有作者的情感温度和认知深度。

在李燕子的《寂静的鸭绿江》（解放军文艺出版社，2008年）中，灵芝与九柱一波三折、感人肺腑的爱情故事贯穿了全篇，围绕在戏剧性的情感纠葛周围的是对赵家的家庭成员们生存状态、情感世界、生活场景的日常化且琐碎的描摹，经由对极富鸭绿江畔地域特色的民风民俗的浓墨重彩的呈现，通过对一个小家庭的聚焦，展示了"闯关东"的先民们在日军的侵略铁蹄下隐忍、苦斗、求生存、求发展的心灵史。小说在一幕幕日常生活场景和一段段人生细节的细腻描绘中映衬出"大历史"的冷漠、虚幻和无常，折射出被"大历史"所遮蔽的富于痛感的日常生活本相，在对俗世男女的质朴且悠长的情感观照中表现出顽强且坚贞的人性辉光。《寂静的鸭绿江》在消弭了历史深度模式的同时，却重建了战争历史与英雄话语得以附丽的生活场域，挖掘并塑造了灵芝这样一个感人至深却极易被大历史所遮蔽的另类的"生命英雄"的形象，生发出独具个性的艺术魅力。

海飞的《向延安》（浙江文艺出版社，2011年）以一场意外开篇，日军的侵略给向家带来了突兀且重大的变故。向金喜的命运倏然改写，从一个迷恋厨艺的青年学生一步步成长为潜伏在敌特内部的英雄，历经了孤岛时期汪伪、军统和中共地下党三方在上海的暗战以及随后的国共内战，见证了风云变幻中向家成员们彼此隐藏闪躲的迥异人生。刻骨的矛盾与至深的爱恋在向金喜被撕裂的人生中缠绕纠结，将"即便把我们撕成碎片，每一片都将写满忠诚"的小说主题演绎得气血飞扬。在《向延安》中，海飞的叙事重心牢牢锁定了抗战背景下人的生活或者说生活中的人。日常经验围绕着人物铺展开来，小到言谈、穿着、举止、饮食，大到心理、性格、精神、命运，海飞小说中的人物不仅仅是在战斗，更是在生活。即便战争袭来，改变的是人物命运的走向，不变的是生活本身恒常的逻辑。在兵荒马乱、随时都会有性命之虞的战争境遇中，同学们想的是怎样追寻和实现革命理想，而向金喜偏偏迷恋的是做菜。于是我们就会看到，面筋菠菜汤、冬笋胡萝卜片、五花肉炖油豆腐、大蒜炒牛百叶、醋鱼、酥鱼等等或家常或创新的菜式，就着一壶烫好的黄酒，轻而易举便将故事中的人物不断从抗战的"极端经验"中拉回到吃饭、喝酒、聊天的日常生活轨道中来。而向金喜源源不断从那个蒸腾着烟火气和温润感的灶披间中端将出来的，不是他宛如魔术师般天赋异禀的人生传奇，而是那即便已成孤岛也不曾被战争打断须臾的寻常日脚。海飞对抗战历史背景下日常生活经验的重视和发现，之于生命、之于历史、之于文学，都具有独特的意义。

海飞的《回家》（浙江文艺出版社，2014 年）则可以说是抗战题材长篇小说中的异类，通篇充斥着各方士兵对家的记忆、对家庭生活的想象，和对达成"回家"这一行动的终极渴求。陈岭北在进入战场时，脑子里想起了故乡，暨阳县枫桥镇丹桂房村，村子里，有一位叫棉花的寡嫂，村外一条宽阔却极浅的小溪，溪面上波光粼粼，像一万条鱼漂浮在水面上闪动鱼鳞。他心心念念的就是回家娶寡嫂过日子。在四明镇戚家祠堂养伤的日子里，无论是黄灿灿、蒋大个子，还是朱大驾、小浦东、蝈蝈等人，都心怀回家的梦想。不仅中国人如此，日军也是如此，香河正男对植子与爱情的幻想，中队长船头正治要回家为妹妹操办婚事，千田薰联队长想念父亲和姐姐……战争将人抛入并囚禁于极端经验的牢笼之中，而人拼尽全力甚至牺牲生命想要回归的正是日常经验所指向的家园。事实上，极端经验与日常经验间的差异、矛盾与张力构成了小说结构层面的裂隙，处理得不好就容易成为"两张皮"。而海飞用华丽且富于诗性的语言、精妙的比喻、动人的细节以及写景状物、风俗俚语、人物描写有效填补了这重裂隙。

小说所要呈现和探索的，是生活中感性和隐秘的"内在经验"，是生命舒展的痕迹。而生命的痕迹，往往被笼罩在历史这一巨大的幕布之下，小说就是要将原本隐匿的生命痕迹从历史和生活的各个角落、各种细节里发掘出来，从而让生命构成一部属于它自己的历史。李亚的《流芳记》（作家出版社，2010年）以母亲的五十五岁寿宴作为结构全篇的时空节点，前后勾连出一段苏氏家族的盛衰往事、串串发生在"谯城"这个皖南小城里的风物俗事，并进而演绎为"我"这个无所不在的幽灵对于抗战历史的"个人记忆"与"私语讲述"。各色人物无不天赋异禀，却又葆有一颗浪漫的赤子之心，在历史变迁和人世流转中如孩童般执拗地守望着生活的无常和命运的定数。父亲苏归海神乎其神的医术和医学著作、黄三婶子高超的厨艺与武功、表叔葛九章玄妙的炼丹术、姑父陈竹竿的赌技和棋艺、哑巴苏甲三的灵异悟性、苏茱萸忠贞的异国恋情……小说的主人公们好似涂抹着脸谱的演员,在苏家大院这个封闭自足的舞台上演出着充斥着个性、欲望、浪漫和想象的写意人生。《流芳记》作为一部书写成长史、家族史、风俗史和抗战史的长篇小说,并没有正面描写战争场面,而是旁敲侧击,旁逸斜出,重在探索战争历史中个体的生存状态和情感世界。看似荒诞不经的情节和戏谑、反讽式的叙事,恰恰跳开了意识形态的藩篱、撇开了政治的规限,直指生存的本相和心灵的真实,书写出更为深沉厚重的抗战历史图景。

结 语

站在当今时代的立场,重建虚构叙事与抗战历史的关系既是重要的,也是艰难的。诚然,"虚构"原就是文学艺术的本质,克罗齐所谓的"所有历史都是当代史"与文学艺术的"虚构"本质亦无二致,但"虚构"的前提是创作素材与创作者的经验、想象构成一种逻辑关系的真实,从伦理的角度形成叙述的可靠性。近年来,在对抗战历史的纯文学书写之外,还有一种泛娱乐化的现象暗流涌动,很多抗战题材长篇小说和影视剧,在消费欲望的驱动下滑入了"历史虚无主义"的歧途。叙事伦理的可靠性先在地缺失,而娱乐化、庸俗化、类型化的叙事策略则进一步导致那些令人啼笑皆非的,甚至完全置战争基本法则与常识于不顾的传奇故事的泛滥,读者与观众不经意间已经在捧腹大笑中解构并消费了那场可歌可泣的、正义悲壮的、残酷流血的战争历史。部分作品绕到抗战历史的背后，看似从民间立场出发，强化民间记忆与民间视角，其实质则是回避对历史真实的基本认知，任凭作者的主观意念与想象力无节制泛滥。艰苦悲壮的抗战历史有如儿戏般地被创作者玩弄于股掌之中。侵华日军基本上愚蠢至极，被一群毫无战斗经验的中国农民们要猴般予以愚弄，中国农民们的智慧明显地超越于残酷的军事斗争之上。

如果仅仅认为这是 21 世纪以来中国文学艺术世俗化、庸俗化的一种泛滥，或者创作者缺乏战争生活经验与素材积累，则显然还停留在现象的表面，更深层的问题则表现为叙事伦理的自我矮化与人格理想的"阿 Q 主义"。中国的近现代史就是中国人备受西方列强百般蹂躏与欺凌的历史，尤其是日本发动的侵华战争，其罪行之残暴令世人发指，给中国人民造成了无法磨灭的民族仇恨与伤痛。现如今，中国人民真正地屹立于世界东方了，而且世界大国地位也日益显赫，于是，一部分创作者开始用娱乐化的方式来宣泄积压在民族深层记忆中的压抑，玩一种猫戏老鼠的游戏，此种方式所表征的大众心态很难说是一种健康积极的心态，更不要说彰显大国情怀了。即便是从文学与影视剧艺术的角度言之，其气象与格局亦非常狭窄，不仅缺乏悲剧精神与超越性，还连带破坏了喜剧作为一种艺术样式的存在的可能性。西方文学与影视剧亦不乏"二战"题材，其对战争的反思与人性的哲学思辨显然是中国抗战题材文学与影视剧所无法企及的，而娱乐化了的抗战题材文学与影视剧非但难以望其项背，甚至已经背道而驰了。娱乐化并非如某位艺术家所言的"乐"本身就是其终极目的，或者艺术的所有意义。这一点本是常识性的，非要强调"乐"即艺术，不是浅薄，就是别有用心。近年来娱乐化了的抗战题材小说与影视剧无疑会对青少年产生诸多负面影响，这就不是文学与影视剧本身能够承担得了的事情了。

莫言的《红高粱家族》当然不是娱乐化，与新历史主义也不是一回事，多少受了点"寻根文学"的影响恐怕是事实。但在我们看来，那是莫言高密东北乡的一段尘封的历史记忆，莫言以其非凡的文学胆识与艺术想象力将其再现出来。《红高粱家族》让当下娱乐化的抗战题材小说与影视剧无法比肩的最重要原因是其战争描写的残酷与惨烈，人性的丰富与张扬，民族精神的高蹈与超越。对当下的创作者来说，战争体验本身缺失，对战争历史的氛围疏离久远，仅凭查阅史料和主观想象，难以准确把握战争的真实图景。如果再将抗战题材高度类型化、娱乐化，将过度世俗化甚至庸俗化的元素也杂糅到这一题材领域里，也便无可避免地沦为藏污纳垢之地了。这一现象应该引起创作者与读者观众的共同关注与思考。

叙事伦理嬗变与英雄话语涅槃

——中国当代军旅文学 70 年整体观

一

从叙事伦理的角度考察，中国当代军旅文学便是一个围绕"国家/民族核心价值观"不断建构与弘扬的过程。新中国成立七十年来，伴随着中国文学的思潮跌宕与生态变化，军旅作家们也试图在更为开放的语境中更新文学观念、重构话语方式，但"国家/民族核心价值观"始终规约着军旅作家的创作。换句话说，"国家/民族核心价值观"是中国当代军旅文学的本然与自在的灵魂。这自然是与军旅文学的意识形态特质及自身的品质与内涵有关，但最重要的还是军旅作家自觉地承担了关乎"国家/民族"的历史使命和崇高责任。

这种使命和责任从 1942 年毛泽东《在延安文艺座谈会上的讲话》发表开始，由最初的尝试着写工农兵，到新中国成立后干脆由工农兵写工农兵，逐渐以"原型"的方式转化为中国作家，尤其是军旅作家的一种"集体无意识"。从"十七年"到"新时期"，及至 21 世纪初年，无论是对战争历史的史诗性建构，对当代战争的反思性书写，还是对和平时期军营现实的深刻剖析，乃至对革命历史的重审与解构，军旅文学始终是主流意识形态话语体系的核心部分，借助于政治话语的强势表达，建构起了崇高、阳刚的美学风格和张扬爱国主义、英雄主义、理想主义的精神传统。这是构成"国家/民族"文学品格与脊梁的不可或缺的底色，也是军旅文学在中国当代文学繁复格局中的独特价值与意义。

追根究底，主导"十七年"文学的思想与观念基本上是 1930 年代以来的战争文化。"五四"知识分子启蒙的现代性因抗日战争的爆发而式微，代之而起的是革命的现代性，即由战争主体——农民所主导的战争文化。尤其是毛泽东《在延安文艺座谈会上的讲话》的发表，更具体规约了作家的创作和文学发展的方向，即要为工农兵服务，为战争服务。新中国成立后的社会历史文化语境虽然发生了根本性变化，国家的工作重心也转移到了社会主义建设上来；但文学，以及意识形态的诸多领域，仍然延续了这一战争文化思想。历史在 20 世纪已经过半了的文学史中首次选择了军旅作家，因为此前军旅文学甚至连概念或命名还没有形成。这是时代对文学发展方向及创作主体双重规约的必然结果；当然，朝鲜战争的爆发及边疆剿匪也使得战争文化心理进一步凸显和强化。

如果从 1927 年八一南昌起义算起，至 1949 年，二十余年的烽火岁月中鲜有军旅文学产生，这似乎有点让人不可思议；

但军人的文化结构及战争之残酷让人无暇以文学的方式描述或怀想刚刚经历的血与火似乎可以勉强解释这一现象。出人意料的是，倒是1930年代毛泽东在马背上吟出的旧体诗词成为了现代军旅文学的一个亮点，甚至是难以逾越的高峰。在这样的背景里，1945年，正在延安的孙犁写出了《芦花荡》和《荷花淀》就不能不让人有一种惊喜之感。与1951年出版的长篇小说《风云初记》一样，孙犁的战争题材小说富于浪漫气息。尽管作者选取残酷的战争作为表现对象，但作者却不着意于血腥与残酷，而是努力展现抗战军民不屈的个性与乐观向上的品格。

军旅短篇小说随后崛起，王愿坚的《党费》《七根火柴》、茹志娟的《百合花》等主流革命历史题材短篇小说，张扬了革命乐观主义精神，塑造了一批革命英雄或模范人物形象。短篇小说以小见大、窥一斑而知全豹的品格，对革命历史的建构与阐释有着不可低估的作用。尤其是茹志娟的《百合花》，突破了当时以塑造英雄形象为旨归的主流创作观，关注和书写普通的人性，表达对生命个体的敬意与尊重，体现了人道主义关怀。生动的人物形象、细腻的描写及精致的结构，使得《百合花》成为当时短篇小说中不可多得的佳作。上述作品或被拍成电影，或被收入中小学课本，产生了广泛而持久的社会影响。而某些作品引起争议，甚至受到批判，则主要是作家创作个性的张扬及作品所抒发的情感逸出了那个正在拓荒的文学时代的主流政治激情的范畴，成为日后文学进一步被规约的前兆。

二

其实在"红色经典"产生之前，已有一部分中长篇小说抢先问世，但是它们并没有构建起一个军旅文学繁荣的百花园。朝鲜战争的爆发使得战争重新成为全国人民的焦点，一大批作家赶赴前线，并且迅速收获了《三千里江山》（杨朔）、《上甘岭》（陆柱国）等颇有分量的作品，但其影响却都不如魏巍的战地通讯《谁是最可爱的人》，《谁是最可爱的人》后来甚至被视为当代军旅散文的发轫之作。"事件的真实性使它像通讯，而表达的文学性又使它成了散文，这是一个'混血儿'，杂交的优势是它脍炙人口风靡一时的重要因素，它成功地开启了'前17年'军旅散文的先河……这一路散文发展到新时期，因了思想的解放和题材的开放，进一步强化了新闻性和纪实性而从散文家族中彻底独立出去，蔚成报告文学一大国，又别有一番洞天。"（朱向前主编，《中国军旅文学五十年》）

而以"红色经典"为代表的战争题材长篇小说何以集中出现在1950年代中后期及1960年代初？一是文学，尤其是长篇巨制，其文学性自律要求与生活本身拉开一定的距离；二是那些日后成为"红色经典"作家的战争亲历者们的文化准备明显不足，再加之朝鲜战争爆发、边境剿匪如火如荼，从思想到情绪都还无暇回首惊心动魄的战争往事；第三则是政治文化语境已经在热切地呼唤"红色经典"的喷薄而出。

1954年，杜鹏程的《保卫延安》有如横空出世，震撼了文坛。它以高昂的革命激情、凝重的笔触和磅礴的气势，全景式展开了人民解放战争的壮丽画卷，为当代战争题材小说确立了一个崭新的高度，成为新中国军旅小说的一座里程碑。随后，一股巨大的"红色"激流汹涌而来：吴强的《红日》、曲波的《林海雪原》等长篇小说以鲜明的时代精神和饱满的革命激情，讴歌了中国人民在中国共产党的领导下所进行的艰苦卓绝的抗日战争和解放战争，洋溢着革命的乐观主义与英雄主义精神，极大地满足了人们急于了解中国革命的胜利历程的阅读期待，平复并消解了郁积在人们心中的苦难焦虑，激励人们以无比高涨的热情投身于和平时期的社会主义建设之中，成为1950、1960年代的"主旋律"。

"红色经典"在小说形式上之所以承袭了中国古典小说传统，一方面是因为这批作家们从小就受到中国古典小说的浸淫，却基本上都没有西方文化教育背景；另一方面是这种民族的、大众化的形式更易为大众读者所接受；尤其是《林海雪原》《铁道游击队》《烈火金钢》《敌后武工队》，以作家的亲身经历为素材，充盈着民族风格与中国气派。强烈的传奇色彩与民间视角使其历久不衰，且在21世纪初年通过影视剧改编再度成为大众关注的热点。

然而，"十七年"的军旅长篇小说始终笼罩着一层深重的"现代性焦虑"。围绕着"组织一个现代民族国家"的政治诉求而展开现代性的集体想象与认同，导致了其"非文学"的因素过多：缺乏活跃的感官世界（"身体"的缺席和情爱叙事的稀薄），缺乏超越性的精神维度（二元对立的思维方式及日常道德宣教），缺乏丰满立体的人物形象（概念化、脸谱化的人物塑造方式），缺乏日常生活经验（极端化的生存状态简化了生命的内在矛盾）等。因此，"红色经典"的一枝独秀在创造了一个繁荣的文学神话的同时，已经暗伏了一个文学的危机时代的到来。

三

除却"文革"十年，此后的"新时期"文学在中国新文学百年历史中的地位会随着时间的拉开而日益彰显它的独特价值与意义，我甚至觉得与"五四"新文学在多个向度上不仅异曲同工，而且完全可以比肩。军旅文学在这三十余年中与其他"题材"文学基本上是一种同构关系。1980年代中期之前的中短篇小说，可谓黄钟大吕，振聋发聩，对思想解放及人道主义精神的阐扬和"人"的文学的建构，起到了积极的促进作用；1980年代中后期的先锋文学不能不让军旅作家们背负上"文学性焦虑"：如何从集体叙事走向个人叙事，从现实真实走向虚构世界，从现实主义走向汲取多元方法的开放格局，成为多数军旅作家尤其是中青年军旅作家的自觉探索与追求。

进入1990年代，商品经济与世俗的娱乐化成为社会文化主流，军旅文学逐渐退出了主流意识形态话语体系的核心，在文学领域也一再被边缘化。因此，1990年代初期的"农家军歌"无疑是军旅文学陷入整体性低迷后的唯一亮点。"农家军歌"可以说是"新写实小说"的军营变调。军旅文学首次远离英雄，直面现实，走进普通军人的日常生活和内心世界。长期以来，被崇高理想与宏大叙事所遮蔽的个体军人的现实命运与内心挣扎被作家冷静客观地铺展开来。1990 年代中后期，蓄势已久的军旅长篇小说开始勃兴，军旅作家再次以"集群冲锋"的方式震撼了文坛。他们开始对战争进行更深层次的多向度思考，在重审和解构中重返历史现场，以还原更为真实的历史，在文学性层面的探索也达到了当代军旅文学前所未有的高度。

1980 年，徐怀中的短篇小说《西线轶事》以最高票获得当年全国优秀短篇小说奖，对军旅文学的繁荣起到了难以估量的催化作用。小说中弥漫的深厚的人情味似乎预示了"人道主义"在中国当代文学中的复活。军旅短篇小说一时间繁花似锦，为新时期军旅文学赢得了声誉。而接下来李存葆的中篇小说《高山下的花环》（1982 年）对文坛之意义不亚于刘心武的《班主任》。作家的笔触直指军队现实，大胆而深刻地揭示了军队的现实矛盾和历史伤痛。作品磅礴的激情、崇高悲壮的审美质感催人泪下。李存葆在中国文坛的重要地位的确立，还意味着以他为代表的年轻一代军旅作家的整体崛起，直接推动"当代战争"题材创作出现了一个小高潮。

新时期伊始，和南线战争相映生辉的还有两位军旅诗人的政治抒情诗——叶文福的《将军，你不能这样做》和雷抒雁的《小草在歌唱》。这两首诗的出现标志着 1949 年以来所形成的政治抒情诗传统开始由个体与社会、历史、政治的紧密契合转向自觉分离以及对社会对历史对自我的反思和批判。这两首诗"直面现实、反思历史和自我剖析的勇气，充分表现了一个战士诗人的良知和使命感。虽然由于种种非诗的原因，这种干预社会现实的诗歌的势头没有在诗坛上进一步展开与推进，但它对军旅诗歌的刺激和启示却是深刻而有力的"（朱向前，《中国军旅诗：1949—1994》）。

这种介入现实、干预生活的写作伦理在朱苏进的小说中也有着较为充分的体现。朱苏进的中篇小说《射天狼》（1982年）和《高山下的花环》联袂获得当年全国中篇小说奖。朱苏进关注的是和平时期的军营生活，他善于从平凡人物身上发掘英雄的潜质，着力于揭示和平时期军人的牺牲及价值，开拓了塑造军人形象的新道路。莫言的《红高粱》发表于1986年，其突出价值与意义不仅在于承续了中断已久的抗战小说传统，更主要的是它突破了正统的革命历史观，将革命战争单一的红色演变为斑驳的"杂色"，将正史化的战争历史转化为民间化的野史和传奇，向读者展示了正史无暇甚至不屑顾及的充满野性和个性的民间生存状态与场景，小说也因此获得了多重意蕴，且具有强烈的寓言味道。对军旅文学来说，"直接引诱了一批没有战争经历的青年军旅作家写出自己'心中的战争'（如乔良的《灵旗》、苗长水的'沂蒙山系列'、张廷竹的'国民党抗战系列'），并以此和'当代战争（南线）'战线、'当代和平军人战线'鼎足而三，最终形成了新时期军旅文学的基本格局和全面繁荣"（朱向前《新军旅文学三剑客》）。

随着"两代作家在三条战线作战"的基本格局于1980年代末渐趋瓦解，1960年代出生的"晚生代"军旅作家成为军旅文学的中坚力量。以阎连科、陈怀国为代表的农家子弟从当代农民"逃离土地"的人生选择中，在社会结构的松动和社会利益调整的时代大背景下，对"农民军人"进行了冷峻而真实的剖析，吟唱出了一组在军队现代化建设中艰难跋涉的"农家军歌"，让军旅文学在 1990 年代初又成为文坛的一道亮丽风景。"农家军歌"的突出特点是视点下沉，放弃了传统现实主义的理想及批判立场，表达了对世俗和大众的生存现实及思想情感的认同。然而，过于浓重的"农家情结"既让创作主体对笔下的人物施以更多的同情、怜悯、慌叹或歌赞，又阻碍了形而上的批判意识与自审意识的张扬，亦在相当程度上狭限了作品的文学高度。

这一时期，非军旅作家的军旅题材中篇小说也颇值提及，其中，毕淑敏《昆仑殇》、邓一光《父亲是个兵》、周梅森《大捷》《军歌》《国殇》、尤凤伟《五月乡战》《生存》等引人瞩目，其浓烈的反思倾向及对人性的深度开掘，为军旅文学带来了一股新风。

进入 1990 年代后期，蓄势已久的军旅长篇小说终于爆发，徐贵祥、柳建伟、裘山山、邓一光等作家开始发力，他们接连奉献出《我是太阳》《仰角》《我在天堂等你》《突出重围》等作品，为军旅文学在 20 世纪末画上了一个圆满的句号。

四

相较于地方文学于 1990 年代后期发生的"断裂事件"，军旅文学的跨世纪转型显然更加滞后。缺少文学思潮和创作观念的激荡，缺乏具有主导性的文学事件的刺激与标示，1990 年代后期的军旅文学看上去有点波澜不惊。进入社会转型期，既往单调整一的军营文化在市场经济大潮的冲击下有所松动，思维方式和价值观念开始多样化；既要积极适应时代的潮流完成叙事伦理的嬗变，又要保持住特有的本质属性和美学风格，军旅文学开始了艰难地蜕变和转型。在世俗化、欲望化、低俗化等风气日盛的文化语境中，军旅文学以崇高、阳刚的审美品格和勇毅且近乎悲壮的"亮剑"姿态，为20世纪末的中国文坛坚守住了理想与精神的高地，挺起了世纪之交中国文学的脊梁，同时积蓄着裂变与生长的力量。

1990年代后期，朱苏进的《醉太平》、朱秀海的《穿越死亡》、韩静霆的《孙武》、乔良的《末日之门》等四部长篇小说相继问世。正像朱向前所描述的，"四部作品，四个角度：一从当代军营，一从当代战争，一从历史，一从未来，全面展开对军人的塑造，对军人价值的沉重追问，对战争与和平的崭新思考。它们在恢宏的时空中包容了军旅生活的丰富性和多样性。它们的'复合'，形成了一个立体、丰满而厚重的整体框架……它们的出现，给疲惫日久的军旅文学注入了活力，而且把新时期以来长篇军旅小说的水准推进到了一个新高度……它还标志着自新中国成立以来，继老一代长篇军旅小说作家之后，新一代中年的长篇军旅小说作家已经趋于成熟，也为我们送来了长篇军旅小说创作大潮的隐隐涛声"。

果不其然，进入21世纪之后，军旅长篇小说异军突起，一朝爆发竟势不可挡，收获了一大批优秀作品。以军旅长篇小说的全面繁荣为标志，中国当代军旅文学的"第四次浪潮"逶迤而来，"英雄话语"在军旅作家的文体自觉和文本探索中实现了涅槃。

进入新时代，伴随着强军兴军崭新实践的全面推进，军营文化、军人生活、军旅经验、军人形象等诸多方面都产生了新鲜而重大的变化。军旅作家面对的生活经验异常细碎驳杂，曾经被生活经验与文学观念的"共识"所统摄的"集群性写作"土崩瓦解，创作主体开始以"个人化写作"的立场与姿态展开对军旅题材的新一轮文学想象。由此，军旅长篇小说创作开始了双重回归。一是回归长篇小说的叙事性文体本源，开始注重形式创新和语言探索，文体自觉性显著提升；二是回归文学对象的生命伦理和生活本体，开始观照复杂人性和个人命运，重视日常生活经验的表达。前者呼应了建构叙事虚构的本体性以获得文学合法性要求，注重个人化写作、自由地虚构，强调叙事及叙事主体自身的意义等等，标示着 21 世纪初年军旅长篇小说的叙事观念的觉醒和文体观念的自觉；后者则反拨了长久以来政治话语对军旅文学的规训和异化，开始关注军人的个人命运和个体经验，在历史、战争和现实层面探寻更为广阔的人性空间和精神存在。原本被抽离了的政治性结构空洞，得到了叙事性伦理话语的填充……军旅长篇小说创作获得了新的更为广阔、深厚的精神资源，获得了新的观察、认识生活的角度，获得了新的叙事方向和动力。通俗一点讲，在讲述什么样的故事和怎样讲述故事这两个向度上的新变化，共同构成了 21 世纪初年军旅长篇小说的特征和新意。

"个人化写作"姿态对以往政治话语主导下的集体文学思维方式的反拨，是基于对文学创作规律的深刻理解而对文学本质属性的回归。作家们可以更自由、更灵活地切入军旅现实生活，体验和表达军人情感，透析部队存在的各种问题，审视并重构历史时空，思索和前瞻军队发展前景。作家们可以根据各自的知识构成、生活阅历、关注兴趣、跟踪对象和认知角度选取自己熟悉的题材领域，以个性化的风格和技巧来写作；可以从日常生活中发现并强调意义和价值，开掘出新的叙事和表意空间，有效扩展题材边界。稍加梳理便会发现，21世纪初年军旅长篇小说涵盖了战争历史、现实生活、婚姻情感、军人伦理、英雄话语等等涉及到军人与军旅生活方方面面的题材领域，且拥有更加独特的观察视界、思考角度和艺术个性，对剧烈变革和转型中的部队生活进行了更加及时而深刻的反映和探索。许多原先被一体化文学思维所遮蔽、过滤掉的生活经验和情感体验得到了更加深刻的发掘和更加生动的表达。军旅女作家和70后"新生代"军旅作家的崛起更为21世纪初年的军旅文学开辟了新鲜且可持续发展的生长点。

整体而言，21世纪初年军旅长篇小说创作由突出经验到侧重体验，由反映生活到想象存在，由追求宏大主题到凸显语言张力，既往僵化单一的文学观念被彻底突破；此外，史诗情结并未完全消散，它以哲学化、历史化、个人化而非"意识形态化"的形式继续演绎着历史、社会和时代风云，并在军旅长篇小说结构中占据着重要地位；从军营走向市场，从精英走向大众，从整一走向多元，从焦虑走向自信，从边缘走向中心，获得了强大的生命力和广泛的关注度。随着现实主义的深化、人道主义的强化以及人本观念的确立，军旅长篇小说对人性和灵魂的关注、对军人精神和心理空间的探索进入了一个全新的阶段，英雄观念和审美范式亦呈现为多样化的主题变奏。

从21世纪第一个十年的《英雄无语》《历史的天空》《亮

剑》《我在天堂等你》《楚河汉界》《音乐会》《我是我的神》到第二个十年的《吾血吾土》《己卯年雨雪》《来生再见》《黄埔四期》《一座营盘》《太阳升起》《牵风记》《人，或所有的士兵》《新世界》，不难看出，军旅题材早已不是部队作家的专利，越来越多的非军旅作家开始投入到军旅文学的创作，军旅题材日益成为一种公共和开放的文学资源。从上述作品中，可以看到，富有个体生命光彩的军人形象登上了历史和现实舞台，从枪林弹雨的战争风云到动荡不安的政治风潮、从歌舞升平的和平年代到社会转型的历史变革，演出了一幕幕壮美却又饱蘸悲情的英雄史诗。创作主体自觉加强了对悲剧审美意蕴的挖掘和表现力度，极大丰富了作品的表现力。悲剧意识的觉醒和悲剧精神的建构成为 21 世纪第二个十年的军旅长篇小说创作的重要突破和审美新质。在历史与现实、人性与个性、牺牲与价值、理想与沉沦等错综缠绕的维度中深入挖掘军旅人生的哲学内涵，使读者在看惯了积极乐观的英雄主义和理想主义之后，得以沉入生命和灵魂的内面，细细品味真实的军人和悲剧的英雄。

文学观念和叙事伦理的嬗变，使得军旅长篇小说更加深刻地反映出战争的残酷与生命的苦难，更加真切地呈现出中国军人在面临时代转型与和平考验时的精神困境与命运遭际，因而具有了独特的艺术魅力和丰饶的精神空间。

五

21 世纪初年的中国文坛，严肃文学在市场的推动与刺激下，被动地完成了历史转型，与大众文化之间曾经不可逾越的鸿沟被填平。无论是就作家心态、写作立场而言，还是从文学营销策略、小说叙事方式来看，面向市场、走向市场都是不可阻挡的时代潮流。2005年，以电视剧《亮剑》在全国范围内热播和《历史的天空》折桂茅盾文学奖为标志，21世纪初年的军旅长篇小说迎来了转折点或曰分水岭。此前的军旅长篇小说聚力于形式探索和技术实验，文体意识的自觉性和文学性探索的深广度较之以往都显著提高；而此后的军旅长篇小说开始了"通俗化转向"，并越来越多地显露出类型化文学的审美特征。市场这只隐形巨手的全方位介入与高强度参与，带来了语言、叙事、结构、人物塑造、生活呈现、思想表达等诸多层面的变化，并深刻影响了作家的文体意识和写作伦理。文学生态的剧变为21世纪初年军旅文学的变革前行提供了契机，同时也带来了挑战。

　　毫无疑问，文学生态的剧变是我们重新认识和理解军旅文学的基点，大众文化无疑是最重要、最核心的文学生态属性。置身其中，接受重新塑形，反身又参与到大众文化自身的建构当中，军旅长篇小说已成为当下大众文化最为重要的标签和组成部分。无论是小说文本的畅销还是改编电视剧的热播，之所以在当下社会上产生广泛而持久的影响，正是得益于大众的热烈追捧和深度参与。与市场（商业出版）接轨、与媒体（电视剧改编和网络写作）联姻，使得军旅长篇小说最大限度地收获了市场份额和经济效益，扩大了影响力，弘扬了主旋律；但同时也斫伤了作家的文学感觉和审美判断。高度的"类型化"对于军旅长篇小说而言是一把不得不警惕的"双刃剑"。

进入 2010 年代之后，由军旅长篇小说的全面繁荣所掀起的中国当代军旅文学的"第四次浪潮"，已经显露出难以为继的颓势，进入了下行通道。由此，便又勾连出一个老生常谈的话题——生活。问题或许在于新军事革命与"中国梦、强军梦"的伟大实践展开并深入的速度、深度与广度已经超越了作家们的认知与经验。

与虚构叙事的孱弱无力相对应的，是军旅非虚构叙事的全面崛起。在直面军旅现实生活，反映军队新情况、新问题，塑造新型高素质军人形象等层面，军旅非虚构写作无疑有着自身的优势，也涌现出很多优秀的作家作品。作为一种兼具真实力量、思想深度与艺术之美的创作形态，军旅非虚构叙事承袭了强大的军旅报告文学传统，在探寻战争历史、介入军旅现实、讲好军旅故事等方面具有独特魅力和文体优势；在直面改革强军、表达时代精神的过程中，亦呈现出不同以往的审美新质，催生了新的题材领域和文学生长点。

从传统的文学期刊、图书出版到电视剧、纪录片、公众号、有声书、网络连载、时尚读物，伴随着网络和新媒体的强势崛起，军旅非虚构叙事的传播途径发生了深刻变化，作品的传播范围和影响力日益扩大；从密切跟踪社会热点到反身潜入战争历史，非虚构叙事杂糅的文体特性极大释放了作家的历史激情和文学想象，历史题材军旅非虚构叙事无论从质量还是数量看，都堪称繁盛。打捞历史细节、重现战场真实、发掘内在经验的写作伦理，丰富深化了读者既有的历史认知；从"写什么"到"怎么写"，从时代报告到跨界写作，作家们更加注重文体实验和叙事策略，小说、散文、随笔、评论等其他文体的叙事手法和语言表达被引入军旅非虚构叙事，突破了传统报告文学的诸种条框和定式，也丰富提升了军旅非虚构作品的审美和文学价值。

回望七十年来军旅文学波澜壮阔的发展历程，我的心里涌动着难以遏抑的激情和感动。烽火岁月、厚重历史、优良传统、改革大潮连同那残酷的战场、伟岸的英雄、崇高的精神和丰饶的生活一起留存在了一部部闪动着光荣与梦想、激情与青春的军旅文学作品中，共同见证了那个属于军旅文学的黄金时代。伴随着文学观念的演进和叙事伦理的嬗变，军旅文学亦具有了鲜活灵动的多重面相，成为一种宏阔辽远的审美存在。

作为一种特定的题材类型、话语方式、伦理现象，军旅文学想象着人性可以达至的上线，守望着精神可以承载的重量，召唤着"英雄"这种人类最崇高、最坚硬，同时也最悲悯、最柔软的情感动机。走笔至此，我想起了一个动人的场景。"二战"时期，苏联著名钢琴家埃米尔·吉列尔斯去前线慰问官兵。当他弹奏完一曲拉赫玛尼诺夫的《第二钢琴协奏曲》时，在场的官兵们都为之动容，很多人流下了热泪。旁边的主持人说："同志们，我们要英勇地战斗，为了这美好而伟大的音乐。"这一刻，文化的力量、高蹈的精神、经典的魅力在沉郁悲壮的战场上炸裂、涌流，衬托出值得珍重的人世、需要仰望的灵魂。正是在这个意义上说，站上新的历史起点，21世纪的军旅文学需要勇于超越庸常凡俗的经验，与人类共通的美好情感对话，与世界战争文学的经典互见，开启下一个属于自己的"黄金时代"。

悲剧精神的觉醒与建构

——21 世纪初年军旅长篇小说的审美超越

引　言

　　翻检世界经典的战争文学，悲剧精神往往是检视一部作品是否深刻厚重、是否具有恒常魅力的审美标志。而在中国当代军旅长篇小说的审美范式中，悲剧精神的淡漠或缺失始终为研究者所诟病：难以摆脱的意识形态功利色彩，跳脱不出的庸俗脸谱化写作模式。书写战争，却不正视战争对人性的戕害、对肉身的毁灭，不探究战争的残酷与非理性状态；摹写军人却忽视对人的心理、灵魂、命运的哲学思辨和价值追问；张扬英雄主义和乐观主义精神的同时，却遮蔽了战争历史的悲剧底色。可以说，悲剧审美意蕴的稀薄在相当程度上狭限了当代军旅长篇小说的叙事空间和精神容量。

　　悲剧意识是对人的悲剧性命运的认知，而悲剧精神则是对现实人生悲剧境遇的超越，进而在精神上达至一种自由、顽强

336

的生命境界。悲剧精神的实质就是生命之韧性与抗争之不屈——在困境或灾难中坚守信仰，不放弃对未来的美好追求，为了实现理想而勇往直前的大无畏气魄。悲剧精神的核心要素是反抗，困境中和抉择时往往容易凸显和升华人的存在价值、人格力量、理想追求和精神风貌。"悲剧美就在于生命的抗争冲动中显示出的强烈的生命力和人格价值，这种个体生命的价值品格、精神风貌和顽强的生命力联系起来，融汇为一种新的主观精神形态——悲剧精神。"[1]

在世界经典战争题材长篇小说中，我们看到的不仅是战争和军人、胜利和失败，我们还看到了战争笼罩下的人生悲剧、灵魂堕落和人性扭曲，如《这里的黎明静悄悄》《静静的顿河》《永别了武器》等等；而在新时期之前的军旅长篇小说中，我们看到的更多是乐观主义的胜利、革命大团圆的结局以及"高大全"式的英雄形象。抗日战争和解放战争的胜利给中国人民带来了民族的解放和国家的独立，然而，在文学书写中，历史的转折以及战争带来的巨大牺牲和悲剧内涵却被有意无意地忽略和遮蔽了。

1990年代中期以降，军旅小说创作从中篇的繁荣走向长篇的兴盛，小说创作削弱了历史纪实的成分，加大了艺术虚构和想象、提炼的力度，陆续诞生了一批思想艺术上更为成熟厚重的军旅长篇小说作品。如《走出硝烟的女神》《英雄无语》《历史的天空》《亮剑》《我在天堂等你》《楚河汉界》《音乐会》等等。在这些小说中，政治意识形态色彩有所淡化，富有个体生命光彩的军人形象登上了历史和现实舞台，从枪林弹雨的战争风云到动荡不安的政治风潮、从歌舞升平的和平年代到社会转型的历史变革，演出了一幕幕壮美却又饱蘸悲情的英雄史诗。

　　"与此同时，受女性文学发展的影响，一直在中国军旅小说中可有可无、充当陪衬的女性形象，在男人为主的军旅长篇小说中逐渐走向核心地带，在战争的摧残下她们坚忍不拔，在情感的纠葛中她们追求自我又不得不委曲求全，哀婉又慷慨的女性悲剧从战争和军旅中浮出水面，丰富了军旅长篇小说的表现力。悲剧大都产生在时代的转换之际，它的出现就像是从吞噬一个时代的烈火中升腾起的火焰，而等时过境迁，又只成为时代的装点缀饰。军旅长篇小说悲剧意识的崛起将我们重新带回历史的尘封、现实的诱惑和军人职业的使命中去，用艺术的手法还原军人的生命，为的可能就是'为了忘却的纪念'。"[2] 进入 21 世纪，军旅长篇小说作家加强了对悲剧审美意蕴的挖掘和表现力度，悲剧意识的觉醒和悲剧精神的建构成为 21 世纪初年军旅长篇小说创作的重要突破和审美新质。军旅长篇小说中的革命军人，无论是战争年代还是和平年代，男性还是女性，往往都经历了生命、情感、理想、品格上的种种困境和考验，并为之付出了沉重代价，使人们在看惯了积极乐观的英雄主义和理想主义之后，得以沉入生命和灵魂的内面，细细品味真实的军人和悲剧的英雄。创作观念的嬗变，使得军旅长篇小说更加深刻地反映出战争的残酷与生命的苦难，更加真切地呈现出中国军人在面临时代转型与和平考验时的精神困境与命运遭际，因而具有了独特的艺术魅力和丰饶的精神空间。

　　展示某种价值的毁灭无疑是悲剧的基本特征；但悲剧的意

义绝不单纯是展示价值的破碎，从而给人留下一段伤感苦涩的沉郁。悲剧要通过展示悲剧英雄对不幸命运的抗争，使人看到一种更高的价值力量，营造一股历劫长存的浩气。悲剧精神就是悲剧主人公所表现的为实现某种价值信仰和人生理想，不屈从于命运和现实的抗争精神、生命意志和崇高的人格魅力。"悲剧并非仅指生命的苦难与毁灭，更重要的是面对不可避免的苦难与死亡的来临时，人所持的敢于抗争的态度和勇于超越的精神。"[3] 21世纪初年的军旅长篇小说在悲剧审美、悲剧表达和悲剧精神的建构方面逐渐走向深入和成熟，从历史与现实、人性与个性、牺牲与价值、理想与沉沦等错综缠绕的人生维度中深入挖掘军旅人生的哲学内涵，拓展了军旅长篇小说的思想宽度和艺术表现力。

一、历史的悲剧

进入21世纪，文化语境的多元化、新历史主义文学观念的启发都使得军旅长篇小说开始突破既有政治话语的禁锢，正视历史真实、反思战争本体、观照人性的深广度和丰富性。在21世纪初年军旅长篇小说中，人性的异化和扭曲并不再是丑化敌人的脸谱和政治斗争中攻击对方的手段，军人也不再是那种性格单一、立场单纯、信念纯粹的"一清二白"的政治符号，而是在历史发展的过程中真实鲜活、有血有肉的"生命存在"。

所谓的人性并非孤立和静止的，而是随着个人的认知经验和社会演变而发展变化，始终处于动态的过程中，并与广阔的外界现实发生着千丝万缕的联系。当外部世界发生巨大变化的时候，在价值信念面临两难抉择和现实考验的境况下，灵魂的自审与斗争常常是激烈而残酷的，人性的复杂性和矛盾性由此体现出来，人性也因此而彰显出深度和广度，人性的悲剧往往就是在难以言明的矛盾困惑和无法做出的价值判断中诞生。不同于"十七年"军旅长篇小说高扬党性、革命性的外化的主题表达，21世纪初年军旅长篇小说更加关注人性的内在探索，注重还原军人的生命本色，展现他们真实的精神状态和心路历程。

战争的源头往往是政治，谈及政治斗争时，我们的印象往往是"你死我活"的，政治斗争堪称没有硝烟的战争。在政治斗争中，人性的底线往往一退再退，最终在政治的压力和个人利益得失的双重挤压下土崩瓦解。"十七年"军旅长篇小说受当时的政治语境影响，对政治斗争往往表现为敌我之间的阶级斗争，对于党内和军队内部事实存在的政治斗争却浅尝辄止、望而却步，对于我党我军内部的政治斗争所凸显的人性的猥琐、卑微甚至堕落更是避而不谈。进入21世纪，随着改革开放的深化和思想观念的解放，历史题材军旅长篇小说普遍突破了谈"文革"色变的禁忌，作家们开始自觉地揭露和反省"文革"中的人性滑坡，并由此探索历史的荒诞感和悲剧感。

"文革"制造了历史的悲剧、民族的悲剧，更凸显了软弱、苟安、随风摇摆、追逐权力的人性悲剧。在项小米的《英雄无语》中，"爷爷"出生入死为中共特科工作，"文革"中却被别有用心之徒诬陷为有说不清的政治污点的敌特；在都梁的《亮剑》中，李云龙对种种无耻的阴谋和诽谤终于忍无可忍，最终将枪口对准头颅，将最后一颗子弹留给了自己，悲剧性地结束了戎马一生的军旅生涯。此外，邓一光的《我是我的神》、项小米的《记忆洪荒》等作品也对"文革"那段历史进行了富于生命深度的反思和批判。作家们没有回避历史、美化历史，而是勇于直面历史，客观地把军队和革命事业内部"左"倾的政治漩流所造成的悲剧作为审视和反思的靶标，超越了以往单纯将悲剧的根源归结于"极左"政治路线的历史局限，把人物的灵魂挣扎和精神坚守作为表现重点，从人性的深处和细部来挖掘深刻的悲剧内涵和悲剧精神。作品所要反思和批判的不仅是走了弯路、误入歧途的历史进程与私欲膨胀、卑劣无耻的个人品行，更是直指人们盲从、猥琐和自私的精神暗影。特定时代的悲剧已经不仅是历史的悲剧，而是我们民族的精神悲剧和国民的人性悲剧，更是每个人自己的灵魂悲剧。

英雄人物对历史的进程起了重要的推动作用，历史反过来也成就了英雄的功名；然而，有没有被历史的沉沙掩盖的英雄呢？回答是肯定的。历史创造了英雄，也同样制造着英雄的悲剧。一切历史都是当代史，历史的面纱往往也会有意地掩饰真相，来维护历史及当下的合理性，而个体的生命往往成为历史建构过程中的牺牲品。21世纪初年军旅长篇小说已经具有了还原历史的意识，不再一味地回避战争中的屠杀和血腥；而是努力发现曾经被"历史"歪曲的真相，挖掘那些被掩埋于"历史"尘埃之下的英雄。

在徐贵祥的《高地》中，老首长刘界河说得不错，所有的历史都会留下说不清楚的东西，他举了一个例子：红军时期，一支团队遭到敌军围困，就在决定突围的时候，接到密报说内部出了八个奸细。这让团长政委犯了难，抓住这几个所谓的奸细吧，证据不足；不抓吧，又怕真的是他们里应外合，带着他们突围有很大风险，而且没有时间调查。商量再三，团长政委决定，把这几个人毙了。在即将行刑的时候，一个"奸细"突然喊起来，说只提一个请求，说大敌当前，要节省子弹，我们自己了断吧，说完就一头栽在地上，脑门磕在石头上血流如注，其他几个纷纷效仿。可是行刑并没有停止，团长说，同志们，也许你们是冤枉的，可是情况复杂，没有工夫调查，如果你们是清白的，那就算为革命牺牲了。客观的历史已经一去不复返了，文本的历史出现了许多说不清的东西，人为了自身的利益建构了历史，又为了自己的利益去阐释历史，明明在为革命工作却被当成叛徒而遭枪毙，生命个体在历史长河和民族战争的漩流中往往别无选择地成为某种意义上的牺牲品。历史就这样轻易地吞噬了英雄的个体生命，再用历史的文本将原有的鲜活现实记述成真假难辨、面目难分的史料文字。历史歪曲、湮没英雄的悲剧频频上演，却少有作家关注；于是英雄的内涵不再丰满，而是被抽空并纯化为历史的胜利者。

自古成败论英雄，但成败毕竟不是可以随意涂抹的，即使时过境迁，英雄的灵魂终须安置妥当。长篇小说《高地》就是围绕着一段扑朔迷离的战斗历史展开的。朝鲜战场上，一直以来被组织上认定为是一次达到了我军作战意图并挫败敌军进攻的典型战役双榆树大捷，却是一场不折不扣的对敌情做出了错误的判断，造成了战场情态的严重失利的战役；虽然战役最终得到了补救，也是以战士勇敢的牺牲为代价的，是一场偶然的负负得正的胜利，或者根本就是一个失败。这个战役的两个主要指挥员对于这场战役是胜是败争论了一辈子，最后终于明白了真相。双榆树大捷一直是作为光荣历史被载入荣誉史的，有很大一批干部也是因为双榆树大捷的战功而实现了人生的转折；然而，谁想得到这却是一场失败的典型。历史给我们的英雄们开了这样一个玩笑。战斗英雄以坦荡的胸襟接受并正视了这样的历史现实，尽管是一次失败的胜利，英雄却还是英雄，他们为民族的解放英勇奋战直至献出了宝贵的生命，任何人都没有资格按照自己的意愿和功利目的随意涂抹和改写这段历史。可悲、可怕、可怜的是英雄用生命赢得的战斗，日后却成了后人追功求利的政治工具，英雄与历史的关系似乎远没有我们想象中单纯，复杂、动荡而令人心生恐惧和疑虑的历史造就着英雄的辉煌，不经意间也埋下了英雄悲剧的种子。

二、现实的悲剧

军人的使命就是保家卫国、以牺牲和奉献赢得战争的胜利，换取国家和民族的和平安宁。和平既是对军人的最高褒奖，某种意义上说也是对军人的埋没。和平年代的军人所面临的职业困境、情感困境和人性困境又是怎样的？21世纪初年军旅长篇小说在反映和平年代的军旅现实生活时，已经不再是空泛化、模式化地表现军人崇高的思想境界，而是体现出思辨的深度与力量。

"和平岁月是军人用生命与鲜血编织而成的，它既是军人的荣耀，又是军人的某种精神泥淖，使之无法逃避地隐进去，在其中进行沉重而悲壮的挣扎。"[4]

军人为维护和平而存在，然而，每个优秀的军人都对战争有着挥之不去的向往。对军人来说，只有战争才是自己的归宿，只有在战争中才能体现出军人职业的终极价值。战争渴望、战斗激情成了一代代军人难以绕开的战争情结。21世纪初年军旅长篇小说中有这样一批军门子弟，他们从小生活在军队中，吃的是军粮，唱的是军歌，听的是军号，接触的是军人，并在父亲那里受到较好的军事训练。他们相信军人是世界上最值得骄傲的职业，相信军人是男人中最优秀的一群，相信自己天生是军人，军旅自然而然成为他们的人生理想和必然选择。他们热爱军队并立志成为其中优秀的一员，做一个像他们的父亲一样铁骨铮铮的硬汉军人。就是这样一群优秀的军人却在自己的军旅生涯中演出了悲剧的角色，用他们自己的话说，他们太浪漫了，他们把军人这个职业理想化了，浪漫和理想使他们只知道把部队当事业干，而不知道把部队当作仕途干。仕途，是个太直接、太功利的通道，它看似理想，其实拒绝理想，其中看似充满机会，实则难以掌控。这些生机勃勃的年轻军人付出了青春的代价，更多的则只收获了苦涩和遗憾。

在马晓丽的《楚河汉界》中，战士王京津聪明活跃，对部队无限热爱并充满激情，同时博览军书而见识广博，还写得一手好诗，他曾经创作的长诗《献给下一次世界大战的英雄》受到很多战士的崇拜。王京津本应该在部队大展拳脚成就一番事业的，却因为爱要干部子弟的做派，在部队关系很僵被命令复员了。当首长的老爹也不屑为不争气的儿子开绿灯，这个年轻人半夜跑到军营对面的山坡上，朝着军营方向敬着军礼，满面泪痕地大声喊着：亲爱的连队永别了！喊完就开枪自杀了。在他的遗书中只有六个字：不当兵，毋宁死。这只是一个极端的例子，他是那样痴情地爱着军队，不能接受被自己的所爱抛弃。周东进在作战前动员时曾说，一个男人一辈子不当兵是个遗憾，一个军人一辈子不打仗更是个遗憾。这足以证明军营对于一批铁骨铮铮、想要建功立业的青年具有足够的吸引力，军旅就是他们永远也解不开的情结，脱了军装他们就不知道自己还能做些什么。他们好像天生就是军人，不但要将自己的生命全部交付给军旅，还要将儿女们也尽可能地塑造成出色的军人，这样一代代地将军人的作风和荣光传承下去。

在《楚河汉界》中，周东进所在的部队到南部边境轮战，一直处于钻猫耳洞或同小股游击敌人作战的状态，没有打过一场像样的战役，这使他很不痛快。当接到攻打 1422 主峰前面的 395 高地的命令时，他两眼放光。他仔细研究了 395 高地以及 1422 主峰附近的地形，发现这阵势很像"二战"中的克伦战役，这一发现意味着机遇和挑战："周东进激动不已，他只觉得一种压抑不住的激情在胸中汹涌澎湃地冲撞起来，充盈着他的每一根血管，弹拨着他的每一根神经。一种自幼就熟悉的冲动使他周身燥热，坐立不安，恨不能立刻开战，打一场功垂史册的好仗。"[5] 这就是军人充满阳刚的战斗激情，战斗就像他们的情人一样，他们时时刻刻思念那战争女神，当他们有幸匍匐在战争女神裙边的时候，他们愿意献出自己的一切甚至是生命。

养兵千日，用兵一时，虽然战争是令人厌恶的，但是作为军人，他们仍然渴望着被用之时，因为军人存在的核心价值就在于驰骋疆场、主宰战争、赢得胜利。为此，他们忍受着被养千日而无用武之地的精神煎熬，这就是和平年代军人拼尽全力对抗平庸，最终却又无可避免地流于平庸的悲剧。

一直以来，军队都是作为一个整体而存在的，集体主义、无私奉献一直是作为军队的核心价值来弘扬的，集体荣誉感是军人的灵魂，令行禁止是军人的纪律。一样的军装、一样的口号、一样的步伐、一样的军歌将军人们打造成了"钢铁长城"。融入庞大的军队，军人就是一种符号。个体生命、个性化存在似乎从未成为过军旅长篇小说的叙事主流。不过对于社会而言，每一名军人都是独立的个体，对于家庭来说，每个军人都是鲜活的、不可替代的唯一。因此，21 世纪初年军旅长篇小说更加重视军人个体的生命经验。作为一个集体，人民军队坚不可摧；然而一个普通军人，却不得不面临种种生存的压力和精神的困境。除了职业的限制和困惑，军人也拥有自己的情感生活，他们有养育之恩的父母，有温馨浪漫的爱情，也有活泼可爱的儿女；然而，他们当中有很多却不得不远离家庭、远离繁华的都市，只身一人戍守在外，他们为了军队兢兢业业、尽职尽责，留给亲人的却是太多的无奈与等待。古语说忠孝不能两全，当一个善良、正常人的情感需求被剥夺而无法实现时，人性的情感悲剧就在所难免。军人的家庭在经济和物质的浪潮中面临诱惑和考验，军人边缘化的职业和清苦的生活被人讥笑和不解，他们能否在物欲横流的社会攀登上精神的高地、树立起价值的标高呢？

事实上，我们常说的"人在军旅"，不仅仅是一种职业的选择，它已经成为军人生命的选择、价值的皈依和精神的寄托。无论当初从军的初衷是怎样的，一旦他们跨入军营，穿上军装，走起队列，唱起军歌，就神奇地融入到这个年轻、朝气、富有生命力的集体当中。尽管生活艰苦、单调，甚至不近人情，但是一股对部队难以割舍的依恋却怎么也抛不开。也许这就是军营的魅力，这就是军人的情结：营盘如铁、兵如流水，军旅情感却会伴随人的一生。这种浓得化不开的军旅情结既蕴含着源源不断的正能量，也隐藏着军人在职业选择中的精神危机，其中所蕴含的悲剧性审美元素在 21 世纪初年军旅长篇小说中得到了充分的挖掘和展现。

21 世纪初年军旅长篇小说在表现和平军营时摆脱了生硬的理想和空洞的口号，从平凡的日常生活中表现普通军人的真实精神境界和价值选择，也正是从这个角度切入，才挖掘到了和平时期军旅生涯中的那份苦涩的人性悲剧。如衣向东的《一路兵歌》、王秋燕的《向天倾诉》、韩丽敏的《将军楼》等，这些现实题材军旅长篇小说没有战争的残酷血腥、没有历史的沧桑厚重、没有慷慨悲怆的英雄豪气，有的只是和平年代普通而又平凡的军旅生活。《一路兵歌》的叙事围绕着北京的一个使馆区的勤务中队展开。中队长、指导员都是勤勤恳恳、任劳任怨的基层带兵人，他们长期和妻子两地分居，独自一人坚守在军营中，放弃了种种天伦之乐。指导员的妻子是个下岗女工，天天盼着能随军到北京团聚，可是就在愿望即将实现的时候丈夫却不幸得肝癌去世了。平凡的军人、卑微的死亡，可是谁又能说他不是一个称职、敬业的军人？有人说做军人就意味着奉献和牺牲，做军属就意味着无奈与等待，这可能是不错的。在《一路兵歌》中，没有战场、没有英雄，有的只是普通的人、平凡的军人。军营是他们热爱的地方，是他们实现理想价值的平台；可军旅生活所特有的种种限制和现实的困惑也给他们带来了难以弥补的情感缺憾，这种生死两隔的遗憾又何尝不是苦涩而痛彻的悲剧呢？

三、女性的悲剧

在 21 世纪初年军旅长篇小说中，英雄已不仅仅是男性，女英雄亦成了不容忽视的重要存在。女性英雄或者是军人的妻子、女儿，或者本身就是军人，抑或两者兼任。不论是在战火纷飞、英雄辈出的革命战争年代，还是祥和安宁的和平时期，女性为中华民族的崛起和中国军队的发展都付出了巨大的牺牲，表现出顽强坚韧的精神品质。

女性作为一贯受压迫的群体，在"五四"以后有了自觉的反抗意识，她们为了追求独立、自由、解放的新生活而逃离封建家庭的安排和束缚加了中国人民解放军；而女性所特有的性别特点和社会地位决定了要解放自己就要参与到残酷的战争中去，付出比男人更大的代价。裘山山的《我在天堂等你》讲述了在进军西藏的征程上、在雪域高原的生命禁区，女性以自己坚韧、独立、伟大的人格，为了自己的事业和理想经受了身体和情感的双重折磨。美好的女性为了革命，为了追求自由、解放顽强地抗争，不得不放弃女性的特征和权利，与男人一样地投入战争，其代价却是女性本质特征的丧失。

战争带给她们的除了肉体的痛苦，还有种种精神上的折磨。对于女性而言，爱情的悲剧对她们青春的扼杀、灵魂的戕害似乎更加致命。在英雄军人的爱情生活里，女性往往处于被动的地位，她们向往自由、美好的爱情和理想的伴侣，却无法摆脱组织的安排；从封建婚姻逃出来，在枪林弹雨中追求自由，却又不得不面临新的包办婚姻，婚姻的悲剧在历史题材军旅长篇小说中比比皆是。《楚河汉界》中周汉为了留下后代而娶了于恩华并与她同房，却连她的脸盘都没看清楚，于恩华仅是他发泄自己情欲和繁衍后代的工具；而他却一直都没有意识到妻子的不幸，是女儿川川提醒了他这一点，但他仍然一意孤行。让女儿嫁给自己喜欢的警卫员，从而破坏了女儿自由选择爱情和婚姻的权利，还自以为这是对女儿的疼爱，就这样他按照自己的意志制造了两代女性的情感悲剧。当然，被包办的婚姻中，也有一些女性能在婚后的生活中渐渐爱上自己的丈夫，这其中既有对政治的认同，更有英雄人格魅力的感染。

《历史的天空》中的小政委东方闻音，好不容易接受了梁大牙的爱情，自己却在战场上牺牲了。除了组织包办，即使是心甘情愿的婚姻中，被丈夫抛弃和遗忘同样给军队中的女性的人生造成了巨大的悲剧。《英雄无语》中被爷爷抛弃的"奶奶"，因丈夫的遗弃遭受了一生的孤独和苦难；《百草山》中，一级战斗英雄贺金柱丢弃了农村妻子魏淑兰而同年轻漂亮的女学生张敏结婚，使妻子从此憎恨男人，决定一辈子不再嫁人，造成了一生的悲剧。魏淑兰因为败给了张敏开始了悲剧的一生，而张敏得到了理想的英雄军人做丈夫，可是她的人生也难逃悲剧的笼罩。张敏热爱生活、青春美丽、个性好强，是个有独立追求的知识女性。在那个崇拜军人、崇拜英雄的年代，她最终选择了比她大十几岁的贺金柱做自己的终身伴侣，正当她准备迎接幸福的时候，命运给了她一个讽刺的开局，新婚之夜她的丈夫因为得知父亲为了他的喜新厌旧而上吊的消息，因而产生了心理障碍，这对他们今后的婚姻是个不幸的暗示。张敏毕业之后留校做了一名大学老师，在那个大学生还凤毛麟角的年代，大学老师是个令人羡慕的职业。她本想在大学好好干一番事业，却因为丈夫的移防被迫跟贺金柱驻扎在大山里，在部队做了军人服务社的主任，跟一群农村来的、没文化、只会拿自己当军官的丈夫来炫耀的家庭妇女打交道。就这样她疏离了自己的专业，陷入了浅薄、愚蠢的炫耀和互相攀比之中，整天拿着首长夫人的派头颐指气使、发号施令。随着丈夫升为师长、军长，她也逐渐丢掉了自己，生活在了丈夫权力地位的阴影里。她贪恋物质利益，私下滥用丈夫的权力为自己的亲友牟利，陶醉在第一夫人的虚荣里。直到百万裁军的命令一下，丈夫所在的八十九军被成建制地裁撤，丈夫不愿做副职而离休了，她才从权力的快感中跌落下来，这时她才真正反思到自己丧失个性的一生、为权力所奴役的一生是多么俗气、可悲。为了爱情伤害了别人，为了爱情迷失了自我，为了爱情荒废了一生，为了爱情变得世俗堕落，爱情没有毁灭人性，却使人陷入了重重怪圈中。

在 21 世纪初年军旅长篇小说中，女性不仅仅是男人世界和战争背景的点缀，不论是男作家还是女作家都对军人世界中女性的成长历程、心灵变化和悲剧命运投入了更多的关注和思考，探索了社会、时代和个性心理等女性悲剧的多方面根源，表达了对女性生命的观照和敬意。

《高地》中的女军人杨桃从医科学校毕业后参军，成了一名战地护士，后来成了军人严泽光和王铁山的共同追求目标。当他们俩当着自己的部队公开向她表达爱情时，她不得不逃掉了。这是一个爱情故事多么美好动人的开端啊，然而这春季般的爱情花苞还未及绽放就被战争扼杀了。她在战斗中失踪了，严泽光和王铁山带着部队搜遍了整座山也没有找到她，后来部队接到入朝作战的命令不得不开拔了。大家都以为她牺牲了，可是几十年过去了，大家才知道，原来那个美丽的女兵受伤后被一个郎中带走，并为他生了一对龙凤胎；而她的丈夫因为曾经被迫为国民党军队治过伤，被定性为匪医，在反右中被错误杀害了。她带着两个儿女来找原来的部队，部队首长将她悄悄安置在地方工作。为了孩子将来不被父亲牵连她迫不得已将自己的儿女分别交给两对夫妇收养，自己只能隐姓埋名地生活，远远关心着自己的儿女却不能相认。这就是一个在战争中丢失了青春、丢失了爱情、丢失了给予母爱的权利的美丽的女性的命运，她的人生是悲剧性的，虽然没有浪漫的爱情，不能同自己的孩子团聚，却尽自己所能让那些在战争中失去了生育能力的军人们拥有了儿女绕膝的幸福。杨桃的生命中深深地印刻着军人悲剧、爱情悲剧和女性的悲剧，这是一个被战争夺去了一切美好的女性；可是她没有被命运击倒，没有被战争压垮，她勇敢顽强、自尊自立，始终坚强地帮助着别人，为我们展现了女性在战争与和平环境中坚韧的心灵与崇高的精神。

结　语

悲剧的魅力不在于苦难而在超越，诚如雅斯贝尔斯所言："没有超越就没有悲剧。"[6]在21世纪初年军旅长篇小说中，我们能感受到不被现实压倒、不向权力妥协的抗争精神和超越现实生存困境的英雄主义精神。当悲剧人物执着于纯洁的价值理想时，充斥着种种现实欲望的世界就会变得无比坚硬，这样，困境就不可避免；但是，恰恰是这种艰难的困境更加激活了人的深层潜能，从而完成对自我的超越。

黑格尔曾在他的《美学》中讲到，悲剧的主人公大都是那种具有高远志趣和行动坚定的人，可现实却又无法提供实现他们高远志趣的必要条件，于是悲剧就产生了。黑格尔所提到的这种悲剧其实就是英雄的悲剧。军营是热血男儿向往的热土，这里的氛围紧张严肃、热烈纯粹、摸爬滚打、操枪弄炮的日子充满了激情和挑战，无数的英雄在这里诞生、成长。对于满怀报国壮志，执着追求理想信念的职业军人而言，在战争年代他们用生命和鲜血挑战战争和死亡，在和平年代他们拒绝平庸，对抗堕落，超越世俗，挑战自我，用青春和坚守践行着崇高的理想和高贵的精神。现实生活中，优秀的军人和纯粹的信念都面对着世俗逻辑的严苛考验。没有悲剧的战争是不存在的，没有悲剧的军旅是不真实的，没有悲剧精神的英雄主义是不深刻的。不朽的传世名著大都是悲剧，有着深刻的悲剧意识和鲜活的悲剧人物，而缺乏悲剧审美空间的军旅长篇小说是难以成为经典的。进入21世纪，军旅长篇小说走出了"高大全"式虚假的颂歌模式，开始探索对战争、命运和人性的悲剧表达，从历史的悲剧、现实的悲剧、女性的悲剧等不同层面切入，展现了一代代优秀的中国军人在面临战争与和平、理想和选择、利益和职业等人生抉择时的精神境界和生命状态，建构起具有悲剧审美价值的精神伦理。

悲剧意识的觉醒成为军旅长篇小说走向成熟的重要标志，而对悲剧精神的自觉建构将使得军旅长篇小说真正超越时代、超越政治、超越功利，拥有经典的品质和永恒的魅力。

注释：

[1] 邱紫华：《悲剧精神与民族意识》，第6页，华中师范大学出版社，2000年。

[2] 牛金玲：《1990年代以来长篇军旅小说的悲剧意识》，河北大学硕士学位论文，2011年。

[3] 牛金玲：《1990年代以来长篇军旅小说的悲剧意识》，河北大学硕士学位论文，2011年。

[4] 北乔：《枪是有灵性的》，《解放军文艺》2002年第10期。

[5] 马晓丽：《楚河汉界》，第161页，解放军文艺出版社2002年。

[6] 卡尔·雅斯贝尔斯：《悲剧的超越》，亦春译，第26页，工人出版社，1988年。

"后新时期"：一个文学"王潮"的绝响

——读《王干文集》之文学批评记

几句弁言

《王干文集》共十一卷（作家出版社 2018 年 1 月版），其中文学批评四卷，分别是：《边缘与暧昧》（内含《南方的文体》）、《观潮·论人·读典》（内含《另存集》《王干最新文论选》）、《王蒙王干对话录／90 年代文学对话录》、《废墟之花》（内含《世纪末的突围》）。另有一卷《说不尽的王干》，是文学界、媒体等评论或访谈王干的文章。其他六卷是散文随笔，其中《灌水时代》里亦有诸多批评谈及文学，但更接近文化，姑且也放在散文随笔里，在这篇文章里就不论了。也就是说，我这篇关于王干文学批评的读记主要是围绕上述这四卷展开。文中有多处引用了《说不尽的王干》中的批评家或媒体关于王干批评的批评与访谈，在此一并表示感谢和敬意。

一、哦，好一个王干！

王干文学批评生涯开始的时候我才出生，时为 1980 年代、"新时期文学"之初。他是长辈，我应该称先生才是，为了行文的简洁方便，我擅自决定免俗了。与王干结识，更准确的说法应该是经常在一些文学会议或活动上相遇，是近几年的事；知道王干，则要早了许多年。十几年前的我，还在京西魏公村解放军艺术学院的校园里读书。图书馆二楼阅览室那排南向的窗前，那个座位几乎为我所独有。没有课的午后，我都会在那里，读书或者翻看各种文学杂志，记笔记，偶尔，我会扭头望向窗外。那几棵不同名目的树，我熟悉得能够数出它有多少根重要枝干，甚至每天会有多少只鸟栖于枝头。王干的文章在某个不经意的瞬间进入我的视野是再正常不过了，真正系统读王干文学批评则是从 2020 年的春节开始，皇皇四大卷，一个庞然大物般的存在，让我在这个不平凡的冬天里重温了"新时期文学"和"后新时期文学"那个黄金时代，以及在那个时代里所发生的一些重要的事件与文学思潮，我会时不时地心潮澎湃，艳羡不已。

作为一个文学批评的"在场"者，王干始终置身于文学前沿，以横溢的才华与艺术天赋、对文学现象的敏锐观察与深刻认知，参与到"新时期文学"和"后新时期文学"纷繁复杂的建构之中，提出了一系列具有真知灼见的文学概念与理论见解，策划推动了多个在全国产生重要影响的文学活动，传奇般地建构起了一个波澜壮阔的文学"王潮"（王干命名、推动或参与建构的文学思潮）——"新写实""新状态"小说思潮的发起，"后现实主义"和"写作的情感零度"等观念的提出，与著名作家王蒙关于"新时期文学"的精彩对话，对 1990 年代文学的全面深刻的阐释，对诸多著名作家创作的尖锐批评，"新时期文学"之初对"朦胧诗"的纯学术研究，还有"南方的文体"的构想与践行，策划《大家》杂志出版、办刊理念及"联网四重奏"，等等，无不显示出作为一个真正的"当代"文学批评家的特质、锐气、激情与担当。出乎许多人的意料，1990 年代末，作为风生水起的当代文学批评翘楚，王干突然转身，热烈兴奋地扑向了刚刚勃兴的大众文化。此后的王干，转向大众文化批评和散文随笔的写作，不但凭借《王干随笔选》在第五届鲁迅文学奖（2007—2009）散文杂文类评奖中折桂，而且在大众文化研究的热潮中同样表现不俗、身手矫健。

在我有限的文学视野与阅读里，感觉 1988 年末至 1990 年代中期的中国文学，也就是"后新时期文学"，有半壁江山都与王干相关。他对"后新时期文学"文学思潮的建构与文学活动的推动，在中国文坛恐怕无出其右者。与此形成鲜明对照的是之后的 21 世纪，现如今第二个十年已经倏忽而逝，然而文学没有了思潮与主义，除了一个空洞蹩脚的"新世纪文学"概念和无底线的"底层叙事"，便只有批评家与作家共谋的、可以随时挂在嘴边却不知所云的现实主义。至此，王干建构的文学"王潮"已经成为"新时期文学"以来四十年的一声绝响。

我情不自禁地赞叹道，哦，好一个王干！

二、迷茫转折期，"新写实"小说横空出世

我个人对思潮、主义及语言、方法之类的东西比较看重，原因是它营造或者建构了一个思维活跃的、充盈着创造生机的文学场。这个文学场对作家与批评家都很重要，它所激发出来的文学性欲望与潜能是无法想象的。去年读了一部名为《现代艺术150年》的西方美术思潮史类的书，作者是英国的艺术评论家威尔·贡培兹。这是一部有如优美的散文般的叙述性著作，你仿佛面对一位博学而优雅的导师，跟你一边喝茶，一边聊着那些并不久远的、让我们赞佩与景仰的艺术大师们的艺术之路，尤其是那些令人眼花缭乱的艺术思潮的发生与演变对艺术创作所起到的至关重要的作用，让我更坚定了此前对文学思潮与主义的看法。

比如20世纪初的"达达主义"，这一艺术运动由一群说德语的无政府主义者发起，动机不是嘲笑艺术，而是毁灭它。他们认为造成第一次世界大战的罪魁祸首是保守势力对理性、逻辑、规章制度的过度依赖，达达将提供另一种基于非理性、非逻辑和无法纪的可能性。这一观念或认知是极其重要的，它直接导致了"达达主义"思潮的兴起和诸多艺术家加入了这一艺术运动的行列，从而改变了整个现代艺术的方向。"一战"期间逃往瑞士的鲍尔开了一家以伏尔泰命名的酒馆，得到查拉的响应，俩人合作引领的一次无政府主义艺术运动，走上了超现实主义的道路，影响了流行艺术，催生了垮掉的一代，赋予朋克以灵感，并成为观念艺术的基础。而荒诞派戏剧的始作俑者雅里创作的《愚比王》则预示了贝克特和卡夫卡的出现。"达

达主义"运动的发起人之一阿尔普的创作起点与毕加索和布拉克的拼贴画相关，他从空中将拼贴画材料撒下，让偶然性来决定画面构图的方法，显然比毕加索和布拉克走得更远、更极端。战争结束后，阿尔普回国途中偶遇默默无闻的施维特斯，向他介绍了达达哲学，开启了他用被丢弃的废物制作艺术品的装配艺术之旅，他将自己的作品命名为"梅尔兹"，并建立了"梅尔兹堡"。1917 年，当杜尚将一个小便池变为"现成的"雕塑《泉》时，他成为了"达达主义之父"。两年后，杜尚回到巴黎，在一次外出中，偶然得到一张达·芬奇《蒙娜丽莎》的明信片，坐下来喝咖啡的时候，他在那张神秘莫测的脸上画上了两撇小胡子和一撮山羊胡。杜尚常说的一句话是：别把艺术太当回事。

这里，我极简要地梳理了一下这一西方现代主义艺术思潮及其几位重要的艺术家，我想强调和凸显的是我们从中窥见了这一艺术思潮的形成与演变，及其中的艺术家们的创作与这一思潮的关系。现在，我们可以回到 1980 年代末，看看"新写实"小说出现前是怎样的一种政治与文学的背景，以及它是如何发生发展的，而年轻的文学批评家王干在其中又发挥了怎样的作用。

1988 年是"新写实"小说思潮具有历史性时刻的一年。当时中国的政治、经济以及文化，包括文学都处在一种转型前的迷茫与焦虑的状态。先锋文学虽然还未偃旗息鼓，但已现颓势，而现实主义被先锋文学冲击得七零八落，溃不成军，"文学失却轰动效应"似乎为文学界所共识。当许多批评家在质问作家还会不会讲故事了，极力呼唤好故事的时候，王干敏锐且深刻地发现了一些溢出现实主义与先锋文学的新的小说元素与方法在悄悄地滋长，或者有如一股暗流在汩汩涌出，这一发现让王干极为兴奋。2015 年，王干在接受中国人民大学 2014 级博士生赵天成访谈时的回忆，还原了历史发生的现场，现在我综合王干的回忆叙述如下：

1988 年 6、7 月份的时候，王干和《钟山》杂志的两个副主编徐兆淮、范小天在北京团结湖的一家川鲁餐厅吃饭。王干当时在《文艺报》当编辑，《钟山》杂志社正在酝酿把他调去。徐兆淮和范小天跟王干说准备在 10 月份搞个会，问他讨论什么话题能引起文学界的兴趣。徐兆淮是倾向现实主义的，范小天则倾向"新潮""实验""探索"的，也就是所谓"先锋文学"。王干说可以将两者合起来开，因为从那两年的创作看，虽然不能说现实主义与"先锋派"合流，但是确实出现了很多交叉的现象，互相之间都有借鉴或者有了变化。他们觉得王干的意见挺好。王干当时针对近两年小说创作，提出了"后现实主义"的观点，范小天当即就说："哎，你这个观点挺好，你可以写文章。"

1988 年 11 月，在无锡工人疗养院，《钟山》与《文学评论》联合召开题为"现实主义与先锋派"的研讨会。会议前，王干的文章已经写好了，发言前他还给吴亮看了一下，吴亮说，你这个观点挺新颖啊。王干率先发言，但引起诸多批评家的批评与质疑，这就是发表在 1989 年第 6 期《北京文学》上的《近期小说的后现实主义倾向》。这篇文章王干本来是先给了《文学评论》，但陈骏涛先生的意见是，1988 年第 6 期刚发过王干的评论文章，先放几期再说。1989 年 2、3 月份的时候，《北京文学》的编辑陈红军正好跟王干约稿，王干就把这篇文章给了

《北京文学》。据说这是中国当代文学第一个使用"后"的概念对文学进行命名的，当时"后现代主义"理论在中国尚没有广泛充分地传播开来。王干那时迷恋于罗兰·巴特的后结构主义，他觉得1980年代末的中国现实主义文学已经出现了很多"后现代主义"的特征，所以，也可以用"后现实主义"进行概括和命名。会议结束后，《钟山》编辑部在讨论用什么名字命名这个活动的时候，王干主张用"后现实主义"，还有人主张用"先锋现实主义""现代现实主义"。后来编辑部讨论决定用"新写实主义"，但王干查了一下资料，"新写实主义"好像是意大利的一个电影思潮的专用名词，所以，就把"主义"两字去掉了。最后，大家一致认为，"新写实"就是一个小说形态，不是一个主义，也不是一个思想，所以就这么定下来了。

　　"新写实小说大联展"的卷首语本来是徐兆淮写的，但是主编刘坪不太满意，大家认为这个问题王干思考得比较好，就让王干来写。王干就在原稿的基础上，将自己的思考也融了进去，形成了后来的"卷首语"。不过，《钟山》"新写实小说大联展"这个栏目直到1989年第三期才推出来，原因主要是没组到作家的稿子。[1]

　　综合王干的自述、当时《钟山》编辑部人员以及参加了那次会议的评论家的文章，可以确定这样几点：一、《钟山》想要开一个能够引起文学界关注的研讨会，主题是根据王干关于现实主义与"先锋派"出现了很多交叉现象这个判断而确定的；而王干关于"后现实主义"的观点则是"新写实"小说思潮的源头，或称起点。二、王干提出的"后现实主义"的观点并非空穴来风，也不是一时灵光乍现，而是对当时小说创作的现象早有研究，所以在几个月后召开的会议前，《近期小说的后现实主义倾向》文章已经写好了，并作了发言。引起争论是可以理解的；但有论者称其命题毫无新意，用新瓶装旧酒，以一种暧昧的姿态来投机，而且其文学立场和态度模棱两可，讨巧与背叛居然结合得天衣无缝，真是自作聪明的创举，类似这样严厉且情绪化的批评让我感觉有些匪夷所思。三、"新写实"小说最后的命名是《钟山》编辑部共同讨论确定的，王干那时虽然还没正式调去，但参与了具体讨论，而且"新写实小说大联展"的"卷首语"也是他在徐兆淮原稿的基础上进行了修改，并且融进了他的观点完成的；因此说，王干是"新写实"小说的命名者之一。依据以上几点，足以确证批评家王干就是"新写实"小说这一文学思潮最重要的命名与建构者，尤其是他在1989年第三期《钟山》"新写实大联展"栏目正式推出时调入《钟山》编辑部，并具体参与此后的理论批评编辑及小说组稿，使得这一思潮迅速涌向全国，成为"新时期文学"向"后新时期文学"过渡的重要症候。

有论者诟病"新写实"小说是刊物的市场化策划，不具有严格的学术意义和价值。这样的批评并不能贬低其作为文学思潮的价值与意义，策划只是一种手段，它本身无可厚非，问题在于"新写实小说"在"后新时期文学"的历史阶段所产生的重要影响，推动了中国当代文学在那个时期的转折与发展。"新写实小说大联展"落幕后，以"新"命名的多种文学策划蜂拥而起：《北京文学》的"新体验"、《上海文学》的"新市民"、《特区文学》的"新都市"，"新现实主义"（又称现实主义冲击波）以及"新历史""新乡土""新表象""新新闻""新笔记"等等，也包括 1994 年，由王干一手策划和操作的"新状态"在《钟山》推出。1990 年代初期的文学界旗帜林立，口号迭出，一时间热闹非凡。当然，后来的这些以"新"修饰的旗帜与口号短时间内便偃旗息鼓了（"新状态"除外），其文学史价值与意义也都无法与"新写实"小说比肩。

通常的文学史，注重的大都是那些被"历史化"的作家与作品，即便是对文学思潮的论述，往往也是关注大的时代背景与其所产生的价值与意义，文学发生的细节及发展的过程往往被忽略，甚至因为不屑而被遮蔽。为了写这篇文章，我翻看了几本新时期文学史，包括小说史，都论及了"新写实"小说和后来的"新状态"小说，但几乎都没有提及这两个思潮的重要参与和建构者王干。套用陈丹青的一句话，文学史是个巨大的漏斗，太多的秘密，被逝去的作家带走了。好在王干还健在，他在访谈或回忆中记录了那些其实很重要的细节。

三、看，或者发现的文学

许多论者或文学史都提及《钟山》杂志推出"新写实"小说之前已经有后来被纳入"新写实"的小说出现，并且构成了整个"新写实"小说的经典性作品。比如许志英、丁帆主编的《中国新时期小说主潮》就详尽地列举了 1988 年、1987 年甚至1986 年《青年文学》《收获》《中国作家》《北京文学》《解放军文艺》《作家》《上海文学》《人民文学》《当代作家》《山西文学》《钟山》等杂志发表的一系列作品：《新兵连》《关于行规的闲话》《白涡》《伏羲伏羲》《枣树的故事》《懒得离婚》《纸床》《天桥》《追月楼》《闲粮》。1987 年的作品有：《塔铺》《白雾》《烦恼人生》《风景》《状元镜》。1986 年的作品则有：《机关轶事》《白梦》《狗日的粮食》《厚土》。如此一来，也就等于说，"新写实"小说不是王干与《钟山》杂志催生出来的，这个是事实。王干也承认，"新写实"小说作为一种新的文学现象在《钟山》杂志推出之前就已经存在，他在回答赵天成访谈中说："'新写实'这个东西吧，作为一种小说的叙事方式，其实早就存在了，比如高晓声的《陈奂生上城》的'新写实'意味是很浓的。只不过我们把某种小说的叙事方式或者说形态放大，或者说把它们集中在一起展示。千万不能误解成，我们举出个旗帜，或者说喊出个口号，然后作家去写。"[2] 但这并不能构成否定《钟山》杂志和王干的理由，相反，应该更加得到赞誉。因为它不是理论批评家强加给文学界的，也就是说，不是理论先行，所以才更有生命力。另一点有点讽刺，如伯乐相马，千里马常有，伯乐却不多见。又有如相声段子里所讲，因为有了《红楼梦》，所以，才想写《红楼梦》。

1988 年，和"新写实"小说相关涉的几篇重要评论文章确乎是在"新写实"小说命名前发表的，它们是雷达的《探究生存本相，展示原色魅力——论近期一些小说审美意识的新变》、吴秉杰的《面向生活的一种调整——评若干新近作家的创作》、吴方的《悲里千秋——新悲剧形态小说略见》。从这个逻辑上推演，"新写实"这一小说现象并不是完全来源于王干的《近期小说的后现实主义倾向》，《钟山》杂志对"新写实"小说的命名自然也就不那么重要了。正像有论者所批评的那样："'新写实小说'的命名可以说是一次相当成功的操作行为，它利用了方便的媒体把理论和创作密切联结，最终使一批不好不差的小说成为新时期文学的经典，使不大不小的作家、批评家迅速成名；同时，《钟山》杂志也从此变得引人注目起来，并一度忝列为大型文学杂志的'先锋派'之列。""'新写实'的成功更多地有赖于一种时机，一种机缘，一种文化挫败时期的不期然的迎合。实际上，《钟山》杂志所操持的'新写实小说大联展'更多的是一种占山为王式的先行出击，它的最初的信誓旦旦与最后的不了了之证实它的确不是一次深思熟虑的文学行动。""所以，在《钟山》那里，'新写实'也只是一个能够最低限度地吸纳作家、评论家共同参与讨论的文学话题而已。"[3] 这样攻其一点、不顾其余的判断，几乎是将王干和《钟山》杂志及所推出的"新写实"小说全盘否定了。

王干在访谈中是这样回答的："整个80年代的激情燃烧之后，人人都需要降落，'新写实'正好提供了这么一种降落的功能。它对应着当时人们的内心需要，就是经过了这种大风大浪、大起大落之后，要回归到日常状态当中。'新写实'到了后来已经不是一个文学思潮了，实际上变成一种人生态度、艺术精神和准哲学理念了，就是什么事情都淡化，都向后退，都用无言来表达。实际上潜台词是这样一种东西，正好跟1989年以后的文化现实和社会现实吻合。因为在经历过'启蒙'的动

荡之后，人心悬在那里，要怎么把它落地，它对安慰人的情感
还是有积极的作用。它永远是一个灰色的背景，是比较低沉的
叙说，人物往往都是被生活蹂躏得没有力气的这么一种'中间
状态'的人物。但是从文学发展上来讲，我觉得'新写实'可
能是这 30 年里面，最有价值、最接近文学本身的文学思潮。
'新时期'以来有很多文学思潮，比如'伤痕''反思''改
革''寻根'，如果你把这些思潮的意识形态抽空，你会发现它
跟文学本身没有关系。'新写实'呢，实际上它最接近文学和
生活的本质。从 1989 年到 1990 年代有相当一段时间，南京非
常活跃，实际上是文学的中心，出现了很多作家，很多活动、
很多事件也都跟南京有关系。"王干的着重点是"新写实"小说
产生的社会与文化背景，以及人们的心理状态，同时也强调了
"新写实"小说的文学性。这是作家们反思新时期文学，并对社
会现实做出的一种文学与思想的回应，王干敏锐地看到了这个
涌动的暗流。而王干的下面这段话说得很实在："最初这个策
划和创意，没有太多的市场意识，主要还是带有思潮前瞻性，
和对'文学话语权'的争夺的意思。当时还没有这个词，不过
那时的'文学话语权'主要在北京和上海，南京是一个中间地
带。"[4] 这个观点也符合法国当代最有声望的社会学家和思想家
之一的布尔迪厄关于"文学场"的论述。

　　李洁非在《弄潮儿向涛头立——批评家王干》中的评价更加
客观和公允："但这些作品的出现，是散落的，孤立的，起初并
未结集为一个方阵。是王干从中抽取出来某种属性，并以'新写
实'名称为之命名，然后通过《钟山》挑旗推动，把它变成当代

小说继先锋主义之后一个新的潮流和重要阶段。……当代文学批评，在20世纪七八十年代的时候，全非后来那种自说自话、温温吞吞、言不及义的样子，而是指点江山、挥斥方遒，对创作实践时有再造之力，以致足令作家惟批评之马首是瞻。'新写实'正是这一批评强势时代最后一个范本，文学批评引领并推进整个时代文学步伐的历史，以后似乎就画上了句号。"[5] 文末，李洁非还称王干是文坛的"命名大师"，赞誉之态溢于言表。李洁非显然更在意批评家对文学创作的引领价值，以不容置疑的口吻肯定了王干对"新写实"小说思潮所发挥的不可替代的作用。

由此，我不能不想起威尔·贡培兹的《现代艺术150年》。在这本书里，他恰恰详细描述了那些让人眼花缭乱的艺术思潮与流派是如何发生并演变的，这对艺术家和读者的意义与通常的美术史是完全不同的。贡培兹在"导论：你在看什么"中写道："在我眼里，就欣赏和享受现当代艺术而言，最好的起点不是去判断它好还是不好，而是去理解它何以从达·芬奇的古典主义演变成了今天的腌鲨鱼和乱糟糟的床。和大多数看起来难以理解的东西一样，艺术就像个游戏，你真正需要知道的只是它最基本的规则，以便让曾经令人困惑的一切开始变得有意义。"[6] 可是，我们的文学史所在意的是如何评价和阐释曾经的思潮与主义，也就是"历史化"和"经典化"，对价值和本质的兴趣显然超过了创作或赋予价值和本质的现象本身。问题是，对现实，或者对作家与当下文学更有意义的往往是鲜活的现象，这些现象能够更为真切与细致地告诉我们"何以从达·芬奇的古典主义演变成了今天的腌鲨鱼和乱糟糟的床"。

刚刚读过陈丹青的《陌生的经验——局部》，他的一段话与贡培兹似有同工之妙："画史的每次突破，其实在于观看：莫奈看见了逆光，梵高看见了向日葵，塞尚看见了物体的边缘，而15世纪的这位卡帕齐奥，忽然看见了远处走动的人。""这有什么了不起呢？谁都看见啊！没错。可是在文学中，你看见，而且写出来，是跨出一大步，在绘画中，你看见，而且画出来，也跨出一大步。"接着，陈丹青又补充一句，不太雅，"厕所里的劝告牌，'上前一小步，文明一大步'，没人理睬，这两句话，正好讲述艺术史[7]"。这显然不是艺术理论，而是艺术经验，这个经验却比理论更能说明问题。陈丹青这里其实强调的是艺术家的发现，然后再把它概括呈现出来，你就成为了大家。陈丹青是从来不正眼看那些所谓的文学史或艺术史，对学院的教育也不屑一顾，多有微词，甚至恶语相向，因而一向被美术界视为"旁门左道"，说他是因为画不了画了才去弄那些随笔类的文字。能否画画的争议且不论，但从他关于文学、电影、美术等方面的言说中还是能看出其经历、经验、见识和博学的。对于陈丹青的上述观点，我亦深以为然。

四、"后现实主义"与"新写实"小说的命名比较

与"新写实"小说后来的饱受争议相比，它的"始作俑者"王干的"后现实主义"的遭遇似乎要好得多，批评者多数都奔向了"新写实"小说，而且目光几乎都集中到了"新"上。比如陈晓明在《反抗危机：论"新写实"》一文的开篇就发出连续

质疑："面对'新写实'，我们再一次感到语言的匮乏。有的鼓吹者遮遮掩掩，有的反对者吞吞吐吐，有的人玩弄'擦边球'游戏的技艺已经炉火纯青，而对那些根本的理论问题却讳莫如深。迄今为止，'新写实'到底'新'在哪里？与五六十年代的现实主义相比，它究竟表现出哪些新的写作法则或艺术特征？它标志和预示了当代文学史的哪些变动，并且创造了哪些新的艺术经验？这些问题并没有得到令人信服的说明。"[8]

李洁非亦在《十年烟云——小说潮流亲历录（节选）》中对"新写实"小说提出批评："在这个潮流的前前后后，它的名称比它的内容更为重要。或者说，它的理论在先而实践在后。当'新写实'这个概念被制造出来时，'新写实'的作品却并不存在。""但是，至今我们仍然不知道是不是真的有什么'新写实主义'，尽管围绕着这个有救命稻草之嫌的名称已经发表了几十上百篇论文，而其中大多数文章好像并没有谈出什么与'旧'写实主义不同的见解，略微不同的是一种关于'新写实主义'乃是表现'原生态生活'的观点。"[9] 陈思和在《自然主义与生存意识——对新写实小说的一个解释》文章中也对"新写实"的"新"提出疑义："'新写实'应该具备两个特点，一是属于写实主义的作品，二是必须有'新'意，这个新意不是题材上写法上而是文学观念上新界定。从两者兼备的特征看，当前小说中比较典型的新写实小说，确实与自然主义有许多相似的地方。但是这样一来，问题的前提又被置换，'新写实'之新的定位仍未解决。"[10] 此类质疑之声还有，不一一列举了。也就是说，这个"新"字惹祸了，而要想严谨地回应这个"新"字居然并非易事。

其实这个"新"字既不是《钟山》杂志，也不是王干的发明，而是一种自新中国建立以来国家民族的时代精神与症候，它反映了我们的一种线性的进步观，一种迫切要求摆脱过去的急功近利的心理，是人们对过往的遗弃和对未来的期许，也是一种普遍的现代性焦虑。我们对"新时期"的命名就是近四十年来"新"的滥觞，尤其是文学，几乎全部都是冠以"新"的头衔。所以说，对"新"的质疑不能从具体的现象学意义上追究，而是要从整体的普遍的民族文化心理上考察。汪民安在《什么是当代》一书中说："本雅明《历史哲学论纲》一个重要的主题就是对进步概念和进步信仰着手批判。对本雅明来说，进步论持有三个论断：进步乃是人类本身的进步；进步是无限制的进步；进步是必然的不可抗拒呈直线或者螺旋进程的进步。一旦信奉这样的进步观，那么，现在不过是通向未来进步的一个过渡，因而无论现在如何地紧迫和反常，它实际上也不过是一种常态，因为注定会有一个天堂般的未来在后面等待着它。""进步论许诺了一个未来的天堂。这也是现代性深信不疑的东西，它在 19 世纪的今天如此地盛行，犹如风暴一样猛烈地刮来。"[11] 所以说，这个"新写实"之"新"也不过是在这样的一种时代精神的裹挟下的必然结果。

那么，"后现实主义"的遭遇又是怎样的呢？我们不妨回到当年会议的现场，看看当时的景况："正当江苏青年评论家王干（《文艺报》）试图用'后现实主义'这一概念来概括近年出现的类似刘恒、刘震云和方方这批作家创作的作品时，遭到了与会者的频频提问和驳难……有的同志认为，王干所讲的'后现实主义'实际上并没有超出自然主义文学的范围；有的同志则认为，王干的概括在很大程度上包含了一厢情愿的理论设计，与实际的创作情形并不完全吻合；还有的同志这样指出，他对'后现实主义'与传统现实主义和现代主义之间的差异所作的区分，存在着'取其一点，不计其余'的思路，表现了理论分类的苦心和嗜好。而对蜂拥而来的诘难，王干左推右挡，极力招架。这时，在一片沸沸扬扬的议论声中，响起了许子东悠然平静的提议：'我们还是多研究些问题，少谈些主义吧。'"[12]

何以如此呢？王干的"后现实主义"的主要观点又是什么呢？还是这篇会议纪要，是这样概括的："第一，还原生活本相；第二，从情感的零度写作开始；第三，作家读者共同参与创作。"这是概括了王干的《近期小说的后现实主义倾向》一文的三个小标题（据王干讲，他在会议上的发言，是这篇文章的概要）。其实，以这三个观点为主体，这篇文章杂糅了西方诸多理论批评观念，比如，"还原：诉诸生活本身"，是德国哲学家胡塞尔的现象学观点，马格廖拉说："任何对我们有意义的文学，都一定是与我们的生活世界、我们的经验方式相类似的文学。"伊格尔顿也指出："一部文学作品的'世界'并非意指一种客观的现实，而是德文里所说的'生活世界'，即一个个人主体实际组织和经验的现实。现象学批评将特别集中注意一个作者对时间和空间的经验方式、自我和他人之间的关系或者他对特质对象的观察。""从情感的零度开始写作"来自法国当代符号学家巴特的《写作的零度》，一种不作介入的、真诚的、中性的写作立场。"作家和读者'共同作业'"则来自接受美学的"读者反应批评"，卡勒"强调文学的惯例、准则和规律。有能力的读者不知不觉地将这些惯例和准则吸收进他们的阅读经验，而对阅读具有制约作用，使得读者解释作品的半创造性活动成为可能"。[13] 这些20世纪的西方文学理论批评观点能表征"后现实主义"小说之"后"吗？或者说，是否与传统现实主义有着本质的差异呢？这个"前"与"后"之间的逻辑关系成立吗？

现实主义让我们尽管都有些无边感，但大概的意思也还是清楚的。那么，引用，或者借鉴了"后现代主义"理论的"后"又是什么呢？我综合一下严翅君、韩丹、刘钊所著《后现代理论家关键词》中对美国当代著名马克思主义文学理论家和文化批评家詹明信对后现代主义特征的四点论述——平面感：深度模式削平。断裂感：历史意识消失。零散化：主体的消失。复制：距离感消失。削平深度模式，实际上是从真理走向文本，从为什么写走向只是不断地写，从思想走向表述，从意义的追寻走向文本的不断代替翻新。在后现代主义社会中，自我解构、主体消失、人的精神被彻底零散化。后现代人在紧张的工作后，体力消耗得干干净净，人完全垮了。这时，那种现代主义多余人的焦虑没有了立身之地，剩下的只是后现代式的自我身心肢解式的彻底零散化。[14] 细心地琢磨一下，这个"后现代主义"的艺术观念，总体上是与王干所阐释的"后现实主义"倾向相当接近的，深度模式削平、自我解构、主体消失、人的精神彻底零散化。抛开王干列出的三个具体文学方法，就那一批小说所呈现出来的总体思想倾向论，大体上就是詹明信所谓的后现代主义观。所以，起码可以说，以传统现实主义为对象的"后现实主义"命名是有理论依据的，"前"与"后"之间的逻辑关系也是说得通的。在1980年代末或1990年代初，我们对"后现代主义"虽然不甚了了，却是完全排斥的，甚至超过了现代主义。我想，可能是源于此，当王干比较早地使用了"后"字，用"后现实主义"命名那一批小说的时候，遭到与会众多批评家的集体反对便是可想而知的了。

我们不妨再回头看看《钟山》杂志1989年第三期《"新写实小说大联展"卷首语》是怎么说的："所谓新写实小说，简单地说，就是近几年不同于历史上已有的现实主义，也不同于现代主义'先锋派'文学，而是近几年小说创作低谷中出现的一种新的文学倾向。这些新写实小说的创作方法仍是以写实为主要特征，但特别注重现实生活原生形态的还原，真诚直面现实、直面人生。虽然从总体的文学精神来看新写实小说仍可划归为现实主义的大范畴，但无疑具有了一种新的开放性和包容性，善于吸收、借鉴现代主义各种流派在艺术上的长处。新写实小说在观察生活把握世界上的另一个特点就是不仅具有鲜明的当代意识，还分明渗透着强烈的历史意识和哲学意识。但它减退了过去伪现实主义那种直露、急功近利的政治性色彩，而追求一种更为丰厚更为博大的文学境界。"[15]

这段话虽然是王干修改过的，但看得出来，王干还是相当谨慎的，他一定要考虑到各方面的观点，因为当时他还不是《钟山》杂志的人。"特别注重现实生活原生形态的还原，真诚直面现实、直面人生。"这跟没说也差不太多，没有哪一种文学会强调自己跟现实人生没有关系。比较定性的说法是"仍可划归为现实主义的大范畴，但无疑具有了一种新的开放性和包容性，善于吸收、借鉴现代主义各种流派在艺术上的长处"。这样说来，它就是在以往现实主义的"写实"的基础上，广泛地吸收了"现代主义"的各种技法。这才是"新写实"小说的思想核心，而这一点恰恰与王干的《近期小说的后现代主义倾向》一文中观点相吻合。王干虽然要左右逢源，但还是把自己的核心思想糅进了这个"宣言"。我的观点至此已经不须遮掩了，就是，当时的"新写实"小说，如果用王干的"后现代主义"命名或许会更好一些。

五、"当代性"："新状态"与新生代作家崛起

"几乎可以说，正是自'新写实小说'始，当代文学从业者开始和文学期刊熟稔地联合起来，并试图重新创造出后新时期的再一个经典时刻。1994年，在'新写实小说'走完它的一度辉煌而逐渐淡出文学主潮之后，相继又有'新体验''新状态''新市民'，包括'新历史''新乡土''新笔记'等等依傍不同文学期刊的口号风起云涌，而当这些口号终于因理论创作等诸多方面的难以为继而悄声湮灭时，'现实主义冲击波'文学的口号却逐渐生成并终成气候。"这是我摘自许志英、丁帆主编的《中国新时期小说主潮》第567页上的一段话，表面看来似乎只是历史的平白的叙述，而从此前对王干、《钟山》杂志策划操作"新写实"小说的态度，以及这段话中对"现实主义冲击

波"溢于言表的肯定，不难看出其对文学期刊策划操作文学口号与思潮的反感与否定。

也有论者主张对"新写实""新状态"等一系列以"新"命名的文学现象进行整体置换："'新写实'困扰于新与旧的辨析而难以有更大作为，它所反映的生活状况也缺乏时代气息。这就为另一批更年轻而更有生气的作家步入文坛提供了契机。""90年代上半期，中国大陆文坛围绕后起的这一创作群体又有一番热闹的命名。'新状态''新表象''晚生代''新生代''60年代出生群落''女性主义''新生存主义'，等等，一度都被用来描述这一群体。一度影响最大的是'新状态'这种说法。1994年，《钟山》发表王干的文章《论九十年代的新状态小说》，该文把90年代小说的特征概括为'新状态'。新状态热闹了一阵子，由于理论界定不清，过于宽泛和随意，使人们对这种说法表示怀疑。另一个用于描述这个群体的概念'晚生代'，现在被更广泛地使用。"[16] "新写实"小说"难以有更大作为"的原因是复杂的，诸多批评家和文学史著作都做了详细论述，这里就不再辨析了；但是若说"新生代"的崛起是因为"新写实"小说的退潮便有些牵强，而更本质的因素当是又一股新的文学思潮在暗流涌动，只不过这股文学思潮的涌动是由一批1960年代出生的作家积蓄而成而已。"新写实"小说退潮与否，这批作家都会强势涌现，这是当时的市场经济与世俗文化所决定的，此时的文学生态与几年前又有了截然不同的新变。从这个意义上讲，对这批作家的命名我更倾向于王干的"新状态"小说，因为他是从作家作品所呈现出来的诸多症候来判断的，就是说，里面有具体的内容佐证和支撑。

关于"新状态"推出的具体情景，我们还是看看王干在答记者问时的说法："'新状态'是经《钟山》和《文艺争鸣》两个文艺双月刊共同推出""'新状态'的提出，既是我提出来的，又不是我提出来的。说是由我提出，是因为它通过我的笔最初将它呈现出来，这种呈现既不是心血来潮、随意性很强的即兴创作，也不是编辑部为了扩大刊物影响的一种宣传策略。1989年以后，很多从事当代文学的朋友都不看当代作家的作品了，我则始终追随着当代文学潮流的脉动，即使它细弱到快要停止跳动的时候，我也没有放弃对它的关注，始终投入大量的时间和热情。'新状态'便是长期追随、阅读、思索的结果，是对'新时期文学'终结之后的文学现象的一种尝试性阐释"。[17] 这实际上否认了相关论者关于期刊策划操作以及制造文学口号的指控与批评，强调了自己长期对文学潮流脉动的追踪研究，"新状态"便是"新写实"小说之后的又一成果。

即便是在当时，王干的头脑也是非常地清晰，他坦陈："'新状态'首先不是一种理论主张，也不是一种创作方法，更不能称之为什么主义，'新状态'并不是一个完整的理论大厦，也并不是一个可供操作的小说创作图纸，'新状态'是一种现象，是一种我们思维的新维度，如果一定要具体化的话，'新状态'亦可体现为一种阐释代码……'新状态'努力从整体上去理解把握描述当代文学、当代文化的当下状态，它是当代各种文学关系的总和。"[18] 王干还不点名地批评上海的某位批评家，在没看到作品的情况下就对"新状态"进行批评，可见当时文学批评界的浮躁，尤其是与期刊策划的各种文学旗帜与口号命名纠缠在一起，鱼目混珠，张冠李戴，城门失火，殃及池鱼，便都是有可能的。

比较而言，张大海、孟繁华在《批评和批评的剖析》一文中所作的阐释则进入到"新状态"的核心所在，看到了问题的本质，因而更有说服力："新状态文学是针对 90 年代出现的一批不同于 80 年代的、新的写作方式和新作家创作特征的概括化描述。1994 年，王干和北京大学张颐武、文艺争鸣杂志社张未民访谈时谈到的作家何顿、陈染、马建、韩东、海男、鲁羊，是他认可的属于新状态写作的小说家。不同于 80 年代作家的社会责任感，王干认为 90 年代的新状态作家是'现实的生存状态与作家自我的精神自传的结合'。或者如作家张洁说的，是只想面对自己的想法和观察，很自由地写作的状态。显然，'新状态'意味着作家更多地以自我的感受为特征的写作状态，这其实也是在某种程度上验证了作为社会人的作家，不再从属于某个政治集团、文化集团后的社会身份变迁，已经改变了文学生产的方向，作家不再是某个主义、某个政见的传声筒，而是自己生活的感受者。"[19] 张大海、孟繁华无疑道出了"新状态"这一新思潮的本质特征，也许是因为时过境迁的缘故，十年之后的研究看得更深入，也更准确。

重新梳理这一现象的过程中，我产生了另外的一些想法，比如，面对当代文学，为什么总是王干不断地产生灵感，不断地有新的发现，然后有如天助或神来之笔般地对现象与思潮进行命名？策划也好，操作也罢，为什么总是王干？

王干在与赵天成对话时透露了一些玄机："'新状态'跟我关系更大一点，它是对'新写实'的补充。要说'新写实'的最大的不足，主要是淡化了知识分子叙事的主动性，只是对生活的认同。'新状态'则强调了知识分子的叙事能力，它对市场是反拨和抗争。因为到了90年代的时候，大众文化已经兴起了，知识分子的声音被排挤和压抑了，没有空间了。'新写实'强调的是公共的生活状态，'新状态'主要是提供一个个人的话语状态，它们之间是有联系的。'新状态'没有成为一个大家共同认可的文学现象，原因是说早了，没有形成'新写实'那样一个公共话语的空间，有很多读者关注。"[20] 在这里，王干强调了"新写实"与"新状态"的不同，同时又有着内在的关联，这种关联，不沉潜在文学创作的内部是很难体会得到的，尤其是1960年代出生的这批作家当时还没有什么影响，较少为知名批评家所关注。王干还说，"我并没有想到在某年某月某一天要抽出这样一个新概念来，只是冥冥之中有一只手抓着我握笔的右手让我写出'新状态'这三个字。"何士光则对王干说，佛说要有新状态，就有了新状态。这也许是信仰的缘故，也许就是一种玩笑，不知当时是怎样一种语境。我倒是觉得，真正的"在场"批评家跟作家或艺术家没什么两样，他也要有感觉，也要长时间地沉浸在创作的情绪里，真正的好作品往往是连作家或艺术家事后都无法想象是怎么弄出来的，甚至怀疑，这是我写的，或者我画的吗？王干就是这样的批评家。感觉和感性对所有的艺术家都至关重要，而王干就是注重和追求感觉与感性的批评家，不仅仅是批评的风格，甚至是语言都追求散文化。

再比如，不具备对当代文学的宏观把握与细节的敏锐洞察的能力，不是对60年代出生这批"新生代"作家作品有独到深刻的理解和认知，而是仅仅凭借刊物的策划与操作，就能够使一个文学思潮发生巨大且持久的影响力，助推一批不知名的年轻作家强势崛起，甚至引领一个时代的文学发展趋向，在我看来，是不可想象的。王干敏锐地观察到，"早期的先锋文学进入低谷，一些作家放弃或转型，另一方面一些更年轻的作家在进行新的尝试，韩东、朱文、鲁羊、陈染、林白、虹影、海男、邱华栋、李冯、丁天等继续坚持小说的实验性、个人性、形式感，形成了一股后先锋的浪潮"。"'新状态'是重新举起了先锋的大旗，特别是对自我的写作、个性化写作的确认，明确地用'新状态'这种自我游走的方式来表达。和'先锋文学'由创作发起不同，'新状态'是文学刊物介入文学思潮典型的范例，这在某种程度上也体现了《钟山》办刊的先锋性……虽然'新状态'的命名显得有些超前，但在推荐文学新人方面贡献卓著。尤其是对一些具有先锋品格的作家更是意义重大。"[21]

关于"新状态"，我发现更深刻的阐释可能涉及一个被许多当代批评家所忽略了的"当代性"问题。近二十年来，关于"现代性"的讨论很多，但关于"当代性"的研究似乎还比较少见。汪民安在《什么是当代》一书中对"当代性"进行了广泛而深入的研究，我很认可他所引用的意大利学者阿甘本的论述："当代性就是指一种与自己时代的奇特关系，这种关系既依附于时代，同时又与它保持距离。更确切而言，这种与时代的关系是通过脱节或时代错误而依附于时代的那种关系。过于契合时代的人，在所有方面与时代完全联系在一起的人，并非当代人，之所以如此，确切的原因在于，他们无法审视它；他们不能死死地凝视它。"阿甘本还进一步说："当代人就是那些知道如何观察这种黯淡的人，他能够用笔探究当下的晦暗，从而进行书写。"汪民安接着说："也只有保持距离，才不会被时代所吞没所席卷，才不会变成时尚人。对于阿甘本来说，真正的当代人，就是类似于本雅明的游荡者或者布莱希特的观众那样同观看对象发生断裂关系的人。用尼采的术语说，就是不合时宜的人……阿甘本将这样的观看自己的时代，观看现在的人，称之为当代人。"[22] 我之所以援引上述这些话就是觉得，王干发现并极力推介的"新状态"这批"新生代"作家及他们的创作，与阿甘本对"当代性"的论述极其契合，我甚至会产生一种错觉，觉得阿甘本就是在说这些作家和他们的创作。

王干正是因为看到了这批"新生代"作家作品中的"当代性"，也就是看到了他们文学创作观念中的与时代脱节、保持距离、无意契合主流文学甚至意识形态，进而意识到这是"新写实"小说之后的一种"新状态"。这种"新状态"完全不同于现实主义，也不同于"新写实"小说，虽然具有多方面的先锋性，但与已经开始式微的先锋文学又有着本质的差异。王干的宏观视野让他洞悉到，1990 年代的文学出现了一个最重要的现象，就是个体化和个人化与文学的集团化并存，一大批自由撰稿人出现了。如果 1990 年代不出现大量的非体制内的年轻作家，没有一批人以自由撰稿人身份进入文坛的话，所有的旗帜都可能落空，因为这些个性化的提法往往是非作家协会化的。他们的自我化、个性化的写作，将现实的生存状态与作家自我的精神自传结合，突显了知识分子的叙事能力，是对文学市场化的反拨和抗争，也是对"新写实"小说知识分子叙事弱化的一种拯救。

在王干和《钟山》杂志的努力下，一批 1960 年代出生的年轻作家以从未有过的"先锋"姿态崛起于文坛，进而改变了中国文学创作的总体格局。邓晓芒在《批判与启蒙》一书中写道："真正的个体精神原则，在中国传统哲学中从未得到过根本性的确立，其原因显然在于中国数千年的'自然经济'的社会现实。但市场经济的健全发展则要求有个体精神的建立作为意识形态的前提。这种个体精神首先是对传统自然主义的否定和拒绝，要求个体既不像儒家那样对血缘共同体（社会）敞开心扉，也不像道家那样对大自然展示赤诚，而首先要有自己的独立人格（person，即面具）和封闭的精神世界，以这个世界（小宇宙）为基点、为依据而对自然和社会的现实进行判断和抉择。"[23] 邓晓芒论述的当然不是文学，但他的哲学观点与王干对"新状态"这批 1960 年代出生作家的命名逻辑高度契合，"独立人格"既是他们文学表达的合法性所在，也确乎是他们存在的基石。

葛红兵则理性且深度地解析了"新状态"文学思潮："'新状态'不仅仅是一个刊物操作策略，它更是一个深度理论命题，这个命题包含四个方面的内涵：一、它是中国当代文学告别'现代性'的努力，'现代性'的概念是西方中心主义的，先有'西方'和'西方文学的现代性'，按照西方尺度理解我们的文学是落后的，然后才有'中国'和'中国文学的非现代性'，而新状态文学命题的直接指认是中国当下的现实及超越，因而它是呼唤一种中国本土性的文学。二、它是中国当代文学告别'新时期'的努力，它是中国当代作家告别新时期那种国家、民族、社会等'总体'代言人身份回归纯粹的边缘知识分子角色，它是中国当代文学告别新时期那种堂皇叙事而进入小叙事的宣言。三、它是中国当代文学进入纯粹文学、个体文学的一个理论预想。"[24] 几年后，"新状态"也难以为继，此后的中国当代文学便在"底层叙事"与"新世纪文学"，以及泛化了的现实主义中"空转"。

六、"后新时期"："文学场"与王干批评的"在场"

我比较赞同"后新时期文学"这个说法，或者称命名，因为它涵盖有丰富的特定内涵，虽然与"新时期文学"有着内在关联，却是对"新时期文学"的颠覆与反叛，比起代际或某一时间的命名更富于学理性。丁帆、朱丽丽在洪子诚、孟繁华主编的《当代文学关键词》一书中，在"新时期文学"词条里对"后新时期文学"的发生作了详细论述，概括如下：1986 年，刘晓波提出了"新时期文学危机论"，认为"大多数作家作品受理性束缚太甚，呈现出艺术想象力的贫弱，缺乏发自生命本体冲动的艺术创造力"。自 80 年代末起，"实验小说"与"新写实小说"并肩而起，它们在与后现代的文化精神解构及 80 年代中前期的现代性启蒙叙事及文化理想方面达成了共谋，对于终极价值的舍弃和对旧有意义模式的拆解以及后者对于现实生存的书写，直接开启了 90 年代涌现的"晚生代"小说（傅逸尘注："晚生代"即 1960 年代出生作家，亦称"新生代"）。1992年，在《文学自由谈》上，谢冕发表《新时期文学的转型——关于"后新时期文学"》一文，最先提出"后新时期文学"这一概念，随后，冯骥才、张颐武、王宁等人纷纷撰文表示对这一提法的认可。[25] 《新时期文学二十年》（王铁仙、杨剑龙、方克强、马以鑫、刘挺生著）也较为详细地讨论了"后新时期文学"：金元浦认为，80 年代末、90 年代初社会主义市场经济提出前后，中国社会思潮与文化发生了根本性变化，理想主义"乌托邦"破灭，人生信仰逐步丧失或改变，启蒙主义热情消退和利他主义崇高感消解。在道德准则上，由传统集体主义向个人主义转化，由崇尚精神完善向物质实惠转化。人们不再关注政治历史的伟大推动者和伟大主题，而只关心生活和身边的"小型叙事"和"生活质量"。

张大海、孟繁华著文评价王干，是 20 世纪 80 年代以来的一位有着敏锐的艺术直觉，同时又兼有充分的理性分析，并能把握到文学发展趋势的批评家。自二十五岁时和同学费振钟、陆晓声联合署名在《文学评论丛刊》第 25 期发表第一篇文学评论文章以来，逐步进入文学活动前沿的王干通过自己的评论文章对朦胧诗和汪曾祺、王蒙、莫言、苏童等作家做出了理性而深入的分析，推动了同时期文学批评和文学发生互为促进的"在场"效应。在某种程度上，王干的文学批评验证了 1980 年代崇尚变革、进步的时代精神，也为后来的文学批评和文学史研究者提供了反思 80 年代的有益参考。[26] 就是说，作为青年批评家，王干早在近十年的"新时期文学"发展中就已经展示了他过人的才华，并取得了卓著的成绩，为批评界所瞩目；但我认为，王干在"新时期文学"向"后新时期文学"转型的过程中，由于他与王蒙的对话、关于"小说的后现实主义倾向"的发现与研究，以及对"新写实"小说、"新状态"的命名，并在《钟山》杂志策划推动进而形成"后新时期文学"之初两大文学思潮，更具有现实的与历史的价值，也包括文学史意义。而张大海、孟繁华指出的王干"推动了同时期文学批评和文学发生互为促进的'在场'效应"，我认为是切中了王干文学批评的肯綮。于是，在"后新时期文学"的视域内，关于"文学场"与王干批评的"在场"就成为我关注王干文学批评的另一个重要向度。

关于"文学场"，布尔迪厄所著《艺术的法则——文学场的生成与结构》一书有着较为全面的阐释。综合相关论点，摘要如下：一个自主和富有生机的文学场，像一个活动频繁的地震带。无论是文学场外部权力的斗争，还是文学场内部的代际更替燃起狼烟，都会从横向或纵向的角度引发文学场的震动和更新。布尔迪厄把文学场的代际斗争称为老化逻辑，即先锋性的作家必然对正统和经典作家发起挑战。各种文学决裂层出不穷，而文学场的活力和生机，就体现在这些由异端挑起的生生不息的符号革命中。文学场的自主性促成文学代际间的挑衅、冲突，这些无休止的竞争就是争夺文学场定义权的斗争。文学代际的变换应和着当代文学和社会制度的转型步伐，推动着文学对历史沧桑、民族命运的反思，也促成文学对当代生存经验和语言的激活。文学场在社会结构中的尴尬处境使它仍然受社会权力场的支配，内部的自主原则面临外部政治、经济等力量的侵袭。受市场支配或政治导向影响的作家，不甘心在文学场内处于被支配地位，他们积极地与各种大众媒体、文化赞助商和审查机构联合，制造轰动效应和惊人的销售额，或者出卖艺术自主以讨好赞助商和审查机构的趣味和政治标准。这势必激怒自主性的文化生产者与他们分庭抗礼，竭力维护艺术标准的纯粹。[27]布尔迪厄不愧是社会学家和思想家，他将"文学场"放在大的社会背景里考察，将文学的生存与发展的内外机制描述得分外清晰与深刻，为我们阅读文学思潮的更迭、文学的发展提供了思想的支撑。

"新时期文学"以降，王干的文学批评是始终"在场"的。席舒云说："比较起来，立足于文学现场的批评，注重的是艺术本身，注重的是对作品的艺术解读；而立足于史料的文学研究，注重的则是作品的意义与价值。对于前者，作品是一个鲜活的对象，而对于后者，作品本身和关于该作品的研究成果都只是一堆史料，被学院式的研究过滤掉的，可能恰恰是文学现场批评中最有价值的东西。"[28]葛红兵强调了王干文学批评中更为极端的时间意识：一种即时感，他总是试图抓住"此刻"。"此刻作为一个时间概念在王干的心中地位太崇高了，他总是害怕'此刻'逝去得太快，总是企图作家们务必珍惜'此刻'，在'此刻'写出有史以来最好的作品。"[29]郜元宝说，"王干成名早，差不多'新时期文学'发动后不久就跃上文坛了。这样一个难得的文学谈话良伴，编辑《钟山》理论版期间，使这家杂志在全国兄弟期刊中成为翘楚，也就不足为怪。《钟山》过去十几年发现培养了许多青年评论家，命名推出了许多热闹一时至今仍被反复纪念的文学话题和说法，许多均与王干有关。"[30]王干自己则说："90年代关注的是是否在'场'，恐惧的是'缺席'，不在乎的是嘴脸。"[31]王干的文学批评与学者和院校教授们的批评有着迥然不同的方法及风格，他是感性的、发散性的，是直接面对对象的，且是睿智和前沿的，而不是学术、学问、研究和论文（关于朦胧诗的研究《废墟之花》除外）。他是最大可能地实现批评对创作的有效性，这当然有赖于他在"文学场"中的浸泡，还有他的敏锐与颠覆以往的勇气。我当然不能说，王干就是"新时期文学"的终结者，但他的多方面观察与研究都证明了他深刻地认识到了"新时期文学"的时代与历史的局限，这种局限几乎是无法逃避超越的。假如这一点已经为许多批评家，甚至作家所感知，那么王干对80年代末、90年代初社会思想与文学变异的发现与批评，则让他成为"后新时期文学"的觉悟者与重要参与者。

王干的"在场"批评是极其丰富多样的，甚至可以说是一个庞大复杂的存在，限于文章的篇幅，我只能是摘其要，略作梳理：

①1988年冬至1989年初，王干与王蒙进行了十次文学对话，就"新时期文学"十余年来诸多文学现象和作家作品作了简洁却极其深入的探讨，批评家蒋原伦称其已经作为《新时期十年文学大观》的简写本，当之无愧地载入中国20世纪末文学批评史。在单篇发表时就引起很大轰动，成为当时一个显赫的文学事件，成书后更是多次再版。这是一种真正意义上的"在

场"批评，王蒙有丰富的阅历、对历史的深度参与和经验、对文学的洞悉与睿智，王蒙的思想与艺术观念在他那批作家中是超前的，他不是就理论而理论，是思想与实践的结合。王干的敏锐与发现、概括，对当下作家作品的广泛研究，对现实主义、后现代主义的分析，尤其是"后现实主义"概念的提出、对"60年代出生作家"创作的研究，使得这个对话精彩纷呈。而其中关于"反文化"的言说可以说是鞭辟入里的：王干认为，反文化与反崇高有联系，但是两个范畴的概念。反文化是对人类文明的一种反抗和不满，尤其是对工业社会异化人性的一种挣扎，而反崇高则是审美形态上的一种变异方式，这种"审丑"和对崇高的亵渎只是对古典美的一种破坏。反文化主要是一种后现代主义的产物，不承认历史感、深度感，甚至也不承认悲剧感、生命意识，认为世界是虚无的，因而要对已有的理性世界进行消解。特别是在后工业社会国家里，科学技术和知识的过度膨胀压缩了人类的生存空间，人完全被一种文化被一种技术所异化、所限制、所捆缚，反文化不失为一种有效的反抗方式。

②1988年的时候，后现代主义还没有大规模地译介过来，而这无疑为王干对现实主义的理解及当下文学中所出现的溢出传统现实主义、吸收诸多20世纪文学理论方法的作品的认知提供了理论视角，超越了当时一般的文学批评观念。王干对现实主义的反思既有历史性的考察，又有对当下文学现实的发现与分析，同时也有着国际性的视野。他认为，20世纪的文学主潮可以看作是现实主义和现代主义相对抗、相消长、相补充的世

纪，虽然有各种各样的现实主义出现，但已经都不是原初的现实主义了。由此，他提出了"第三代作家"的概念，并对他们近期小说创作中的"消解典型""还原生活""从零度开始写作""读者作者共同操作"等特征，敏锐而准确地概括出了"后现实主义"倾向，为随后他参与命名并推动的"新写实"小说思潮的出笼奠定了理论基础。

③1998年，"新状态"小说思潮虽然已经式微，但王干在与张颐武、张未民的对话中关于"60年代出生作家"的分析概括仍然具有文学史意义：首先我觉得这种新状态不是一种创作手法，也不是一种主义，它是社会文化的转型给创作带来的一种转折机制，这种机制使作家们得以回到了我们以前千呼万唤的文学本体。这是一种生活流，生活状态之流的文学表现。市场化的新经济形势给文化的最明显的影响是雅俗分流，亦即文化的多样化问题，而给文学带来的最大焦虑则是纯文学的困境和调整。在一定的意义上讲，面对市场经济的巨大压力，文学反而有一种解放感和超越感，纯文学作家正在获得一种新的写作姿态，就是要面对当下的生活状态写作，面对自己的内心体验而写作，这将是一种自由和自然状态下的写作，它更加靠近文学本体了。"新状态"是现实的生存状态与作家自我的精神自传的结合，叙事者与作家是一回事儿，具有了作家身份，可以称其为知识分子叙事人。

④王干对90年代作家的文化心理的概括分析也是独特与深刻的。他认为，80年代末期，文学的轰动也随着启蒙的消隐而陷于沉寂，作家原先理想的文化心理结构受到重创……近

六年来作家队伍的分化、文学情态的动荡、文化心理的变异，成为21世纪前夕奇诡的文化风景——从自卑到自慰：低调感伤中的历史逃遁。从自嘲到自省：京式幽默与解构长矛。从自救到自圣：拯救的悲壮和困乏。从自虐到自杀：虚无主义还是凤凰涅槃。

⑤对文学"命名"的认知与理解，或者说其中的甘苦与滋味、利弊与得失，作为"在场"批评家的王干肯定会比其他批评家体会得更深。他说："命名"式的研究变成当代文学划分边界的一种办法，因为只有确认边界之后，研究者才有可能进行有序的阅读和归类，否则就会淹没在作品的汪洋之中。很自然，这种命名和划界又使研究者陷入二律背反之中，当代文学的发展呈多元趋势，命名和划界又是以一元的方式进行的，这就造成了某种不确定性。毕竟，所有的概括都是以牺牲文学的丰富性作为代价的。因而命名者本身就首先使自己陷入一种围城之境，虽然他本想为城中的人开辟一条突围之路，可没想到他自己首先必须被围困。这种命名的困惑、定义的困惑成为人们质问当代文学研究最有力的证词。

⑥王干对"新时期""'文革'后"和"世纪末"文学概念的辨析也颇有说服力，显示了他"在场"的敏锐与文学史视野的广阔。在他看来，"新时期文学"的命名显然是政治性的，已经无法涵盖1985年以后的文学了，所以，"'文革'后文学"是更好的提法，除了文化的因素外，更主要的因素是近十年来活跃在文坛的作家、诗人、理论家都经过"文革"的"洗礼"，"文革"给他们的写作生涯所带来的特殊色彩乃至特殊作用却是

不可否认的；另一点是，1985年以前的文学作品无不是以"文革"作为最重要的题材，其主题是不断地否认和批判"文革"。"世纪末"文学较好地概括了这一个时期文学思潮、文学运动、文学作品和作家心态所呈现出的那种焦灼、浮躁、骚动与喧嚣，那种极度渴望而又极度失望、那种极度热烈而又极度冷漠、那种极度疯狂而又极度空虚的情绪。

　　⑦王干当然不只是对文学思潮与现象感兴趣，其实他写作了大量的作家作品论，其细致入微与尖锐深刻在"新时期文学"以来的批评中也是不多见的，这也是他之所以能够敏锐地感受到文学思潮的暗流涌动的根本所在。看看他对马原和莫言的批评，我们就可以领略到一位真正的"在场"批评家的勇气与锐利。王干批评马原1987年以后的创作是自掘坟墓，无端地消耗他所特有的良好艺术知觉和语言才禀，在不断地稀释偶然得来的一点灵性和感悟，将他初期小说创作中隐藏的非现代因素膨胀到俗不可耐的地步。写作《错误》本来便是马原的一个错误，在周围的编辑和评论家们的怂恿喝彩下又写作了《上下都很平坦》，在这部长篇小说里，马原的生命汁液被消耗得几乎虚脱，语言的灵敏度也被磨砺得迟钝。马原用他的自信创造了自我，同时也用自信葬送了自我。王干是这样批评莫言的：莫言在反文化的旗帜下干着文化的勾当，他在亵渎理性、崇高、优雅这些神圣化了的审美文化规范时，却不自觉地把龌龊、丑陋、邪恶另一类文化神圣化了，也就是把另一类未经传统文化认可的事物"文化化"了。因此，虽然偶像的面具替换了，但膜拜的仪式和情感的虔诚并没有丝毫的变异，莫言那种精神被奴役的本质依然如故，依然充当文化的

奴隶。莫言近期小说，那些天马行空自作主张的叙述语流所呈现出来的是一个极度膨胀了的自我发泄狂、自我虐待狂、自我崇拜狂的形象，他以为充分地自由地倾诉了自我对优雅文化的种种恐怖、仇恨、厌烦、反感、恶心之后，就算完成了反文化的历程。莫言如此无视阅读的意义，正出于潜在的文化优越感，才会居高临下地去亵渎读者侵犯阅读。

⑧上面这样的批评文字，在当下的文学语境中，或许有人会将其误读为酷评。不仅是因为被评者均为当代一流作家，还因为王干的用力也相当劲猛。但事实上，当年的批评界包括文学界，没有人这样看待王干的作家论。以王干的学养、智识、敏锐，尤其数十年在文学界的浸泡，他当然用不着以此来博人眼球。之所以如此尖锐，恰是因为他真诚、率性的个性，还有一种视文学为生命的热爱。所以，如莫言者，与王干都成了"不打不交"的朋友。王蒙也说过，王干批评的锐利并不是针对某个人，而是对文学中的一些现象发言。当然，王干的作家论多数是建设性的，中锋用笔，周正不阿。比如多篇关于王蒙作品的批评与研究，但因其与王蒙的对话影响太大，多少遮蔽了那些文章的识见与才华。但对汪曾祺的系列批评（收《夜读汪曾祺》评论集），却是产生了振聋发聩般的巨大影响，对1980年代兴起且绵延至今的"汪曾祺热"起到了推波助澜甚至是引领性的作用。作为高邮老乡，王干与这位忘年交的文学大师自是有一份别样的情感与特殊的理解，但这也只不过是一种背景或者说机缘。更为重要的是，王干深刻地发现了一条经由陶渊明、苏轼、归有光、郑板桥、废名、沈从文等延伸而来的、带

有出世情怀的文人雅士所形成的中国传统文脉，而汪曾祺也许是这一文脉的最后一个大师。王干认为，凝聚在汪曾祺作品中的核心价值内容，是他追求和谐的美学思想和美学精神。这样的思想精神让他的作品在处理与生活、与人物、与语言的关系上，体现出从容淡定、虚实映照的人道主义境界和中国化的艺术品格。他的作品激活了传统文学在今天的生命力，唤起人们对汉语文字的审美趣味，打通了文学创作与民间文学的内在联系，将知识分子精神、文人传统、民间情怀有机地融为一体。王干从汪曾祺的小说里得出了这样的结论，文学的功能在挖掘表现日常生活的诗意美感时应该超越时代政治的限制。清明的政治社会格局下也存在着黑暗的角落，黑暗腐败的旧时代里也会有人性美和生活美的闪光。于是，王干不吝溢美之词，提出，或者命名汪曾祺是"被遮蔽的大师"。在王干看来，汪曾祺的"大"，在于融汇古今、贯通中西，将现代性和民族性成功融为一体，成为典型的中国叙事、中国腔调。王干对"汪学"研究的推动并未就此止步，近十年来，王干还积极参与"里下河文学"现象的研究；以汪曾祺为重要的支点，推动"里下河文学研究"一步步走向深入和开阔。

"一种全新的、争取合法性的文学观的提出，必然伴随着对传统观点的质疑和颠覆。在提出文学场方法的同时，布尔迪厄揭示了两类'神话'传统，即只从文学与社会历史关系确定文学价值的外部阅读，和局限于作品内涵的符号结构来挖掘文学意义的内部阅读。""如何解决内与外的关系？布尔迪厄的思路是：建立和生成结构主义的阅读，从而研究文学内外的传统、权力对文学意义的轨迹。这一思路将文学作品的自律形式和社会历史置于同质异构的文学场空间中，实现了形式和历史的有机交融，避免了某一本质主义思路对意义的执着和遮蔽。"[32] 王干的"后新时期文学"的"在场"批评佐证了布尔迪厄的对"文学场"的理论阐释，也使他成为中国最具"当代性"的批评家之一。

七、"南方文体"及"朦胧诗"

读《王干文集》，也包括近年来与他的交往，主要是下围棋，我感觉作为批评家的王干无疑是一个理想主义者。在进入批评的时候，他几乎就在一个忘我的情境里，与作家的写作或艺术家的创作一样，这当然是一种状态，也是一种精神，还有一种无法言说的性情。当今很多文学理论批评报刊中的论文，或者专著，几乎是千人一面，卒读都十分不易，更奢谈语言风格。所以，80年代王蒙的文学随笔，或90年代中后期孙郁谈现代文学的文章都是我所喜爱和效仿的。近几年，我也想在批评的语言风格上，或者往大里说是批评文体上有所追求，即一种笔记体的、思维的随意性、语言的想象性，读哪记哪，留下读记时思想的痕迹，大概就是王干所说的原生状态；而语言风格呢，也是想散文化，一种叙述加抒情，且充满了画面感与意境的文字。殊为不易，似乎努力也不可得，但却终究心向往之；所以，我对王干追求的"南方文体"甚以为然。

王干是这样描述他所谓的"南方文体"的："南方文体是一种作家的文体，是一种与河流和湖泊相对应的文体，它的流动，它的飘逸，它的轻灵，它的敏捷，并不能够代替北方文体的严峻、凝重、结实、朴素。北方文体是学者的文体，这是与山峰和长城密切相关的文体，在文学理论和批评领域里，北方文体始终占据中心和主导的地位，而不像南方文体处于边缘的、被遮蔽的状态；北方文体追求立论和结论，而南方文体更注重过程的状态；北方文体相信公共原则，而南方文体则倾向个人化的语体。北方文体与南方文体呈互补胶着状态，不可对它们简单言说优劣、高低、长短，它们都有存在的必要。""直到如今，我的评论文字仍含有大量的描述成分，有时描述甚至大于说理。我对描述有种特殊的喜爱，因为我在描述时感到笔端有种说不清的滋润和灵魂。"[33] 王干还说："很多人觉得我的评论好看，可读性强，原因就是我的评论内部隐藏着一种叙述的东西，这我是有意为之。比如评论一个作家作品的时候，不是议论他，也不是评介他，而是叙述他，叙述这个作家他哪里好，或者作品哪里好，这就是我评论语言的叙述化。我受古代文风影响比较大，有时候会带有抒情成分。比如诗评，我追求的境界，简单地定位就是以诗评诗。"[34]

这里面，王干并没有具体地将何谓"南方文体"列出一二三，而是使用了一种散文化的语言，形容，或比喻，概括了"南方文体"的整体性状，并将其与假想的北方文体作了比较。有趣，或者反讽的是，连他所获得的鲁迅文学奖，也是其中的散文随笔奖，而非评论奖。可见他对散文，或者说对批评语言散文化的追求。《废墟之花》一书是关于朦胧诗的系列研究，可能是朦胧诗本身所具有的诗性与意境，影响了研究者的情绪和语言，使得这本专著通篇洋溢着灵魂飘逸的文采，颇有一种南方文化的空灵与俊逸。还有一篇批评张承志小说的文章《张承志的绝境》写得也是诗意盎然，不妨引一段看看："张承志正堕入一个美丽的陷阱之中，他每反抗一次，现实便要以加倍的反弹力将他掷入老远老远的空间。现在，张承志已经被自己的行动和反弹力推向峭耸的悬崖，向前走去固然景色诱人但也虚幻莫测，说不定是万丈深谷，向后退去则是世俗的肮脏的气息。他不能前进也不能后退，他只能握紧拳头，昂首云端，脚踏山峰，义无反顾地坚守自己的精神领地。绝境上的张承志是一幅动人的雕像，虽不似普罗米修斯那么光彩照人，也不似大卫那么英俊优美，但他用文字所凝成的那样一种无望而奋斗的精神，进入了人类精神跋涉者永恒辉煌的生命境界。"[35] 但这样的文字在多数的小说与思潮、现象的批评中就很难见到，多少都有些阐释的焦虑的味道。所以，像鲁迅的文章那样，保持着一种优美且极富意味的老到的语言风格是十分不易的。

我们再来看看文学界的名家们是怎样评价王干的文学批评风格的：

王蒙在为王干的专著《世纪末的突围》写的序言中说："王干很喜欢写批评性质的文章，批评一些正在被看好的作家，批评这个误区那个误区，有点哪壶不开提哪壶的味道。文章虽然尖锐，用词也颇花哨，但还是力图进行带学究气味的文学学术探讨，主旨不在褒贬，更没有个人的亲疏恩怨利害，他盯着的是文学不是'人学'（借用此词，不是高尔基的原意）。他不怎么赶时髦，毋宁说他的某些文学见解还是相当平实的。"[36]

葛红兵说："王干几乎不用文末注，这不是因为王干的文风问题，而是因为王干的时间意识：他重视的是那个引文对于他这篇文章的即时性意义，而不是那段文字的历史价值。"[37] 李洁非说："约当1987年左右，那时他关注的对象，应该主要已置于小说。王干的小说评论，以鲜活的感性和'在场''直击'的经验形态有别于同侪，但其诗歌评论，却偏偏走着理性、思辨的路线……照这几篇诗歌论文来看，转做小说评论后，他完全有能力亦更有理由，拉开架势去写那种高头讲章、体大虑周的作家论、作品论一类文章，然而他反而不这么干了，摇身一变，以轻骑兵方式在小说评坛冲锋陷阵，大量地写一些及物即时、随物赋形、见情见性的文章。"[38] 郜元宝说："王干是评论家，但他的评论不是从理论（或学问）到作品，而是直接从文学中而来，从作品中而来，从对作家贴近的了解而来，从极私人的阅读感受而来，最后也回到文学中去。王干写过大块头理论文章，显示了他的气魄和学识，但我更喜欢他那众多短平快似乎并不十分用力的点穴式文章，直抒胸臆，摆脱学理化纠缠，与读者一起身临其境，近距离触摸文学的脉动。王干把自己的一本评论集命名为《南方的文体》，大意是说他刻意追求南方的滋润、灵动、平易、丰满。这是中国批评史上不绝如缕的一个传统，重实践，重感悟，重批评文体与时代文学中最有生气的语言精神的吻合，避免远离文学、高于文学的隔膜的高头讲义。尽管一段时期他也曾经迷恋过现成而多半是舶来的概念，但他很快就告别了这种非生产性和依赖性概念操作，离开僵化和强制的概念的轨道，漫步于生活故有的漫无涯际的词语的田野山林。"[39] 王干提出"南方的文体"，捍卫的正是文学现场批评的正当合法性及其文学价值。

关于"朦胧诗"，就不想在这里作更细致的论述了，简要引用几位批评家的观点，也可以窥见王干早期诗歌批评的面相和风采。葛红兵认为王干对"朦胧诗"的评论显示出他的审美悟性与批评天赋："他对文学的理解几乎是天生的，这似乎可以解释为什么他当初走上文坛是从诗评开始的。80年代中期他关于朦胧诗的系列论文就是如此。那时他不过是一个二十六七岁的年轻人，然而他却一口气写出了《反思：理性与非理性共生——论朦胧诗的哲学背景》《直觉的苏醒、思维结构的嬗变与调整——论朦胧诗的认知方式》《悲剧：人的失落与人的呼唤——论朦胧诗的理性支柱》等系列论文，涉及朦胧诗的审美特征、语言方式、哲学内涵等方方面面，成了国内研究朦胧诗最系统、最前沿的专家之一，对于一个二十六七岁的青年人来说，他的人生经验也许是不足的，但是他过人的审美悟性，给了他早慧而过敏的灵魂，帮了他的大忙，使他在诗评的领域里显得游刃有余。"[40] 李洁非认为王干的"朦胧诗"评相当学院派，"我们不可据以认为，王干诗歌评论一味以观念、创想为先，缺少对诗人作品的灼见与发微。实际上，正如我前面所说，诗评家王干相当'学院派'，相当注重文本解读。有时候，此种功夫或功力，近乎达到洞穿对象的地步。"[41]

其实，不论别人怎样评价和看待王干，他对自己的文学批评是有着清醒的认识的。他甚至于迫不及待地要建立"树"的意识，这不仅来自批评内部，也来源于批评对象的驱动力。所谓"树"的意识，在于"猫头鹰"必须寻找只属于自己的树，既然批评作为一种对象科学，就必须拥有自己独到的不属于别人的领地。无对象的批评是不可能成立的，泛对象的批评也即是没有对象的批评，无所不评、无所不论的"全知批评"，实际上是对批评本身的一种嘲讽。[42]

读王干的文学批评是轻松愉快的，就如同到体育场观看足球赛，热烈而刺激，紧张而充满悬念，你无法预判结局，也不知道下一分钟会出现怎样的场面；而且还不单调，什么都谈、都论，洋洋洒洒，飘逸无踪；尤其是对话，博学机敏，左右逢源，谈锋甚健。在"文学场"中浸润四十年的"在场"批评，王干的青春没有虚度，他的非凡才华与禀赋不曾虚掷，他参与并推动了"新时期文学"，尤其是"后新时期文学"的建构，当代文学史上留下了他坚实厚重的足迹。长于概括、精于策划、敢于命名的特质，亦贯穿了王干的整个批评生涯。

不知道是否可以说，没有王干的批评与命名、策划，中国新时期文学在最初几年诸如"伤痕文学""反思文学""改革文学""寻根文学""先锋文学"之后，就很可能没有了后来诸多的思潮与主义？当然，假设只能是假设，它不具有理论命题的价值与意义。

八、王干的背影

1990年代后期，王干突然转身，离开一直任职的文学期刊，担任江苏出版的《东方文化周刊》主编，把文化注入到这

份以影视、娱乐为主体内容的大众文化类刊物，并开始了自身
的大众文化研究。从足球到娱乐明星，从围棋到武侠，从影视
到网络文化，无所不包，触及面之广、之深令人震惊。苏童说：
"王干开始梳理大文化的头发，这是一堆貌似时尚其实苍老的乱
发，需要更大的耐心，需要更大的力量，从赵薇到金庸，从尼
采到鲁迅，从足球到麻将，王干侃侃而谈，词锋犀利而精准，
似乎在帮助我们分析每日呼吸的空气。"[43] 郜元宝这样评论道：
"王干近年批评文字多与文化有关，继文学评论集《世纪末的突
围》《南方的文体》《朦胧诗论集》《边缘与暧昧》之后，又
推出了文化评论集《灌水的时代》《赵薇的大眼睛》，但王干没
有落入'文化研究'圈套。其实，他谈文学时就很不老实。在
他眼里，文学是多面的，本来就和文化息息相关。由文学而文
化，或者由文化而文学，十分自然，不用聒噪。所以他一边谈
文学，一边谈围棋，谈足球，谈无厘头电影，谈切·格瓦拉，谈
武侠，谈麻将，谈中国电影的'人妖'现象，谈女权主义和女
性文学，谈犹太复国主义，谈'赵薇的大眼睛'。这些文章看不
到虚张声势的'文化研究'，只有文学批评家王干一贯的机智、
热情和提问的冲动。在文学歉收期，这对他无疑是一种解放，
一种精力的保存与转移。"[44] "其实王干的文学评论、文化批
评和散文随笔，尽管主题有侧重，文体有分工，但彼此之间并
无不可逾越的鸿沟，在语言方式和智慧形态上可以相通之处甚
多，视为广义的杂文，也未尝不可。"[45]

祝勇认为："王干的《赵薇的大眼睛》（江苏教育出版社
2005 年版）是一部关于 20 世纪 90 年代以来大众文化的书，在

这本书中，许多正襟危坐的正牌作家、深奥难解的文学术语和名目繁多的团体流派让位于司空见惯的文化符号：小燕子、无厘头、春节晚会、美女作家……王干将后者命名为'新世俗文化'。""人民群众并不需要接受教育，他们需要的只是娱乐和消费。这是一种深刻的隔膜，这一隔膜揭示了两种文化形态间的对立与敌视。王干透过这些变幻莫测的文化泡沫，看到了当代人类文化家园的迷失。文化在欲望的勾引下正一步步背离它的本质。"[46] 王干自己也认为："我现在文字写得比较好一点的，可能是随笔类。随笔是随便写写感受的，太把它当回事反而写不好。很多散文家的散文写得不好，就是他把它当正业做了。"[47]

王干说得很轻松，干得也很潇洒得意，甚至风生水起。不过，我觉得这只能是文学批评家王干的背影。不是说大众文化不重要，而是说 21 世纪初年的中国文学已经走过了二十年的历程，回望之，不免觉得有几分寂寞与无聊。郜元宝说："曾几何时，中国文坛缺了王干就缺了一份热闹，但文坛热闹的过去，是否也意味着王干的过时呢？"[48]

王干过时了吗？不知道，我真的不知道……

注释：

[1]《王干文集·说不尽的王干》，作家出版社，2018 年，第 200—218 页。

[2]《王干文集·说不尽的王干》，作家出版社，第 212 页。

[3] 许志英、丁帆主编：《中国新时期小说主潮》，人民文学出版社，2002年，第 496—497 页。

[4] 以上参见《王干文集·说不尽的王干》，作家出版社，2018 年，第 200—
218 页。

[5] 《王干文集·说不尽的王干》，作家出版社，2018 年，第 100—101 页。

[6] 威尔·贡培兹：《现代艺术 150 年——一个未完成的故事》，广西师范大学
出版社，2017 年，第 11—12 页。

[7] 陈丹青：《陌生的经验》，广西师范大学出版社，2015 年，第 242 页。

[8] 孟远　编：《新写实小说研究资料》，百花洲文艺出版社，2018 年，第
184 页。

[9] 孟远　编：《新写实小说研究资料》，百花洲文艺出版社，2018 年，第
151—152 页。

[10] 孟远　编：《新写实小说研究资料》，百花洲文艺出版社，2018 年，第
49 页。

[11] 汪民安：《什么是当代》，新星出版社，2014 年，第 108—109 页。

[12] 孟远　编：《新写实小说研究资料》，百花洲文艺出版社，2018 年，第 2
页。

[13] 以上所引参见王先霈、王又平主编：《文学批评术语词典》，上海文艺出
版社，1999 年。

[14] 王先霈、王又平主编：《文学批评术语词典》，上海文艺出版社，1999
年，第 205—208 页。

[15] 孟远　编：《新写实小说研究资料》，百花洲文艺出版社，2018 年，第
13 页。

[16] 陈晓明：《表意的焦虑——历史祛魅与当代文学变革》，中央编译出版
社，2002 年，第 140—141 页。

[17] 《王干文集·说不尽的王干》，作家出版社，2018 年，第 84—85 页。

[18] 《王干文集·说不尽的王干》，作家出版社，2018 年，第 85—86 页。

[19] 《王干文集·说不尽的王干》，作家出版社，2018 年，第 36—37 页。

[20] 《王干文集·说不尽的王干》，作家出版社，2018 年，第 218—219 页。

[21] 《王干文集·说不尽的王干》，作家出版社，2018 年，第 294 页。

[22] 汪民安：《什么是当代》，新星出版社，2014 年，第 116—117 页。

[23] 邓晓芒：《批判与启蒙》，崇文书局，2019 年，第 99—100 页。

[24] 《王干文集·说不尽的王干》，作家出版社，2018 年，第 51 页。

[25] 洪子诚、孟繁华 主编：《当代文学关键词》，广西师范大学出版社，2002年，第156—157页。

[26]《王干文集·说不尽的王干》，作家出版社，2018年，第30—31页。

[27] 参见布尔迪厄：《艺术的法则——文学场的生成与结构》，中央编译出版社，2001。

[28]《王干文集·说不尽的王干》，作家出版社，2018年，第21页。

[29]《王干文集·说不尽的王干》，作家出版社，2018年，第49—50页。

[30]《王干文集·说不尽的王干》，作家出版社，2018年，第2—8页。

[31]《王干文集·边缘与暧昧》，作家出版社，2018年，第13页。

[32] 张意《文学场》，赵一凡等主编《西方文论关键词》，外语教学与研究出版社，2006年，第584—585页。

[33] 王干《自序：寻找一种南方的文体》，《王干文集·边缘与暧昧》，作家出版社，2018年，第235页。

[34]《王干文集·说不尽的王干》，作家出版社，2018年，第260页。

[35]《王干文集·废墟之花》，作家出版社，2018年，第397—398页。

[36]《王干文集·废墟之花》，作家出版社，2018年，第245页。

[37]《王干文集·说不尽的王干》，作家出版社，2018年，第50页。

[38]《王干文集·说不尽的王干》，作家出版社，2018年，第96—97页。

[39]《王干文集·说不尽的王干》，作家出版社，2018年，第4—6页。

[40]《王干文集·说不尽的王干》，作家出版社，2018年，第47—48页。

[41]《王干文集·说不尽的王干》，作家出版社，2018年，第99页。

[42]《王干文集·废墟之花》，作家出版社，2018年，第354页。

[43]《王干文集·说不尽的王干》，作家出版社，2018年，第138页。

[44]《王干文集·说不尽的王干》，作家出版社，2018年，第8页。

[45]《王干文集·说不尽的王干》，作家出版社，2018年，第9页。

[46]《王干文集·说不尽的王干》，作家出版社，2018年，第58—60页。

[47]《王干文集·说不尽的王干》，作家出版社，2018年，第262页。

[48]《王干文集·说不尽的王干》，作家出版社，2018年，第2—8页。

建构"大时代"的文学批评

当下的中国社会，不同利益阶层、知识身份、年龄群体的分化在加剧，甚至原本被认为是同一个板块儿、代际的受众也在分裂为更加具体、细密的结构单元。以"十年"来区隔和标示代际早已失效，85后、95后们已经从80后、90后的代际认同中撕裂并跳脱出来，这使得曾经风光无限的青春文学逐渐丧失了代言固有社会群体的合法性。80后作家群体的瓦解和分化，亦从一个侧面提示出文学接受与审美的急剧分化。2014年热映的电影《小时代》，生动呈现了四个女大学生在即将跨入社会时所表现出的惊慌失措以及道德失范，不但50后、60后的父辈观众对此忧心忡忡，提出了严厉批评，很多80后观众亦对影片所传达出的思想观念和价值判断不以为然。的确，影片中的年轻人，他们的世俗生活是那样光鲜亮丽、丰富多彩，而他们的精神世界却是如此平庸苍白、委顿无力。抛开电影本身在表呈现实生活时所流露出的虚妄与矫饰不论，如何面对、理解并融入当今这个"乱花渐欲迷人眼"的时代，确实已经成为当下中国青年们不得不冷静思考并审慎对待的人生课题。

这是一个"小时代"，纠结于现实的困惑、物质的压力与欲望的焦灼，自私与自我似乎已经成为人们的某种集体无意识；这是一个"大时代"，民族复兴"中国梦"已然清晰标示出了历史的转折、国家的改革和社会的转型。独立自强、奋发有为既是伟大时代的召唤，更应成为当代青年的精神自觉和集体认同。网民们在谈论"中国梦"这个看似"高大上"的概念时，普遍怀有一种"喜大普奔"的情绪。对于 60 后、70 后们来说，他们的青春岁月中，始终有一个"美国梦"的幻影在遥远的太平洋彼岸向他们招手。电影《中国合伙人》中的有志青年们不惜一切代价也要出国发展的情景既是真实的，也是残酷的，印证着那个时代的局限与无奈。然而时过境迁，近三十年来，伴随着中国改革开放的逐渐深化，中国经济腾飞、综合国力增强、国际影响力显著提高，"中国梦"的横空出世可谓恰逢其时。在物质主义和功利思想中浸淫太久的中国人，终于拥有了一重可以仰望辽阔星空的视野，有了一个可以畅游精神海洋的通道，有了一个可以驰骋广袤大陆的坐标。以"中国梦"为引领，对大时代、大世界、大格局的持续塑造和建构必将有效拓展并纠正当代青年被小时代、小世界、小格局所遮蔽甚至异化的生活方式和生命状态。

2013 年第 1 期的《南方文坛》曾发表过我的一个批评小辑，我在卷首"点睛"栏目里表达过自己的"批评观"，即"批评当随时代"。文学与时代都是极其复杂的存在，但文学与时代在思想与精神上并不是一种同构与同质的关系。文学既有可能与时代同步，也可能走在时代的前面，还有可能是落后甚至于悖谬。文学有先进与堕落之分，时代亦有光明与黑暗之别，在这种意义上，我觉得不能把"批评当随时代"简单地理解为"跟随"时代。介入时代，表现时代，以至于引领时代才更接近文学批评的理想状态。因此，文学批评在面对文学与时代的时候，既不能脱离对文本的审美和阐释而在时代精神上凌空蹈虚，亦不能够囿于文学自身而置时代精神于不顾，文学批评的艰难与复杂状态由此而生。

对 1990 年代以来的中国文学批评我不敢妄下断言，但我的感觉却是食西方 20 世纪文学理论与批评方法而不化，导致与文学创作严重错位和脱节。换言之，没有真正有效地参与到中国文学创作的进程中来。我理解的文学批评是独立于文学理论与文学史的一种更富于文学本体意味的文体，它的位置是在文学创作的最前沿，它的价值在于直接参与文学创作与文学思潮的进程，当然，它会给文学理论与文学史提供最具现实意义的依据与互动的动力。西方 20 世纪文学理论与批评方法所达到的高度是显见的，但在具体批评实践中的"生搬硬套"，却让近二十余年的中国文学创作没能接纳它的非凡成果，不仅仅是水土不服，甚至是水火不融。结果便是中国当代文学批评界在没有读者参与的状态中的自我狂欢或自娱自乐。亦可谓，批评未随时代。

听许多文学前辈谈起过 1980 年代的《上海文学》，他们说，在将近十年里它所发表的文学批评不论是批评家还是作家，都是要必读的；也就是说，《上海文学》每期近二十个版面的文学批评不仅介入文学，还在引领着文学与时代精神。进入 21 世纪以来，专业文学理论批评杂志越办越厚，可是有几个作家会认真翻一翻？就是批评家又有几人会去仔细读一读？说批评缺席有失公允，但说批评无效却是事实。我突发奇想，对 1980 年代的《上海文学》发表的文学批评进行一下研究，可能会从多方面给当下文学批评以启示。还有，我对陈思和的《中国新文学整体观》一书一直喜爱有加，他没有引用西方 20 世纪文学理论与批评方法，甚至连概念也都是中国化的；但是他的现当代文学研究却达到了新时期以来鲜有的高度。比如他关于“时代的共名和无名”“广场意识”“庙堂与民间”“战争文化心理”等方面的独特研究，既打开了一个崭新的中国现当代文学研究的新视界，又深入到了文学的底层与细部，让人耳目一新。重要的是这些理论观点对于中国现当代文学及其所处时代的有效性，这种研究与批评的方法不仅对文学创作施加了积极的引领作用，亦不枉负那个文学大时代的丰厚馈赠。

王国维在谈到南唐后主李煜的创作时曾做过这样一番论述：“客观之诗人，不可不多阅世，阅世愈深，则材料愈丰富，愈变化。《水浒传》《红楼梦》之作者是也。主观之诗人，不必多阅世。阅世愈浅，则性情愈真，李后主是也。”（《人间词话》）静安先生提出的两个概念——“性情真”“阅世深”，对作家而言至关重要，说是作家的艺术生命亦不为过。那么对于文学批评家来说呢，我想亦同理。文学批评的第一要义即在于真，这个“真”显然不仅仅是对批评对象的要求，反身更可见出批评家的“性情”。再高深的理论、再花哨的术语都无法遮蔽对作品真实的感受和审美的判断，即使是以知识生产为旨归的理论建构，也脱离不开批评家真情实感的灌注。"性情真"既是批评家的职业品格，当然还指涉着对现实生活的细致观察与真情感悟。"阅世深"呢？批评家的观点是否具有犀利深刻的思想，是否能够准确把握时代的症候，当然也与其人生阅历和生命体验是否深刻厚重有关。批评家的言说除了与自身的文学观念和批评立场相关，更决定于批评家观察世界的视野、感悟生活的角度和思考时代的深度。

当前大多数批评家生活在高校，困守于自己的书斋，通过书籍、理论和知识来有限地接触、间接地认知当今这个变革的时代，与社会现实长期保持着一种若即若离、松散且飘浮的关系。然而这种想象关系并不牢固、并不可靠也并不深刻。批评家对理论、对知识、对文本的兴趣远远超出对人、对人与人的关系以及对复杂社会现实与繁复日常生活的探究和体认。当下的批评家们似乎更看重理论本身在文学场域中的价值与意义，学术性、学理性成为评价文学批评的标准，而文学批评与国家、民族、时代、社会、现实、生活等文本之外的宏观存在则越发地遥远和隔膜。因此，当我们怀着不无骄傲与亢奋的心情谈论"中国故事""中国经验""中国视野"将在何种意义上改写并提振21世纪的中国文学时，却突然发觉，置身当下多元多变的文化语境中，想要准确、深入、细致地把握时代和社会正在变得日益艰难。被大众化、世俗化的文化潮流裹挟，面对着渐趋碎片化的生活，文学批评家们的认知、思想与审美也变得暧昧不定、左右摇摆、支离破碎。狭窄的文学视野，退化的思想能力和僵化的审美趣味使其对更为宏阔的民族国家、时代精神丧失了正面阐释的兴趣和整体概括的能力,对更为驳杂混沌的社会现实、日常生活缺乏介入和引领的担当,对更为高远的世道人心、信仰灵魂失去了探寻和拔擢的勇气。

在伟大的俄国文学批评家别林斯基看来,文学创作和文学批评都服务于促进社会自觉这一共同目的,那么两者的关系就应当是一种"齐心协力地一起行动,互相对对方发生影响的关系"。在他看来,文学批评不能局限于分析作品本身的美和不足,而必须进一步从历史的、时代的观点进行考察,进行与其内容相应的社会的、政治的、哲学的、道德的分析,提出作品的社会作用和意义,主张从更广阔的时代的、社会历史的角度,考察艺术家及其创作与时代、社会和民族历史文化的关系。也正因如此,他的理论观点旗帜鲜明,他的立场态度坚定不移,他的审美鉴赏力敏锐精确、卓越不凡。

别林斯基在文学批评中所发表的意见,都是他经过周密考察,深入研究的结果,是他所坚信、所热爱、所赖以生活的深刻信念。反观当下的中国批评家们绞尽脑汁、劳心费神、不遗余力发表在核心期刊、评论杂志上的那些批评文字,是否真正表达了批评家自我对这个世界的真实看法,并作用于批评家乃至批评对象的生活方式呢?我看殊为可疑。哈罗德·布鲁姆说,"想象性的文学处于真理和意义之间",这就为文学批评提供了广阔的阐释空间。我所谓"批评当随时代"的最重要之处在于引领作家与文学,积极参与文学创作与时代精神的建构。批评家要用自己的道德理想影响作家和读者,进而影响时代发展的走向。文学批评不能够与所处的时代相融合，不能够用自己的思想与精神参与时代精神与理想的建构，这样的文学批评肯定不是好的文学批评，更遑论伟大的文学批评。

当下的中国社会和中国文学都欠缺一种具备统摄和整合力量的精神资源，呼唤一种可以站在高处俯览现实的理想视角，我想对"中国视野"的理解和阐释就文学而言正是基于这样的意义。当作家们自觉走出"囚禁肉身"的孤岛，闯入"砥砺灵魂"的荒原，试图重新认识时代并发现文学新大陆的时候，属于我们这个时代的文学高峰才会真正隆起。从"孤岛"向"高峰"的挺近，需要作家们拿出更加厚重、更加有力的现实书写，文学批评更是需要贡献能够洞穿时代帷幕、超越现实迷雾的有智识的思想。面对时代的变革和社会的转型，真正优秀和伟大的批评家会饱受思想的困惑、精神的阵痛和心灵的煎熬，惟其如此，才可能真正把握时代的脉动，亦才有可能从情感和思想的层面超越时代的局限。

建构"大时代"的文学批评迫切而首先呼唤的是批评家们都能够对当今我们所置身的变革中的时代持有清醒的认知、理性的自觉和深刻的洞察。

重构有温度的批评场域

21世纪以来的中国文学批评始终没有建立起一个真正意义上的批评场域，"批评"自然也就没能展开。十几年来，我所看到，甚至参与的批评，基本上是没有"批评"，按照那些数量庞大的批评文章所阐释与褒扬的作家作品，中国获诺贝尔文学奖的作家就不该只有莫言一人，而是一大批。也有几位批评家真的是"批评"，却涉嫌酷评，让人生疑公报私仇也未可知；亦有的专拣名家批，难掩吸引眼球的批评策略。最为普遍的则是自说自话，被批评者不屑，读者也不关注，有用处只在学术研究机制中彰显。不要说反批评乃至论争，连个商榷之类的应和之声都没有。这样的批评，无法促进文学的生长，更难成就一代批评大家。这样的批评，说从出生就意味着死亡，亦不过分。

场域的核心是其中有内涵力量的、有生气的、有潜力的存在。1980年代的批评环境与氛围，至今仍被批评界津津乐道与怀想。关于伤痕文学、人道主义、现实主义、现代主义，还有朦胧诗、先锋文学，以及各种思潮等等，争论之激烈为近四十年来所仅有。批评场域便是在对话、讨论，甚至论争中构建起来的，真正意义上的批评也一定是在这样的场域里产生的。19世纪40年代是俄罗斯一批文学巨匠们最后闪耀星空的时刻，其中一段发生在别林斯基和果戈理之间的"龃龉"让我唏嘘不已。别林斯基是让果戈理声名鹊起的批评家，仅1842年就写了五篇关于《死魂灵》的文字。然而，在写作《死魂灵》第二部的时候，果戈理找不到灵感，便于1847年出版了《与友人书信选》，试图让读者能接受他要在《死魂灵》第二部中所表达的思想。在这本书信选里，果戈理竟然鼓吹农奴制度为神义所授，甚至教导地主如何对待农奴，这引起了别林斯基的愤怒。病重的别林斯基用三个上午写了一封致果戈理的公开信。在信的结尾，别林斯基写道："您曾经不幸带着一种骄傲的谦逊否定了您那些真正伟大的作品，那么，现在您应当带着真诚的谦逊否定您最近的这本书，用一些能使人想起您以前的作品的新作，来赎取让那本书出版问世所带来的沉重罪过。"两人为此而发生辩论，一年后，别林斯基去世。赫尔岑如此评价这封信："这是天才之作。我想，这也是他的遗嘱兼最后证言。"别林斯基凭着坚毅的性格、刚正不阿的品格、知行合一的理想，成为他那一时代影响力最大、声音最激越火热的道德家和批评家，成为"俄国知识阶层的良心"；而果戈理则在临死前将《死魂灵》第二部付之一炬。这才叫真正的批评，大师的批评。批评是在文学的前沿，不仅要介入创作，对作家、文学思潮产生影响，还要积极介入时代精神的建构，用道德理想影响作家和读者，以及更广泛的社会存在。

批评的写作一定要葆有批评家内心的真诚、爱憎、理想与激情。别林斯基对果戈理的批评带着生命的温度，甚至是在燃烧生命。鲁迅在上海的最后十年又何尝不是如此。鲁迅纯粹的文学批评并不多，多的是杂文，论说的是历史、社会、文化等等，更为直接地与论敌们论战。"正如自命不凡的才子所嘲笑的那样，这时，他写作的惟是不能进'艺术之宫'——自然也不能进'学术殿堂'——的杂文。"（林贤治语）这恰恰是我在这里提及鲁迅的关键所在，他放弃了有论者为之惋惜的长篇小说的创作，而把自己的精力全部投入到论争里去，以至于过早地耗尽了自己心血，包括生命。面对残酷现实和历史文化的困境，他毕其一生致力于社会与文化的自省与批判，他的思想与精神成为了20世纪中国的"民族魂"。这不正是21世纪以来中国文学批评所匮乏的吗？不正是我们要从鲁迅处汲取的精神吗？

当下的中国文学批评多数是书斋里的批评，对话的是文本，并不能真正地触及更广泛的社会。批评家更看重批评本身在文学场域中的价值与意义，学术性、学理性成为评价文学批评的标准，而文学批评与国家、民族、时代、社会、现实、生活等文本之外的存在则越发遥远与隔膜。批评家对理论、对知识、对文本的兴趣远远超出对人、对人与人的关系，以及对复杂社会现实与繁复日常生活的探究和体认。如此冷冰冰、内循环的批评场域，无需批评主体生命热力的灌注，更遑论独特与深刻。长此以往，文学视野的窄化、思想能力的退化和审美趣味的僵化使得批评家们对更为宏阔的民族国家、时代精神丧失了正面阐释的兴趣和整体概括的能力。

在别林斯基看来，文学创作和文学批评都服务于促进社会自觉这一共同目的。文学批评不能局限于分析作品本身的美和不足，必须进一步从历史的、时代的观点进行考察，进行与其内容相应的社会的、政治的、哲学的、道德的分析，从更广阔的时代的、社会历史的角度，考察艺术家及其创作与时代、社会和民族历史文化的关系，进而提出作品的社会作用和意义，置批评于个性化的生命困境和有温度的批评场域之中，才能真正表现出批评家的思想能力和批判气质，伟大的批评或许才会不期而至。

跋："新笔记体批评"随想

傅逸尘

一

当下中国的文学批评之繁荣昌盛恐怕是任何一个历史时期都难以企及的；可是何以作家与读者买账者甚少？换言之，批评没有失语，但批评的影响力却日渐式微。批评的话语如江河般汪洋恣肆、泥沙俱下，然而自顾自地流淌过后，却并未在这个世界上留下独特且深刻的印记。返顾间，是否真实存在过，亦有恍惚之感。作为批评者之一，我深以为憾，且"焦虑"不已；也曾茫然无措，十余载，青春年华就这样消殒无痕，心有不甘。

二

孙郁在《被照亮的表达》一文中，开篇即道："自刘勰的《文心雕龙》问世，文论与批评，总算争得了一席地位。文章鉴赏与品评，说起来并非易事。白居易与友人论文学，提起笔来，其力不亚于诗文，因为知道其神奇的地方甚多，故对于学者的思考，尊敬有加。古文论的妙处是与诗文同样具有文采，我们把它当成美文来读，也是自然之事。这传统到了今天不幸中断，无怪孙犁晚年叹息于此，那背后其实是对流行的批评文本的失望。"如果说当下中国的文学批评千人一面或许有些夸张，抑或言过其实；但说如李敬泽与孙郁等形成个性化风格的批评家不多见应该是不错的。批评家们总是苛求作家要有文体自觉，要勇于进行文学性探索；可是批评家们为什么自己却鲜有批评的文体意识与文学性探索的精神呢？

屈指一数，我做批评居然十载有余，回望来路，依凭的纯粹是一种浅薄的文学理想与青春的浪漫激情，一种将文学视为生命的过程。今日始觉，批评既不是学问，亦非学术研究；批评应该是与作品融为一体的具有文学性的创作文本，亦即我们批评的文学本身，或言之是文学的另一种风格的显现。目下的批评，多是结构严谨、逻辑思维缜密的长篇大论，外表宏大华丽不假，实则似有自言自语与不及物之嫌，这样的批评欲企及"至善"之境恐怕是勉为其难的。

三

想起孙郁，当然是因为平时便喜欢读他写的文字，关于二三十年代文坛的人物与掌故，关于鲁迅与胡适的比较与论述。他的语言与叙述温婉而雅致，一种一边呷茶一边徐徐道来的韵味，单用散文化显然不足以彰显其文字魅力。过去我们通常会将语言与叙述划入风格的范畴，其实语言与叙述本身就是文学性的一个极为重要的层面，现在已经日益被更多的作家所认知。但是研究语言与叙述的批评家们却鲜有对批评的语言做出"文学性"或曰"艺术性"的探索者，孙郁、李敬泽等显然是其中的佼佼者。我们当然不应将对批评语言与叙述的探索仅仅视为批评家的风格，它的内在意味其实正是批评家文学精神和审美趣味的一种显现。

同样是评论莫言，孙郁在《莫言：中国文化隐秘的书写者》一文中便彰显了他作为批评家与学者的独特的审美趣味——"莫言没有走孙犁那样的路，虽然写乡土里迷人的存在，却把视野放在了更为广阔的天地，与同代人的文学有别了。这里，有鲁迅的一丝影子，西洋现代主义的因素也内化其间，由此得以摆脱了旧影的纠缠。他对历史的记忆的梳理，有杂色的因素，从故土经验里升腾出另类的意象。不再仅仅是乡土的静静的裸露，而是将那奇气汇入上苍，有了天地之气的缭绕。先前的乡下生活的作品是单一的调子居多，除了田园气便是寂寞的苦气，多声部的大地的作品尚未出现。自莫言走来，才有了轰鸣与绚烂的画面和交响的流动。"孙郁还写道："五四后的小说写到乡下的生活，平面者居多。要么是死灭的如鲁彦，要么是岑寂的如废名。惟有鲁迅写出了深度。莫言知道鲁迅的意义，他在精神深处衔接了鲁迅的思想，把生的与死的、地下与地上的生灵都唤起来了，沉睡的眼睛电光般地照着漫漫长夜。""白话小说的宏阔之气，自茅盾起初见规模，而到了莫言这里，则蔚为大观了。"我之所以不厌其烦地引述原文，是想借孙郁诗性的批评文字，表达我对文学批评理想状态的认知与冀望。孙郁将莫言放在20世纪中国文学的场域中，用比较的方法来确定，或言判断莫言及其创作的价值与意义。在一篇三四千字的短文中他当然无法去细致地研究分析莫言体量庞大的作品，但他充满诗性的感觉体悟式的批评文字却深刻地把握与揭示了莫言及其创作的价值与意义。而且他没有套用引述西方的理论概念和批评话语，较为纯粹地彰显了中国化的批评观念、立场和方法，其中所蕴含的中华美学精神韵味之深厚当可窥见一斑。

四

用西方的理论批评观念当然也能做出优秀的莫言创作研究，但真正进入莫言作品的细部，西方的理论批评观念与莫言的作品不知道会不会产生相当的隔阂。然而无法回避的现实是，当下中国文学批评最显要的批评资源就是西方20世纪的文学理论与方法，让我似乎有一种错觉，为批评者，如果不能够言必称西方20世纪种种主义或某某家就取法乎下，就没有学术性与学理性；而所谓论文如果没有十几、二十几个注释就不成其为论文。这样的批评能真正地进入莫言的创作吗？能感受到作家的情感与体温吗？进而，缺少批评主体情感与体温的文学批评是好的批评吗？

20世纪西方文论所取得的成绩堪与那些文学经典名著比肩媲美，学习与借鉴是必不可少的；问题是我们的批评家似乎是忘了，批评之旨归是为了我们自己的创造。然而，几十年匆忙地过去了，我们又创造了什么呢？中国当代理论批评界太缺少如李泽厚这样的哲学家与思想家了。哈罗德·布鲁姆在他的伟大批评巨著《西方正典》中说："文学不仅仅是语言，它还是进行比喻的意志，是对尼采曾定义为'渴望与众不同'的隐喻的追求，是对流布四方的企望。这多少也意味着与己不同，但我认为主要是要与作家继承的前人作品中的形象和隐喻有所不同：渴望写出伟大的作品就是渴望置身他处，置身于自己的时空之中，获得一种必然与历史传承和影响的焦虑相结合的原创性。"这段话用在文学批评上我觉得也很合适。伟大的批评家一定是对过往批评的有意的"误读"，亦即颠覆，然后才会有属于他的创造的产生。当下的中国文学批评所匮乏的正是这种"尼采曾定义为'渴望与众不同'的隐喻的追求"，以及"对流布四方的企望"，进而"获得一种必然与历史传承和影响的焦虑相结合的原创性"。"历史传承和影响的焦虑相结合"既是方法，也是理想与目标。当然，批评的目的肯定不在批评本身，也包括阐释，它们的本质意义是建构，积极介入文学创作，并成为文学创作有机的一部分，这才是它存在的真正价值与理由。

五

　　具有两千多年历史的中国古典文学批评当然是我们不该忘记，更不能放弃的丰富而伟大的思想理论资源，我之所谓建构"新笔记体批评"的妄想似乎也离不开那样一个宏阔而深厚的蕴涵的支撑。中国古典文学批评总体而言是一种诗性的随感式批评，无论是理论，还是思想，都寄寓于文学性极强的或对话或序跋之中；他们甚至以诗评诗，以骈文论文学，可以说是世界文学批评史之奇观，他们浪漫与想象力，他们的率性与自信，真是今人无法企及的。亦有论者称，六朝之后的诗话，承继笔记小说的制式，形成了以谈诗论艺为主要内容的笔记体批评样式。当小说在明清以主流文体之态势突起后，以金圣叹为代表的批注式批评开创了对叙事文学的崭新的批评样式，它直入文本，用简洁的语言记录阅读者的感悟、品味、欣赏，体现了阅读者的独特眼光和情怀。总而言之，中国古代批评家在承继传统批评的同时，因文学自身的变异而不间断地进行着批评样式的创新，这一点让当下的批评家不能不为之汗颜。

六

可以说，琴棋书画的融会贯通是造就中国古代文学艺术大家的一个重要原因，诗书画印集于一身更是中国古代一流画家的显著特征。石涛、黄宾虹、齐白石、傅抱石能够达至艺术高峰也是受益于综合的艺术修养，而他们在绘画理论上的成就亦是其不可或缺的硬实力。我由此想到了北宋末期的"文人画"。此前的中国画强调的是"应目会心"，就是要忠实地表现自然。然而，以苏东坡为代表的一批文人士大夫，将诗书画融为一体，作为他们寄情寓兴，表达个人思想性情的手段，强调画品即人品。我觉得我们当下的文学批评恰恰缺失着那时文人士大夫的独立精神与潇洒随性的品格，在物质主义与工具理性的挤压下，沦为某种学术体制或某一社会思潮的奴仆，从而丧失了其独立存在的本质与意义。是故，2016 年年初以来，我企图尝试建构一种新的批评方式，或曰批评文体，想象着在语言与结构上更自然与随性，按阅读顺序，"真实"记述当时的感想，更接近散文与随笔的文学性与可读性。转瞬即逝的文学灵感与思想火花虽有悖于逻辑化与学理化的现代批评，但它的"初心"与真实使得那一刹那的存在有如出水芙蓉。我以为，当下的批评缺少的就是这种不加掩饰的率性与真诚。我在近两三年来的二十余篇文章中进行了初步的尝试。面目虽尚未清晰，但意趣已然初尝。

七

其实我并不能准确地描述出我所谓"新笔记体批评"的真实面貌，虽然已经开始了尝试，但仍然还在想象与尝试之中。或许与中国古典文学批评中的批注有相似之处，我亦会寻求以苏东坡为代表的那批文人士大夫的"文人画"的精神与品格，但味道终归不同。现在已经是 21 世纪了，我不可能无视强大而卓越的西方文论的存在与影响，而且重新闭关锁国非但不可取，并且也不可能。还有散文与随笔的文学性追求呢？不过有一点似乎是可以认定的，付出在某一领域或层面的代价是无法避免的。舍与得，此之谓也。

图书在版编目（CIP）数据

文学场：反诘与叩问 / 傅逸尘著. ——北京：作家
出版社，2020.9
ISBN 978-7-5212-1047-7

Ⅰ. ①文… Ⅱ. ①傅… Ⅲ. ①文学评论–文集 Ⅳ.
①I06-53

中国版本图书馆 CIP 数据核字（2020）第 121920 号

文学场：反诘与叩问——新笔记体批评

作　　者：傅逸尘
责任编辑：李亚梓
装帧设计：傅汝新
封 面 画：傅汝新
出版发行：作家出版社有限公司
社　　址：北京农展馆南里 10 号　　　邮　　编：100125
电话传真：86-10-65067186（发行中心及邮购部）
　　　　　86-10-65004079（总编室）
E – mail：zuojia@zuojia.net.cn
http://www.zuojiachubanshe.com
印　　刷：北京玺诚印务有限公司
开　　本：130×205
字　　数：278 千字
印　　张：13.375
版　　次：2020 年 12 月第 1 版
印　　次：2020 年 12 月第 1 次印刷
ISBN 978-7-5212-1047-7
定　　价：56.00 元